平凡人过着平凡的生活
平凡的生活中有着平凡的快乐

人家

（上）

郭党生◎著

四川大学出版社
SICHUAN UNIVERSITY PRESS

图书在版编目（CIP）数据

人家 . 上 / 郭党生著 . -- 成都 ：四川大学出版社，
2024. 11. -- ISBN 978-7-5690-7622-6

Ⅰ . Ⅰ247.5

中国国家版本馆 CIP 数据核字第 2025UJ7014 号

书　　名：人家（上）
　　　　　Renjia（Shang）
著　　者：郭党生

选题策划：吴连英
责任编辑：吴连英
责任校对：孙明丽
装帧设计：墨创文化
责任印制：李金兰

出版发行：四川大学出版社有限责任公司
　　　　　地址：成都市一环路南一段 24 号（610065）
　　　　　电话：（028）85408311（发行部）、85400276（总编室）
　　　　　电子邮箱：scupress@vip.163.com
　　　　　网址：https://press.scu.edu.cn
印前制作：四川胜翔数码印务设计有限公司
印刷装订：四川省平轩印务有限公司

成品尺寸：146mm×208mm
印　　张：11.25
插　　页：2
字　　数：255 千字

版　　次：2025 年 1 月 第 1 版
印　　次：2025 年 1 月 第 1 次印刷
定　　价：68.00 元

本社图书如有印装质量问题，请联系发行部调换

扫码获取数字资源

四川大学出版社
微信公众号

平凡人
过着平凡的生活

一

赵成熙出生在剑阁县门斗子乡牛弯子村。怎的叫牛弯子村？是因那村子地势起伏山峦逶迤，平坝处有田百十来亩，其形状如水牛角一般。赵成熙的家在山边上，两间破颓了的黄土墙茅草房，屋后有一亩多的山坡地。农村靠天吃饭，秋冬季节撒麦种下地，如若风调雨顺，来年五月会有好的收获，接下来地里种些红薯、土豆、玉米之类的农作物，等着秋天收成后腾出地再撒麦种。一年到头，这一亩多的山坡地也产不了多少粮食。于是乎，这家人日子过得又苦又穷。由于家贫，赵成熙的老爹便去村子里平坝上的有钱人家做短工，有时挣点大米回家，便是一家子欢喜的时候。放些米粒，熬些汤水，再放些红薯、土豆或者玉米粉之类的，煮熟管饱，吃得大人、孩子扬眉吐气，觉得日子这么过着，贫困的生活里也有快乐。可是，到了民国第二个年头，赵成熙的老爹帮村里一户有钱人家修粮仓，一不小心摔断了脚，人家赔了二百斤谷子做了断。他老爹回家养伤，找了一个跑山的郎中诊治，喝过几服草药，敷过几贴膏药，脚上的伤有了好转，可落下了后遗症，走路一瘸一拐的，做活成了问题，打工没了着落。

不想，事情接着，一天出门摔了一跤，病入沉疴。就这样，一家人的生活更艰难。

赵成熙的娘亲难产过，身子骨一直病恹恹的，眼见儿子年幼，丈夫病在床上起不来，只得自个儿屋里屋外操劳。屋里的家务，田里的播种和收获，妇人通通承担下来，过了一些时候人就瘦得如藤蔓儿一般。赵成熙的老爹看着心痛，又帮不上忙，只能说些好话安慰。可是，人穷百事哀。夫妻两人起初还互相劝慰，只是想到以后，又想到孩子还小，心里的忧伤挡都挡不住，哀愁汹涌，泪眼相对。也是命运使之，大约过了一年又四月，赵成熙的老爹再也经不住伤病的折磨，于赵成熙六岁那年离开了人世。赵成熙的娘亲本来身体就不好，再加上劳累过度，心中又郁结着忧愁，丈夫去世，对她不啻又是一重打击。当天她呼唤丈夫没有得到回应时就气急攻心，吐了口鲜血，昏倒在床边的地上，醒过来又撑不起身体，只得唤儿子扶着才慢慢坐在床边喘息。她看着丈夫的遗体，想着自己以后会很孤单，又可怜儿子还小，眼泪止不住地往下流。赵成熙看见娘亲伤心落泪，自己也跟着伤心地哭起来，哭得山风凄凄的。

离家近的一户邻居听见哭声过来看，才知道赵家的男主人撒手尘寰，眼看一旁的娘儿俩悲伤痛哭，丧事也一筹莫展，是眼见着的境况悲惨，便去通知了其他邻居，讲述了赵家的事情。其实，赵家的情况邻居也是晓得些的。赵成熙的父亲，除了有一个姐姐嫁去了远的地方，哪里还有什么亲人。村里人打算通知赵家姐姐，可她家住哪里、路有多远，村里人只是听说，不辨阡陌。原因很简单，大概是穷的吧，这一来二去走几天，路上的花费便是一笔开支，而这笔钱用在家庭生活上能过好些日子。当然，有些乡村里也有走亲串戚的传统习俗，这一点上，男方家和女方家的亲戚来往是有区别的。赵成熙的娘亲是翻山越岭嫁来赵家的，只在赵成熙小时候见他姑姑来过两回。现在有事，一番折腾都是要花钱的，谁个肯去寻路问村地报个信儿？谁个肯去讨这个麻烦？当然，有钱的人家能拿出钱来支派。再者，亲戚多的有人出面帮衬。只是像赵成熙家这样的穷人家，人丁又少，亲戚又在远地他乡少来往，遇着这样的事自是为难。这般，待着赵成熙的娘亲缓过些伤心，那邻居与附近几户人家都过来帮忙，与赵成熙的娘亲一番商量，拼凑些干木板应急地造了一口棺材，把赵成熙的老爹入殓，在自家屋后的山坡地边挖坑埋了，垒了一堆坟土，母子俩就跪在坟堆前哭得悲悲惨惨，把旁人都引得落泪。

赵成熙的娘亲在掩埋了丈夫之后，回到家便病倒在床上，家里的事情只得由赵成熙来做。于是，每当儿子要做一件事情，当娘亲的就躺在床头告诉他怎么去做。妇人教儿子怎样烧火煮饭，还教儿子怎样照顾自己，最让妇人担心的就是水缸里没水的事情。儿子比水桶高一点儿，每次拖拉着水桶提把出门去附近的蓄水坑汲水时，妇人就叮嘱儿子宁肯多跑几趟，也不要让桶里的水装太多，且路上搬不动就放下水桶歇气，这般说过，也要等到儿子满脸汗水，挪移着水桶出现在屋门前才把一颗悬着的心落下来。赵成熙小小年纪不晓得磨难，每做完一件事情就要去娘亲面前讨欢喜，妇人就对着儿子笑，并说一些鼓励的话。这时间，若天公作美，母子俩会愉快开心一阵。只是，看着儿子烧火做饭，灶膛里火苗放出的光亮映在那般稚气的脸颊上，妇人眼里就悄悄流泪，想着今后的日子怎么过，又担心儿子的将来，真的心如刀绞。妇人恍然有一种感觉，晓得自己的病是治不好了，便把多年来积攒的五十多个铜板紧攥着，不肯花一枚去买草药吃，还把这些钱分出一半缝在了儿子的一件破片子夹袄里，另一半当着儿子的面放在了谷草枕头里。虽然妇人这么想着做着，可她心里还是存着一份侥幸，盼望自己的身体能够好起来，拖过些月份年头，等儿子长大懂事，或者是待自己的病有些好转，能带着儿子去一趟他舅舅家，以后遇事也好有个托付。

然而，这些想法做娘亲的都放在心里。过了些日子，妇人的病一天比一天严重，有时做梦都梦着自己与儿子在黑不见亮的山峦旷野间行走，走着走着就见不着儿子，她四处去找寻，不知怎的就掉在了沟里，爬不上坎便大声呼唤，不停地挣扎。等醒过来她晓得是恶梦一场，半天才回过神，想着眼前的处境，在黑夜里抚摸儿子，止不住流泪。一天晚上，妇人把儿子叫来身边，非常慈爱地看着儿子说了许久的话，都是些该怎样照顾自己、与人好好相处的言语。之后，妇人拿出破夹袄，告诉他里层有二十几个铜板，如要用时，可以从衣角边一条小缝里掏出来。妇人怕儿子不明白，拿起夹袄做样子给他瞧，把一枚铜板从衣角边捏出一半又捏了回去，接着让儿子学着做了几遍，看儿子做得像模像样了，才放下心来，叮嘱儿子夹袄里的钱千万不能让别人知道，并且不到万不得已，这钱也是不能用的。见儿子听懂了话，她便去枕头里摸索出另外二十几个铜板，告诉儿子若家里有事，这些钱是拿出来用的。说过这些话，妇人又去草席下的谷草丛里翻出来一根铜簪，对儿子说这根铜簪是外婆送给娘亲的，舅舅识得。为啥这样说呢？在赵成熙几个月大的时候，他老舅来过家里，看见自己有了外甥非常高兴，耍了一天，临走时，他老舅才告诉妹子娘亲得病的事情。妇人听了这话着急，想着自家老爹去世得早，是娘亲含辛茹苦养育自己长大成人，心里难过，忍不住眼泪扑簌簌就流了下来，将养着下蛋的两只母鸡让大哥带回去给娘亲熬汤喝，还依依不舍地送大哥走了很远很远的路。不料，过了些日子，他老舅又来了，告诉妹子娘亲病危的消息。于是，赵成熙的爹娘背着褓褓里的孩子翻山越岭走了七十多里的路程，回到了妇人的娘家上寺乡望平村。当妇人看着病在床上骨瘦如柴的母亲，多少思念之情涌上来，喊声"妈呀"眼泪就流个不住。听见呼唤，老妇人睁开眼睛颤巍巍地要拉女儿的手，瞅着女儿看了一阵，仿佛寻找着什么，嘴唇翕动着，声音含糊不清。他老舅明白了意思，唤妹妹抱儿子让他外婆瞧看。老妇人瞅着外孙就不转眼了，直到累了才闭上眼睛。

赵成熙的娘亲还有个妹子，嫁的人家在另一个方向，离娘家有三十多里路。姊妹好不容易见得一面，又是在娘亲病危的时候，不由得抱头痛哭。第二天老妇人去世，兄妹仨守灵，隔了三天下葬，一家人自是又伤心难过了一场。过了一天，大家吃过早饭就分手了。兄妹仨这次分手后，可能是因为居家生活的艰难与养育后人的辛劳，大家就没再见过面。不过，妇人听说过妹夫家的住处，也默默记在了心里，那是个叫牛头山大丰乡松山村的地方。此外，在赵成熙一岁多的时候，他老爹带着他去过姑姑家，走了一天的山路，晚上在路途中的一家鸡毛小店住宿了一夜，第二天的上午才走到，那处叫作龙兴乡镇子村。当然，在赵成熙听得懂话时，夫妻俩平日里会对儿子讲起家里的亲戚，讲起他曾经的事情。这孩子听后有的有些印象，有的说得清楚，有的摇头不知。所以当妇人拿出这根铜簪时，就要儿子说出他舅舅的名字。赵成熙平时听娘亲说他老舅的事多，自是说了出来。妇人听后脸上有了些笑容，对儿子说等自己的病好了后就带他去舅舅家玩。看儿子听着这话后露出欢喜的神情，她接着问儿子若到那时舅舅问起爹娘的姓名怎么说。赵成熙说告诉他就是。妇人指着铜簪又问，如果舅舅要看铜簪呢。赵成熙说拿给他看就是。妇人听过话，嘱咐儿子要好好保管铜簪，说过了又不放心，当着儿子的面在油灯下把铜簪缝在了夹袄的另一边衣角。缝补时，她告诉儿子舅舅家的住处，并要他牢牢地记在心头。这般，在衣角里缝好了铜簪，妇人听儿子念了几遍他老舅的地址。

　　其实，妇人不识字，她这样做是口耳相传，想儿子记住后有个去处。接下来，妇人又向儿子说出了姨妈与姑姑家的住处。大多是回忆，对儿子讲了自己小时候与他姨妈的一些往事，说着话时还要问儿子舅舅的名字与舅舅家的住处，听儿子说出来，才又去讲过去的事情。后来，油灯熄了，赵成熙便去娘亲身边睡下听她说话，过一会儿迷迷糊糊快要睡着了，却被娘亲摇醒问他舅舅的名字与舅舅家的住处。赵成熙在睡意蒙眬中答了话，还问娘亲怎么不停地要他说出舅舅的名字与舅舅家的住处。说过话，也没等他娘亲说什么话就翻身睡着了。妇人在黑夜里轻轻叹息了一声，也不再说话，用手去把睡着了的儿子紧紧拥住，就在静静的夜里听着儿子睡觉时发出的呼吸声。她想听，听了很久，一直听到她渐渐失去了知觉。第二天早上赵成熙醒来，去呼唤娘亲没得到回应，他去摇娘亲的身体时发现娘亲已经僵硬了，感到非常害怕，呼天抢地地哭了起来。还是离家近的邻居听着哭声过来瞧看，见妇人已经去世，忙去找着附近的几家邻居过来帮忙料理后事。赵成熙把娘亲藏在枕头里的铜板拿出来，大家去买了些要用的东西，拼凑着木板做了一副棺材入殓了妇人，抬去她丈夫坟旁挖坑埋了，垒了一堆坟土。

二

娘亲去世后，白天，赵成熙去爹娘的坟前哭，晚上害怕，不敢去床上睡，就躲在屋里灶前晒干的玉米秆堆里。到底是孩子，他哭累了就睡着了。邻居见他小小年纪没有了爹娘可怜，觑着他没饭吃，就给他一个玉米饼充饥。过了些日子，这孩子从悲伤中缓过来，也就开始了自己烧火做饭的生活。家里还有些玉米、红薯，以及他老爹在世时留下来的大米。可是，这些东西能够维持他的生活到什么时候，这孩子真的是茫然不知，只知道饿了就去煮来吃。有的时候吃一顿也就过一天；有的时候饿急了烧火都来不及，就吃一根生红薯了事，遇着邻居给他一个玉米饼或是一根煮红薯也能过得一顿，或是过一天。可怜见的，这孩子在生活的磨难中渐渐适应，就是人像一根藤儿般的又黑又瘦。可是，过了些日子，邻居渐渐不再给他吃的了。确实，穷人家又能有多少给予他。这般，赵成熙只能靠家里剩下的粮食过日子。只是，那些剩下的粮食日复一日地减少，这孩子想起了娘亲要他去找舅舅的话。然而，怎么去呢，路又怎么走呢？一个人想了几天，早上起来照着娘亲对他说过的方向，出村走过一段路后就看见有几条山连山的小路，他不知走哪条路才能到要去的地方，便在原处驻足等候。过了好一阵，看见一个老汉过来，他便前去打听。那老汉恐怕没出过远门，对着他摇头说不知道这地方，说过了话也就走了。赵成熙又等了一阵，不见人来，只好踅身回家。

赵成熙起了念头，心里就想着这事情。过了两天，他越发地觉得孤单难过。他去邻居家打听，问该怎么去娘亲家。邻居也是摇头不知，告诉他那年是女方家送亲来的，不过，媒婆可能知道。赵成熙向邻居打听媒婆住哪里，说他可以去找她问消息。邻居告诉他："媒婆不是本村人，只晓得大家叫她王干妈。也是巧，前些日子王干妈给村子里的一户人家刚说了一门婚事，去那户人家打听，说不定会有消息。"赵成熙听着这话，央求邻居带着他去相问。邻居看他年纪小，又是孤单地过日子，也想他早日找着亲戚，便领着他去了那户人家。一打听，那户人家也不知王干妈的住处。赵成熙听着，眼里一下子就包了泪水，忍着没哭出声来。那户人家看不过去，告诉他明天王干妈会过来商量事情，到那时可来找她，只是有个要求，须得等着王干妈在他家里说完事后回返的路上去找她问事。赵成熙听那人这么说，心里才宽了下来。回到家里，他一个人坐在玉米秆堆里就想着这事，连煮饭的心情都没得，饿狠了就躺靠在玉米秆堆里吃一根生红薯过夜。待到第二天，赵成熙到那户人家附近守候，等了半天，看见一个老妇人进了那户人家的屋里，晓得是要问询的主儿，也不去打扰，就去一旁候着。到了下午，那户人家出来找着他说信儿，告诉他一会儿王干妈就要走人，便要他赶紧去找一户人家的大人一同去村子里的路上拦住问事。这人家为何要他找一个大人同来？自是怕这孩子见着了王干妈说不清楚事，自家在一旁又不好帮着说这事儿，于是有了这样的想法。赵成熙听了这话不敢怠慢，急忙去找了昨儿央求过的邻居一同过来。

果然，才走了几处田陌，就远远看到那户人家送王干妈上了村里小路。两人不敢耽搁，放快步伐从田里抄近处上了小路，朝着王干妈一行走去。走近了，赵成熙向着王干妈深深地作了一个揖。王干妈看着一个又黑又瘦、稀脏邋遢的孩子站在小路中间朝着自己打躬作揖的，不知啥事，一下子愣住了。邻居见这情形叫了声"王干妈"，说："这孩子要向你老人家问个事情。"王干妈有些诧异，怕招惹麻烦，声音有些哆嗦地朝着邻居问："问个啥事情？"邻居说："这孩子是村北山坡边赵家的娃，是你给他爹娘做的媒。现在他爹娘过世了，身边没个亲人。这番遇着，是向你打听去他娘亲家的路途，好有个去处投靠。"王干妈听着问这事，宽下心来，站在原地回忆起了七八年前的事情，眼珠慢慢地转动了一会儿，点了点头后，对着邻居说："你提到的这家可是村北坡边赵大个儿家？"邻居说："正是。"王干妈摇了摇头说："这要问的地方怎么去我也不知道。"邻居问为什么。王干妈告诉邻居这是一场过媒婚事。怎么说呢？原来女方家请了一个姓冯的媒婆说媒。

在一个赶场天冯媒婆遇着了王干妈，两人是行当上扣着手的好友，说起这事，便想劳烦王干妈寻一户婆家。正好，王干妈要给赵大个儿家说亲，便撮合了这事。当然，规矩还是有的。男女双方的家庭也晓得这事，女方家给冯媒婆红包，赵家给王干妈红包。成亲那天，冯媒婆随着女方家送亲。家境贫穷，便不讲究排场，一路自是简约。到了地界，王干妈接待着，一路来到村里，她便闪到一旁走了。所以，王干妈也不知道赵成熙娘亲家的住处在哪里。几个人听她讲述了事情的经过，都闷在那里说不出话来。赵成熙眼鼓鼓地包着泪水。王干妈瞧着孩子可怜，就说自己会把这事放在心上，遇着了冯媒婆一定请她捎话带信儿。赵成熙难过着，听老妇人这么说，觉得总算有了点儿期望，只好回家等候消息。

可是，赵成熙哪里知道，这事难着哪。真的，那年代捎话传个信儿，都是要人双脚走到地方说过了才知道。何况路途遥远的，要走上一天两天，中途又要吃饭又要住宿的，这盘缠谁来给付？可见，这件事也是要人顺便才肯去做的。就这样，赵成熙在家等候了些日子，不见信儿传来，又去村里那户人家打听，王干妈是来过的，可这事的消息一点儿都没说过。又过了些天，好不容易碰着了王干妈问讯，王干妈说没遇着冯媒婆，这事恐怕还要待些时日。这下，赵成熙心中的那点期望变成了失望。回到屋里，赵成熙躺在玉米秆堆里哭，哭得没气没力地睡了过去，醒来已是晚上。他感到肚子饿了，晓得屋里是没了米没了玉米的，就去放红薯的地方摸索，摸了一阵才摸着了一个红薯，在衣服上擦拭了一会儿吃起来。这个夜晚，这孩子想了很久，想着一个人的孤单，想着娘亲说过的话，想着没见过面的亲人，一直想得累了才又睡了过去。第二天早上起来，他把家里剩下的三个红薯煮熟，先吃了一个下肚，余下的两个红薯用娘亲以前用过的方布包上打成包袱。他感到天气有些冷，又去把老爹以前穿过的旧衣旧裤挽了衣袖裤脚穿了一身。之后，他穿上了娘亲给他缝补过的夹袄。说实话，赵成熙很爱惜这件旧夹袄，因为这件旧夹袄里缝着家传的老物件，还缝着二十多个铜板。在这孩子的心里，这些铜板能买到很多的东西。于是，他看了看家徒四壁的屋里，背上了装有两个红薯的包袱，出屋后锁上了家门。这孩子心里可能还想着或许过些日子、过些年月自己会回到这屋里来生活，便去屋前屋后看了一遍才离开了。路过一家邻居门前，一个老妇人见他穿着奇怪又是朝村外走去，便问他去哪里。赵成熙告诉她去找舅舅家。他说过后又继续走了，过了一会儿，听到老妇人在身后呼唤他。赵成熙以为有什么事，停住了脚步回头看去。老妇人过来送给了他两个玉米饼。

三

赵成熙来到了上次问路的岔路口，他犹豫了一下，顺着一条山路走了。说实话，这条山路能不能到他老舅家，他是真的不知道。只是他迈出了脚步，一点儿都没想着要退回来。其实，以他现在的处境，就是要回去，又该怎样地去生活，他没想过，也就无从知晓。可以这么说，每个人都有自己的遭遇和经历，等着到了生命的终点，再来参详，或许能悟出其中的精奥。只是时光慢慢，已是过了光阴。赵成熙眼前除了怀揣着去找舅舅的愿望，样子就如乞丐一般。第一天这孩子走了多远的路不知道，身上带着的两个红薯吃下了肚，到了晚上，他找不着地方住宿，这让他感到了害怕。这时，他想到了家，想着那间能遮风避雨的破旧土墙茅草屋。于是，他便沿着来时的路往回走，走了一阵，天黑黑的，秋月如钩，听着远处的狗叫，他吓得又不敢往前走了，想哭又不敢哭，只好转过身踏上刚才走过的路程。走了一阵，他看见路边有一堆没收回家的玉米秆，一过去就用玉米秆把自己裹了个严严实实，听着动静提心吊胆地一夜无眠，要天亮时觉着冷，才把身子蜷成一团睡了一觉。

到了第二天上午，他从梦中醒来，钻出玉米秆堆一看，天光大亮，拿出村里老妇人送的一个玉米饼边吃边走，吃完了饼口渴，看见路边沟里有水就去捧着来喝了，之后又继续前行。走了一阵，到了一个有几户人家的小村路口，他便说出舅舅的住址找人问路。他连问了几人，有的嫌他脏，有的嫌他臭，没搭理他就走过去了，就是有搭理他的也不知他问的去处，支吾两句也就过去了。他后来问着一个老汉，这老汉热情，就是耳朵背，一连听了几遍都说听不清楚，弄得赵成熙只好一字一顿说出来，这老汉仿佛才有些会意，用手指着南边，说过去不远是寿安小镇，顺着这一条小路直走，到了场镇再打听便有下文。赵成熙听后向老汉打躬作揖告辞，沿着他指的路去了。实际上，赵成熙在出村后就走错了方向，只是他不知道。向老汉打躬作揖，这是他去问讯王干妈时那户人家教的，告诉他这样做别人觉得有礼貌才会对相问的事不打诳语。所以，他记在了心头。当然，或许老汉没听清楚他的话，抑或听成了近似地名的语音，给他指的路也不是去他舅舅家的方向。不过，他不再是不知方向地走着了，而是朝着明确的方向走着。就这样，他觉得希望就在前方，一路走去，走累了坐在路边休息一会儿，歇够了又接着走。乡村路上，有时能遇着人，也就是擦肩而过，有时走很久很久都见不着人影。饿了，就把剩下的一个玉米饼拿出来吃，大概是想到吃完就没了，他啃两口又放回包袱里去。走到要天黑时，他想起了昨夜找不着睡觉的地方，心里恐慌，于是一边走一边寻着路边有无草垛。天黑下来，他看见路边一棵大树旁码着一大堆谷草，便钻了进去。可能是累了，过一会儿就睡着了。醒来钻出草堆，已是太阳当空照，他没啥耽搁的，直接上路前行。走了一会儿他觉得饿，掏出包袱里剩下的一小块舍不得吃的玉米饼充饥，没走两步，那块玉米饼已化在了肚里，他还是觉着饿。没奈何，走了好一阵路，他看见路边一块红苕田里有一个老妇人在刨红薯，便走过去守在一旁，但因不认识人家，又不好意思开口讨要。

老妇人看见一个又黑又瘦又脏的小孩子站在面前，衣袖裤脚挽起，旧衣服拖过膝盖，望着地上的红薯，脸上流露出渴望的神情，便问他是不是想吃。赵成熙冲着老妇人点头，大概是年纪小，他眼里天真无邪，神情无辜可怜。老妇人放下了手上的活儿，要他等一等，径直顺着田埂走了，过了一会儿端着一碗稀饭过来给他吃。赵成熙很久没沾过米了，接过碗一口气就喝了半碗才停住嘴朝着老妇人一笑，未几，一口气喝了个底儿朝天，把碗还给老妇人，向着老人家打躬作揖。老妇人问他从哪里来，又要到哪里去，为何落得这般模样。赵成熙把家里的实情说了一遍，告诉老妇人自己去找舅舅，说过就要告辞。那老妇人被他说得眼里含泪，可怜他人小不知世间艰难，送了几个生红薯与他。赵成熙也不推辞，拿出方布裹了就要挽成包袱。老妇人见他出门在外什么都没带，就把手里的碗递给了他说："孩子啊，你把这碗带上吧，路上喝水也方便些。"赵成熙想着一路过来都是用手捧着水喝的，也就接过来挽在了包袱里，接着又向老妇人打躬作揖后才走了。老妇人看着他离开，心下不忍，望一阵又唤住了他，自个儿上田埂回屋去了，过了一会儿，她拿了一件破旧棉衣来到他面前，说："孩子啊，天气渐渐凉了，夜晚冷，穿着棉衣暖和。"赵成熙收下装在了包袱里，再次向着老妇人打躬作揖后上了小路。他喝过了稀饭，得了碗和棉衣，还有了几个生红薯，走在路上自是欢喜，也对老妇人心存感激。真的，有的事可能会忘记，有的事会一直铭记心中。这孩子今天遭遇的事，他可能会记一辈子。就在赵成熙感念老妇人对他的好时，小路上出现了一只大黑狗。狗儿气势汹汹地挡住了他的去路，他心里害怕，脚步不听使唤地停住了。他想跑，可想起了娘亲说过的话，遇着了狗儿千万不能跑，一跑狗儿就会扑上来撕咬。如今他就是想跑，也吓得没了跑的气力。狗儿与他对峙了一阵儿，慢慢地去了田埂。赵成熙长长地舒了一口气，脚后跟上的经络一直麻到脑后才又散了，迈开腿深一脚浅一步地走了。他走过了好一阵才缓过来，脑子里就想着一件事，要去找一根竹竿或是树枝握在手里，也好壮些胆儿。于是，他一边走一边四下寻着，好不容易看见水沟边有一根三尺见长的细竹竿儿，急忙去捡起来，就着沟里的水洗去上面的淤泥，发现竹竿儿杵在地上与他齐眉高。这么一来，这孩子拿着竹竿，一路有了玩耍的东西，倒也不闷着。快要中午时，他来到了寿安场。这是一个大镇，街道盘桓、房屋毗邻、人口稠密，这天又是赶集天，自是热闹。

赵成熙长这么大，还从来没见过这么多的人与这样的场景。起初，他心里充满了好奇，双眼四处张望。很快，他一个人跟随在众人之中，顺着街道前行。只是他不知道周围的行人是怎么看他的，由着心里的感觉去触及周边的人与事物，也就是触及他要了解且要进入的社会。这般，他走过了几条街，见着了一个卖玉米粑的摊子，可能是饥饿了的缘故，老远闻着黄澄澄的玉米粑香气，让他饥肠难耐。他忍不住，看见有人用一个铜板买了一个，便想起了娘亲在夹袄里缝着的铜板，就到僻静处去掏出一个来。这孩子不知道这掏出来的铜板能买几样东西，也没问玉米粑多少钱一个。那卖玉米粑的是一个中年汉子，看见一个小孩蓬头垢面、衣衫褴褛，背着的包袱上系了一件破旧棉衣，挂着一根竹竿儿，拿出了一个五文铜板来买一个玉米粑。他接过便问赵成熙铜板哪儿来的，说得清楚才放他走人，说不清楚就要逮他去地方上官办。赵成熙没见过这番阵仗，吓得比见了那条黑狗还怕，结巴着说铜板是娘亲给的。那汉子不信，问他住哪儿，怎么到这地方来，要他说实话，这铜板是捡的还是偷的。赵成熙见钱被捏在了汉子的手里，汉子还来问他是捡的还是偷的，一下子哭了起来，一边哭一边说钱是娘亲给的，要汉子把钱还他。这时间，街上人多围拢来看。见着这般情景，有人说那汉子："这孩子拿着钱来买你的粑儿，你拿粑儿给他就是，为何要问他是捡的偷的？"那汉子听着话脸红得起了酱色，朝那说话的瞪一眼，嚷道："你看他叫花子样儿，就信他。"赵成熙哭着说自己不是叫花子，爹娘死了，自己是去找舅舅的。众人听了这话同情心上来了，都去数落那汉子，说："汉子你都是个老实人，怎么去欺负另一个老实人，何况还是个年幼无知的孩子。"那汉子经不住数落，拿了一个玉米粑儿给赵成熙，就要把捏着的铜板揣进口袋。刚才说话的人喝了一声："这孩子给你的是一枚五文钱的铜板，你这玉米粑卖多少钱一个？"那汉子说："一文钱一个。"众人不作声了，那汉子摸出了四个一文钱的铜板给了赵成熙。这孩子拿着铜板看，才晓得钱上有名堂，记在了心里，向着众人打躬作揖。有人笑那汉子偷鸡不着蚀把米。那汉子说："他给了一文钱铜板，我给他一个玉米粑儿，蚀了什么？"笑的人说："便宜没占着，蚀了好看。"赵成熙见众人肯帮他，便趁机打听他老舅家的住址。大多数的人连地名都没听说过，摇着头走开了。有人听说过这个乡镇，但说不出走哪条路，也摇着头走开了。也有人说赵成熙走错了方向，至于怎样去，说出的路线又把他弄得晕头转向不知何去何从，发怔当场。众人看看也就离开了。

就在这时，赵成熙看见一个蓬头垢面、衣衫褴褛、高他半截的大孩子，在不远处朝着他挤眉弄眼，边笑着边暗地里向他招手，他便走了过去。没想到，刚到大孩子旁边，那大孩子转身走了，去了一个小巷口，见着人少，又停住了脚步向他招手。赵成熙不知大孩子的意思，便不走了，要吃玉米粑儿。大孩子看着急了，走过去在他身边小声说："要找舅舅，就跟我来。"说过话，又到刚才那小巷口等着。

四

赵成熙不知那大孩子要哄他的玉米粑吃，听说能去找舅舅，便随着过去。两人站在一处，大孩子对着他笑，一双眼珠儿盯着他手上的玉米粑不肯挪开。赵成熙问大孩子怎么去找舅舅。大孩子说："给我些粑粑吃，就告诉你。"赵成熙疑了一下，掰了一块递给了大孩子。大孩子接过往嘴里一送，那一小块粑粑在舌头上打个滚落下肚去。大孩子又笑嘻嘻地看着他手上的玉米粑。赵成熙问他怎么不说话。大孩子说："再给我些粑粑吃，就说给你听。"赵成熙又掰了一小块粑粑递过去。大孩子像刚才那副模样般吃没了，还是笑嘻嘻地看着赵成熙手上的玉米粑儿。赵成熙说："你吃过了，怎的不出声气？"大孩子说："你给的粑粑太小，还想吃些。"赵成熙这才晓得大孩子哄他的玉米粑吃，便不给了。大孩子见计策不好使了，换了一招，眼儿瞅着赵成熙身后"嘿"了一声，说："你来告诉他。"小孩子不晓得他使诈，以为身后有人，回头去看时，大孩子瞅着机会往他手上一抓，赵成熙捏着的玉米粑被揪走了一大块。等他回过头来，大孩子已吃进嘴里，飞也似的朝小巷深处跑了。赵成熙看着手心里还捏着的一点玉米粑，心里一急，伤伤心心地哭了起来。这孩子自从一个人过日子以来难得流眼泪。他不知道生活的苦难还会给他幼小的心灵留下什么，一个人站在那里望着大孩子跑走的地方放声大哭，心里的委屈滔滔不绝，随着泪水绵绵流淌。自从娘亲离开他后，他有一顿没一顿地过了一天又一天，时间久了，所遇着的苦楚和委屈积压着无法倾诉，此刻他的眼泪夺眶而出，夹杂着内心里一种浓浓的依恋的渴望。其实，他渴望的东西很简单，就是以前家的光景。他或许知道，他想要有的那个家，对于他已经成了过去。只是，他依恋着有过的这份感觉，寻找并期盼着。然而，大孩子的欺骗让他从头到脚地感受到了家已经离他远去了。就在他哭着的时候，旁人围观着，有人问怎么回事，有知道事情发生经过的人描述了一下当时的情形，听着话的人说："没想到叫花子里也是强的欺负弱的，大的欺负小的，找谁评理去"。众人叹息了一声而后散去。

赵成熙哭了一阵发现没人理会，哭累了就去小巷墙边地上坐下来，吃了手里剩下的玉米粑，他觉得困，把包袱与旧棉衣抱在怀里稀里糊涂睡了过去。等他醒来，已是天黑，看见大孩子坐在自己身旁。大孩子看他睡醒过来，就瞅着他笑。赵成熙搞不懂大孩子为啥跑了又来，冲着大孩子说："你哄了我的粑粑吃，又跑来做啥？"大孩子拿出半个馒头，掰了一半递给他，说："我吃了你的粑粑，现在给你馒头，也就是还你了。"赵成熙不知大孩子这样做有什么企图，便不理会。大孩子见他不接馒头，说："你要相信我，我没别的意思，只是想与你做朋友。"赵成熙还是一动不动地看着大孩子。大孩子说："你不要馒头，我可要吃了。"赵成熙犹豫了一下，问大孩子："为什么要这样做?"大孩子说："你把馒头拿着了，我就说给你听。"赵成熙这才接过了馒头，而后看着大孩子。大孩子没有回答赵成熙问的为什么，把自己手里的馒头一口吃下肚后，看着他问从哪里来，路上走了多少天。赵成熙想了一会儿，说自己走了三天。大孩子眨巴一下眼睛，问他一路是不是觉得孤单。赵成熙不晓得大孩子的意思，看着地上不出声。大孩子笑一下，看着他说自己也是这样走过来的。那时只有八岁，没了父母，就一个人出来寻找亲人，走了许多地方，也就流浪了许多地方，后来到了这个镇上，在镇外边的一处破庙里找到了栖身之地，便不想再走了。白天四处去讨食，晚上就在破庙里歇宿，日子过得一天是一天，哪知过去三年了。一天到晚，孤单得没人说话。赵成熙总算明白了大孩子的意思，这份孤单，自从没了爹娘，自己也一天一天地经历着，也想有人陪伴、有人说话。此刻，天黑了，赵成熙也没个去处，大孩子要与自己交朋友，自是愿意。赵成熙朝着大孩子一笑以示友好，接着拿出老妇人给的生红薯递了一个给他。大孩子接过红薯，边吃边问他叫什么名字，今年多大年龄。赵成熙说了出来，接着问大孩子姓甚名谁。大孩子说自己姓刘名子云，今年十一岁过了。就这样，两个人做了朋友。大孩子吃过了红薯，带着赵成熙去了自己的住处，走了一阵夜路出了镇，月明星稀，可见小庙的轮廓。待走近了，大孩子叫赵成熙跟在他身后，从侧墙破处钻了进去，一阵摸摸索索、左拐右拐，便站住了。大孩子搬开几样东西，自己先钻了进去，才招呼赵成熙过去。等赵成熙过去后，大孩子又去把刚才搬开的东西搬回原处。接着，他先去一处角落弄得沙沙一阵响，之后便躺了下来，对赵成熙说可以睡觉啰。赵成熙跟着大孩子进庙后便不分东南西北地走一阵，停下后就晕头转向，两眼一抹黑，在暗地里站了一会儿，才借着夜光慢慢见得些模糊的影子，看见大孩子睡在谷草堆里。他去旁边坐了下来，问大孩子一个人在这里住了多久。大孩子说住了快三年。赵成熙问："你不害怕?"大孩子说："刚来时有些害怕，后来就不怕了，现在好了，有你做伴儿。"赵成熙坐了一会儿，觉得有东西在身上爬，问大孩子怎么有虫子上身。大孩子说："这是虱子，你刚来不习惯，过一阵也就不当回事了。"这个晚上，两个孩子相互说了各自的遭遇，大家都差不多，都是没了爹娘出来寻找亲人，没找着便流落在街头。赵成熙问大孩子后来怎的不寻找亲人了。大孩子说天高高地广广的哪里去寻得，况且一个人习惯了，也就在心里留着一份念想。赵成熙说自己是要去找舅舅的。大孩子听了不作声，自个儿去睡了，赵成熙独自想着心事。

第二天早上，赵成熙醒过来时，大孩子不在眼前。他想起身却起不来，身子软软的，头也晕，四下一看，发现自己睡在屋里墙角边的一张破草席上，草席下铺着谷草，身上盖着老妇人给的破旧棉衣，身边拱着一床又脏又烂又臭的棉絮。这间屋子不大，窗子、屋梁及四周墙上都布满了厚厚的灰尘，墙角上端还有蜘蛛网。屋门封闭着，只是门下边破了一个大洞，可能是大孩子干的，屋里靠门边处堆了些木条、竹竿和一些杂物。昨夜，大孩子在门边拨挪了一阵，两人才从缝隙里钻进来的。眼前，这缝隙处遮掩了些竹竿、木条。赵成熙不知大孩子去了哪里，便又迷迷糊糊地闭上了眼睛。几天的流浪，他奔波一路就没安生过，遇着了大孩子，好在有了落脚处，心情也就放松了下来。只是，昨天晚上睡觉，上半夜想事情没睡着，下半夜支撑不住才睡了过去。他醒来挪不动身子，闭上眼觉着好受些，便很快又睡着了。过了一会儿，他被大孩子摇醒，大孩子递给他一个烤得半生不熟的红薯。原来，大孩子早上起来想吃东西，看见地上包袱里有几个生红薯，便拿出屋去破庙的院墙边找些柴火烤来吃。赵成熙看着面前软糯香甜的红薯，接过就吃了。之后他想起身，却感到浑身无力，只得又去躺下。大孩子见他起不来，猜着是病了，莫得办法，没爹没娘的孩子，老天看成。大孩子叮嘱他躺在屋里不要乱动，自己去给他讨些汤水来，说完拿着碗出去了。不想，这一去到了下午才回来，大孩子端着连汤带水的剩饭进了屋。这时，赵成熙饿得正发慌，接过碗就吃得香喷喷的，吃过了还咂嘴。

　　就这样，他在地铺上躺了三天，大孩子便照顾了他三天。等到他能起身，大孩子看着他说了一句话，问他是留下来还是去找舅舅。赵成熙说去找舅舅。大孩子不说话了，闷了好一阵，带着他出了庙子。两人在小镇路口分手，赵成熙朝着大孩子打躬作揖。大孩子什么也不说，朝着他挥挥手，等他走后，便又远远地跟着了。果然，赵成熙走了一阵路，又去向路人打听消息。他问了几个人，有不理他的，有搭理他说东说西让他不知去何处的。赵成熙一个人站在路边茫然。说实话，在遇着大孩子之前，他会直接顺着路走了。可当下，他心里有了个倚处，就觉得要找到舅舅家的希望渺茫。这么一来，他在路边想了很久——处境的艰难，愿望被现实撞飞——就自个儿转身往回走。大孩子看见他往回走了，心里欢喜，便去刚才分开的地方候着。待赵成熙走近了，他还装作眯眼养神，直到赵成熙来到身边呼唤，才像回过神来的样子，问他怎么回来了。赵成熙说："问不着路径。"大孩子问："你可愿留下来了？"赵成熙点头。大孩子说这般好，大家好做伴，说完话与赵成熙一同回庙子。走到庙子门前，赵成熙看见大门关闭着，落满灰尘，又看眼大孩子，发现他正四处张望，便问他看什么呢。大孩子说："看有没有人注意着咱。"赵成熙问："注意着了又怎样？"大孩子说："你不懂。有的人——我说的这些人与咱一般——不去创造，只图享现成的，看见我们住的地方条件好，便要来抢地盘。我们抢不过只得重新去找地方。所以，今后你进进出出都要小心。"赵成熙咋舌，"哦"了一声说知道了。说着话，两人从侧墙缝隙处进了庙，去了睡觉的屋里。刚才赵成熙走时，大孩子没收拾屋里的东西，现在两人回来，自去把地铺草上的席子与棉絮裹成一团放在了墙角，接着用谷草遮掩住了。赵成熙看见了问他："为什么这样做？"大孩子告诉他："出屋去总不能带着这些东西，若是回来东西不见了又去哪里要得来，这样做也就是个遮掩。"讨饭的也有自己的家当。赵成熙听他这样说，便也把老妇人送的旧棉衣拿去埋在了草堆里。做完了这些事，大孩子拿着自己心爱的土巴碗，要赵成熙也拿上碗随自己去镇上讨吃食。就这样，赵成熙过上了人间的乞丐生活。

也是时间易过，转眼便是三年。赵成熙跟着大孩子在镇上乞讨，长了些个头，也学会了唱莲花落的本事。这光阴，已是民国六年，世面上熙熙攘攘没个消停。大地方，军阀打乱战抢夺地盘。小地方，强人啸众占山为王。一天，一队官兵来到小镇，看上了庙子做营盘，打整房间时见有两个乞丐娃娃守着窝不肯离开，就把大孩子留下做了勤务，专门给有三十多个兵的长官端洗脸水、提鞋子，将小的孩子撵出庙门去。两个孩子只得依依不舍地分别，赵成熙扛着大孩子送的破席子和破棉絮独自在小镇上流浪，饿了就去附近人家讨口剩菜剩饭吃，困了就找一处僻静、能遮些风雨的街角边睡觉。一开始，大孩子时不时地会悄悄来看他，给他带些充饥的吃食。过了有三个月，一天，大孩子来告诉他不知哪天队伍就要开拔。赵成熙问什么是开拔。大孩子告诉他就是走人。赵成熙问大孩子要走吗。大孩子说端了别人的碗，就得听别人管，自是要跟着走的。赵成熙听了这话眼睛便红红的，有了泪痕。大孩子见他难过也就不说这话，两人在街边坐了一阵后便各自离开了。就在大孩子向赵成熙说过队伍要开拔的话后回到庙里，第二天庙里的官兵就走了。他俩这一别就再也没见过面。隔了两天，另一队官兵耀武扬威地驻扎进了庙里。赵成熙趁着队伍走后回庙里住了两天，没想到来了支新的队伍，又把他撵出庙门。没办法，他在小镇上待了几天，可能是大孩子走后感觉有些孤单，他突然产生了离开的念头。就这样，他扛着自己的行李上了路。这一去，便过上了四处漂泊的乞丐生活。他知道自己从哪里来，却不知道自己要到哪里去，沿途茫茫地走啊，走过村庄，走过小镇，走过县城，走过了千山万水，不知不觉，秋去冬来春花又开。啊！人们都享受着生活的乐趣，可是呀，流浪者呀，何处该是我的归宿？直到有一天，又见着迎春花开，他来到了省城成都。恰时，他到了快十四岁的年纪。也就是在这一天，他走进一条小巷里，来到一个大杂院门前，看见几个人在院里说话，也是饿心慌了，上前去讨些吃的。不料，他还没张嘴，突然饿得失了血气，一下子昏倒在地上。院子里住着几户人家，看着一个人躺在地上，说话的人与屋里听着动静的人都过来围观。也是巧，一个妇人从庙里烧香回家，心里正装着慈悲念头，走进院门就看见了地上躺着的乞丐，进了自己屋里，舀了些米饭掺着些米汤端出来给他。不想，赵成熙饿得不能动弹，被一旁的人撬开牙齿灌了几口汤水才有了知觉，眼泪流出来，缓缓有些力气，把一碗饭吃完，翻身朝妇人跪下磕头。这时，院子门前进来一个身穿蓝绸长衫、头戴黑色泥面瓜皮帽的中年胖子，瞧着一个讨饭的向着自家妻子跪着磕头不歇，便问怎么回事，妇人就把事情向丈夫说了明白。赵成熙晓得了胖子是妇人的丈夫，又转过身去朝着男人跪下磕头。大概是缘分，妇人看他这般动作，起了恻隐之心，就去丈夫耳边说了些话。原来夫妻俩开着一家饭馆，妇人是要丈夫收留这个孩子。妇人姓李名慧珍，丈夫姓白名素民。白素民以前是个走街串巷的货郎，整天挑着担儿的生意不好做。后来结了婚，妻子经常劝丈夫，爱说一句话："你过得人，老天过得你。"白素民信妻子的话，老实本分、童叟无欺，过些日子生意慢慢好起来，赚钱开了饭馆，亲戚朋友都刮目相看，说有出息了。于是，许多话他倒是肯听妻子的。白素民带着赵成熙去路口的理发摊修理了脸面，回家里找了自己以前穿旧了的衣裤，又带着他去了一条小巷里的大众浴室洗了澡，换过干净衣服。再看时，这孩子倒是一副机灵相。夫妻俩晓得了他是孤儿，便把他当干儿子般看待，想着他要饭时看过不少人的脸色，就让他做了饭馆里跑堂的小伙计。于是，赵成熙有了栖身之处，感恩在心，视开饭馆的夫妻如再生父母。

五

赵成熙在饭馆干活，一个月累下来领得着两个大洋的工钱。如果白老板一个月有赚，也会给些赏钱。有件事倒好，这个小伙计一天都在饭馆里吃三顿饭，倒教他将工钱存蓄起来。人生在世得遇人。赵成熙遇着了白老板夫妇，生活有了着落。过了几年，赵成熙就像变了个样子，人都精神了。到了他二十五岁那年，老板娘托媒人给他说了一门亲事。女方是双流县乡下一户佃农的女儿，姓王名淑芳，比赵成熙小三岁三个月。只因家里的老人看女儿大了，托在城边做小菜生意的表婶留意一门亲事，辗转了几处，才听媒人说起小伙计标致，去饭馆里觑过眼，觉得媒婆的话有些夸张，一看小伙计就是一个简朴之人，这才递话给乡下的王家。经过一番礼俗，定下了婚事。赵成熙想着自己要结婚了，便不在饭馆里搭铺，去西门三洞桥的观音阁一带棚户区租了一间小屋。因着房租便宜，这棚户区许许多多又矮又窄又简陋又比邻挨着的房屋里住着众多社会下层形形色色的草根百姓。赵成熙租下小屋后，花钱去置办了一张刷过漆的简易柏木大床、一张方桌与四条长凳，买了床上用的草席、铺盖和帐子。在屋外墙边砌了锅灶，也置办了些碗筷家什。说实在话，这样下来已经动用了他不少的积蓄，害怕办婚礼时钱不够用，他还去找着恩人白老板预支了几个月的薪水以备婚事花费。

　　结婚的前一天，新娘搭了红布盖头由表婶相伴。表婶坐了第一架鸡公车在前面领路，紧接着是新娘坐的鸡公车，后面跟着三架鸡公车，一架车上载着刷过漆的柏木连二柜，一架车上载着铺盖棉絮，一架车上载着新娘的穿戴与物品，之后是几个女方家来送亲的男女老少。由于赵家没亲戚迎亲，女家做了饭菜请亲戚乡邻。这送亲的队伍大清早吃过了饭菜就出了家门，沿着乡村小道前行。走了一天的路，天色晚了，算着路程去找了一家小客栈歇宿。算了价钱，新娘与表婶住了一间客房，其他送亲的人睡了通铺。待到第二天，这一行人天不见亮就启程，推着鸡公车吱呀吱呀地前进，看着太阳红彤彤的从地平线上升起，大地上的云彩霞光清新鲜明。走了一阵路，眼尖的眺着一马平川的田野上出现了有着古老城墙的城市，手一指，咿呀地嚷起来，表婶一笑，告诉大家那里就是成都。众人听着来了兴致，便加快了步伐。这一行人里有许多人都没出过远门，现在眺望着这座城市，就想起了以前听人讲过的故事，还有心里头产生过的想象，此刻眼见着的城市轮廓清楚了，才知与心头想的有些差别。他们心里充满好奇地走了一阵，过了府南河，过了城门洞，看见了大街小巷，有石板路，有泥土路；看见了路两边栉比相连的房屋，有门前栽树的，有房屋开铺子的，也有闭着院门的公馆。一路过来，路上的行人来来往往络绎不绝。无事的脚步缓慢，有急事的脚步匆忙。有地方清静，有地方热闹。大概是择日好，路上碰着了好几拨推着鸡公车送亲的队伍，惹得行人驻足瞧看。大约午时，一行人到了观音阁。那赵成熙早就和媒婆在路口眺了几回，这次望着，留下媒婆去与表婶打哈哈围着新娘子，自己连忙回屋唤了帮他做菜的师哥一道出来。那师哥放响一串鞭炮，赵成熙朝着送亲的队伍举手作拱。媒婆与表婶轻款款地扶着新娘子下了鸡公车，走在了送亲队伍前面。赵成熙走到新娘的旁边，一双手牵了新娘手里的红绸，一直走到了屋门前，迎新娘子进了屋里。在白老板的主持下他俩拜了天地。

本来，赵成熙刚搬来观音阁住，不认识邻居，家里又没亲戚，朋友也就是饭馆里共事的师哥师弟，就想婚事从简，买些食材做几样菜招待女家来的亲戚与饭馆里的同事，有个意思就行了。不想，有几家邻居晓得了他要成亲，想着左邻右舍的以后好照面，就来朝贺，每户都送来了六个两文钱铜板的贺礼。他想着来而不往非礼也，张罗着要请送了礼的邻居们吃顿饭菜喝杯酒水，众人听了话自是欢喜，都说要来讨杯喜酒喝。赵成熙回屋做了统计，算算人数大概有四桌，便向邻居借了碗筷盘碟、桌子板凳。他想着自己明天要在家等新娘子进门，就去饭馆把这事儿向白老板说了，并朝着白老板深深作揖，要请老板夫妇帮着主持婚事。白老板想着他一个人，一直是自己夫妻两个照顾着，便应允了下来。赵成熙听白老板答应了，心里一阵高兴，请老板帮助购买食材。白老板晓得他的情况，听说有邻居来朝贺热闹，也替他高兴，问他一桌菜要怎样的台面，说出来好有个定准。他想一想，说宴席平常即可，图个价廉物美。老板想了一会儿说知道怎么做了，要他放心地回去，明天好好当新郎官，说过话后，拿出十个大洋给他做了贺礼。赵成熙接过钱心里欢喜，说："您老人家对我有恩，没齿难忘。"如是，赵成熙告别白老板出来，见着师哥师弟，又作揖请了。回家的路上，他想着请人吃饭总是要先坐一会儿聊闲话的，顺路去茶叶铺买了些花茶，又去炒货铺买了些瓜子、花生、糟胡豆、脆豌豆，谈笑时好喝着嚼着助人兴致。这个晚上，他想着新娘子在路上，夜不能寐，天见亮就起了床，烧了一壶茶水，接着去把屋子收拾整理了，想新娘子与她亲戚来看着了，晓得自己是爱干净的。过了一会儿，媒婆过来，晓得他一个人不懂规矩，指导他做了些屋里的布置。又过了一会儿，白老板夫妻两人也来了，老板娘自是帮着张罗。邻居家有热心的过来，说要帮他的忙。赵成熙去应酬，随着去邻居家次第抬了桌子板凳安放，他做事仔细，将各家借来的碗筷盘碟区分计数后摆放在桌上。也就过了些时候，人渐渐多了。赵成熙请他们坐下，在每个人面前放了碗、掺了茶水，又把瓜子、花生、糟胡豆、脆豌豆捧来放在桌上。那些孩子看着有东西吃，欢喜得不得了，嘴里嚼得嘎嘣嘎嘣响，就一起追逐嬉闹。大人们瞧着，担心不小心碰着桌子打烂碗碟，吆喝着要他们去远处玩耍。

这时候，饭馆里来了四个人，抬着一个大筲箕，里面装着加过工的食材和佐料，上面放了两格中号的蒸笼。这四人与赵成熙打过照面后把大筲箕抬放在屋里的方桌上，不敢耽搁，留下来一人，其他三人匆忙走了。赵成熙晓得此时饭馆营业离不开人手，也不挽留，说了师哥师弟晚上再见的话，送了一程路回到屋里，见师哥忙碌着，便去搭手。说实在的，这师哥要把一大筲箕食材加工成菜，一点儿都不能怠慢，先要把蒸菜上了蒸笼格子，赵成熙砌的新灶放不下，只得去借了邻居的锅灶。赵成熙知趣，抱了一大捆自己准备好的柴花子过去，不一会儿，那家人屋顶上的烟囱炊烟袅袅，就等锅里香味出来。邻居见赵成熙早上起来就屋里屋外忙活着，说过话后知道他孤身一人，没亲戚，众人就来帮他，茶水有人掺了，蒸菜灶头也有人烧柴火，就要他好好当新郎。赵成熙心里感激，陪着白老板夫妇说话，得了空便去路口等送亲的队伍，等不着又回屋看师哥做菜。那厨子见老板夫妇在一旁打点，街坊邻居肯帮衬，说话又好听，心里快意，便想卖弄手艺，随机应变，就要菜品五彩斑斓。赵成熙瞧了一阵，看不出师哥做甚名堂，又去路口等，等不着又回屋来，这般一来二去三五趟的，师哥的凉菜已装盘，烧菜、蒸菜温着，炒菜的食材、佐料配齐，就等送亲的队伍到来，柴火烧锅烹饪。也是，这等的人心急，那走在路上的人心也急，终于在路口处相逢。这般，看着新郎迎迓新娘子进屋，行过了结婚仪式，众人说不上欢声雷动，就是笑声说话声凑一处的热闹。赵成熙牵着新娘去床边坐下，也不揭盖头，自己出屋来请白老板夫妇与女方家的亲戚坐了一桌，其他的邻居们见着开始入席，邀约着围着桌子坐下，还安排了几人帮着上菜。一切停当，听得一声"开席啰"，很快，四个凉菜上桌，一盘猪耳切丝、豆干切条、猪肝切片、竹笋剖条的卤水拼盘，一盘干炸圆子，一盘拌白肉，一盘椒香排骨，花样菜色煞是好看。上过凉菜，散装曲酒的壶儿捧了上来，一阵喧嚷，众人开桌吃席，有捉筷夹菜的，有端杯倒酒的。紧跟着，上菜的端来了米粉蒸肉，红烧什锦，冬瓜蹄髈，笋片烧鱼；接着是四样炒菜，一盘韭黄肉丝，一盘麻辣肉片，一盘糊辣肉丁，一盘莴笋肉片；随后是一大碗白菜圆子汤。白老板在设计菜品时，是为赵成熙设身处地想过的。要吃得好又要吃得饱，还要花钱不多，吃得热闹撑出面子，便制订出了以猪肉为主、蔬菜为辅的菜品，其中每桌添了一尾鱼提升了菜的档次。其一，食材是先在饭馆厨房里做了粗加工的，到这儿做起来方便。其二，赵成熙只出食材的成本钱，也是承受得起的。这般便又支派了饭馆里有经验有手艺的厨师来掌灶，几桌饭菜操办出来香飘四溢，每桌菜荤素搭配，让人吃得胃口大开。况且，这棚户区住的都是市井人，十天半月的都难得吃一回肉，这桌菜虽不是上等佳肴，却做得好吃，大人孩子都吃得舔嘴。就在上菜的当儿，赵成熙去敬酒，先敬了白老板夫妇，说了些感恩的话，再敬送亲的两个舅子，接着敬了一同来的女方亲戚，又敬了邻居，自己也喝了些酒吃了点菜。

这时候，表婶端了饭菜去屋里，新娘便关着门吃了。一会儿，赵成熙敬过酒回屋，新娘在盖头下睨着赵成熙，看他人儿健康又勤快，放下心来。隔会儿送亲的亲戚吃过饭是要走人的，赵成熙去给每人准备了四个两文钱铜板的红包。表婶是女方家托的媒人，赵成熙给她准备了一个大洋的谢礼，媒婆的谢仪早就给了，一会儿吃过酒席后她就会走人。他准备好这些礼后，出屋来，见着师哥与邻居家吃酒的把盏言欢，便过去敬了师哥一杯酒，感谢其为自己做事，劳累了。这师哥爱吹牛皮，听旁边喝酒的说菜做得好吃，告诉旁人，东门上有几家公馆都来请自己去做过席的，还是做山珍海味的席，喝过了酒，就拉着赵成熙做证。于是，又把说过的话重新说一遍，赵成熙晓得有这么些事，对众人说是真的。一旁喝酒的听后都说厨师的手艺了得，这师哥听了众人称赞心里舒服，才松开了拉着赵成熙衣服的手。这时，亲戚家有吃完的人下桌，赵成熙看着连忙过去照应，等喝酒后吃饭的人下桌，众人因要赶路，说声时间不待便要走人。赵成熙留一阵留不住，只好相送。表婶要带众人出城，便一道走了。路上，赵成熙把准备好的红包给了大家，表婶与众人说了感谢的话。来到路口，众人要赵成熙回去，赵成熙不依，又送了一程才回去。待他来到家门前，见邻居差不多都吃过了下桌来帮着收拾，洗过的碗筷盘碟认着了拿回家去，一些小孩帮着大人抬着桌子、板凳回屋里，就剩师哥那一桌有几人吃酒。白老板喝了酒人有些困，便说要回家去，老板娘跟着走了，赵成熙连忙送至路口，还特意叫了一辆黄包车请白老板夫妻坐上，还招呼车夫不要拉快了。他看着黄包车走远才转身走回，进屋看见新娘坐在那里，一时无话说，想着师哥还在喝酒，出屋去坐在了师哥旁边。师哥见他来坐，让了让身子，叫人去拿了一副碗筷放在赵成熙面前，要他吃些饭菜饱肚子，免得饿着。接着，又去与那吃酒的说闲话。众人无事不急，说着话时不时地端一下杯盏呷点酒，直到厨子起身去做晚上的一桌菜，几个人才散了。临到黄昏，饭馆的师兄弟一同到来，赵成熙一阵应酬后，点亮了一盏油灯挂在屋外的墙上。光亮处摆了方桌板凳，大家围着坐下，上了菜肴，赵成熙起身端杯敬了师哥师弟的酒。众人起身举酒杯说些恭喜的话，喝了这杯酒，重新坐下。饭馆里的账房，起身递了红包给赵成熙，说是饭馆同事凑的份子钱。赵成熙起身接过红包，朝在座的众人打躬作揖后，又敬了一杯酒。大家是天天见着面的，说话也就随意，有时去逗趣一下赵成熙，说些床铺上的荤话取乐，捉弄得他不好意思。众人看着开心，喝酒吃菜也很畅快，一桌酒菜吃到月儿弯出来才散了席。一桌的师哥师弟有两人喝醉了，其他的差不多都微醺了，走起路来都有些摇晃，大家说说笑笑一路走了，赵成熙去送到路口。回来时，见邻居在帮着收拾，他要搭手去做，众人说他是新郎官，便拦住了。他只好在一旁看着，待到众人认着自家的碗筷盘碟，抬着桌子板凳回屋去，才拱手道谢进屋关门。几个邻居来墙边听壁脚，想以后说话调侃，听一阵儿没动静，只得散了各自回家。赵成熙第一次抱女人，抱着了就不松手。王淑芳呢，第一次被男人拥着，红着脸儿扭捏了一会儿，柔软的身子依偎在丈夫怀里。这夜风光好：秋风吹摇了树梢，鸟啼夜静月光皎，红烛解得鸳鸯事，纱帐缎被第一遭。

六

赵成熙结婚后，生活有了规律。早上起来就去饭馆上班，直到饭馆打烊才回家，沿着那几条街的路来来去去，一点儿都不耽误。由于成亲时预支了几个月的工钱，白老板想着赵成熙要给房租，才过门的妻子闲着在家，两个人吃和用要花钱，便每月扣了他一个大洋。于是，夫妻俩日子过得节俭。王淑芳从乡下嫁到城里，村里人都是羡慕的，说她有福气，就是她自己也这么觉得。她嫁过来晓得了屋里的家务，才知道赵成熙是一家小饭馆里的跑堂伙计，是城市里的穷人。不过，妇人还是觉得自己是有福气的，嫁了人，有了丈夫，有了自己的家。她一早起床，就去井边提了井水回屋，先去烧一锅开水装进茶壶，余着的自己拿盆舀些水兑温凉后洗漱，留着些丈夫起来好用，天天如是。她晓得丈夫一天三顿饭在饭馆吃，待丈夫出门后，自己才去烧火做饭。为了节省柴火，她一锅就煮了一天的饭，平常的日子里都煮的是稀饭，若是想吃干饭了，锅里多下些米，煮至米粒儿白心时用瓢舀些起来沥在筲箕里，要吃时倒在锅里掺些水，再用筷子去米粒上插几个眼，罩上锅盖，烧柴火等饭熟，很是快捷方便。吃菜呢，赵成熙掌管着金钱，每月会给些钱让妇人买菜和零用。只是妇人俭省，瞅着便宜的菜买，用削了的萝卜皮与菜帮子用坛子做泡菜，还把干黄豆泡胀、煮熟、发酵，做成豆豉，有时把辣椒切成颗粒用玉米粉放盐和匀，在锅里蒸熟晾冷做成鲊辣椒，要不然就是把豆腐切成小方块放在竹排上，置阴凉处生酶后做成豆腐乳，这些菜下饭有滋有味。赵成熙看妻子节约，有时也要买菜回家，隔段时间割点猪肉回来与她改善一下伙食。只是，赵成熙开头有些兴头，时不时地回到家，青天白日的，关上门抱着妻子不松手。闹兴过了，夜晚还要搂着妻子。刚开始，妇人不习惯，后来习惯了，看着丈夫走到跟前，一颗心就像小鹿儿般乱跳。时间久了，她晓得丈夫是个老实人，也顾惜自己。其实，妇人也是个老实人，吃过了早饭，收拾过屋里屋外，空闲了抬条凳子去门边坐下来纳些袜底、鞋垫、鞋帮子，一月下来也能卖得几十个铜板。这些钱她是要给丈夫的。丈夫给的菜钱与零用钱她节约下来也要存几个铜板，还自己去藏在一个地方。这般，妇人每天在门前做针线，渐渐地与邻居家有了照面，渐渐地聚在一处说闲话，也渐渐地熟悉了居住的环境。老辈人喊她王嫂子，同辈人喊她王嫂嫂，小辈人喊她王姆姆。王淑芳和气，怎么喊她都应声。只是，心里觉得喊她王嫂嫂亲近。

在赵家的右边隔壁住着一户刘家。夫妻俩中丈夫的年龄有三十八岁，妻子刚好大丈夫一岁。他们有三个儿子一个女儿，大儿子十三岁了，最小的女儿才三岁。这对夫妻做着卖干辣椒面和泡青菜的营生。每天早上，做丈夫的便把舂好的辣椒面用纸分匀，过秤后包成撮箕样式，一包一包叠放在竹提兜里，之后去泡菜坛里捞出泡好的青菜，一叶一叶码好在陶器缸钵里，再把缸钵放进竹背篼，然后用一张细麻花布遮上。歇过一会儿，等着妻子熬好稀饭喝上一大碗，他便背着背篼，手提竹提篼，出家门去走街串巷叫卖。生意好时中午就可回家，生意不好时待到黄昏才回屋，有时还要剩货。这汉子苛俭自己，一整天有时饿肚子，有时买个锅盔充饥。于是，做邻居的习惯了，这家子上午时还清静，一到了下午，舂辣椒面的咚咚声响与孩儿们嬉闹的声音一直要吵到天黑。在赵家的左边隔壁住着一个半盲的算命老儿。何谓半盲？就是他有一只好眼睛一只瞎眼睛。这算命老儿姓何，年纪有五十多岁。据说他的家在安岳乡下，本是在当地附近场镇上摆摊给人算命挣些铜板维持生活，后来听人说省城人多、地面广、好挣钱，便告别了老娘，告别了妻儿，独自一人捏着算命要诀，行乡过县、翻山越岭、逢河过桥，走了四天路程来到了成都西门。先去城边上的一家鸡毛小店住下，一天一个两文钱的铜板，住的是通铺，睡的是稻草上铺的席子，盖一床又旧又薄的棉被，打热水洗脸都要跑快些，迟了没有。早上起来，他就去城门洞边的卖菜小巷找一空处，拿出在乡下用过的行头，一块上面写着"算命测字"的白布摆在地上，又去找了个大鹅卵石放在白布后面。起初，找他算命的人少，一天也就挣几个铜板，给了住宿的钱，留些攒存以备不时之需，他真的是饱一顿饿一顿地过着日子。有一天，旁边卖菜的大婶看他饿得发冷，说："半瞎子，你在这卖菜的地方算命能有几个人找来呢，庙里烧香拜佛的人多，何不去那里试试运气？"不想，这话点醒了他，第二天他就去了西门的城隍庙。刚到那里，已经有一个算命摊子摆在了庙门外边，他只得离远些亮出了行头。那算命的看见他来抢生意，过来打量一阵儿，就往街头一间茶铺走去。过一会儿，那算命的身后跟了两人出来，径直就朝他这儿走来。差不多要到跟前，那算命的走了，留下两人站在那里，那两人如若看见有人在何老儿那算命后给钱走了，就凶神恶煞地向他要钱。何老儿以前在场镇上也遇着过这般阵仗，晓得是怎么回事，只好拿出铜板来消灾。两人说他识相，拿着钱得意地回茶铺向老大交差。后来，何老儿与那算命的熟了，开他玩笑，说他是猫搬甑子替狗干事。那算命的告诉何老儿那些人是地方上的袍哥，就是自己不去说，那些人也是会来找他要钱的。

何老儿交纳份子钱，也就在庙旁边有了地方扎根。每天从早到晚，有收入十多个铜板的，也有收入二三十个铜板的，如是把来算命的说高兴了，有时也能得到块把大洋。何老儿有了钱，就不想在鸡毛小店住宿了，过了不久，去观音阁租了一间屋子安下身来，连行头都换了。每天早上，这老儿左手拎着一条小板凳，右手擎着一根挂着粗布白幡的竹竿，白幡上面写着一个"测"字，便睁一只眼闭一只眼地出门，先去路边小吃店买碗稀饭买块馍吃过了，才又一路慢慢去到城隍庙边坐下。他喜欢太阳天，就是晒得人难受，也可去树荫下坐着。要是下雨天没法出门，就得等着雨停后去庙里。遇着连绵细雨，只得在屋里窝一日，若去了场地天空落雨，他只好找近处避雨，等着雨停了，才去自己的地盘摆摊。有人找他算命，挣得的几个铜板先落入口袋，等着茶铺出来的两人收些去，之后能不能挣钱，只有苦苦等待。到了中午，摸两枚一文钱的铜板出来，"哎呀"一声，不知是昨天挣得的还是今天挣得的，买一个椒盐锅盔吃下肚充饥。捱至黄昏的时候，收摊了顺路去一家小饭铺，买份小菜和饭吃过了回家。走回屋有时口渴得急，就去刘家讨要水喝。他年纪大，不知道刘家的主妇姓啥，也就随她丈夫姓氏唤声刘嫂嫂，后来晓得刘嫂嫂姓顾，只是叫顺嘴了就没再改口。不过，这老儿有些怕刘家的几个娃儿缠他说闹，有时还学他走路的模样，使得他杵在门前没得抓拿。所以，当他看见几个孩子在屋门前时，就会去别家讨要。其实，他是在屋外的墙边砌灶支锅了的，只是单身一人，累了一天疲惫得很。后来，他与赵家做了邻居，倒是时常叨扰，晓得赵成熙的老婆姓王，也唤一声王嫂嫂。妇人同情他一人四处奔波得辛苦，遇着来要水喝或借个物什用的，便也肯帮助。

在刘家的隔壁住着一个张姓中年汉子。这人是讲评书的，一天到茶铺说两趟书，下午一趟晚上一趟。这汉子孤身一人，上午离家夜深回屋，白天都锁着房门。在算命老儿家的另一边隔壁住着一个李姓的年轻人。这人单身从资中县的农村来到成都拉黄包车，也是早出晚归难得见面。赵家的对门，住着一户倪家，做香蜡营生。夫妻俩人到中年，有一个儿子三个女儿。每天早上，丈夫吃过稀饭，背上一竹背篼香蜡去文殊院门前摆摊，妻子在家料理家务，还要做一些造香蜡的准备。倪家的左边住着卖蚊烟的苟家，年轻的夫妻有一个两岁的儿子。丈夫白天去大街小巷叫卖蚊烟，妻子在家做家务，也是要做一些造蚊烟的准备。蚊烟是用锯末掺些六六粉和匀，用纸包裹成一尺五长、有红萝卜粗的圆条。这卖蚊烟是热天的事，到了寒天丈夫只得去寻力气活儿做。在倪家的右隔壁住着段家，妻子胖、丈夫干瘦，年龄都在四十岁上下，有一个十三岁大的女儿、一个五岁大的儿子。丈夫在一大户人家的公馆当看门家丁，每天在公馆吃一顿午饭，月底有五个大洋的收入，他妻子在家就忙些家务。在段家隔壁住着卖桐油石灰的杨家，夫妻俩三十多岁倒有些见老，尤其是妻子脸上沧桑的皱纹让人瞧着像太婆。这对夫妻有两个儿子，大儿子九岁，小儿子五岁。这桐油石灰的营生都是自己制作，先人传法有诀窍，夫妻俩懂得，用一些石灰粉按比例掺和桐油，加些熬过的糯米汤和匀后放在大木盆里闷着。可不能小觑，这闷好的桐油石灰敷在裂缝处有黏性，干结后不掉落，用来补裂了缝的水桶、木盆和坛坛罐罐，管用且耐久。夫妻俩早上起来，妻子去烧水熬稀饭，丈夫便去把闷好的桐油石灰搓成一根根略比笔管短又粗些的条儿，整齐地排放在一片用于保湿的菜叶子上，再放进竹提兜里，一层一层码好。等吃过早饭，丈夫提着竹篼去走街串巷叫卖，妻子在家干完家务事便去做些针线活。这几户人家都是赵家的近邻。其实，观音阁住着几十家这样的住户。这些人家找着生存的空间忙碌，做一些小本生意，白天都出门去讨生活，黄昏时回家碰见眼熟的彼此都会招呼，时间久了也叫得出姓氏。如是遇着天气好且众人得空，自然会有人与人之间的热闹光景，太阳照在墙檐上，大家聚一处闲话。

七

赵成熙结婚后有一年五个月，妻子与他生了个儿子，这让他从头到脚欢喜了几天。他爹娘早殁，自己又是单传，有了儿子，也是祖宗香火有了继承，他怎能不高兴。儿子出生那天，隔墙的刘嫂嫂过来相帮，找了接生婆来，还与邻家几个妇人一道张罗些事情。赵成熙没经验，只好守在门外等待，听到儿子来到人间的第一声啼哭，这男人感动得不得了，泪光闪闪，对邻居家帮助心存感激。到了儿子满月那天，他去肉铺割了八斤多猪肉，又去酒铺打了三斤散酒，要摆两桌席，请了妻子家的亲戚，请了白老板夫妇和饭馆的一些同事，请了邻居。一来是为儿子满月相庆，二来是答谢众人对自家的帮助。

　　这顿饭是中午吃的。赵成熙先请了刘家夫妇，接着请了附近的几户邻居。亲戚家来了王嫂嫂的大哥、姐夫与说媒的表婶夫妇。本来，在王嫂嫂怀孕时，表婶就听说了这事，把信息传回了乡里。王嫂嫂的爹娘听到话欢喜得不得了，便把养着的三只母鸡下的蛋存了起来，准备到女儿坐月子时来城里看望女儿与外孙。没承想，听到女儿生了儿子的消息，老头子高兴，去小镇上赶集买红糖，回家后伤了风受了寒。老伴要照顾他，一时半会儿走不成了，就让儿子带了五十个鸡蛋、一只母鸡和一包红糖去成都。王嫂嫂的大哥自家也拿出了三十个鸡蛋与一只母鸡，一并装进了竹夹背，顺路去邀约姐夫一道进城。这姐夫家也准备了二十个鸡蛋与一只母鸡，两人在第二天上午走到了赵成熙家。亲人见面，一场欢喜，待吃过午饭，两人又走路回家。那时，大家就说定了请满月酒的日子。哪知，临到日子，王嫂嫂的老爹病是好了，但还走不了远路，老两口就让儿子带了话，等人精神后就来看外孙。他们又把母鸡才下的二十来个鸡蛋捡了二十个让儿子带过来。自然，当哥的把爹娘的话向妹子说了一遍。王嫂嫂月子里听说老爹得了病，心里挂念，现在晓得病好了，心里宽慰下来，要哥哥看外甥乖不乖。赵成熙自幼流浪四方，亲戚没找着，后来遇着饭馆老板夫妇收留，心里觉着是亲人了。这老板夫妇带来两陶罐一斤装的成都大曲酒，给了孩子两个大洋的礼性。邻居们来吃满月酒，也是要给孩子随礼的，有几个铜板的，也有十来个铜板的。就是表姊，月子里也是提了一只母鸡来看望过的。还有那饭馆里的厨子伙计，赵成熙是请了的，便是饭馆里生意走不开，大家凑了份子钱，委托了一个厨子一个伙计前来祝贺。说实话，赵成熙请众人来吃满月酒，就是感恩，真的没想收礼。不过，吃酒送礼，乃人情习惯，其中玄妙，请得到的，言语不到的，德行好的，脾气怪的，各有各相。如要推辞，引得有话说坏了规矩，坏了以后难相处，也就只好迁就。这般，众人讲过了礼，便去围着方桌坐下，一桌摆在赵成熙屋里，由着妇女们坐了，一桌摆在了屋外，由着男人们一起吃酒闹兴。待大家入座后，王嫂嫂抱着孩子屋里屋外向众人道一声谢。接下来，厨师与赵成熙就端菜上桌。赵成熙在饭馆当伙计，自是看过一些菜肴，他这次请客费了些心思，花钱要少，又要大家说好，策划了几样又简单又实惠又够味的家常菜。先上了一大盘油酥花生米，接着上了一大盘油辣子皮蛋牙、一大盘蒜泥凉拌莴笋肉丝、一大盘凉拌鸡块。这四样菜上齐，赵成熙心里想着好人情，便把散酒搁置一旁，拿出老板送的大曲酒给众人斟上。男人们吃酒，妇人们也有吃酒的。他端起酒盏先敬了白老板夫妇，感谢夫妇俩收留了自己才有今天的日子。听着话众人有晓得故事的也有不知情的。接着，他端起酒盏去敬了表姊夫妇，感谢表姊成全了自己的婚事，这才有了家庭。这事情众人是知晓的。他又端酒盏去敬了舅子和姐夫，感谢他们看顾。他还端酒盏去敬了饭馆的同事和邻居，感谢大家的帮助。之后，说一声"请大伙儿自斟自酌随意"，便又去灶上忙碌。一会儿，凉菜上桌热菜又来，上了一大盘焦红四方。这菜用一大块肥五花肉制成。先把肉皮放柴火上烧焦糊后刮洗干净，并在皮上涂糖渍，再去抹了油的柴火锅里烧焦煳后又刮洗干净，最后放锅里，加适量的水，放适量的葱、姜、酱油、糖，文火慢烧，待到汤干汁浓起锅装盘。这菜红亮亮的好看，搭筷子软糯，入口化了如吞甘饴。算命老儿呷一坨进嘴里便呼尝着口味了。话音刚落，又上了一大碗米粉蒸肉，还没吃完，又上来了两大碗油光水滑的土豆烧排骨，众人看着筷子一阵热闹，尽兴地吃菜喝酒。须臾，又上来了两大碗油亮亮的回锅肉，众人看着筷子又是一阵热闹，要小赵坐下喝酒。赵成熙说"莫忙"，便又去灶上忙碌。一会儿，上来了一大碗火爆腰花、一大海碗满堂红。这满堂红是烩豆腐，放了适量的肉末、姜粒、郫县豆瓣、酱油和花椒面，诀窍是勾三次水芡粉起锅装碗，再往锅里放油、放剁成细末儿的郫县豆瓣、放汤水，又勾些水芡粉后倒在豆腐碗里，这汤汁淹没了豆腐，红亮亮一色，煞是好看。吃一块豆腐进嘴里，又软又烫，与麻辣之香共鸣，忍不住额头出细汗，禁不住的泪花都要出来。不过，吃了后还想吃，就连白老板都说吃着过瘾，问赵成熙是哪儿的手艺。赵成熙说是自己琢磨来的。老板说这般好，明天饭馆就上这道菜。赵成熙听着话心里欢喜，又去锅里干煸了两碗黄豆芽，这菜是下饭吃的，便搁在了灶头，接着去煮了两大碗小白菜圆子汤端上桌，便与大家吃起酒来。这当儿，有的人吃酒上脸，眼窝子都红了，要去舀饭吃，众人不许，说还要喝两盏儿。眼看着，屋里妇女们一桌，见菜上齐，便吃饭了，吃过了出屋，都说这顿饭吃得享受。邻居家的离屋近，有的要回去，王嫂嫂便把早上煮好的红蛋见人散一个。这边男人们吃酒，酒量小的看着妇女们都下桌了，也就去舀饭吃，唯有那喝多了酒的要闹酒，说赵成熙后来才上桌要罚酒三盏。赵成熙今天做东，自是不好推辞，端盏喝了。刚喝完，闹酒的便要划拳。酒醉英雄汉，饭胀傻老三。赵成熙才上桌子，酒也才吃了三盏，一个人清醒着，有的人已吃得面红耳热。是故，他遇着猜拳，胜的回数多些。这酒是好东西，就是吃了头晕。几番下来，差不多意兴阑珊，有的人去舀饭吃，迈腿走路都要去找脚步，身子还有摇晃的。这顿饭吃了一个多时辰，大家都说吃得安逸。

吃过饭后，大家坐了一会儿说了些闲话，白老板夫妇便起身要走了。那饭馆来的厨子伙计也要跟着一道去，王嫂嫂与每人散了红蛋一个，又忙着去灶头上收拾，由着赵成熙去相送。赵成熙一直送出观音阁上了大街，替白老板夫妇叫了一辆黄包车坐回家，其他厨子伙计跟在后面走一阵去了饭馆。赵成熙送客回来，看着妻子在灶上洗碗筷。一旁的舅子、姐夫与表婶夫妇坐在屋檐下说着家乡的事情，便去灶头帮着把洗过的碗筷盘碟清理出来，把借来邻居家的还了，接着又把桌子、板凳还了人家，过来见妻子回屋去喂孩子吃奶，便去舅子身旁坐下听说话。这亲戚家说的事情，大凡都是些乡下屋子边的林盘、养的牲畜、田里的收成；也要说些村里的人物，有过得好的，也有寒碜的，还有些花边新闻，有值得人钦佩的，也有惹人笑话的。过了一个多时辰，表婶夫妇才说告辞要回家去。王嫂嫂在屋里听着话出来，散了红蛋，便要相送。表婶说屋里有孩子，也就拦住了她，只得赵成熙、舅子和姐夫去相送了，一行人到三洞桥的小路上分别。看着表婶夫妇走远，三人一时间不想回屋，便去路边田埂上走走，看着地里栽着绿茵茵水灵灵的蔬菜，望不着边儿，农人家的林盘隔远相望，树木间或有之，走一路自然成景，都是田园风光。一行人溜达至挨近黄昏才回到观音阁。赵成熙忙着去灶上做饭，舅子、姐夫与王嫂嫂在屋里说话。这时，孩子睡醒，王嫂嫂抱在怀里，指着这个对孩子说是舅舅，指着那个对孩子说是姨爹，孩子就眼望着她。三人说过一些话后，点亮了一盏油灯，赵成熙进屋来摆桌子，跟着端了菜来。中午的菜吃得只剩汤水，他将就烧了两碗土豆，重新油酥了一盘花生米，切了一盘腊肉片，炒了一盘葱花鸡蛋，炒了一碗莲花白，又把散酒摆上了桌。王嫂嫂要照顾孩子，舀了一碗饭夹了些菜去床边吃了。赵成熙去把算命老儿请了过来。何老儿中午吃酒有些醉意，回到自己屋里就倒头睡了，刚醒来又被拉来吃酒，向着众人说恐不胜酒力，叨扰些饭吃得了。赵成熙看何老儿还醉气笼面，人又上了年纪，便不敢劝紧了，说："我倒些酒在你盏里，你想喝就喝，不想喝咱们说些话吃会饭。"何老儿说："如此最好，大家随意些，不生分。"说完，去桌边打横坐了。赵成熙端起盏招呼舅子与姐夫喝酒，又招呼何老儿吃菜。那舅子和姐夫端着盏去请何老儿，弄得老人家不好推脱，只好端盏啧些。之后，众人放下盏，赵成熙招呼大家吃了一夹菜，便开始闲话起来。舅子问了何老儿姓甚名谁，做何营生。何老儿说了自己的名字，也说了自己发财的行业。接着，也问了舅子和姐夫的姓名，来自何处，舅子把问的话回答了。这么一来，大家便熟悉起来，赵成熙说了些以前的遭遇，何老儿也讲了些自己的经历。舅子晓得了老儿姓何，会算命，便要老儿替自己算上一卦。何老儿先是不肯，说算命之事有的准有的不准。舅子说无妨，听着了只当是个信儿。何老儿推诿不过，替舅子起了一卦，说舅子命里平常，只要肯做善事，不与人争执，寿数之中没啥灾病。接着，他又与赵成熙和姐夫各自起了一卦，又要讨好主妇，也替王嫂嫂起了一卦，说的话都差不多。虽说着命里之事，就如唠家常。众人说话吃酒，时间就过得快了。赵成熙本想请何老儿说说儿子的未来，只是见着天色已晚，担心一时半会儿的说不清楚，便把想法留在了心里。为了节省灯油，大家吃过饭了事。这个晚上，舅子与姐夫在何老儿屋里搭了门板铺歇宿。

八

过了有两个月，一天，赵成熙回屋早些，遇着算命老儿在屋檐下劈柴花子，便问何老儿怎么没去摆摊。何老儿说上午下了大半天的雨，下午放晴了，人便落在了屋里。赵成熙说何老儿的话有趣，说过了便回家去做饭。他想请何老儿替儿子起一卦，便去炒了一碗胡豆，炒了两个鸡蛋花，炒了一碗白菜，又拿出没喝完的散酒，去邀了何老儿一同吃酒。何老儿本要自己煮饭吃的，见有现成的，又有酒喝，心里自然高兴，出于情面，装样子地手在推脚在动地被赵成熙拉在了桌边坐下。两人要吃酒，王嫂嫂舀了一碗饭夹了些菜去床边吃了，吃过见孩子醒来，便背着人喂奶水，喂过后抱着孩子去门外屋檐下的凳上坐下来。这边，赵成熙与何老儿说着话，慢慢地吃着胡豆下酒，已过三盏。看着王嫂嫂抱着孩子坐在门外，何老儿找话说，问了孩子的姓名。赵成熙告诉了何老儿，孩子姓赵名希平，"赵"是父亲的姓，"希"是排行，"平"是爹娘想娃儿平安的意思。何老儿听过话颔首，便没了言语。赵成熙见机会来了，搬出了那天的想法，请老人家说说孩子的未来。何老儿想了一会儿，看着赵成熙说："我可以说给你听，不过，你我邻居家，真人面前不讲假话，有的话你能信，有的话你可不信。"赵成熙问为什么。何老儿笑一下，说："人是活的，事由心生，这倒是变化。"赵成熙想了一会儿，说明白了意思。于是，何老儿夹了菜吃，又喝了一口酒，问了赵成熙孩子出生的时辰。赵成熙告诉何老儿自己儿子的生辰。

　　常言道，事物的摆样，做人的装相。何老儿听赵成熙说出孩子的出生时辰，神情庄肃起来，捏着口诀去手指上掐一阵儿，嘴里默默言语天干地支，一会儿又金木水火土，一会儿又十二生肖，仿佛心中在罗列。其实，他算命的道行有多高呢，没人知道。平时，这老儿与人算命有一处技巧：那只好眼睛眯着，眼珠儿在眼皮里转动几下，使得黑眼珠朝上了些，这才慢慢张开眼皮，让人瞧见他眼窝子里露出的眼白，不经意地以为他两只眼都瞎了，谁去想他瞧得见算命之人的长相，倒是被他察言观色了。瘦子好斗，胖子宽厚，人样子上，穿衣打扮，三教九流看得多了，心里自是有些谱儿。还有，他放出些算命的手段，能说会道的，东问些话西问些话引导着人露出表情，再结合着算命的口诀，就把一个人的人生描绘出来。说真的，这老儿也真有点本领，十个人来算命被说中的有六七，就让算命之人听着都觉得稀奇古怪，怎么自己过去的一些事情都被他说得出来，难道老先生是高人，能窥破这冥冥之中的奥妙？然而，这算命老儿斗大的字不识几个，至于他那手艺，也只跟着师傅学了几月。他要去世面上谋生，便要见人说话，长年累月地阅人积累出经验。衣服光鲜、细皮白肉之人自然是处境优裕，衣服破旧、皮肤粗糙之人自然是做工卖力，还有那病恹恹的面孔、脑子里浆紧了事的样子、心里藏不住喜悦的相貌……总之，一些瞧人之法胸有成竹，他逢人说话，连哄带吓引出端倪，也就顺着线索谱事儿。再者，嘴里念叨，念叨着子丑寅卯，用手掐算，在手指关节上三上三下打转，掐得着的说好，掐不着的说歹，弄得来找他算命之人忐忑不安。当然，算命这行当，涉及个人命里玄机，人们多是敬畏的，说到好运面目光亮，说到歹运脸上黑愁。好在有许多命里变化的传说，这便是老儿与人算命最能婉转之处。于是，老先生每每与人算过命后就有了一句口头禅："善事积德，多行善事，会给人带来福泽。"就因有这么一句话兜着，他测过的人无论有怎样的结果都有了变化上的依凭。况且，他一个老儿，摆着地摊，又穷得可以，算命准否，如何计较。信者有之，不信者也不管了。

这老儿有多大的能耐，也就他自己知道。在做事情上，又有一副德行，遭人讥笑神情萎缩，被人恭维神情张扬。这会儿，他吃了酒，又是在邻居面前，抖擞精神，不敢说是卖弄，但像换了个人似的，脸儿做出胸有成竹的样子，嘴里默念字诀，手指来回掐算，使得赵成熙在一旁屏住了气息观看。他一会儿瞧见老儿眉头紧皱，略略地又摇头又晃脑，脸上显出呆怔神色，睁开眼皮茫然须臾，才又重聚神气，嘴里的字诀默念得快了点，手指上来回掐算得急促些，又过了一会儿，脸上的神态转回平常，散了嘴里的字诀，收了手指上的架势，向着赵成熙长长地"嘘"了一声，说出孩儿命相一般，前半生有几道沟坎，中年有贵人相助，会有职司，老年孤独。赵成熙听着把紧着的气息缓了过来，说命里一般也好，不求富贵荣华，也就图个平安生活。他说完，与老人家喝一盏酒，又请吃菜。在赵成熙心里，觉得何老儿的话合了自己的意思，也是过得去了。哪知，王嫂嫂在门外听说孩儿前半生有几道沟坎，便想弄个明白，抱着娃儿来到桌边站住，问何老儿孩子会遇着怎样的沟坎，又该怎样防备些。原来，算命老儿晓得赵成熙在饭馆工作，有吃的还有收入，一家人过着饿不倒饱不着的日子。再有，何老儿替赵成熙两夫妇算过命的，命相里这孩子是单传，只是出于邻居间的关系，这话便不好说出来。当然，何老儿也知道，自己替人算命，也就是想挣俩钱混饭吃，有些话当不得真的。不过，虽说这老儿平日里与人算命的话里有些添油加醋，可也是承了师父的衣钵，碰着些事儿应验说得出来由，也是有算命的方法，再有积累的经验，要不，世人又怎肯花钱去讨教。眼下，听王嫂嫂问着，心里便琢磨着该怎样来回话。不承想，算命老儿这一沉默，倒叫夫妻俩心慌。本来，这赵家有了儿丁自是欢欢喜喜的，还按照赵姓的班辈排行"希"字给娃儿取了"赵希平"的姓名，也就想孩子一生平安，现在见着老儿说话踟蹰，肚子里的担心串去脑门。过去了的日子不愁，便担心今后的日子怎么过，怕现实中的怪物成了命里头的魑魅。赵成熙刚才听了老儿的话，才安下心来要与老儿吃酒，此刻一统丢去爪哇国了，眼巴巴地望着老儿，请老人家说些朝好里去的法子，说出来他们一定牢记心里，日常里也好小心地过，等娃儿长大了也能在生活上点拨他过日子。算命老儿见夫妻俩惊慌的样子，晓得是自己刚才批出来的话悬了两人的心肠，想说些好话安慰，又怕说得太直接了跌份儿，惹得人以为是闹闲话。于是，这老儿又去手指上子丑寅卯地掐了一通，告诉夫妇两人："孩子有三道凶坎，时候在三岁、七岁还有三十一岁的当儿。前两道坎害病痛，后一道坎遇是非。不过，这孩子命分不浅，随遇而安，否极泰来。"王嫂嫂问："遇着坎儿该怎么过？"老儿说："如是病痛，可找老中医瞧看，不可听信旁言。遇是非，避开就是了。切记，不走夜路，不乱说话，不与人口角，不该去的地方不去，是活人的平安之法。"夫妻俩听着这话彻底放下心来。

这算命老儿有个喜好，就是爱按五行之法与人改名字。比如一人算着命里少金，便劝名字里改有一个"鑫"字。如此类推，命里缺木的可改有个"森"字，命里缺土的可改有个"垚"字，命里缺火的可改有个"焱"字，命里缺水的可改有个"淼"字。老儿会告诉来算命的人，这样改了后可以旺命。当然，这是何老儿的方法。不过，在许多传说的故事里都有这般绘声绘色的描述，就是那讲评书之人说着这般事也禁不住口沫直溅、津津乐道如神话，便是今人之中也多有人相信。不然，老儿的方法也只好在自己头脑里掂量了。这时，算命老儿起了这个念头，又见夫妇两个诚诚恳恳的样儿，便说这娃儿的姓名之中改一个字，或许命里会顺受些。王嫂嫂听着话问："名字也是可以改的么？老话说，行不更名，坐不改姓。"算命老儿说："不能改那是古板人的作为。其实，好多古人也是改过了名字才转运发迹的。就如那唐朝的裴宰相，本来是讨饭的命，后来改了名字便发迹了。"其实，这算命老儿把事说错了的，那裴宰相是因做了善事才转了命运，只是老儿东拉西扯事儿来说话，要人相信，说错话还不自知。王嫂嫂听说古代的大官儿都有这样的遭遇，便没了话说，就想着孩子的名字都是父母起叫的，要由一个算命的人来说改就改了，总觉得有些不妥。于是，她睁眼望着赵成熙，想听丈夫说些话来。大概是算命老儿看出来妇人心里有想法，也没等赵成熙张嘴出声，便说："我只是替娃儿的姓名改一个字，也不过是一点建议，至于说出来好不好，也是要做父母的去斟酌，能行则行，不能行也就罢了。"赵成熙听着话，觉得老儿说得有些道理，能不能改名字，且听着说出来的话，有意思也可以去信，如是没意思就当听闲话。于是，他便请老儿说一个字来。算命老儿听这话来了兴致，眯上那一只好眼睛沉思一阵，顷刻，拊掌一拍，睁开眼说"有了"。赵成熙问："有了什么？"老儿说："娃儿姓赵名希平，姓是不能改的，'平'字起叫得好，有平安是福的意思，何不把'希'字改一改？'希'字有盼望的意思，到底只是一种想法。如能改成'西'字，一层意思是西去可求佛垂顾佑护，二层意思是'希'字与'西'字谐音，三层意思是少了想法平安也就实实在在的了。"这样，赵成熙觉得老儿的话说得透彻，有理由有意思，况且还有点禅机。夫妻俩商量了一夜，便依着老儿的话，将孩子的名字改成了"赵西平"。

九

赵西平的童年是在娘亲的照顾下长大的。他娘亲没工作，整天待在家里，做完家务便拿出针线纳鞋底挣点小钱。这样，赵西平便守在娘亲身边玩耍。这孩子从小长大就没有一样玩具，要说算是玩具的话便是娘亲的针线簸箕。这孩子可以长时间把簸箕里的针线、布条弄来理去，一会儿搞得一团乱糟，一会儿又摆得齐整。他饶有兴趣，一点儿都不觉得厌烦。有时王嫂嫂闲下来，也要去逗逗他，把他放在自己的脚上坐下，母子俩手拉手做木匠拉大锯的游戏，这孩子就会乐得咧着嘴笑，一直要闹着玩到疲倦了，才会靠在娘亲的怀里闭眼歇息。王嫂嫂呢，要等着儿子睡着，才会轻手轻脚地抱着他去床上躺下。可见，这孩子受着他娘亲的呵护，关爱备至。然而，这孩子生性胆小，遇着眼生的人就会往屋里躲，他娘亲哄多久都不肯出来。此外，他一个人可以待在屋里半天不吭一声，出了房门就显得有些扭扭捏捏，遇着邻居逗他，定是又转过背一溜烟儿跑回屋里藏起来，什么时候自己觉得平静了，才把房门悄悄开些缝探头探脑瞅望，见着没人了才又把门拉得"咿呀"一声打开来，在门边站着或坐在门槛上，东看西看一个人自在。就是看见邻家孩子们在一处玩耍，他也是不肯走过去，就远远地望着，不出一点声音，别人玩多久他就望多久，别人不玩了回家去他才回屋。时不时王嫂嫂会带儿子去小朋友们身边，说些好话让大家与她儿子一同玩耍。眼看着他们在一起耍了，王嫂嫂便转身回家，哪知当娘的前脚刚进门，儿子后脚就回屋，王嫂嫂看见了都没奈何。这样的情景多来几次，做爹娘的也晓得自家儿子有点孤僻。再者，这孩子还有点小气。一次，对门倪家来客人，来王嫂嫂家借几个碗用，出门时被他看着了，他过来拉着倪家妇人就不松手，嚷着声要她把碗放下，气得王嫂嫂第一次扯儿子耳朵骂他不听话。这孩子看着倪家妇人把碗拿走自己还被扯耳朵骂，哭了一阵不解气，一个下午守着娘亲，喉咙里放出委屈的呜呜声。自此，邻居到他家借家什用都要背着他不让瞧见。当然，夫妻俩晓得儿子的个性如此，念他年纪小，在生活中时常说些做人的道理，想他今后在性格上能够有所改变，也不枉悉心教诲。如是，光阴荏苒，赵西平渐渐长大。

　　就在赵西平八岁那年，一天，白老板夫妇来他家做客。赵成熙要感谢恩人，自然要张罗几样炒菜，王嫂嫂时不时要去帮着烧火切菜。这边，闲着无事的老板夫妇去逗孩子说话。本来，大家见面时赵西平在娘亲的教导下是叫过人的。这时，他娘亲去做事，不在身边，他怯生生的样子露了出来，老板夫妇怎么与他说话他都不肯应声。老板娘想与他亲近些，便伸出手去拉他，没想到这孩子弄不清大人的举动和意图，惊叫一声就跑到床后面躲起来了。这下子，不管老板夫妇怎么笑着脸去唤他都不理睬，还是赵成熙过去拉着，他才磨磨叽叽扭扭捏捏着身子出来，显着欲哭欲啼的脸儿，使得旁人再不便与他说话，怕他真的哭出声来。吃饭的时候，这孩子就着那副样子，端着碗木讷讷地不理睬人，吃饭时用筷子挑着颗粒，也不去撺菜吃。王嫂嫂看不过，夹些菜去放他碗里，他脸上就露出一副害羞得难受的样子，别人不理会他还自在些。这般，赵成熙与老板喝酒吃菜，老板娘与王嫂嫂自个夹些菜呷饭，也就由着赵西平自己待着。后来，吃过了饭大家闲话，白老板对赵成熙说了自己的看法，觉得这孩子这样下去耽误光阴不是个法子，弄不好人大了傻头傻脑的见不得世面。赵家两夫妇听他这么说，心里有些不好受，晓得他是一片好心，倒也领受教诲。王嫂嫂说："大人平时教了的，只是娃儿胆小就成这个样儿。"老板娘听着话，说："孩子这般大了，也该去上学堂识几个字，说不定先生教化了，性子会开朗些。"听着这么些话，赵家夫妇半天没出声。说实在的，这个家就丈夫一月挣几个大洋供应着吃穿住行，处于很拮据、很窘迫的处境，操心着过日子，夫妻俩从来没有想过孩子读书的事情。确实，当时的社会穷人多，没有读书的孩子也多。就是这观音阁住户家的孩子，差不多也是整天在自家屋里屋外撒脚丫子走来跑去的，等着人长大了各自去谋生活。城市里有学堂，有条件好的学堂和条件一般的学堂。这好学堂是有钱人家孩子读书的地方，一般学堂是寻常人家能拿得出钱来让孩子读书的地方。在观音阁朝西去的马路边有一座清朝咸丰年间修建的庙，由于时间久远，庙子老旧得门墙颓色，香火渐渐少了，沙弥陆续地去了别的庙子，这庙子便荒芜了。民国初兴办学堂，在庙子里找地儿腾出几间屋子做了校址，设备都是简简单单的。赵成熙经常路过那里，看见过屋子里先生和学生上课时的情景，也听着过先生的讲课声与学生的读书声。可上学堂要交多少钱，纸墨笔砚又要多少钱，他没想过要孩子去读书，也就一点都不知道。现在听着老板娘说出这番话来，自是默默无语。如此，老板夫妇看见赵家夫妇坐在那里不说话，猜着是钱上的难处，便不再提读书的事了，说些其他事之后，也就告辞回家去了。

第二天，白老板找着了赵成熙，问他能不能做些淘菜的事。赵成熙自从被老板收留后，为了报答，对老板的话是百依百顺。此刻听着问，马上应了是。老板笑一下，说："多做了事，我会给你加些工钱。只是，我与你干娘商量过了，这么做，也是替你儿子着想。娃儿大了，读书不误聪明。"赵成熙明白了老板给自己找事做添工钱的意图，不好违拗，答应过些时候送儿子去读书。白老板说："你有难处，我也知道。不过，该做的事总是要做的，也不要等时候了，我先支三个大洋与你，以后便从你工钱里扣出来，怎样？"赵成熙想着老板夫妇这么做，也是为自己儿子设想的法子，接过了老板递过来的三个大洋。说实话，赵成熙没上过学堂，说得来话写不出来字，平常倒也过得去，遇着纸上落姓的事只好按手印，自然想到读书识字的好处。可一想着读书要用钱，心里便有些舍不得拿出来。这个晚上，他向妻子说了白天的事情。王嫂嫂也是没读书识不得字的，听了话对丈夫说："你不识字我不识字，别人在纸上画个葫芦说瓢都不晓得咋办。一窝儿的家，该是有个识字明理的人才好。现在，你干爹干娘都替娃儿想了法子，也该争气。"赵成熙便没话说了。

十

~~~~~~~

赵西平没有去上庙里的学堂，而是去了附近一家私塾读书。原来，赵成熙去学堂打听过，一年两学期的学费要三个大洋，书本笔墨还得另外用钱。赵成熙想着这般的费用不知要花掉日常生活上多少开销，心里很是踌躇。也是，家务事，钱作主，各家各自思量。这赵家的娃儿要上学堂，邻居知道了觉得是稀奇事，便来问东问西地说些闲话。赵成熙是个老实人，自然把孩子要读书之事的来龙去脉说一遭，忍不住透露些自己的想法。这下好，人多嘴杂的，说出了一条消息，附近有一家私塾。赵成熙听着了去探访，才知道先生是个戴着瓜皮帽、穿着旧蓝布长衫的老秀才，有学童五人，年龄各有差别。老先生授课循古文礼制，便与学堂教授的课本不同。当时，社会上兴新文化，白话文已在学堂的课本上实行。赵成熙听老先生给学童上课时讲得文绉绉的，不像曾在学堂旁听到的朗朗声音。还有，学堂里有算术课，他问老秀才是否教授。老先生说自己打得来算盘，自是要传授此法。赵成熙听了话觉得满意，想着儿子以后能识字能算账，也是比自己不能识字不能算账强了多少倍。他这么一想，心里有点愿意，去问老秀才的收费情况。老秀才告诉他自己办学按照学堂规矩，一年两学期，也是收大洋三个。赵成熙问书本笔墨如何收费。老秀才说自家备办。不过，一支毛笔、一锭墨与写字本子是要有的，其他的便不勉强。赵成熙听完话中了下怀，回家领着儿子来见了先生，交了大洋，行过了拜师礼，进屋与几个孩子坐在一处。赵西平不愿与生人待一处，无奈自家老爹脸色煞着，不敢不听话，又见比自己大的孩子背不出书来，被先生用戒尺打了手心，吓得个心颤，只好恭恭敬敬地跟着老先生学"人之初"。

老秀才是山东栖霞人氏，家有四十来亩田产，在镇上开了一家杂货铺，家境也是宽裕。老秀才有两个儿子两个女儿。在女儿都嫁了人家、大儿子成了亲后，老秀才把田产分了一半给大儿子，院子里的房屋也随着分了，夫妻俩便与小儿子生活在了一起。几年后，大儿子家有了俩孩子，即老秀才有了一个孙女一个孙儿。这时，小儿子也到了讨媳妇的年龄，一家人过得平安快活。然而，一九三七年七月七日，日本鬼子对中国发起了全面的侵略战争。这倭寇所到之处，烧杀抢掠无恶不作。一九三七年底，小儿子与村里一些小伙子参加了游击队打鬼子，老秀才夫妇与大儿子一家收拾了细软随着村里的人群逃难。一路走，这逃难的人越来越多，也就背井离乡地越走越远，走到了汉口，露宿了几天街头，后来租了一间屋子，一家人有了栖身之处，过了一阵惶惶不安的日子。到了一九三八年十月二十五日，日本鬼子占领了汉口，老秀才一家又随着人群逃难。不想，走一阵在路上与儿子、儿媳、孙儿走散，老秀才夫妇只好带着孙女到处漂泊流徙，差不多两年时间才辗转来到四川成都。这时，国民政府已迁都重庆，逃难来四川的人很多，老秀才夫妇与孙女儿在难民堆里生活了几天，才在观音阁边上租了一间屋子住下来。为了生活，五十多岁的秀才妻做了洗衣妇，每天去揽人家的脏衣服来搓洗，挣些钱来家用。老秀才便在住屋的外墙上张贴了替人书写的广告，用毛笔写字来挣点米炊钱。这时间，国民政府发行了法币。只是，坊间钱币是铜板、银圆和法币通用。因此，老秀才收学费，你给大洋他也要，你给纸币他也收。于是，老秀才一家总算结束了四处漂泊流浪的日子，祖孙三人有了落脚之处。不过，这逃难的日子是怎么过来的，一家人回想起来都是艰难。就这样，老秀才用一技之长谋生活，替人写字有一年的光阴，一户人家见老秀才的字写得好看又词句锦绣，便请他教导自家的儿子，说是要给束脩。老秀才听了话满心欢喜，一连说了几个愿意。就这样，那家人户送了孩子来启蒙。起了头便有随后，过了几月，又有人家送孩子来请他教授，渐渐地，老秀才有了五个学童。这老秀才是个有学识有良心的人，想着收了人家钱的，自是应该让学童有个读书的环境，就把屋子拾掇了一下，隔了里间做住房，外间腾出来做了课堂，还东拼西凑买了旧的桌子、板凳来当学童上课的桌椅，自家的灶台搬到了屋檐下。这般，老秀才一家虽然辛苦了些，也是渐渐在当地扎根了。

赵成熙送儿子去老秀才家启蒙的这年，已是一九四三年，中国的抗日战争到了反攻性阶段。四川是后方，抗战开始后，就有青年参军当兵，随队伍上前线打敌人。算命老儿家隔壁那拉黄包车的资阳人与观音阁的许多年轻人一道去参军当兵。队伍出发的时候，观音阁的百姓都去送行，资阳人向来送他的邻居说了自己的身世，他是一个孤儿。这让大家都记住了他，盼望他胜利归来。只是他随队伍走后便没再回来过观音阁。到了一九四五年八月十五日，日本鬼子投降，中国抗战胜利。人们在庆祝抗战胜利时说起了抗战的将士，观音阁的邻居便要纪念这位资阳的年轻人。在一九四六年六月的一天，一个军官带领着三个士兵来到了观音阁找士兵的母亲——王妈妈。说实话，很少看见军人来观音阁，便引得许多人围看，他们告诉军官王妈妈家住在观音阁东头，还随着军人来到王妈妈家住处。军官带领着士兵到了王妈妈家门前站成一排齐齐立正，看王妈妈从屋里出来时，军官领着士兵向着她举手敬礼。当时，这庄严的一幕感动了周围的人们。接着，军官告诉王妈妈，她的儿子已在前线捐躯。原来，王妈妈的儿子在一次攻打鬼子据点的战斗中，率先一人冲进碉堡，杀敌三人，在他与一个鬼子拼刺刀时，一个汉奸在背后朝他打了一枪。王妈妈的儿子中弹倒在了地上，鬼子把刺刀扎进了他的胸膛。最后，这次战斗全歼了敌人，可是，王妈妈的儿子牺牲了。军官拿出了遗物交给王妈妈，那件衣服上，有一个枪洞和刺刀扎破的口子，还有斑斑干结了的血渍。王妈妈哭了，军人们就一直向她敬着礼，这情景让周围的人们落泪。老秀才说王妈妈的儿子是英雄，是中国老百姓心中的英雄。

中国抗战胜利后，背井离乡的人们陆续开始回家。老秀才离家多年，心里无时无刻不想念着亲人，他要回故乡去寻找他们。一九四七年一月，要放寒假的前一天，老秀才请来了学童们的爹娘，说出了要回家去的打算，之后，向着家长们深深地鞠了一躬，接着，给孩子们上了最后一堂课。他讲了自己的家乡，讲了日本鬼子进村烧杀抢掠的罪行，也讲了逃难中流离失所、辗转来去的经历。他请孩子们记住他，他说自己也会记住孩子们的。第二天早上，老秀才与老伴带着孙女离开了观音阁。这样，赵西平在老秀才屋里读了三年书，晓得了《三字经》《百家姓》，念得出一些诗文，说得出一些《增广贤文》的句子，毛笔字也写得像样，还学得了些打算盘的口诀。此外，他在老秀才屋里与几个学童熟悉后常在一处玩耍，又时不时地被老秀才叫起来单独吟诵诗句，人比以前大方了些。有时回家来，还把学到的诗文念给娘亲听，一副天真烂漫的样子。王嫂嫂听后会夸儿子聪明，常与丈夫说读书的好处。夫妻俩瞧着儿子的性子活泛起来，心里自是欢喜。

十一

赵西平在家过完了寒假，他老爹送他去了庙里的学堂读书。这时，他已到了十岁有一的年龄，先生便安排他去了三年级班上。哪知，老秀才的教学与学堂里的教学不一样。老秀才讲古文，读一个字出来学童跟着念一个字，有时老先生念一个字，嘴里咕噜着韵切，还用手指去桌上敲音击节。在庙里的学堂，赵西平拿着语文书，看见书本上白话文里的字识得一些，瞧着了拼音字母就一脸茫然、不知所谓。还有，赵西平背得出算盘口诀，可是，算术书上的加减乘除他就不晓得。这么一来，他学习上就有些劳神费力，与同班同学比较起来落差就有点大。教书先生晓得他是读私塾过来的，批改他作业时也就耐心些。看见他作文句子里的"之乎者也"，用得对的保留，用得不对的就用红笔画圈表示删掉。只是，这孩子在拼音字母写法上颠倒，白话文字句上混淆不清，使得先生批阅起来有点伤神。再者，算术课赵西平是从一年级补学的，而同班同学已在学习乘除法了。他上课时听先生讲怎么个乘法又怎么个除法，下课后抽时间先生便给他补习加减法，课题简单还能有些应对，如是问题多了又复杂，则被弄得个晕头又转向的。这般，他的答卷错题多、答对的题少，本子上的叉叉满篇，自个儿看见都惨不忍睹。如是能看到先生画的红钩，他要欢喜半天，回到家里，定是要把先生画的红钩给娘亲瞧，好让娘亲看了高兴，夸他一夸。这点欢喜之后，他去上课会勤奋几天，过一阵儿，又会有一些懈怠。究其原因，也是他学习上常常处于低迷状态。确实，学习上不能跟进，课本作业乱七八糟的，今天被先生说不行明天又被先生说不对，时间久了也没了兴趣。一天，赵成熙被先生请去谈了话，才晓得儿子在学堂书读得一塌糊涂。教书先生说话中肯，告诉他这孩子要是这么学下去，恐怕是学业不成。若要换班让他去一年级重新读起，又在年龄上差了几岁，这就得听一听家长的意见。赵成熙听完话愣神儿没了主意，心里就恼儿子不中用。他尴尬了一会儿，才说先生觉得怎么办好就怎么处置。教书先生摇摇头，劝赵成熙回家去商量，毕竟读书是孩子自己的事情，最好是听一下孩子有什么想法，一家人也好做个安排。赵成熙回到家里，一股脑儿把先生讲的话向妻子说了一遍。王嫂嫂听后觉得先生的话讲得对，可儿子也没错，便劝丈夫不要气恼，等儿子回来问过他的想法，有话好好说，切不可打他。赵成熙瞪着眼说："花钱送他去学堂，学不好怎的不打骂，自古道'黄荆条子出好人'。"王嫂嫂说："你骂他是要他上进，你打他却没根由。他去学堂，别的孩子学得先前了，他从头学起，要想赶上谈何容易？这又不是赶趟的事，脚步走紧些或许得成。还是先生设想得好，大不了去从一年级学起，便是人为本能。那时他学不好，你打他就有来由。"赵成熙听妻子的话说得有理，这才把心气儿平了，笑妻子嫁了平白的汉子，这般明事理。

哪知，赵西平在学堂里就得知了自家老爹被先生请去谈过话，回家来怕挨打，放学后一路上就磨磨蹭蹭地，心里愁雾忧云，脑子里想着法儿怎么见爹娘说这事情。想了半天没头绪，走到家不敢进门，在外边默默地站着。过了一会儿，王嫂嫂要去灶上做饭，出门来见着儿子，正要喊他，赵西平哇的一声哭起来，一个人眯着眼抹泪，还胸膛起伏、颈项一扭一扭地。王嫂嫂心痛儿子，过去拉着儿子进屋。不想，赵成熙在一旁瞧着儿子这副窝囊样子，心里退下去的火气又涌上来，去找来了篾片子要打。王嫂嫂连忙用身体护着儿子，对丈夫说："刚才不是讲好了的不打么，怎的话还没说一声就动起家伙来？这么不明不白地打，就把他打成斑马样儿又能怎样，你心里好受么？过后，还不是要好好说话来教他。"赵成熙打不着儿子，听妻子的话说得在理，又把心气平了。这汉子从小受过苦难的，想事情不多，看事情不高远，做人也就实际。自从与王嫂嫂结婚后有了孩子，便是把家庭看得重的。其实，他也晓得儿子学习跟不上的原因。王嫂嫂见丈夫消下气来，抽空去拿过篾片子扔在了一旁，朝着丈夫说："我不是护儿子，就是先生也劝过你，这事不能都怪孩子的。何况，人看善不看恶，事情看好不看孬，我看还是得听儿子怎么说，大家再想个主意。"这样，夫妻俩去凳子上坐下来。有句话说得是：人怕恶相。赵西平见老爹脸色不好看，站在了娘亲的近处，实话实说了班上的同学以前学过加减法的，自己没学过，去了就跟着同学一起学乘除法，先生教的许多都听不明白，也就惹得先生怄气。赵成熙说："我今天去会过了先生，先生没有怄气，就是担心你学习跟不上误了光阴，要你去一年级重新学起，着我来问你有什么想法。"赵西平听了话脑子里就懵了起来，不知先生为何这么说，老爹为何这么问，也不知如何回答才好，杵在那里半天不出声音，任由他爹娘怎么问都不搭腔。这下，惹得他老爹发火，又去寻篾片子。赵西平见事情不好，急忙去娘亲身后躲藏，嘴里哭得"喔呀喔"的，王嫂嫂看着也生气，向儿子说："如是不把话讲出来，只好任你老爹鞭打。"赵西平见娘亲都不再护他，只得哭着说："要是我把想的话讲出来，可不要挨打。"王嫂嫂听儿子说了话，先喝声让他收住了抽抽泣泣的样子，接着说："只要讲的是实话，便不会讨打。"这时，赵西平见老爹找着篾片子过来，吓得又去躲在娘亲身后埋头藏身。王嫂嫂劝丈夫息怒，说："打孩子越打越有气，以前你也是打过的，事后又来后悔。他现在肯讲了，总还得听他说些什么。"夫妻俩耐住性子又来听儿子说话，过一会儿，才听赵西平细声细气地说："我不想去上

人家（上）

061

学堂了。"赵成熙听着话骂儿子没出息："上学堂的钱都交了，遇着点困难就退缩，你就是不晓得挣钱的辛苦。"赵西平听着骂又不敢吱声了。还是王嫂嫂去问他为何这么想。他才说自己比一年级的同学大了几岁，担心学不好，怕爹娘责怪，还让同学笑话，自己又没办法。夫妻俩听完话，明白了儿子现在学习上没了信心，原本是要说他几句的，转念一想，既然要他讲心里话，他说了出来，也就不好再说什么。沉默了一阵儿，王嫂嫂向丈夫说出了自己的想法，觉得先生的建议没错，就让儿子去一年级读书，有什么打算，看着景儿再上坡。赵成熙觉得妻子的话可行，便依着意思去做。这汉子为了鼓励儿子，还把以前听到过的"铁棒磨成针"的故事讲给他听。如此，赵西平去了一年级上课。

可是，赵西平从三年级降到了一年级读书，心里总有些自卑。本来他性格就内向，人又胆小怕事，有了这番遭遇后，给人的印象便有点呆呆的样子。好在他读过私塾认得些字，又去三年级学过一段时间，晓得点儿乘除法口诀，也补习过加减法，学习上也就过得去了。回到家里，他把作业给娘亲瞧看，对的题多错的题少，自然红钩就多，听着夸奖，他把作业本收进书包里，没了以前那般欢喜的神情。王嫂嫂觉得儿子的性情有了些变化，就对丈夫说了。赵成熙想一阵儿，说孩子小时候就是这个样子。古人云，"三岁看大，七岁看老"，可能儿子就是这般性情的人了。夫妻两人都识不得字，想着儿子能写会算，也不指望他什么，与许多没读过书的孩子相比，也是有才情的了。就这么，岁月逾迈，赵西平读过了一学期上了二年级。一天放学的时候，王嫂嫂去街上买东西回来，路过学校，看见儿子走在前面，便想走近同他一道回家。就在王嫂嫂要呼唤儿子停下来等她时，身后赶超过来三个比儿子矮小的学生。一个学生对另外两个伙伴说："大傻在前面，我们去逗他一下。"两个伙伴一笑，三人就在王嫂嫂跟前跑去了赵西平身后。一个孩子去他脑袋左边拍一下，人很快去到他身子右边，赵西平回头抓住了左边的孩子。那孩子叫屈，说不是自己打的，在右边的那孩子就乐呵呵笑，还对着两个伙伴眨眼睛，不想，被走过来的王嫂嫂抓个正着。王嫂嫂问那孩子平白无故的打他做甚。那孩子说："大家是同学逛耍，你是谁，来管闲事？"王嫂嫂说："不是多管闲事，我是他娘亲，现在要你们一起去先生那里讲道理。"那孩子听说是赵西平的母亲，又要去先生面前明事理，吓得向王嫂嫂讨饶，直说以后不敢了。王嫂嫂指了指儿子问三个孩子："你们刚才叫他什么来着？"那孩子说："就是打了他一下，没叫什么呀！"王嫂嫂说："不对，你们刚才从我身旁过时说了的。"那孩子想起事来，说不是自己要这般叫的，班上同学都这样儿叫的，谁要他是个"降班头"。王嫂嫂听着话，心里咯噔了一下，问先生知道不。三个孩子摇头，赵西平在一旁不作声儿。王嫂嫂说要他仁一同去先生面前对质，三个孩子听了直是讨饶，说以后也不这样叫了，王嫂嫂这才让他几个走了。说真的，妇人看着自己儿子的身坯比那三个同学高一截，处在一堆却显得憨眉憨眼的样子，心里有一种说不出来的不舒服。回家路上，她问儿子这般事情怎的不告诉先生。赵西平不说话，一副要哭的样子。王嫂嫂见儿子委屈的模样，晓得他处境上不好过，自个儿心里也难受。回到家里，把看到的事情悄悄向丈夫说了。

赵成熙听着心里也不是滋味，想当初就该送儿子去学堂，也不至于岔了遭遇。想一阵儿，说明儿去告知先生这事。王嫂嫂说："不可，这事明摆着，先生又能怎么处置，能封得住众人的口？"赵成熙问妻子该如何是好。王嫂嫂说："一些事不声张，过后也就罢了。只是以后我们将就儿子些，莫要他性子扭扭捏捏的乖张。"赵成熙说："这般好，苦难磨炼人，读书的事也由着他，如是读不好就回家来，等他长几岁后去学一门手艺，也有个人生道路。"不想，夫妻俩商量后过得二月，一个下雨天，赵成熙上班路上滑了一跤，摔断了骨头，被人抬回家，请了郎中医治。自古道，"穷人怕病，富人怕疮"。赵成熙在床上躺了四个月，医好了脚，家里的积蓄也用光了，还借了外债。一个人去饭馆上班，走路时脚步有点跛。这样，赵西平读完了二年级没钱交学费，辍学回家，到了一九四八年春天，才由他老爹托人情找着了三洞桥一家铁匠铺姓蔺的哑巴师傅收了做徒弟。只因蔺师傅与人交往比手势，买他东西的人图省事，都叫他哑巴师傅。当然，哑巴师傅是匠人，只管工造，家务事和打造好铁件的买卖差不多由妻子主事。哑巴师傅的妻子姓周名淑英，是个贤惠之人。这般，赵成熙与哑巴师傅依俗定约，赵西平学徒三年，没工钱，哑巴师傅不管住，每天管两顿饭。这年，赵西平十四岁，由于他身体弱没气力，哑巴师傅与大师兄打铁他就拉风箱。忙时吃干饭，闲时吃稀饭，凭由师娘张罗。只是哑巴师傅脾气古怪，只顾闷头闷脑做活，大师兄又是个不多言不多语之人，这倒合着了赵西平的性情。不过，哑巴师傅不能说话性子急，遇着事情二三下不顺意就边嘴里咿呀呜啦地边比画手势，激动得不得了，眼珠子鼓起凶巴巴相，两个徒弟看着害怕，干活便不敢耍懒。还是师娘慈眉善目，吃饭时一家人与徒弟坐一桌，干饭是一碗菜，稀饭还是一碗菜，一个月才有一顿肉菜吃。有肉菜的这顿饭，哑巴师傅是要喝点酒的。看见哑巴师傅喝酒后脸上有了笑容，大家才觉得乐和。

十二

一九四八年，国民政府发行金圆券。没过多久，金圆券贬值，引起了社会上人心恐慌，众人纷纷去银行挤兑。哑巴师傅以前生意好，落些闲钱去存在银行里吃利息，可是，等他听着消息去银行取钱，拿到手上的票子面值大了，要去购物就有些愁人。炮火连天的岁月，经济又不安宁，商品一天一个价。不只如此，有时上午揣着去买十斤米的票子，到了下午就只能买到八斤，如不赶快，到了傍晚连六斤米都买不到手里。所以，当哑巴师傅去银行取钱出来，能买到的东西今昔差得多了，气得哑巴娘子对着丈夫比手画脚，意思是驴子驮进去，兜兜提出来。哑巴师傅晓得妻子说他，也只能垂头丧气，还得惊慌慌地去买米。当初，赵西平要做哑巴师傅的徒弟，哑巴师傅是不愿意的。这哑巴师傅有一个十岁大的男娃、一个六岁大的女孩，还收着一个徒弟，日子过得入不敷出，想着再收一个徒弟总得管饭吃，生活上就会多一些负担，一时间没答应。奈何白老板的妻子是哑巴师傅的远房亲戚，多次出面求情，想着眼下生活上的情景艰难，大家说好了赵西平做学徒是要在铁匠铺不拿工钱地做活三年，哑巴师傅这才同意了收赵西平这个徒弟。赵成熙想着儿子年纪小，在铁匠铺做活也是学技术，等着长大成人便有一门手艺在身，又是在师傅家吃饭，就没话说。只是，铁匠家多了一张嘴，哑巴师傅要操办吃饭的事情，就得多些操劳。好在铁匠铺的生意有常年的买主，日子紧巴巴的也过得去。到了一九四九年，国民政府败逃去了台湾，一部分溃败的兵卒成了乌合之众，四处骚扰，有的还与土匪纠合一路。这般，社会上动荡不安，世面上乱哄哄的，惹人惊慌。昨天一个传说、今天一个风闻，弄得人心惶惶，有钱人家卷好细软谋着去处，没钱人家舍不得片瓦挨着时光盼望稳定。哑巴师傅的铁匠铺平常是早开门晚关门的，现下改成了晚开门早关门，遇着情形不妙还得闭门歇业一二天。哑巴师傅没奈何，一个人脸色难看地瞅着铁砧发呆，暗自呻唤。哑巴娘子劝丈夫，受苦受难的又不是一家，难受过一天，不难受也是过一天，何苦自寻怄气。说过了便去灶房炊爨稀饭。

这年五月，白老板夫妇把饭馆变卖了出去。一个月后又卖了自家的房屋，收拾细软打算回荣县农村老家。临行的这一天，赵成熙带着妻子、儿子来送行。想着饭馆夫妇对自己的恩情，想着夫妇俩这一去不知还能不能再见，赵成熙泪流满面，要儿子随自己一道向着夫妇俩磕头三拜。白老板连忙拦住了他，说有这份心也是真情意一场，等着太平了或许会回来。之后，夫妇俩坐着黄包车去了东门九眼桥码头。这饭馆老板从农村到城里打工时家里很穷，没有土地，他父亲、他和两个兄弟都是靠帮人种田过日子的人。只是后来他到了成都，先在水码头做苦力，省吃俭用有了几个小钱，便开始挑货郎担子走街串巷。过了许多年攒些钱后租铺子开了小饭店生意，又慢慢地赚了钱去买了当街的铺子开了饭馆，又置了房屋。这些情形他老家的父老兄弟是知道的，难免村里人就有耳闻。时下，这夫妇俩回乡下，事出无奈，不能露富、荣归故里，打扮上也就显得寒酸，逢人便说生意不好做，是把饭馆抵了债在城里无法生活才叶落归根来的。这当儿，白老板与妻子都是五十有多年龄的人了，他的老父老母早已不在人世，留下了两间破草棚屋子，那两个兄弟一人继承了一间，只是当初各人结婚生子，父母家住着拥挤，便各自在老屋旁边修了草棚屋子居住。眼下，夫妇俩回到家乡，自是要有落脚之处，三兄弟商量，两间草棚屋子便让夫妇俩住下了，修葺草棚屋子时，两个兄弟还过来帮忙。其实，白老板生意好时，他的老父亲还有两个兄弟都来耍过，他孝敬过父母，也给过两个兄弟一些周济。因为有了这些周济，两个兄弟日子好过了，修了房子，还置了几亩田产。这次回来，他给两个兄弟以及家里人都带了礼，商量房子的事情，他也给了钱的。三个人屋里话说得明白，白老板是生意人，依凭立了字据，免得以后弟兄家扯皮。这样，夫妇俩有了定所，花钱从两个兄弟手里买了些粮食，吃的蔬菜也是在两个兄弟田里采摘的。隔了半月，又去两个兄弟那里租了一亩五分地，过起了农村人的生活。白老板从小在农村长大的，生疏了的往事很快就熟悉过来。倒是老板的妻子从小在城市里长大，刚开始不习惯农村的生活，煮过几顿夹生饭，烧柴火被灶烟子呛出过几泡眼泪，才渐渐地适应了环境，操持起家务，不知不觉身子骨倒是硬朗了起来，人也有了力气，还能去田间劳动。这夫妇俩有一个儿子两个女儿，儿子成了家，女儿嫁了人。在夫妻俩要走时，儿女问过父母为什么要回乡下。白老板告诉孩子，兵荒马乱的，有钱人家卖了产业都在逃，自己也待不住了。夫妇俩给了儿子一些钱，也给了两个女儿一些钱，自己留下了一部分。在农村生活了一段时间，夫妻俩也曾商量买田买地，可白老板感觉对村里人说过自家是穷回来的，突然去买田买地便有暴露行藏之嫌。于是，夫妻俩在一个夜晚把带回来的一些钱与金银首饰装入罐子，悄悄埋在了自家屋里的墙角下。这件事夫妻俩谁也没告诉，就是城里的儿女们都不知道。不想，他俩这么做，后来农村土地改革划成分，曾对夫妻俩做过调查，晓得他俩是做生意的，只是解放前夕铺子房子变卖出去，钱也不知去向，问着两人都说钱抵了债，穷得个叮当响，没办法才回农村生活，住了爹娘留下的两间草棚屋子，租了兄弟一亩多田耕作。他两个兄弟家有几亩田地，评了中农成分；他评了雇农成分，分了二亩三分地，过着自食其力、简单平凡的生活。

有言道，"祸福自身"，有的是冥冥中的安排，有的是自己找来的。买白老板饭馆的老板姓姚，买下饭馆后，留下了赵成熙与一帮厨子、伙计在店里继续干活。这姚老板在买饭馆时打听过，这场生意是掉过了半价到手的，本以为是买着了便宜，心里还乐滋滋的。怎么说呢，社会上有各色各样的人。这姚老板以前是个淘古董的，有了钱后开了间面铺，听着有这单买卖自是不肯放过。晓得是别人掉价卖了着急遁走，他就是要钻这个隙，"你害怕，我不怕；你敢卖，我就敢买"，意下里专门打这样的盘算做这起事情。在签单契约之前，姚老板也曾几次悄往饭馆门外观察过，瞧着有食客盘桓。回到屋里暗自思量，感觉都很好，心下里想着买下来就是生意不好，光是店面都是划算的。谁料得，这饭馆到了他做起来真的就有了些艰难，厨子、伙计还是原班人马，做出的菜品还是原般味道，只因市面上物价飞涨，购来的食材成本就高，饭馆卖出一盘菜的价钱就贵，佳肴好吃，但是钱儿拦道，消停了几多食客前来的脚步。这姚老板勉强做了三月，看见食客越来越少，生意越发难做了，才晓得了别人折本卖给他饭馆的意义所在，自己买便宜买到了不景气。拖了一段时间，没有营业额，过了一月，连职工的工钱都发不出来，只好写下纸条拖欠。这么一来，姚老板心里除了后悔，满脑子这一个念头那一个主意都是装着生意上的烦恼，心里起了卖饭馆的想法，又怕蚀本，自己的钱打水漂儿，心有不甘。不想，他这般思前想后地迟疑，日子也就一天又一天地过去了。生意不好，厨子、伙计无事闲聊，有的说这样下去老板可能要关门，有的说可能要卖店。要是卖店有可能新老板会留住众人，如是关门，大家只得散伙。话说到这份儿上，几个人想到回家无事做、挣不到钱的日子难过，心里都是不好受的。很快，又过了一月，姚老板还是发不出工钱，只得又写纸条来拖欠。可是，职工的情绪能安稳下来，老板自己心里不好过，想着买下饭馆后没挣到钱，倒是欠了职工的钱，背负上了债务，这样下去不是办法，长此以往，恐怕家当都

人家（上）

069

要拖累进来。一天，他写了卖饭馆的告示，贴在了门外的墙上，然后召集厨子、伙计聚一处，告诉大家自己要卖饭馆，确实撑不下去了，才出此下策。众人晓得他的实情，问他卖饭馆的时间里还营业不。姚老板说维持太难，只好关门。牛厨子说以前白老板卖店都是开张着的。姚老板苦笑，说："白老板卖店时饭馆还有生意做，我也来望过，食客不少。可眼前，饭馆门可罗雀，这生意怎么做啊？"没想到，姚老板这"啊"的一声呻唤，把众人的心都揪紧了，一个个愁眉苦脸说不出话来。看着一干人等难过的样子，姚老板朝着众人拱手，说自己这么做是情非得已，还望大家谅解，若是饭馆卖了出去，定会在老板面前举荐几位。众人听老板这么说话，晓得事情没了转圜余地，只好拿出欠条清账。赵成熙拿着工钱回家，一颗心沉甸甸的，明白自己是失业了。

十三

王嫂嫂听丈夫说了饭馆的事，心里也难受得不是滋味。失业了没了收入，今后的日子咋办，夫妻两人愁得没言语，坐在凳上发呆。隔了一阵儿，王嫂嫂劝丈夫想开些："那姚老板不是说了么？等着饭馆卖出去，会在新老板面前替你们几个讲好话，说不定会要你们回去做工。"赵成熙摇摇头，说："事情哪有这般容易，他自己都不好过，我们几个都晓得是拿话在敷衍。"王嫂嫂听着话闷了一会儿，又去劝丈夫不要愁，说："家里以前攒了几个钱，日子过简单点也能拖几个月。这期间，你可去找事做，我也可去揽些洗衣服、缝补衣服的事做。"正说着话，赵西平进了屋来。王嫂嫂问儿子怎么快中午了回来。赵西平告诉娘亲："师傅今天不开铺子，要我明天再去。"王嫂嫂一时无言，才让儿子去井边提桶水回来，自个儿从床边放的米坛子里舀米做饭。往常多煮干饭，如今想着丈夫没了工作，今后的日子要节省着过，煮稀饭都多掺了水。

　　第二天，赵成熙吃了一碗清汤稀饭就出了家门去找工作，一直到中午才回屋。王嫂嫂看他无精打采的样子，忍不住问他找工作的事情。赵成熙摆摆头，说："我走了半个城，许多铺面都关着门，路人都心慌慌地走得急，街上时不时地有败下来的游兵散卒行走，行人看着都避而远之，我老远望着也绕开脚步。好不容易看见一家茶铺虚掩着门做生意，进去一瞧有几桌茶客在摆龙门阵，正要向老板说事，话还没出口就进来了几个兵爷，大声武气嚷着老板倒茶水喝。老板晓得几人是白吃的角色，只得苦着心情去招呼应酬。旁边的茶客看着情形怕惹麻烦，一个个都悄悄走了，我也见机出了茶铺回家。"王嫂嫂说："偌大的一座城，怎的找个事做都难?"赵成熙说："世面上的事，你我弄不清楚。不过，我今天听说了一个事情，说出来你就听着，如是别人说出来你知道就是。"王嫂嫂问什么事，赵成熙告诉妻子自己听到的话，解放军打了大胜仗，那里的老百姓过上了太平日子。赵成熙说到这里问了妻子一个问题："你知道那些有权势的、有钱的人为什么要跑吗?"王嫂嫂摇了摇头说不晓得。赵成熙告诉妻子，解放军是共产党领导的军队，是替老百姓作主的。王嫂嫂问丈夫："你怎知道这么多事?"赵成熙说以前在饭馆做工曾听食客悄悄说些传闻，也就默在心里，今天听着明白了，这些事都是真的。王嫂嫂醒悟过来，对丈夫说："原来社会在起变化，"接着，向丈夫说，"刚才前面巷子的李二姐来隔壁刘家串门，讲起她男人昨天去找工作，溜了一圈回来，说世面上乱得很，根本找不着事做，今儿就窝在家不出门。我听着话就在想你的情况，不想对着了路子。看样子，找事做很难，倒不如在家歇一阵儿。"赵成熙苦笑一下，说："歇在家里没生活来源，日子过着心里不踏实。我明天还是要出门去，既然晓得找事做难，也就把心情放开就是。"王嫂嫂听了没言语。第二天赵成熙又出门去找工作，到中午时回家来。王嫂嫂晓得无望，也不去问他。这般，日子便一天一天过去了。

一九四九年十月一日，中华人民共和国成立。这代表一个新时代到来了。随着清王朝的灭亡，千年来地主依靠土地所有权以剥削与统治农民阶级的封建社会结束了。国民政府执政时实行资本主义。初期，私有资本是以自由竞争为原则的，随着权势的参与，逐渐形成大资本压倒小资本，社会财富集聚在少数富人手里的局面，老百姓还是过着贫穷的生活。新中国成立，实行社会主义制度，对于那些旧军阀、旧官僚、资本家、地主、土匪、恶霸及旧社会欺压人民群众的地痞流氓，罪大恶极者，国家进行了镇压，对其他能改造的进行了改造。这是一个新社会，老百姓过上了稳定的日子，人们的心里都充满了热情，追求着新文明、新风尚，在政府的领导下革除了旧社会沿袭下来的许多陋习，社会风气欣欣向荣。

当然，近代封建制度下的清王朝长期积弱，从一八四〇年鸦片战争后，清政府签订了一系列割地赔款、丧权辱国的不平等条约，主权、领土不断丧失。甲午战争后，又是割地赔款地签订了《马关条约》。庚子年，中国遭到了八国联军侵略。垂帘听政的太后在列强的枪炮声中被惊吓得跑出了紫禁城，一直逃到了山西境地才停下来。后来回到京城，于后不久签订了《辛丑条约》，中国的财富被列强大量掠走。辛亥革命后，清王朝灭亡，国民政府上台，那些清王朝时在各地兵营统带拥兵做大的各路军阀，为争权夺利、抢地盘掠财富你争我打，弄得中国烽火遍野、战火不息，老百姓过着不得安生的日子。一九三一年，日寇侵略东北，国民党不派军队去抗敌，而是不消停地调兵遣将围剿中国共产党领导的红军。一九三七年，日寇发起全面侵略中国的战争，到处惨无人道地烧杀抢掠，中国人民奋起抗敌。经过十四年艰苦卓绝的抗战，中国取得了胜利。不久，国民政府不顾民众需要休养生息，又向中国共产党领导的解放区发动了内战，历经三年，国民党败逃台湾。在败逃时，把从全国搜刮来的真金白银都掳带了去，值钱的文物古董能拿能搬的都掳走，还到处派遣特务，纠合着那些溃败不能逃跑的兵卒与土匪们一起搞破坏。新中国成立时，世界上形成了社会主义与资本主义两大阵营。资本主义国家对中国实行了全面封锁，美国在朝鲜发动了战争，败逃台湾的国民党叫嚣反攻，企图对大陆燃起战火。这样，新中国成立初期，刚平息了战争的社会，面临着非常多的困难。但是，国家有了主权，人民就有了依靠。全国民众在政府的领导下，人人平等，过上了安稳的生活。

一九四九年十二月二十七日，成都解放。三十日解放军进城，老百姓都去大街上欢迎。这天，赵成熙夫妻约着倪家夫妇去皇城坝，刚走出观音阁路口，看见赵西平过来。王嫂嫂问儿子怎的不在师傅家做活，就回了家。赵西平告诉娘亲师傅一家要去顺城街看解放军，自己回家来传消息。赵成熙对儿子说："听着消息了，这阵儿便是去的。"赵西平听着也不回屋，跟着一同走了。路上，倪家男人讲了一事，说自家隔壁几户的张家前天来了亲戚，这亲戚住在北门外的一个小镇上。几天前，这亲戚早上拎着水烟壶开门正要出屋，看见自家的屋檐下、邻居的屋檐下还有对门街邻的屋檐下都坐着抱枪露宿的士兵。这亲戚不知情况，连忙退身回屋里。一个背匣子枪的军人过来向他说："老乡别害怕，我们是解放军。"这亲戚不知如何是好，望着军人不说话。背匣子枪的军人见他发愣，向着他一笑，正要说话时，屋里传了妇人的声音，问着："孩子的爹做啥呢？"这亲戚听着话进也不是退也不是地站在那里。背匣子枪的军人朝他点点头说："老乡，家里有事就去忙吧。"这亲戚听过话回了屋里，把看到的事告诉了妻子。妇人听了刚要出声，喉咙就紧了。这亲戚向妻子说："不要害怕，这些士兵守规矩，刚才那带兵的官还向着我笑哪！"妇人宽下心来，两个人就来到门前张望，看着士兵们抱着枪坐在屋檐下，有一条街远。这些兵士守纪律，让出门前过道。自己的家门前是这样，邻居的家门前和对门街邻的家门前也是这样。妇人对着丈夫说："这些士兵不扰民，是好人。大早上的雾冷，我去烧些开水与他们喝，也好暖和身子祛些寒气。"说过话，两个人去了灶房。等着两人烧好开水、拎着水壶拿着碗出来，士兵们已在街上集合，背匣子枪的军人正与对门街邻的林二婶、李奶奶还有几个邻居说话。原来林二婶、李奶奶还有几个邻居家，有的烙了饼，有的煮了鸡蛋，要送给士兵。背匣子枪的军人告诉众乡亲，部队有纪律，不能要老百姓的东西，说过了，一声号令，队伍就出发了。赵成熙听倪家男人讲完话，对众人说："我以前听说过，解放军纪律严明，不拿群众一针一线。"说过话，几个人来至羊市街路口，看见去皇城坝的人多了，就顺着西玉龙街去了玉带桥街。到了那里，街两旁已站满了人，许多人手里拿着小旗，有学生，有纱厂的工人。解放军队伍过来时，纱厂的工人跳起了舞，学生们唱起了歌，沿途的民众拍手欢呼，迎接新生活的到来。

十四

成都解放后，社会秩序稳定下来，各行各业相继开门营业，老百姓过上了安生的日子。一天，赵成熙吃过午饭刚要出门，往日饭馆的一个伙计来找着了他，告诉他饭馆重新开业，要他回去上班的事情。赵成熙自从饭馆关门后一直都没找到事做，听到消息便欢喜得不得了，拉着报消息的伙计一道去饭馆。路上，两人才各自说了失业后的情形，那伙计也是四处觅活路没工作。到了饭馆，以往的厨子、伙计都在，姚老板与一个年轻人坐在旁边一处说事。众人说话，晓得了那年轻人是军管会的杨同志。原来，解放前夕，社会上乱得一塌糊涂，姚老板想卖饭馆，可谁敢来谈这一桩买卖。没办法，他也只好窝在家不出门，直到成都解放，从旧社会到了新社会。一天上午，街道上的邻居通知他去军管会，他才出了屋。到了军管会驻地，杨同志接待了他，问起他饭馆的事情。姚老板不敢撒谎，从自己卖小面攒了几个钱说起，到怎么的图便宜卖了面铺去买了饭馆，经营了几个月蚀了本，只好遣散了厨子、伙计，原想把饭馆折本卖出去捞回些损失，不料到处乱糟糟的，只得回家躲在了屋里。杨同志把他说的事写成了材料，随访姚老板家的邻居做了调查，又去找着了一两个厨子、伙计，了解到情况属实，向上级做了汇报。过了几天，杨同志找到了姚老板，两人说起了饭馆重新开张的事情。姚老板对杨同志讲了实情，新中国成立前饭馆生意做不起来，自己是赔了家当来开付了厨子、伙计的工钱，现在饭馆要重新营业，也需要钱来操办，实是无能为力。杨同志把这事又向上级做了汇报，隔了几日，找着姚老板，说资金的事政府以入股的形式来解决，派一个会计管账，利润按入股的比例分红。姚老板想着自己经营饭馆不能赚钱的苦处，饭馆卖不出去成日里担心难受，这下好了，自己有工钱，还能分红，回家去琢磨了两天，找着杨同志说出自己的想法，签写了契约。这便召集了过去在饭馆做工的厨子、伙计。杨同志与众人寒暄了些话，相互问过了姓名，大家坐一处开了会。首先，杨同志谈了社会上的形势，接着介绍了管账的张会计，告诉大家姚老板全面负责管理饭馆的工作，张会计是来协助姚老板工作的。众人听了话都去看着那张会计。张会计站起身来，向大家说了自己的名字，并请大家今后帮助他工作，说过话又坐下了。杨同志继续讲话，告诉众人，新社会了，人人平等，大家是饭馆的员工，也是国家的主人翁。众人听着话静了一阵儿明白过来，想着有了工作，自己还是主人翁，不由自主地激动起来，众人一起拍掌，掌声经久不息。过了一会儿，杨同志请姚老板讲几句话。姚老板以前没以这般形式与厨子、伙计说过话，好在开会前与杨同志商量过，准备了发言提纲，现在要重新营业，向众人说了些工作上的事情。待他说过了，杨同志向着众人笑笑说："请大家各抒己见。"大家才见着面，开会也是第一次经历，你瞧我我看你的，不知如何是好。杨同志告诉众人："开会可以说些工作上的事情，也可以说出自己的想法，相互之间交流可以促进大家团结。"说过话后，他看着对面坐着的张伙计一笑，问："张师傅可有什么想要说的，先对大家讲一讲。"张伙计被点着了名，一时间不知说啥才好，坐在那里脸涨得通红。杨同志说："开这样的会，就是要大家说出心里话，不要担心说不好，以后还要开会的，大家畅所欲言。"张伙计受到了鼓励，就把自己失业后找不到活干的事情讲了出来，说现在有了工作，就一定把事做好。这样，三个厨子、六个伙计都依次发了言，说的话与张伙计说的差不多。杨同志听过了大家的发言后，就宣布会议结束。

接下来，众人开始打扫饭馆的卫生，整理灶头炊具。大家做事的时候，感到有点兴奋，昨天还在四处找工作，今天就有了工作，并且从杨同志的话里明白了意思：这工作有保障，劳动者在社会上有了地位。这是一种新的感觉，让人舒畅，做起事来都有干劲。一阵忙活，到了傍晚众人才收拾完毕，把饭店里里外外打整得干干净净。

赵成熙回到家，王嫂嫂已在门外张望了多回，看着丈夫过来，忙回屋点亮了油灯。等着丈夫进屋，她赶紧把温在锅里的饭菜端上桌，一碗炒莴笋片、一缸钵稀粥。妇人也没吃饭，与丈夫一道就餐。赵成熙饿了，舀了稀饭在碗里就不歇气地吃起来，要添饭时才问妇人儿子怎的没在家。王嫂嫂告诉丈夫，儿子下午回来过一回，说师傅家有活干，要晚些时候回家。赵成熙笑了一下，说："哑巴师傅能干，倒是会揽事做，有门技艺在身就是好。"王嫂嫂说："这是好事，儿子跟着他学手艺。"说过话把舀了稀饭的碗递在丈夫手里，问他去了饭馆有什么事。赵成熙看着妇人说："你猜猜有什么事？"王嫂嫂望了望丈夫后摇了摇头说："我猜不出来，不过，看你的样儿欢喜着。"赵成熙"嘿嘿"两声，说："我也不瞒你了。"接着，就把怎样去了饭馆，又怎样开会的事从头到尾说了一遍。王嫂嫂听了话心里比丈夫还高兴，问饭馆员工是什么意思，社会主人翁又是什么意思。赵成熙便把心里想的说了出来，王嫂嫂笑起来，说："这下好了，工作有了保障，生活不用愁了。"夫妻俩正说着话，赵西平进屋里，看见爹娘高兴的模样，便问什么事这般乐陶陶的。王嫂嫂忍不住把他爹去饭馆的事说了，接着问儿子吃不吃点稀饭。赵西平本是在师傅家吃过饭的，但听着话心里欢喜，便去拿了碗舀了大半碗稀饭坐下来，陪着他们说话。赵成熙与儿子说了饭馆的事，过后问儿子师傅家的活计。赵西平告诉爹娘说师傅今天让他上砧墩抡了大锤，还夸他打得好。王嫂嫂问儿子："你去抡了大锤谁来拉风箱呢？"赵西平说："我就是抡了一会儿大锤，其余的时候都在拉风箱。"赵成熙听了后对儿子说："不急，什么事都有个过程。你师傅既然让你抡了大锤，也就是要你学他手艺了。儿啊，你可要用心点儿，学到了手艺才是自己的本事。"一家人就着好事说了许多欢喜的话，这顿稀饭就吃得久了，待吃完饭已是亥时，王嫂嫂收拾碗筷去灶上洗了，又烧了热水，唤着儿子舀水洗了脸脚，自己才拿盆舀水与丈夫两人洗了，吹灯上床睡觉。在儿子大了的时候，夫妻俩请篾匠在屋里用竹笆子隔了墙，修了篾笆门，双人床设在了里间，儿子的小床在外间靠邻居的屋墙打横摆放。这晚，夫妻两人心里高兴，在床上说了许久的话，从老远的事说到眼下的事、自家的事、亲戚朋友邻居家的事，由着兴致地说，直到听着外间的鼾声。赵成熙去把妇人抱搂紧了，换着手在身上摸索。王嫂嫂说："赵蛮子，你把手松开些，也让人透些气儿。"赵成熙说："我要是松些儿，你就不顺着我意思了。"说过了去用嘴含着妇人的嘴不让说话，两个人在被窝里翻滚了好些时候才相拥着睡了。

第二天早上，王嫂嫂提早起来煮好了稀饭，又从泡菜坛里捞了一小碗泡菜放方桌上，之后去把稀饭舀在缸钵里端上桌，接着去洗锅烧了热水。看天色估着时候去唤丈夫起床，接着去儿子床前捞开粗麻蚊帐看，见儿子睡着，也不唤他，回到桌边拿碗给丈夫舀饭。赵成熙去屋檐下舀热水洗过脸，便用碗去水缸里舀水，含一口"咕嘟"地漱过嘴，又用帕子抹了嘴边水渍，才进屋去桌边坐下，端着稀饭碗啜一口，稀饭煮得合适，不稀不稠的，香喷喷的，用筷子去泡菜碗里夹一块翡翠绿般的"洗澡"莴笋放嘴里，酸咸脆爽醒神开胃，由不得端碗一喝，半碗稀饭下肚，又夹一块莴笋放嘴里，一碗稀饭没了，一口气吃过了两大碗稀饭，这才放了碗筷出门。这时晨曦微露，他径直去了饭馆。到了后，姚老板、张会计还有几个伙计已在店里，等了一阵儿人到齐了，张会计主持开了会，从他的话里众人晓得些称谓上的改变。饭馆改称大众饭店，老板改称经理，厨子改称厨师，伙计改称服务员，除了经理与会计，实行工人编制，大家都是饭店的员工，都是同志。张会计讲完话，姚经理讲了饭店的人事安排，根据饭店的工作性质也做了时间上的安排。考虑到赵成熙的脚受过伤，行走不方便，安排了他煮饭。开完会，采购员去买食材。姚经理想着饭店开张，会买许多东西，派了两个人手一道去帮忙，其他人便去了各自的岗位上做准备。张会计叫住了赵成熙，问他对工作的安排有什么想法。赵成熙说："我在饭店干了许多年活，都是做接待客人的事情，没煮过大锅饭，怕一时做不好。"张会计听后想了一会儿，说："既是在饭店做工多年，有些事体肯定晓得的。你不要担心，大家都是同志，以前煮饭的师傅会帮助你。"赵成熙说："这样好，有老李师傅在旁边指导，便没啥顾虑了。"张会计说："事情上有困难，众人同心协力就能做好，工作虽分工不同，但都是为人民服务。"赵成熙听了话心里暖和，与张会计说过后去了厨房，把煮饭的蛮耳子锅洗干净，又把灶头用具收拾了一遍。厨房后边有一处小坝子，隔墙拦了，墙边有一口水井。那负责淘菜的工人去井边用竹竿系了水桶，汲水装满厨房墙边的水缸。厨师舀水入锅，赵成熙也去舀水入锅。在水井对面的墙角边堆放了些饭馆关闭时剩下来的木柴煤炭，以前煮饭的李师傅现在做了库房的保管，整理了库存的东西与张会计约过了秤。东西不多，时间久了，好多都不能用了，两个人做了清理。赵成熙与厨师便都去灶台上做准备工作，人儿一个个热情洋溢。过一阵儿，两个随采购员去买食材的员工每人肩挑两头油篓子进店来，后面跟随了一个挑竹筐的米铺伙计与一个挑竹篓子的酱园铺伙计。张会计对着食材逐一记账，随即李师傅收入库房，一阵忙碌，姚经理也来帮忙，还没忙完，采购员拎着两只活鸡与一些干货进了饭店，身后跟着一个挑竹筐的汉子，竹筐里装着猪肉和菜蔬。等着张会计过来记了账，便会着采购员与一干人等去一边靠窗的桌子坐下来算账付钱。李师傅便把当天要用的食材与佐料过秤记账后给了厨房，厨师与两个墩子上的师傅忙了起来，其余众人去了厨房后边的坝子择菜，赵成熙领了米去洗淘煮饭，李师傅就与他一起去了，要指点他要诀。说实在的，几十斤甚至上百斤米煮锅饭，要做到饭好吃又不煳锅，真的考手艺。这么一来，赵成熙这边煮饭，厨师那边熬汤，一时间炊烟袅袅。姚经理想着饭店关门了许久日子，今天开张营业，担心顾客不多，就去与张会计商量。张会计觉得他讲得有道理，两人去了厨房，把想法说了出来。众人是这方面的行家，出主意的说了，既是第一天开张，卖些热炒热卖的菜，可避免剩菜处理的事情。姚经理与张会计觉得办法可行，依着实施。厨师与两个墩子师傅去剔肉，切了肉丝、肉片、肉丁，剁了排骨块，烧成七分熟备办，宰杀了一只鸡，煮熟了准备凉拌。快到中午，厨师炒了一大盆素菜，大家吃过饭，两个跑堂的服务员去饭店门外挂上营业的牌子，众人上了各自的岗位，等待顾客的光临。哪里料到，顾客来得倒多，备下的食材卖了个三分之二，把众人累得乐，又去备办晚上生意的食材。张会计做了记录，几天下来，向上级部门做了汇报，得到的批复是：努力工作，全心全意为人民服务。姚经理与张会计领会了意思，抽时间召集全体员工开了会，姚经理向大家宣读了批示的内容，接着张会计向大家说出自己的心得体会。这下，众人听后各自讲了想法。之后，姚经理与张会计研究决定，依据着上级部门一些食材的计划分配，饭店与顾客之间的规律，制订了工作规定，包括中午一趟生意卖多少食材，晚上一趟生意卖多少食材，也对饭店员工的工作时间做了调整安排。又过了几天，赵成熙能独自煮出一锅好饭，在员工会上，受到姚经理与张会计的表扬。此外，会议对职工在食堂吃饭的事情也出了规定。此后，赵成熙独当一面，李师傅回到了库房保管的岗位。

十五

　　自从哑巴师傅让赵西平抡过了大锤，这小子就起了心念，想学那打铁的手艺。然而，在接下来的日子里，哑巴师傅就只让他拉风箱，没让他上过砧墩。一天，哑巴师傅去人家送货，留下大师兄与他在铺里。大师兄照着师傅的吩咐去打了五把火钳，打好后就去打磨。赵西平见砧墩空出来，就去炉子里丢了一坨铁，又去把风箱拉得呼呼响，问师哥铁烧成啥颜色能敲打。大师兄告诉他烧成樱桃红。赵西平去把风箱拉一阵，问师哥啥颜色是樱桃红。大师兄起身去炉边瞧一下，说声"快了"。这大师兄是个老实人，站在旁边看了一会儿，告诉师弟这就是樱桃红，记住这颜色，便可去砧墩上敲打。说过了又去打磨火钳。赵西平向着这坨烧红了的铁看一阵儿，问师哥来师傅家啥时候上的砧墩。大师兄说过了半年的时间。赵西平说："我都来了快一年了，师傅怎的还不让上砧墩？"大师兄说"晓不得哇"，便不再开腔了。赵西平用功夫钳把烧红的铁砣放在了砧墩上，学着师傅打铁的样子，右手拿着铁锤，左手用功夫钳夹住烧红的铁砣，铁锤先去砧墩上敲两声响，再抡锤砸着铁砣，脑子里想着看见过的师傅与大师兄打出来的用具和工具，就要去模仿效法，叮叮当当地敲个不亦乐乎。没想到，哑巴师傅送货回来，看他在砧墩上乱整，抡巴掌去他后脑勺上拍了一下，打得他心慌，丢了手上的东西站一旁。哑巴师傅身体瘦小，生起气来脸涨得通红，嘴里发出"哇啦哇啦"的声音，打起手势整个身子都在动。赵西平在师傅家久了，晓得这些手势的意思，这让他有些伤心，师傅说他还是拉风箱的角色，不要没学会爬就想着跑了。这天，赵西平怄气恼肠地回到家，向娘亲说起自己不想去学手艺了。王嫂嫂问儿子发生什么事要这般说。赵西平便把师傅打骂自己的事对娘亲说出来。王嫂嫂劝儿子，说："师傅对你要求严狠些，也是为你好。"赵西平说："什么为我好，大师哥半年多就上了砧墩，我拉风箱都快一年了，就去上了一会儿砧墩。这才趁他不在，上砧墩打要儿下，他回来碰着就在我脑后一巴掌，还骂我没学会爬就想跑了。"王嫂嫂说："受得委屈，修养心性，什么事急不来的，学成手艺自己受用。"赵西平说声"莫何哟"，"我那师傅，你说话他听不见，他比画来你得依着他，要他教我手艺不知哪年月呐！"王嫂嫂连忙要儿子闭嘴，说："拜师如从父，怎么可以随便？"赵西平说："不是随便说的，他又不教我手艺，还打人骂人，我都不想去看着他。"王嫂嫂听着话愣了一下，说："你今儿怎么啦？以前都不是这样。好了，我说话你不听，等着你老爹回来你去对他说。"赵西平听着话不作声了，心里在想这话让老爹知道自己肯定是要挨骂，弄不好还要挨打，哪里敢说去。王嫂嫂见儿子站在面前不说话，眼圈都红了，心里也不好过，对儿子说："不是我说你，你拜哑巴师傅这事，你老爹费了多少神，嘴皮子上求这求那说了多少好话，好不容易你师傅才应承下来，签了合约。现在，你说不去就不去了，你老爹能依你？"母子俩正说着话，赵成熙进屋来，问："说什么事呢，我回屋来你们也不晓得。"赵西平听着话连忙悄悄向娘亲摆手。王嫂嫂不看他，把刚才说的事讲了出来，省了些儿子说出来的其他话。赵成熙听过笑一下，对儿子说："你进了师傅的门就在学手艺了，自己还不知道。"赵西平说："师傅又没教我，怎么学手艺了？"赵成熙说："你拉着风箱，你师傅就在一旁打铁。一坨铁烧成什么样的颜色才开始捶打，打到什么程度去淬火，打物件怎么起头、怎么收尾，长年累月的你就没个印象？"这孩子从小听他老爹说话就不敢怎么开腔，惹得许多念头闷在了心头，只好找个理由自我消化，时间久了也成了习惯。此刻，听老爹的话说得实情，便也不说话了。第二天去了师傅家，拉着风箱多了个心思，默默注意起了师傅与大师哥捶打物件的操作过程。

哑巴师傅自从对小徒弟武训后，见着他规矩了，晓得徒儿可以调教。过了些日子，等着活儿上有了些空闲，也让小徒弟上砧墩与大师兄打铁。开始，赵西平心里欢喜，过一会儿，便欢喜不起来了。哑巴师傅在一旁站着，看见赵西平打铁的姿势和锤法不对，就一个劲儿地嘴里发声手里比画，搞得不好就在他身上落巴掌，弄得他打起铁来战战兢兢地。大师兄在他对面，听着师傅吼人，自己也有点蹑手蹑脚。这大师兄姓卢名友明，跟着哑巴师傅学手艺快三年了，等过两三个月就要满师了，之后便要去自家住的长顺街开个铁匠铺子。赵西平与大师兄相处了一年，觉得师哥人沉默寡言的。其实，自己也是沉默寡言的人。不过，他觉得师哥心好，有什么事找着总是肯相帮的。一次，师哥比画着哑语手势告诉他，师傅手艺好，心肠也好，就是脾气躁辣，样子凶人，慢慢习惯了，就好相处了。可是，赵西平自从上了砧墩打铁，被哑巴师傅一气儿地吼，弄得心里害怕，做事胆儿都像捏着似的，说话低声细气，时不时还闹结巴。一天回家，王嫂嫂听儿子说话急一下声音拖了个老长，半天嚼不出一个字来，问儿子怎么来着的。赵西平不好说师傅的话，对着娘亲摇头。隔壁刘嫂路过看着情景，站在门边劝赵西平宽下心来，慢慢说话就不急了。接着，拉王嫂嫂去过一边，悄悄地耳语了一阵儿。过会儿，王嫂嫂进屋来，轻声细语问儿子到底怎么来着的。赵西平就把上了砧墩后因经常遭师傅吼而心里胆怯的话说了出来。王嫂嫂问："你大师哥遭不遭师傅？"赵西平说："大师哥也遭师傅吼。"王嫂嫂说："这就是了，你师傅不能说话，这便是他的表达方式，教着手艺你胆怯什么？你大师哥都过得来，你又怎的过不来？"赵西平要说话，声音又拖了起来。王嫂嫂看着说："你急什么，有话慢慢说就是。"赵西平听了娘亲的劝，稳住情绪说话，倒不怎么结巴。这夜，王嫂嫂对丈夫说了儿子的事，也讲了隔壁刘嫂说的法儿，就是说话结巴时打他一巴掌或许会打转过来。赵成熙听了话叹了一口气，说："儿子生性懦弱，与人又不合群，若是一巴掌打下去转不过来，又该如何？唉，师傅教他手艺，吼他或是时不时打他一下在身上，这事又怎么说得？当初，我到饭馆跟着师傅学跑堂，还不是挨过骂挨过巴掌，当时想不过觉得委屈，过后了才晓得师傅是为徒弟好。"王嫂嫂说："你明天把这些事讲给儿子听，也好劝劝他。"赵成熙说："这一阵饭店事情多，你明天可以劝他，这些事不必讲给他听。"王嫂嫂问："为什么？"赵成熙说："一句话怎讲得明白？事情要自己去经历了才有体会，多久能悟得明白，这都是他的造化。唉，说句实话，人活一辈子，年龄不饶人，十年一梯儿，不到时候有的事真的醒悟不过来。"第二天赵西平要去师傅的铺子，刚出门王嫂嫂叫住了他，劝儿子："去了铺子上要听师傅的话，做活乖巧些，省得师傅怄气，自己也少生些烦恼。凡事想想天底下的徒弟有几个少挨师傅骂打的。这么一来，心情上就过得去了。还有，遇事莫要慌，说话不要急。有言道，'少说话，不要怕'。"赵西平说："娘哩，你没见过师傅吼人的样子，凶神恶煞的，怎么不怕？"王嫂嫂说："做人都有各自的板像，哪里管得着？听娘的话，好好地去好好地回来。"

赵西平听了娘亲的话，去了师傅家。他心里忐忑，做事情就小心。殊不知，与师哥打铁，师傅在一旁看着，虽说要不要会吼他两下，但不像他心里想的那副恶狠狠的模样。赵西平私底下与师哥交谈，说出了自己的感觉。大师兄想一阵儿说："可能是你打铁的动作规矩了，要不然是你心里害怕过多的缘故。"有时，哑巴师傅看着两师兄打出的物件满意，脸上会露些笑容，赵西平看着似阴天放晴，自个儿心情有种说不出来的茫然释怀，觉得师傅还是亲近人的。总之，他在适应眼前的生活。这期间，哑巴师傅的女儿上了小学一年级。放学回家，一屋子的人都能听着她唱的儿歌，"嘿啦啦嘿啦啦，天空出彩霞，地上开红花……"这是歌唱中国抗美援朝的歌谣。哑巴师傅听着女儿唱歌，脸上笑得合不拢嘴，神情上流露出慈祥，一屋的人都说女孩的歌声好听。小女孩晓得赵西平上过学，有时写不出字便要来请教，时不时听着赵西平说话结巴，问小师哥为什么会这样，以前都不结巴的，是不是怕自己老爹有点被吓着。赵西平摇头说不是这样的。女孩问是怎么回事。赵西平被问不过，才把自己曾经私下里模仿过家附近一个卖锅盔汉子的事讲出来。这汉子把打好的锅盔装在竹篮里顶在头上去茶铺里叫卖，因为说话有些结巴，茶客买他的锅盔便要逗他说话。这些茶客早上没吃饭就进茶铺，叫堂倌倒碗茶。小二过来在面前的桌上撒了茶船，坐上茶碗，提水壶冲茶，扣上茶盖后收了钱走人。茶客左手端起茶船，把茶碗凑着鼻子搭眉缝眼嗅一阵儿，闻着从茶盖边沁出来的丝丝热气摇头摆脑地说声"香"，跟着用右手去拎着茶盖在茶碗里荡一荡，把碗里浮着水面的茶叶、茉莉花片与茶水细沫荡过一边，再去碗里斜扣茶盖，凑嘴边喝上一口又说声"舒服"，之后把茶碗放桌上才与旁边喝茶的闲话。差不多时间肚子饿了，这汉子顶着一篮子锅盔就到了。喝过了茶水，吃一个锅盔，这是很惬意的，再逗着汉子拖声拖气地混时间乐呵一阵儿，众人不亦乐乎。这汉子卖过锅盔走了，接着还有其他卖小吃的、卖报纸的、卖香烟的、卖花生胡豆瓜子的接踵而至。在茶铺里候着的时候，有说评书的，还有串茶铺卖唱的，煞是热闹。这些茶客几乎都是平头百姓，你来我往的，闲时来喝茶，忙时做事情养家糊口，都是生活里的事。赵西平从小就性子孤僻，见得卖锅盔汉子说话的情形有趣，便去悄悄学着念叨图个好玩。哪知，他平时与人说话倒不显形。不想，那天被哑巴师傅吼吓得心里忙慌、露出马脚，之后便一发不可收拾。当然，赵西平担心这话师傅知道，也就不说师傅的事。小女孩听他讲的故事笑他好的不学，捡别人臭脚，学这样子有什么好玩。赵西平听过话只好嘿嘿地笑，心里有些不好意思。后来，赵西平在与他老爹说话时拖声音吐不出字来，被他老爹在脸上扇了一巴掌，才治住了结巴的毛病。

十六

一个星期天上午，小女孩瞅着赵西平打铁歇下来，便去问他一道算术题。赵西平从小学三年级读起，又落回一年级重新学至二年级后辍学，小女孩问他的题不难，自是说得到方法，这让小女孩多少有些佩服，在一旁的哑巴师傅看着徒弟能写会算，也是"呀呜呜"地竖大拇指夸他。过后，小女孩问起了小师哥读书的事情。赵西平告诉她自己读私塾念不出先生教过的字会被打手板心，一个字打一下，有时被打得眼泪直滚。小女孩不相信，说老师怎么能打学生。大师哥读过两年私塾，在一边说确有其事，自己就挨过先生的板子，打痛了回家，参娘看着红肿的手掌还说打得好，"黄荆条下出好人，看你还长不长记性。"小女孩说那时的先生和现在的老师不一样。赵西平说："我知道，新社会了，老师不兴打学生了。"小女孩说："你没上学，怎么知道？"赵西平说："观音阁过街有一位私塾先生，现在就在我读过书的学校教书，校长就对他讲了这样的规矩。"小女孩问："你认识这先生？"赵西平摇头说："不认识，只是街坊上的传闻。不过，现在的老师好了，是学校的职工，就像我老爹一样，是饭店的职工，劳动者是社会的主人，工作都有了保障，不像从前。"小女孩不晓事情，问从前像什么。赵西平说："我读书那阵儿，上学期是李老师讲课，到了下学期有可能就是王老师来讲课了。"小女孩说都是老师讲课，有什么区别。赵西平说："有区别。你知道学校放寒暑假，到这期间，就是老师的暑腊之争，都要去应聘。应着聘的教书挣薪水，没应着聘的出局另谋生计，就像我老爹一样，要解放时，饭馆关闭，找了几个月的事做都没着落，日子过得就艰难了。"正说着话，哑巴娘子唤大伙儿吃饭，众人去桌边坐下来，看见锅里煮的白米干饭，哑巴师傅打手势问娘子怎么吃干饭。哑巴娘子向他打手势说今天去买了米，又打手势说听别人讲政府打击了抬高粮价的米贩子，调整了米价，还从外地运来了很多粮食。哑巴师傅以前去买过米，晓得米价一天一个地翻涨给人带来的着急与痛苦，便咧嘴一笑，朝着妻子比画一个"现在好了"的手势，坐下来与大家一道吃饭。下饭菜是一碗冲菜。乡下人把蛮油菜切细碎，干锅炒后装入缸钵，用布把口捂紧，隔天装在背篓里，进城走街串巷叫卖辣菜，两三个铜板就能买一大碗，买着后放点盐，勾些酱油、醋拌匀，又香又辣又冲人，吃些进嘴里，一碗米饭几下就去了肚里，吃饱了用手抹抹嘴，周身舒服。还有到了热天青辣椒上市，那大师兄吃饭就爱拿二三根生辣椒夹在手指缝间，又在端碗的手掌心放一撮盐，吃上一口饭便从指缝取一根辣椒去蘸点盐，脆声响亮咬上一嘴，辣得嘴巴又忙去刨饭嚼咽，这种吃法叫作"泥鳅拱沙"，多少快意呢！也是，哑巴娘子瞧他吃相，也没话说，吃得官都不究。有时说笑话，这两样菜与米饭有仇似的，让人狠气。大师兄听着话以为师娘说他，吃饭便不敢散漫。哑巴娘子察觉出来，一天吃饭劝徒弟娃说："笑归笑，做归做，人要吃饱身体才好。"哑巴师傅听了话直是点头，比画手势"吃得是福气"。大师兄晓得师傅师娘心肠好，一点不做作。这般下来，日子慢慢过去，世上许多事都在改进。当时的社会，真的是一穷二白，什么事都得从头做起。粮食、布匹、煤炭要保证市场的供给，这不是容易的事，都得政府调配。还有，那些民国溃败的残兵败将和埋藏的特务纠合土匪负隅顽抗，平常装扮成普通人，乘机就搞破坏。这样，打土匪稳定社会秩序，便又是艰难的战斗任务。再者，要改变社会陋习，关闭了妓院、烟馆、赌场，对其从业人员分类甄别后进行了集中学习和监督改造。那些一般的从业人员经过了学习后安排了工作，对于那些监督改造的人员也给生活上的出路。

　　一天，赵西平回屋，看见娘亲与隔壁的刘嫂还有几个邻居在屋檐下闲聊，走拢一听，才晓得众人在说街道上成立居委会的事情。过了不久，一天吃晚饭，王嫂嫂对丈夫说："街道上选积极分子，邻居选了隔壁的刘嫂。"赵成熙说："选刘嫂嫂好啊，我觉得选她合适，她肯帮邻居家忙。"王嫂嫂告诉丈夫："刘嫂谦虚，说自己一个字不识，她选了倪家嫂子，说倪家嫂子会识字。"赵成熙说："倪家嫂子是能干之人。"王嫂嫂说："结果居委会的杨同志把她两人的名字都记了下来，还告诉大伙儿，过些时候居委会要办识字班，要大家都去识字学文化。还说旧社会劳苦大众不识字，糊里糊涂许多事情受了欺骗都不知道。"妇人说到这闭了口去望着丈夫，想听他的看法。赵成熙看出来，问："你有什么话说出来，莫吞吞吐吐的。"王嫂嫂说："居委会办了识字班，我想去。"赵成熙笑了，说："这是好事。我告诉你，办了识字班，我也是要去的。"王嫂嫂笑了，说："以前你不是常念叨儿子识了字，一家人不愁认不到字，怎么你也要去。"赵成熙躬了躬身子，说："以前念叨归以前念叨，现在说现在，儿子认得字是儿子的事，我识不到字是自己的事。告诉你吧，饭店里选积极分子，老李师傅与我都是提了名的。可老李师傅认得字，与他相比，我气儿上就差了一半。就像店里张会计说的，'新社会了人人平等，别人能做的自己不会，便有些惭愧'。以前没条件、没机会识字，现在有了机会自是不能错过。"王嫂嫂听了话一笑，说："老头子，没想到你新去上班一年多，像是变了个人似的，能说会道了。"赵成熙乐得哼了一声，说："不是我变了个人似的，也不是你变了个人似的，你以前没想过要去识字，我以前也没想过要去识字，现在为什么要去？这是社会改变了我们。你知道社会主义吗？"王嫂嫂摇摇头问丈夫知道么。赵成熙说："店里的张会计解放前是革命者，他在店里开会时讲了许多道理，也讲了他曾经历过的许多事情。讲了他身边的许多同志抛头颅洒热血前仆后继，就是为了心中的信仰，实现社会主义，让普天下的劳动者当家作主，人人有工作，按劳取酬，人人有饭吃。大家听了他的话，都觉得说到心坎上了，天光格外明亮，江山分外妖娆，做起事来都有干劲。"王嫂嫂听着话咯咯地笑起来，说："老头子你还没识得字，就讲起了抒情句子，叫人听来高兴。"赵成熙嘿嘿地乐出声来，说："我哪能讲得出这般锦绣的话，还是听旁人说起的。大伙儿都说，在几千年的历史里，有哪个朝代这样为劳动人民着想过，只有新中国。的确，劳苦大众翻身做了主人，社会上有了地位，真个扬眉吐气。"

就在夫妻俩这么说过话之后，过得有半年的时间，识字班在小学校一间教室里开了课。讲课的老师是小学委派的，教员姓孙，是一位中年妇女。上课的时间是每星期的一三五晚上，每晚只上一堂课。王嫂嫂与隔壁的刘嫂还有观音阁其他男子和妇女报了名，开课的第一个晚上教室就坐满了人，窗外还有许多人观看。这景象普及全国的城市与乡村，人们都这样想着，识得字好，能写自己的名字，还能看报刊文章。赵成熙下班后晓得学校上课，就要去学校，王嫂嫂替他占着位子，如是店里开会有事，王嫂嫂便把学的字记住了回家后告诉丈夫。万事开头难，夫妻俩又是上了年纪的人，认的字当时记住了弄不好隔会儿就忘记了，好在是两个人，你忘了他还有印象，说出来听听，又记在了心里。就是写字，刚开始凑笔画，后来不凑笔画了，写出的字扭捏，有的扭捏成一团。有时，夫妻俩都忘了才学过的字怎么个读法，拿着写在纸上的字去问儿子，因字写得东扭西歪的，赵西平要看半天才说得出来。这么，学得有大半年，夫妻俩认得了几百个字，还晓得了一些词句。一个星期天，赵成熙与王嫂嫂去菜市场买菜回屋，在观音阁路口遇着倪家夫妇也去买菜。众人招呼过，倪家嫂子说："怎么买了那么多菜？"王嫂嫂说："今儿星期天，买了两样小菜，割了一斤肉。"倪家男人开玩笑，说："你们买这么多，等我们去恐怕卖完啰。"

赵成熙说:"不多,弱水三千,我只取了一勺,菜市场里菜多的是。"王嫂嫂笑起来,说丈夫抛文。倪家嫂子笑着说:"这就是学文化的好处,一直在进步。"倪家男人说:"这是社会好了,人才是这个样子。"赵成熙听着话乐呵呵的。过后,王嫂嫂问丈夫刚才说的话怎么她没听老师讲过。赵成熙说:"师父带进门,修行在个人,认得字要看书才得行。"说过话两人进了屋,王嫂嫂去做事,赵成熙得空从衣服兜里拿出一本连环画去坐在凳上看。妇人看着过来凑脑袋一瞧,书页上画着孙悟空、猪八戒,画下面有几行小字,便去拿来手上翻了几页,没兴趣,又还给了丈夫,说:"你原来看的娃儿书呀。"赵成熙是识得了些字,先简后繁,一本娃儿书看下去字也认不全,心里凑合着猜意思。王嫂嫂问:"你这书哪儿来的?"赵成熙说:"是你儿子的。"王嫂嫂说:"你父子俩凑得齐。"过后,两人吃饭,炒了一碗回锅肉,自是给儿子留了些。早在夫妻俩去识字班时,赵西平就与哑巴师傅对手打铁。大师兄满师后回自己长顺街的家开了间铁匠铺子,只因离三洞桥师傅家近,倒是时常来看望,也有些业务上的往来。这般,赵西平要去师兄的铺子上送货或是提货,便与屋里人熟了。每次来,大师兄的小兄弟都要抬板凳请他坐。时间久了,晓得这孩子叫卢友全。

十七

　　卢家的祖籍是湖北，后来迁至江苏，在当地开枝散叶。到了清朝道光年间，卢友全的高祖在四川的一个小县做过县丞，在职时是赚了钱的，后来解甲归田，就在供职过的县城附近的蓬蒿小镇买了一处小院，还在附近的乡村买了些田地。夫妻俩有一儿一女，大儿子卢天生，女儿卢天珍。雇了一个老妪上灶，买了一个婢女洒扫，一家人日子过得惬意。过了些年，见着市面上布匹生意好做，花银子去买了两间大屋，买了六七台机杼，雇了女工开了麻纱作坊。唧唧复唧唧，素女当户织。岁月如梭，也就到了光绪年间。这时，儿子成了家，妻子姓名罗家玉，家境不错，陪奁都是十二架鸡公车推来的。过了两年，女儿嫁了人户，兄妹两家人都有了下一辈。卢家人丁兴旺，有了三儿一女，顺着辈分取了姓名。大儿子卢朝夫，二儿子卢朝林，三女儿卢朝秀，小儿子卢朝兴。江浙人喜欢叫大儿子阿大，可能是眷恋家乡的缘故，屋里人便这么呼唤了。阿大长大后，跟着老爹在生意上有了销路，便在县丞老爷去世后与两个兄弟商量，想凑些本钱上省城去另谋发展。于是，三兄弟劝说通了老爹分了家。这当儿，阿大已是二十八岁的人了。他在二十一岁娶了一个门当户对的妻子，姓包名秀娥。过门那天，家里送了九架鸡公车的陪奁。岁月匆匆，季节来回，过了几年，有了一个七岁多大的儿子，一个四岁大的儿子。按照辈分，大儿子取名卢贵才，小儿子取名卢贵文，他妻子肚里又怀了一胎。他要去城市里寻生活，自是不好携带家眷，只得自个儿揣着银票，告别了妻子儿女。离别时，他要妻子好生看顾孩子，等着他的消息。之后，才挥手上路，走着去鸡毛小店住宿了一夜，第二天黄昏才到眉山县城，找着客栈住了一晚，天亮去水码头搭乘客船到了成都南门。这阿大小时候跟着老爹卖麻纱到过省城，也就认得生意上的路数，还认得老爹生意上交往的几个朋友。进了成都，先在悦来客栈下榻，接着约朋友见面，花一两银子在东来顺饭馆备了一席好菜肴，请几人吃酒。席间，杯觥交错一阵，他便说出了自己的计划，要在省城做布匹生意。这几人也是做这行当的，只要有银子，自然肯帮衬，听着话两天后就替他在东大街上物色了一间门面带一间住屋的房子。如此，这阿大在成都落足安顿下来。生意开张放了鞭炮，还请了几桌酒席，来吃酒的人物有认识的，也有不认识的。这几个生意朋友见他肯撒漫银子，货物也就帮他备办得齐整。

这么一来，阿大受到朋友帮助，自是感激不尽。其中这几人在帮忙的过程中赚他银子，给他一些脚货，他心里知道，却一点儿不去计较。有一句话说得是，"吃得亏打得堆"。阿大想过，若是做人舍不得钱，谁肯来相顾？其实，他有主意，生意上勤快点儿，做事精明一点儿，盼着开铺望赚，自然啥子利润都有了。几月下来，又结识了些生意朋友，懂了些生意上的门路和规矩，也就把自家的铺子打理得上了轨道。于是，有了生意，利益上的事多起来，一个人做起来就有些累，就雇了一个姓吴的伙计。这伙计说起来机灵，从乡下来成都多年，由于没本钱，空有了志向，只得听从这间铺子那间铺子的老板呼唤去扛包驮料，挣几个铜板过日子。这时遇着主儿肯见识他，便是一腔热情真诚地干活，一点儿都不懒惰，这倒教阿大喜欢。试过几回，见着为人老实本分，阿大自己管理着账目，其余大小事情让吴伙计做了。省了些累。过得有两年光景，阿大赚了些钱，便去珠市巷的一处小院买了三间房子，隔了半年，抽空回了一趟老家，要把妻子儿女接到城市里来生活。说实话，当阿大回到老家看着离别时妻子肚里怀着的孩子已是活蹦欢跳地叫他爹时，心中感慨韶华易逝。这个孩子是个女儿，孩子生下来时家里是给阿大写了信的，阿大回信时给女儿起了姓名卢贵珍。这个晚上，一家人在一起的感觉真好，他搂着妇人不丢手，说了一夜的话，快要天亮才歇下来。

　　看着阿大在成都有了铺子和房子，两个兄弟想要与他合伙做生意。阿大念着同胞情，三个人商量了一天达成协议作了文契，大家合作做布匹生意，阿大的铺子货物做股本，两个小弟入银子做股本。这下，阿大作别了爹娘，领着老婆、孩子去成都。两个兄弟也是告别了爹娘和妻子、儿女，跟着一道前往。这情景，阿大家是欢喜的，两个兄弟与家人倒是离别愁绪。好在有阿大家做榜样，大家说些牵肠挂肚的话，又说些心里祈盼的话，才依依不舍地挥手分别。阿大领着一伙人浩浩荡荡出发，漫漫长路，妇人小脚，雇鸡公车坐了，其他人辛苦脚力，一路逶迤前行。歇宿过客栈，坐过了客船，不几日到了成都，径直去了珠市巷阿大家安顿下来，两个兄弟临时住了一间屋子。第二天，阿大领着两兄弟去铺子。吴伙计看着老板带了人来，听过话晓得是以后的东家，端茶倒水不敢怠慢。这样，三兄弟看过了铺子，商量起经营的事情。阿大在路上就想好了法子，现在对两个兄弟说了出来，眼前依着现存的铺子做生意，待到合适的时机再来扩大铺面。两个兄弟初来乍到，也就依了大哥的意思。接下来几天，阿大带着两个兄弟去认识了自己生意上的朋友，之后，又是去东来顺饭馆备办了两桌好菜肴请众人吃了酒，活络了人情。过了些日子，阿大会着兄弟二人一同去海椒市街一处小院看了两间住房，觉得满意了付钱买下来，两个兄弟从珠市巷阿大家搬出来，一人住了一间。亲兄弟，明算账，这买房子的钱记在账上，待到年底分红扣出来。

就这么着，三兄弟聚合人力、财力一处，账目清楚地做起了生意。有本钱事情是好做，但一年下来结算，扣除了生意上的本钱与买房子的钱，两个兄弟没分几两银子。这么一来，两人心里有些不怎么趁怀，但看着面前的账本，又没话说。一天，三兄弟一处说话，谈起买铺面的事。大兄弟朝林说起海椒市街小院旁边的院子有两间屋要出售，想买下来与小兄弟朝兴分开住。阿大听了没言语，回家一思量，猜大兄弟是不是想接了家眷来住，也就把买铺面的事挪过了一边，去把那两间屋子买下来，便让两个兄弟分开住了。过了一年，大家坐下来盘账，这年生意不如去年，除了本钱与买屋子的钱，阿大分得十几两银子外，朝林与朝兴两兄弟没了分银子的钱，好在吃住用挪过来了。何况，两个兄弟还有了自己的一间屋子，大家倒不灰心丧气。阿大励志，要兄弟几人打起精神，看待明年。话刚说完，朝兴便说自己想回家一趟，朝林听着话说自己也想家里。于是，两个人便结伴而行，买了些成都的特产回家乡过年，阿大拿出二十个大洋，托付兄弟带回去孝敬爹娘。不想，过了大年十五，朝林一人来了成都，向阿大说了小兄弟朝兴的意思，并拿出了小兄弟写给大哥的书札。原来朝兴想在家乡发展自己的事业，要收回自己的本钱。信上有句话，"自己轰轰烈烈想出来，却是要急流勇退"。阿大看过，心上有些不顺，瞅着二弟问他有什么想法。朝林沉默一阵，说："人各有志，勉强不得。"这样，两个人商量一阵，为了回笼资本，只得去把朝兴的那间屋子卖掉。折出小兄弟的股本，生意上的本钱少些，阿大拿出相等的资金出来参股，这么，一切重新来过，阿大占两股，二弟一股，以后着股分红，两个人写了契约签名盖章。接下来，又把卖屋子的钱从本金中拿出来三兄弟一起分了，以示公允，免得以后扯不清。如此一来，兄弟两人心里搁平了，便是一门心思做生意。开春后，有一单生意出川去江南。阿大因妻子包秀娥又生下一个男孩，起了卢贵忠的姓名。如是，阿大要照顾家里又要坐镇城里铺子，只得让朝林带着吴伙计随着几个生意上来往熟悉的人儿一道前往。临分别时，阿大对朝林道声珍重，说朋友信得过，自己多小心。朝林晓得这一去得有二三月的时间，自己又是第一回出远门做事，心里的感觉多矣。只是一同去的几人熟稔，又都带了伙计，货物雇了行脚，这一路虽前途遥远，到底有伴同往，便不孤单。

这样，兄弟俩拱手别过。朝林与一伙人起程前行，路途上不敢耽搁，平川走路，流河坐船，打尖吃饭，昼行夜宿。这伙人中有的是常跑江湖的，路从哪里走，人与人的交往行怎样的规矩，招呼应酬的礼数、避是非的经验，心里是老道的，做起来就不难，像大兄弟这般才跑路的新手观之悟学。一日到得苏州，交割了货物又购买了货物，忙了些天闲下来，几人商定好回程的日子。经商之人跑货是劳累的，只要能赚钱便不会亏待自己。都说江南好，江南风光最宜人。几人有了闲的时间，相约着去看了虎丘景色，又去观了几处庭院风光，临了要返程的头天晚上，众人去饭庄平摊吃酒。一道道江南菜端上桌，昏黄昏黄的油灯照着亮，热气腾腾香气缭绕，几人划拳行令过一时辰，吃得个酒足饭饱才算账走人。有的想回客栈休息，有的想去抽泡大烟，有的想去窑子里寻乐。这些男人出门在外有个喜好，喜欢劝人喝酒，喜欢劝人抽烟，喜欢劝着人去寻花问柳。朝林上成都随阿大经商有一年多了，生意场上耳闻目睹打着交道，晓得些个中底事。只因阿大是个怕老婆的汉子，家庭观念重，又守着家住，与人交往喝杯酒，其他的便不挨边。这朝林见哥都这样子，平常也规矩，就是有花花肠子也打住了。今儿，他哥不在跟前便没了拘束，被人劝着，不想回客栈休息，也不想去抽大烟，跟着两个人去了一家别香院。

　　走了进去，鸨子赶紧招呼，招来几个莺莺燕燕的娘们儿见面。一番应酬后，一人找了一个娘们儿进房里。朝林初来这地方，一个人暗暗兴奋又不晓得咋办，进了屋里就愣在了当场，看着桌上的油灯罩子不转眼。那娘们儿掩好门闩，过来见他发愣，婉转一笑推了他一下，说："你没来过这地咋的，呆头呆脑地站着，"又说，"过去床沿上坐了。"朝林脸上红了，朝着娘们只有点头，想说些好听的话都哽在了喉咙头。那娘们儿见朝林愁眉愁眼的，立起身去到他面前，说："都是长胡子的男人，没碰过女人？"朝林听了话不知如何回答，自己是有妻子的，至于别的女人真的是没碰过。那娘们儿见他看自己眼里出火又不言语，不由得咯咯笑起来，这一笑，气息温馨，样子妖娆。朝林见一个女人近在跟前，浑身上下散发着淡淡的香粉味道，又朝着自己的风情模样，整个人兴奋了起来。不想，那娘们儿笑着，不知是有意还是无意，头发在他脸上拂了一下，刺激了他的神经，他一下子拦腰用力把娘们儿抱着了。这晚，直到筋疲力尽听着鸡叫才疲倦睡了。

第二天见亮，听着与之同来的两人在屋外悄声唤他，起身穿衣下床，那娘们儿从瞌睡中睁开眼看他，一副娇慵疲惫的样子。朝林见着难免留念，想着是给了钱的，忍不住手又去娘们儿身上抓捏几把，过了又拿出两个铜板放在了枕旁，这才出屋同二人走了。自此，朝林有了这行径，回到了成都，私下背着阿大去寻花问柳，也不管家乡的老婆、孩子伸长了脖子望他。后来，阿大晓得了这事，便去相劝。朝林表面上咒赌发誓要听哥的话，转过身就忘在了一边，得了空就去。阿大知道了又去相劝，这回大兄弟脸面老着了，听着话一声都不哼哼。阿大看这样子，心里明白劝也无用，再劝下去兄弟间会讨气恼，便也懒得说了。只是朝林从家乡带来的钱大多都投在了生意的股本上，留下些银子做日常里开支，平常倒也够用。现在多了花销，不免手里缺钱，只好去账房支取。阿大管账，见着兄弟要钱，晓得是去胡乱花费，又怎好说得。不过，生意合伙做，规矩是要讲的，便要兄弟写借条。这样，有了开始便有了以后。朝林一没钱用，就写好借条去阿大面前支钱用，次数多了兄弟间便有了些想法也不好说，闷在心头生出些闲气来。到了年底分红，两个人坐下来盘账，拿出大兄弟的借条打着算盘累计数目，结果非但分不到银子还要扣些本钱。看着阿大分了几十两银子，朝林心里不痛快了，回到屋里想了一夜，觉得分不到银子也就罢了，只是每次写借条支钱还得看哥的脸色，就起了自己去租门面做生意的念头。这么想着，多少心思涌来复去，一等天亮就去了铺子上，候着阿大来了就说出了自己的想法。其实，阿大也想了一个晚上，觉得兄弟这般一年到头地辛苦，该分的钱还没到手就花个精光，家里人还在乡里盼着，殊不知他在城里荒唐。说他又不听，还木起个脸。何况，这事儿不好与人说起，更不好让他家里人知道，愁得个没办法。现在，听着二弟要分开来做生意，自己心里也早有过这样的料想，但因担心如此做了，兄弟这么下去，生意上就是赚了钱也要挥霍干净，恐怕连本钱都要陷进去。毕竟是兄弟，到那时又怎么对弟媳及侄儿说话。回过念头，如是兄弟与自己一道做生意，他再怎么花钱，本钱在我手里倒还有保证，待他过些年醒悟，回转过来便还有老本把持，总不至于人财两空。这般想过，许多事情过得去也就少些言语。现在，二弟提出要分开来做生意，便把阿大弄得为难。看架势，自己就是说出掏心窝子的话来也无用。转念一想，分开了大家利索，便答应了。对兄弟说："当下本钱置办了货物，等着货物卖出后收回资本再来分开如何？"朝林不依，说："有钱分钱，有货分货。"阿大说："你现在铺面都没得，分开了怎么做生意，不如等你找着了铺面再来分开如何？"大兄弟听着哥儿说话推三阻四的，急躁起来，说："大家分开就是，我自己去找铺面。"阿大见兄弟意思决绝，也不好多话。两个人盘点分账，过了些天，朝林在南大街租了一间铺面搬了过去。阿大为这事闷了几天，给乡下的小兄弟写了一封信，详细地告诉了两兄弟分开做生意的来由，顺带说了些二弟去烟花巷子的事，末了，说了自己的想法，"什么事都有命"。

十八

阿大与二弟分开做生意后，买卖上的事还是比较顺意。过了几年，家里存了些银子。碰巧，同院子里住的那家人要卖房子，阿大想着自己一家人独门独院的住着舒服，便买下了那三间屋子。这么一来，偌大的一个院子一家子住着，欢喜高兴了好些日子。这年，阿大四十岁，他的大儿子贵才也到了十九岁的年龄。于是，夫妻俩开始替儿子张罗婚事。找来媒婆，一月后物色了女家，也是生意上的门户，做酱园事业，在西大街上有一间小铺子经营自家生产的豆瓣酱油。阿大听了媒婆之言，了解到女子姓名张少兰，相貌姣好，脚裹得小，做得针线还能下厨房煮饭炒菜，便替儿子做主承了这门亲事。此外，他俩生辰八字也是合的，便下了聘礼，过了半年选了良辰吉日，雇来厨子做了席桌，请了亲戚朋友邻居，热热闹闹给大儿子贵才办了婚事。这天，媳妇坐了花轿来，随后有八架鸡公车的陪奁，便是撑住了面子。当天晚上，贵才掀起新娘盖头，眼见着妻子张少兰相貌平常，脸上还有几粒雀斑。只是肤色白皙，一双小脚灵巧，惹得男子喜欢，心里由不得地爱她。这般，小夫妻俩随着大家一起过日子。媳妇懂事，晓得孝敬公婆，又是勤快做家务，一家人处在一起倒也融洽。这大儿子成婚后，本以为老爹会分些家产给他，哪知过了几月也没瞧出些动静来，向娘亲打听，才知道老爹心里未雨绸缪，早有主张。为何？阿大怕提前分给大儿家产，担心此一时彼一时的，有失公允，弄不好引得以后儿女们心起阋墙、说三道四，便打算等着女儿嫁了人、两个小的儿子长大成亲后再来均财富行分家之事。到那时，女儿嫁人有陪奁，儿子成家有财产，这才是堂堂正正的做法，也是活人一辈子的本事。贵才晓得了老爹的打算，想想觉得在情理之中，去铺子上守着柜台安心稳意经营买卖。做人都有私心，时不时在生意上淘点米。什么是淘米？就是生意交往来回间瞅空落些小钱在自己的口袋里。当然，这些事久了自然瞒不过人。阿大想着大儿子有了家，时不时落些零用钱花花，只要不出格，倒也不去说破。

这当儿，阿大的小儿子贵忠有了八岁三月。这孩子生在小型商贾之家，出娘肚子就是不愁吃不愁穿的主儿。满七岁那年就去了他两个哥读过的那家私塾里启蒙，脑后拖着一条小辫子屁颠屁颠地背着装书的竹篾度过了几年，学了《三字经》，读了《弟子规》，跟着先生摇头晃脑念起了之乎者也。恰时，社会上兴科举制，能去读书的孩子让人羡慕而喜爱。因为读书之上有仕途，自古有言，"书中自有黄金屋，书中自有颜如玉"。只是，这得看人是否读得懂书，而且读书是很辛苦的，白天读书晚上油灯下温习，不仅会做文章还要会写诗句。要考科举，先要做童生，乡试考秀才，上一台阶考贡生，还要去考举人。等着三年一次京城会考，背着竹书篓子长途跋涉去应试，过后等着看金榜上能不能有自己的名字。如有，那就是有了做官的福禄。如是金榜上没名字，只得转身回家埋头苦读书，仿佛希望就在前方，受多少累吃多少苦一点儿不要嗟叹。有的人书读得多，文章也妙笔生花，可就是没有考试命，从孩童读书到老，连个秀才也考不上，还是要捋着胡须在油灯下吟诗句诵策文，直到有一天，眼睛看不清楚了，声音沙哑了，腰背弯驼了，才知道一生的理想、一生的追求，这般刻苦、这样努力，也会没有结果。

这阿大之家，把生意的事看得重。孩儿们受启蒙，也就是为了识得字算得账，至于功名上的利禄倒也不怎么去设想。阿大说过，三个男孩儿中谁要肯去做诗文，他是愿意花钱培养的。可是，他的三个儿子在这方面都像随了阿大那般的脑细胞，对生意上吹糠见米般的钱来找钱的事有种冲动与喜爱的感觉。自从去私塾先生那里识得些字后，也就不怎么用功而耽于游戏。就是阿大问起功课，三个儿子都如出一辙，念着算盘经起劲，说到诗文就皱眉头假咳嗽，半天吟不出一首诗来。阿大看着也不怄气，晓得几个娃是看铺子的料。相反，阿大的女儿贵珍却是肯学诗文。只是阿大觉得没有女孩儿去的私塾，便要她在家学针线。没办法，女孩儿家只好听父母的安排。不过，这女孩有些心思，有空就去三个兄弟身边讨教，认得了些字迹，时间久了，也吟得了一些小诗，编排些春花开、夏虫鸣、秋雁飞、冬雪飘的句子。这么一来，性子上就有了些多愁善感，性情上有了一点灵秀，绣出来的女红多有些诗情画意。这让她娘亲看见都喜欢且自叹不如。告诉阿大，阿大也夸自家女儿有才情，叹息社会风气重男儿，有些埋汰女子。由此，心里便有了替女儿相一户好的人家的心思。在大儿子娶妻后过了几年，就请媒人替女儿物色了一户姓饶的人家，家里是开药铺的，老子饶时学是郎中，儿子饶得清是考中了秀才的，但肚子里有文章道不出来，跟着自家老爹学医术。阿大去相过青年秀才，见着是文绉绉的样子，便也应允了。婚嫁的时候，阿大办齐了九架鸡公车的陪嫁，也是给女儿撑足了面子。过些日子，贵珍回家探望双亲，阿大问女儿过得好不好。贵珍说自己很好，还告诉爹娘，自己跟着丈夫学认了板蓝根、川射干、鱼腥草等几种草药。阿大问这些草药能医什么病。贵珍告诉他可治感冒。这让阿大听着高兴，说女儿心有慧根，学起事来快。这样，过了有一年，女婿来阿大家里报喜讯说贵珍生了一个男婴，姓饶名金杰。阿大夫妻听着自己有了外孙，心里自是喜欢得不得了，花银子买衣服买物品出手舍得。按照习俗备了一架鸡公车的东西看望女儿和外孙。路程不远，上午去，亲家之间见着面道声"稀客"，接着坐着喝茶，阿大妻便去女儿屋里看望，阿大便与亲家饶郎中说话闲聊。到了中午，男方家备了酒菜，阿大与饶家父子坐一桌吃酒，说话投机，两个亲家公劝酒甚欢，一直吃得尽兴才舀饭吃。这边，两个亲家母与家里人在厨房摆桌吃饭。阿大妻想着女儿，吃过饭就去女儿房间，饶郎中妻看着急忙相陪，进屋看着贵珍端着一大碗米饭，吃鸡肉喝鸡汤，阿大妻点点头，向着饶郎中妻说了一些女人坐月子的话。下午，阿大喝过茶水，与妻子告别饶郎中夫妻回家，女婿送了一程。

　　阿大喝了酒，夫妻俩在路上说了会话。夫妻俩想着大儿子结婚已过三年还没孩子，心里就郁闷。其实，在大儿子结婚有一年的时候，老两口就关心起这事。阿大的妻子还去问过媳妇，说及生育之事，彼时张少兰就脸红、默然无声。现下，夫妻俩看过外孙，又说起此事，想着去找着大儿子问个究竟。不想，贵才听了问话也是一般脸红、默然无声，弄得几个人坐一处惆怅。确实，传统上有"无后为大"之说。可是，一家子怎么怪都不会怪自家儿子，倒是怪在了媳妇身上。阿大夫妻商量一阵，觉得媳妇不能生孩子犯了七出之条，便有了要大儿子休妻的想法。只是，贵才去桌上铺开纸张，拿毛笔蘸满墨汁、斟酌字句要写休书时，张少兰知道了消息，在丈夫面前哭得伤心，泪眼滂沱，苦苦哀求他不要这么做，今后自己不好做人，贵才想起媳妇平日孝敬公婆，对待家人也好，心里不忍，只得罢手告诉爹娘另想法子。这事过后几月，遇着一大户人家因搬迁遣散丫鬟，阿大花了五两银子买下一个姓夏名荷的年轻婢女照顾大儿子。一年后，这丫鬟生下一个男婴，起了姓名卢孝安，是想他平安的意思。阿大一家皆大欢喜，办了席桌请亲戚，当众人面为婢女扶正了名分，做了大儿子的小房，与张少兰姐妹相称。这样，一家人平平淡淡地生活，忙碌着生意都是为了赚钱。这时间，阿大的二儿子贵文满了二十二岁，阿大夫妻有些着急，托媒人说了一门亲。女家姓刘，是做鞋子生意的，有作坊有铺子，光景与阿大家倒是门当户对，成婚那天女家也是送了六架鸡公车的陪奁。晚上，贵文晓得妻子姓刘名素贞，揭开新娘盖头，瞧着媳妇个子高挑，面貌端庄，小脚模样，心里自是花朵怒放般满意。

这般，过了几年，阿大夫妻到了要奔五十去的年龄，他们的小儿子也有了十八岁。过了半年，有媒人来他家替小儿子说了一门亲事。女家姓张，与阿大家一般，也是做布匹生意的，两家的家境差不多，财力相当。阿大是知晓这户人家的，户主张德贵是生意场上有字号的人物，平时大家还有过应酬，便就应允了这门亲事。只是，阿大想着年内二儿子才成了婚事，家里是花费了的，虽说自家有生意，可是，有银子进来也有银子出去。再说，这些年儿大成婚、女大嫁人，家里的积蓄用去了不少，于是，在两家的儿女合过了生辰八字后，阿大下了聘礼，这门亲事先定下来，但要等到一年后才能成婚。张德贵见卢朝夫话说得诚恳，想着一年的时间不长，况且小女儿张志芬十七岁，才及笄两年，闺房之中也能等待，也就同意了阿大的说法。不过，两家人既是定下了这门亲，女家也有说法，问了一年后什么日子，几经磋商，请了算命先生择了黄道吉日，决定在来年的腊月初六行婚事。这下，两家有了儿女姻亲，在生意场中自是帮衬。阿大的布匹买卖事业这时达到了高潮。然而，也就在这时候，阿大慢慢起了一种感觉，觉着自己见老。先是感到腿膝时不时会有一点不灵便，过些时间，身子骨动不动就有些这痛那痛的现象。去找郎中把脉，扼腕一阵儿探不出病因，望闻问切了一通，究不出障碍。郎中下个结论，说是中老年转体症。开出一副汤药，用一些人参、大枣、枸杞子进补。调停一些日子，身子骨还是会不舒服。郎中劝他放宽心生活，阿大听着话只得好生将息。然而，他的精神状况越来越差，以前年轻气盛时的事添上心头，有了愁肠回还的情绪，开始羡慕起年轻人来了。回味起自己年轻时的光阴，想着少壮时看见老人有过的懵懂，他万千感慨自己也老了。这时候，在他心里就产生了一个愿望，等着小儿子贵忠结过婚后，就把家产平均分配给三个儿子，今后由他们各自去操作，自己与老伴好好去颐养天年。如此，阿大把自己的想法告诉了妻子，说自己年轻时忙生意顾家，也就走过几个水码头，现在老了，在茶铺里与人闲话聊天，才晓得天下之大，没见识留下遗憾，到底家有积蓄留给儿子，也可慰平生。妇人听丈夫东说西话的，后来才知道丈夫的意思，便由着他想。这么，日子便一天一天地过去，等了些时候，热热闹闹操办了小儿子的婚事。媳妇过门，有十一架鸡公车的陪奁，让两个哥一旁看着都羡慕。大喜日子，贵忠掀起新娘盖头细细瞧看，见娘子身坯不高，体态匀称，样儿娇媚，小脚裹缠得好。这般，夫妻俩自是恩爱，过日子醹融融的，影随身移。过了几月，阿大瞅着时候到矣，把三个儿子叫到身旁，先是熏香拜祖，之后把家产平分给三人。铺子的事情由大儿子继承，折些本钱给两个小的儿子，由他们自去找铺子开张。当然，在没找到铺子之前，三兄弟便是在老铺子里合伙做生意。接着，他把院子里的房子进行分配，三兄弟各分得两间住房。本来，院子里就只有六间住房，一间灶房，一间放杂物的屋子，院子角处有一间茅房。贵才听了话说："住房都分了，爹娘住哪里？"阿大看着大儿子，说出了心里的打算："我与你娘住老屋。你有两房人，又有小孩，住了两间屋。你大兄弟的媳妇已怀有身孕，便把现住屋的

人家（上）

旁边连着的那间屋子分给他。只有小三子刚成亲，可在他住屋旁修间屋许他。我想过了，为了不失公允，修造屋子的钱用了多少，按着比例给你两兄弟一点补偿。"贵忠听了话高兴，说："生意的事分了，住屋的事也分了，灶房又该如何处置？"阿大说："老灶房可分成两间，那放杂物的屋子也可分成两间灶房。"这样，散枝开叶地分过家业，一家人围着大桌子喝酒吃饭。其间，阿大说吃过这顿饭，以后就是各过自己的生活。他说官儿的班阶要争，兄弟的排行顺受。他要三兄弟好生相处，事情上多有帮助。三个娃见老爹财产分得公平，话说得在情在理，自是欢喜。只有阿大的妻子，想着今后要与儿子分家分户地过日子，未免心里舍不得。阿大看出老伴的心思，说以前自己兄弟也是这么分家的，这可是一脉相承的繁衍之法，说过了又对三个儿子嘱咐些事。三兄弟以前听着阿大庭训，都是要借遁法逃去，这次，倒是肯专心听老爹教诲。

十九

阿大与儿子们分家的这年，已是民国初年，这家子经历了改朝换代。世道的改变，社会制度的改变，政治、经济、思想、文化、礼俗以及社会风气的变化，人们能亲身感受。一朝一着装，清朝灭亡，那些顶戴花翎，穿石青色圆领对襟补子马蹄袖马褂，挂朝珠，脚穿黑绒朝靴的旧朝官怎么着了，世人弄不清楚，就是兵卒身上胸前背后圆圈里印着兵勇的服装也都消失。民国伊始，官员穿中山装，着长裤，脚穿皮鞋。受西方文化的影响，也有穿西服打领带的。军人穿着上衣下裤，有大帅服、将军服、士官服，头盔上有装饰，衣领肩上有纹章，脚上有穿马靴的，也有穿皮鞋的。士兵头上戴布帽，身上穿的衣服有兜，腰上束带，下穿长裤，有的打绑腿，脚穿圆头槽儿布鞋。遇着社交上聚会，各方大佬相逢一处，穿着上汉装、西装、满装、长袍马褂的都有。携带家眷的，妇女的服装也有改进，穿着上不再是前朝时那般臃肿单调，衣服高领，前摆过膝，裙裤拖至脚背；而是从烦琐向简单，琵琶襟衣衫，曳长裙，注重曲线美，注重服饰上的搭配。就如旗袍，清朝的妇女穿着直筒筒的前摆后摆拖至脚，开叉也低。现时，旗袍收了腰，开衩高了些，前摆后摆拖至膝下，穿在身上有了女人的美感，庄重之人，仪态上大方，形象上摩登，世人观着有的效仿。当然，老百姓也有自己的穿着扮相。

阿大自从把家产分给了三个儿子，留下了一些银子与妻子过起了平淡的生活。闲了下来，平常喝点小酒，时不时抽口水烟，下午无论是天阴天晴还是刮风下雨都去离家附近的茶铺子喝盅盖碗茶，听说书人讲故事，时不时也与相熟的人打一阵长牌赌些铜板的输赢。有时，茶客们聊天，大家说一些闲话，天南海北的。阿大生在同治年间，经历了几个朝代。以前，茶铺子里说事，对皇家的传闻有所避讳，除了张榜的文告，也就是身边的见识。问阿大，活在哪朝，他说得出来，其他的就不知道。现下，茶铺子里众人交谈起来，没有了这方面的禁忌，晓得些听闻说将出来，一旁的人听着有兴趣。阿大不晓这般事，可他喜欢听，听了记在心头，觉得长见识，这也是他喜欢去茶铺子的缘故。有一天，阿大听旁人说起前朝皇帝问大臣吃早饭的事儿。一个大臣恭禀自己早上吃两个鸡蛋。皇帝笑大臣靡费，一清早就吃掉四两银子。大臣听了话不明白皇帝为何这么说，后来打听，才知道皇帝一天早膳吃鸡蛋，问身边的太监鸡蛋一个值多少钱。太监恭答一个鸡蛋二两银子。于是，君臣有了这般对话。当时，阿大听了这个趣闻心里着实感慨了一阵儿。回到家，对妻子说要吃酒。阿大妻去煮了腊肉切了一碟，又拿两个鸡蛋掺了葱花炒了一盘，供他下酒。在阿大端杯斟酌的时候，把这事儿讲给了妻子听，还说出心里的想法，这地方二两银子能买好多好多的鸡蛋，要是自己做这生意，长长久久的不知要赚多少银子。阿大妻笑丈夫心狂野，皇家的钱都想去赚，这样的念头也说得出来，不怕官差听着话拖去打板子。阿大告诉妻子，这是前朝的事情。当下，茶铺子里人都说得，这阵儿的官儿才懒得管哩。夫妻俩笑一阵，阿大吃酒，他妻子舀了一碗饭陪着他吃。

吃着饭，大孙子孝安过来守着爷爷奶奶说话，阿大夹了一撮鸡蛋给孙儿吃。这孩子吃了不罢休，还闹着要吃。阿大妻想孙子饿了，去舀了一碗饭来，要他坐在老爷子身边吃。这孩子倒不怎么吃饭，就是做要。老两口有孙子在一旁，心里欢喜，便由着他闹。一会儿，夏荷找儿子，过来看着儿子与爷爷奶奶一道吃饭，就回了自己屋，过一阵儿，端了一碗萝卜烧肉过来。老娘子要媳

妇坐下来一同吃饭，夏荷说要回屋去，也就走了。分家之后，除
了过年过节或者有什么事情，大家坐在一处吃饭，平常里，儿子
媳妇倒是难得在爹娘屋里吃饭的。这好像无形中的规矩，三兄弟
谁也没说过，就是心里明白。不过，也有破例的时候。一次，二
儿子媳妇有事带着孩子回了娘家，贵文就在爹娘屋里吃了好几
天。过了，贵文怕两兄弟说闲话，要给饭钱。阿大听着话呸了儿
子几句，说："分了家回老子屋里吃饭就要给钱，把你从小带大，
怎么不给奶娃子钱呢？"骂二儿子多大的人了，还不懂事。贵文
听了话不作声，这事情，两个兄弟笑了他好几天。只是阿大妻为
这事有些想法，认为是分家惹的，把人弄得生分，怪不得儿子。
一天，老两口吃饭，阿大妻觉得冷清，想起了以前一家人吃饭时
闹哄哄的情景，未免心里闷着。阿大瞧着问妻子想什么。阿大妻
说："我就不明白，分家业怎的又要分开来吃饭，弄得各顾各的
日子。"阿大喝着酒，自是不怕多话，对妻子说："分家的事，今
天不分，以后总是要分的。现在有东西来分，就是好时候，大家
一场欢喜。倘若落在以后，谁又能保证呢？要是没东西分，大家
不是一场沮丧。还有，分家不彻底，以后讨气恼。我敢说，分了
家还是一起吃饭，这日子过不了多久便会有闹分灶开锅的事。"
阿大妻说："事情还没得，你就想着了。"阿大说："不是我想的，
是事情让我想的。记得我们这一辈分家时，自己心里是怎么想
的。"阿大妻听了没话说。阿大夹了菜吃，呷了口酒，说："这都
是自然的事，不是谁去想的。我还得说，现在三个儿子挨着我们
住，过些年，就会有闹搬出去住的事。所以，我不会为这些事忧
心，只要大家这么住着开心，也就是福气了。娃儿都有了一家

人，谁家弄个好吃的，给我们端一碗来，我也知足。应该知道，人老了，孤单也就来了。"

二十

卢友全是阿大的曾孙，是阿大小儿子贵忠这房的后人。那年，贵忠成婚后不久就遇着老爹分家，得了福祉。过了一阵儿，便去老丈人家的铺子附近盘了一处店面，雇了一个姓章的伙计，弄得个光光鲜鲜开张，生意上着实景气得一阵儿，赚得些银子。过了一年，他的妻生下了一个胖小子，按辈分取了名字卢孝林，是想儿女多的意思。这下，他欢喜得不得了，有时乐上劲就哼儿句川戏腔儿，抒发一下高兴的心情。又过了一年，便在外面买了向街三进带楼阁的房子搬去住了，把自己的两间屋按市面上的价格卖给了大哥。本来，贵才有两房人，有了儿子又有了一个女孩，住房挤了些，听贵忠要卖房子，自然凑合。这时间到了一九一六年，市面上起了多少变化。受西方文化的影响，一些饱学之士写起了新诗，也有的结社一处激扬文字。当然，从古到今多少年来，世人尚武，要不然怎么有投笔从戎的典故和到底书生无用的章句。确实，许多是是非非在两军对垒之间较了输赢、论了人生、成就了历史。这年月，各地多少大督军小营长的辖制地方，还有办军事学堂的，自是有许许多多年轻后生去兵营里当士兵谋前程，想将来出息。

贵忠有自己的生意，也正当他日子好过的时候，便不肯做旁务。有了钱，心思上有些活泛，想满足自己，去喝酒陶醉了几次，过量了人难受，就把眼光放在抽大烟的人身上，觉得时髦。一天，他就去了烟馆，睡在铺着草席的烟榻上接过伙计递来的烟枪去凑着油灯抽了一口，当时就呛得个两眼流泪说难受。一旁抽大烟的笑他愣，不会抽吸那么大口干啥。贵忠见旁人笑话，起身想走，却被伙计劝住了，告诉他第一次来抽烟的人都是这样，总会有点不适应，难受过了就是舒服，以后就少不得这东西了。贵忠见伙计拦着去路，回头一想，自己出了钱的，就这么走了，不是白给了铜板？伙计看他迟疑，劝他躺下身闭上眼睛，含着烟慢条斯理地吸，让那东西在嘴里打滚再慢悠悠地吞下去，抽完这枪烟，保管人提神解乏周身通泰。就这样，贵忠在烟榻上折腾了一通，出来觉得抽烟不过如此，便不去了。哪知，与抽烟的人接触，说着这事，都笑话他，都说吞云驾雾的好受，耐不住又进烟馆。有过二三次，渐渐有了烟瘾，才晓得是花银子的勾当。这时，也由不得他，要是不抽上一口，人便会无精打采，吃好菜都无味、不香。从前，铺子上的生意他是全面经管的，自从有了鸦片瘾，自己就只管账面，其他的事交代了伙计去做。开始，家里人晓得他抽大烟，也没办法。后来，看着他沉湎在这个嗜好里折腾，渐渐懒疏了生意，有时一整天不去铺子，店面由着伙计支持，才知道事情不妙。张志芬去劝丈夫，哪知郎君就像变个人似

人家（上）

115

的，劝的话怎么听得进耳朵？这抽大烟的人上了瘾，自个儿人与性子都要变。有烟抽啥事都好说，要是没烟抽就要变样子，时而哈欠泪花、涎皮赖脸，时而呲嘴眼凶、气粗吓人。张志芬没奈何，把这事告诉了自家老爹，让其出个主意。老岳丈的铺子与女婿的铺子相隔不远，对其抽大烟的事有所耳闻。现在，女儿要他想个办法，他也一时间不晓得咋办。况且，这老岳丈的大儿子也是抽大烟的人，自是晓得沾上这物的利害，有钱的不晓得哪天抽穷，没钱的抽得家当都要卖完，结果怎样，说不清楚。清朝有幅小画《典妻》，画面上一个妇女一手挽着亭柱子，另一只手被一个男汉拖着，说的是抽大烟的人没钱把妻子去当了薅钱抽烟的事，画得甚是凄惨。这般，父女俩闷了一阵，想着贵忠听他老爹的话。于是，张德贵去买了一只卤鸭子，提了两瓶成都曲酒看亲家。两个是故交，早先经常一起喝酒的，有啥话都好说。只是有了儿女姻亲，讲起了礼数，交往上也就有了些规矩。这回亲家俩喝酒，寒暄过后就说了事情。阿大是晓得儿子抽上大烟了的，只是想着儿子都当爹了，又是分了家的。何况，每个人都有嗜好。此外，抽大烟的又不是他一个，也就不当回事。现在听亲家说起，想着是说自己儿子的事情，脸面上就显得有些尴尬。不过，听说儿子抽大烟连铺子都懒得去了，心里有了连着筋的担心，说："亲家对这事有经验，该怎么处置才好？"张德贵见阿大的话里扯上了自己的儿子，愣了一会儿，只是想着女儿的处境，便也实话实说，对阿大讲自己一个儿一个女，女儿嫁了人，儿子一家人与自己在一个院子里生活，生意上自己担当着，儿子抽大烟，倒不碍事。但是，阿大屋里是分了家的，该去劝导儿子，不要光顾着抽大烟不去管生意。

　　这样，阿大去了小儿子的铺子。这天，天空下着细雨，阿大到了铺子上没见着儿子，那章伙计认得是老板的爹，不敢怠慢，泡茶请他坐了。阿大等了一个多时辰，看铺子里时不时有人来买布，问着合适买卖成了，不愿意的走人。待到没顾客时问伙计："平常的生意如何？"章伙计说："今天下雨，天晴买卖好些。"阿大问："怎么个好法？"章伙计说："多几个顾客。"阿大心里估摸，儿子的生意与自己做生意时比起来有差别。可以这么说，自己做生意时兴隆，儿子的生意显得凋敝。这么，坐着想着又等了有半个时辰，才见小儿子进了铺里。可能是抽过了大烟有了精神，贵忠进来就见章伙计向着自己呲牙咧嘴的，便朝着伙计吆喝："你又是惊又是怪的作甚？"等明白过来意思，回身见老爹坐着喝茶，连忙走到跟前问老爹怎么有空来铺里。阿大看儿子比以前瘦了很多，脸颧骨都突出来些，一张脸青黄，眼珠子骨碌眨巴，嘴唇乌红，走到身边就闻着烟臭，弄得不是人样子是烟鬼相，心里就暗自叹息。只是，当着伙计的面，又不好说儿子。其实，阿大与亲家交谈过后心里就一直想着这事，儿子操持着自己的一个家，做自己的生意，他怎么想怎么做都是自己的事，又该说什么才好？倒是想着亲家的话盘桓不定，叫过儿子去一边，把与亲家说的话讲了出来。贵忠听过老爹的话后想了一会儿，说："自家做着自己的生意，我就是好了一口大烟，又没别的嗜好，他有什么担心的？"不想，贵忠说的话让他老爹听着不是滋味，阿大觉得这话把自己都装进去了，内心一下子梗起来，问儿子："怎么说话的？他是你的岳丈，你就这般说，何况，他担心还不是为你好，不要不知好歹。"贵忠见老爹发了脾气，自个儿怂下脸来，说："我没有不敬他。本来嘛，说话就是讲自己的意思。"阿大说："你这么有意思，我听着也不好说了。不过为你好，有些话还是要讲出来。你是有家室的人，又有自己的生意，不要总顾着自己舒服。这次到你铺子里来，等了多久，你才上铺子来。不只是你岳丈担心，就是我也担心，这么下去，你只顾抽大烟不顾生意，是要败家的。"贵忠听了话不作声，就杵着那里。阿大见话不投机，对儿子说："我来劝你，是来尽我的责任。你听不听，是你自己的事。"说过话起身走了。贵忠送老爹到铺子外面，分开时也没多的话，父子两个心里都不愉快。说实在的，做人一旦犯浑，便要生出许多罔常理由，怎么说都护着自己的不是。贵忠心里不是滋味，有些怪老爹拿老岳丈的话来说事，不就抽了大烟，倒说到败家的话来了。心里这般想着，睇着老爹走远，回身进铺子向伙计交代几句，接着出铺子回家去了。

贵忠急着回家，是要拿媳妇撒气的。进了屋，看着隔壁的王婆与张志芬说着话，旁边雇来做家事的女佣周嫂站着逗着儿子，一腔气发作不出来，只好在一边龇牙咧嘴。原来，隔壁的王婆过来还针线，这时看着贵忠回来，便起身走了。张志芬见丈夫进门来气色不对，就暗自琢磨提防，看着王婆出去，丈夫关门，就去到女佣身旁。贵忠本来十分气恼，被这一耽搁消了些，见王婆走了，去关上门，转过身伸手去抓着张志芬的衣领拖着要去里屋。一旁两岁多大的儿子孝林见老爹这般凶，吓得哭了起来。周嫂见着叫了起来，说："老爷，主母怀着孕的，弄出伤来要请郎中。"贵忠要回屋时，气还在丹田里回旋，恶从胆边生，进屋见隔壁王婆还针线耽搁一阵，气肚里的恶泄了一些。这时听着女佣的叫唤，倒提醒了他，请郎中是要花钱的，手上就松了劲。周嫂是张志芬怀孕后为照顾孩子和做家事方便才临时雇来的，有四十多岁的年纪。此刻见主人家松开了抓扯着老婆的手，过来扶着了主母，道一声："老爷，夫妻间哪里有好大的气，什么话不能好好地说。"张志芬被丈夫吓了一阵，心里怕了一阵，一个人浑身没劲，被周嫂扶着去里屋床上躺着。两岁多大的孝林见爹娘不打架了，也止住了啼哭，看老爹在外屋的椅凳上坐着发闷了一阵又出屋走了，才进里屋跟娘亲说老爹出去了。张志芬听着话泪珠子出了眼眶，齆着声音难过不已。周嫂在一旁看着劝慰，说："难受紧了，恐怕伤着胎气，人要想开些才好。"张志芬看着周嫂说："周嫂子，你来我家几个月了，眼见得的，哪些事不由着他。今儿回来红不说白不说地抓扯人，我也是父母生的，也有兄长，怎么就这般无相？"周嫂说："男人家的脾气，孰能料着。舌头与牙齿亲热，也有咬着的时候，凡事想宽些，不怄着自己。"两个人说了一阵儿话，张志芬不那么难过了，看着时候快到中午，周嫂去灶房做饭菜。

这样，贵忠与妻子在一个屋檐下怄气了些日子，两人才从冷眉冷眼之中缓和过来。虽是两个人彼此对话了，可妇人不再像以前那样多言语，至于丈夫怎么想要怎么做也懒得过问。当然，每个家庭都有自己的生活模式。贵忠主持着生意上的事情，张志芬管理着家务，有些生意上赚的银子也会从妇人手里进出。此外，张志芬出身在经商世家，小时候跟着老爹认了些字也学过算盘经，长大了生意上的事情也是耳熟能详。在丈夫没抽大烟之前，

119

有时算账累了，她便会去帮着打一通算盘。后来，丈夫抽上大烟，有时懒得算账，也是由着她来打理。何况，生意上进货都是几个熟识的商人合伙去买来卖的，其中，自己的老爹就是几个商人里的中坚分子。如此，张志芬自然晓得些家里买卖上的路数。只不过，妇人在生意上帮些事做，从来不在说话上啰嗦。自打这一事件之后，张志芬有了感悟，夫妻之间，挣不脱的环境，女人在家里是怎样也犟不过男人的，就是一个家被丈夫弄得一塌糊涂，做妻子的跟着吃苦受累又能说些什么。若男人脾气好的，日子上还能想着好处，彼此搀扶，生活上有个盼头。若是脾气坏的，日子上一点小事稍不顺意就招骂讨打，这便是苦命人了。所以，妇人想清楚了，丈夫毕竟是自己的依靠，以他现在的德行，许多事情说得赢他犟不赢他，还不如缄口莫言，倒省些夫妻间的口角，也免些招来辱骂，让旁人看着笑话。这般，她对丈夫抽大烟的事不去多一句言语，把心思放在生意的账本上。妇人心想，丈夫花银子抽大烟，不知道用不用生意上的钱，转念一想，生意做得好不好，账本上看得出来。贵忠见妻子顺着自己，以为妇人不经吓，还自得其乐，哪里知道妻子的心思。

其实，贵忠也是个老实巴交的人，只是好上了这口大烟，性子才变得有些乖戾。不过，他使性子是在自己家里，对外人倒还是那副温良恭俭让的老样儿。这副德性许多人都有，这样的人大凡都喜欢在亲朋好友之间较劲，忒是那最亲近的人，受他的闲气与计较。只是，贵忠从小受着家庭熏陶，随了他老爹的性格，在金钱的往来上一点都不犯糊涂，而且锱铢必较，吃不得一点儿亏。这样，他抽大烟，生意上的钱财倒是看得紧的。张志芬做账时也仔细看过，来往的数目一笔笔记得清楚，这让妇人安下心来。放马儿跑，又能跑多远呢？心情转变过来，便不再去想丈夫抽大烟的事。当然，贵忠要去抽大烟，生意上自然会有耽搁的地方，时间久了，与他两个哥的生意比起来，他自个儿都看得出来自己的生意显出颓势。有时，一个人清静，他也想这些问题，怎么的别人又抽大烟又打牌的，生意做得风车水转，轮着自己就差了呢？想一阵儿，真的想不明白，也就懒得去想，把这些想的问题归着命里去了，认为人的一生是好是歹自有定数，这么一来，心里倒有些了然。一天，阿大着贵才来叫贵忠一家人回老屋吃午饭。只是，张志芬大着肚子行动不方便，就由着丈夫带着儿子去了。进了老屋院门，看见院子里摆着早先一大家子吃饭的大桌子，阿大与他二弟朝林坐在上首说着话，分了家的灶房齐齐忙着炊爨，见着人到齐了，便端菜上桌。

原来，朝林钱用光了，在城里混不下去，又得了坏根子的病，无可奈何要回故里去了。早些年，朝林就说要走人，找着阿大说没钱回家。阿大想他回家有人照顾，便给了些盘缠。不想，朝林拿着钱就不见人影，过些时候又来阿大面前叨扰。次数多了，弄得阿大心里都有些恼火。想着兄弟情分，不给点钱心里过不去，给了钱自己心里烦恼。孰料，这兄弟倒耐得住光阴，一来二去地拖了些年生，使得阿大都不敢相信他说的话。这次，朝林来告诉阿大自己真的要回乡里去，阿大只由着他说，后来打听得实，二弟把城里的房子都卖了还债，自个儿歇在鸡毛小店，等着身边的事情打点完毕就启程。这阿大是个老实的人，在他内心是想二弟走的，现在听着二弟真的要走了，心里生出舍不得的念头，说话做事都默着，约了二弟来家里，摆了一桌酒菜践行。阿大想着二弟这一去不知以后还能不能见面，送了十多个大洋的盘缠，还备办了一些送亲戚朋友的礼品杂货。头一天，阿大让大儿子去把两个兄弟及家属叫回来，就是女婿家里也是带话通知了意思。吃席的时候，朝林见着哥哥一家热闹，侄儿们懂事，心里由不得感慨，难免想着了自己。先是与哥哥嘘话一阵，说着说着流了泪，后悔的心肠有了，却不知从何说起。说实话，人生一遭儿，各自有各自的活法，不跌倒一场，谁肯露出真相。阿大见二弟难过，自个儿也不好受。想着一个人做事一个人受的，旁人又怎的代得，听着兄弟絮叨以前要是重来，又不好拿话解语，只得捡些其他话说。活人啊，十年长些见识。朝林活了几十年，自然明白当下处境，许多事情由不得人的。饭桌上，酒是不能喝的，也就吃了些汤水，吃了一小碗饭便打住了，望着哥哥一大家子人喝来吃去的热闹，心里就一个劲地无限感慨，感慨生活中的给予，也感慨生活中的失去。阿大见兄弟不吃了，就在一旁陪着，待到撤了饭桌，想着要赶路，朝林便与大家作别。众人看他面黄肌瘦的样子，未免难受，送了些礼物。阿大送兄弟出来，心里不忍，又拿出十个大洋给他，要他一路上买些好吃的。朝林走一阵路累得不行，阿大叫了黄包车，两人一人坐一辆地去了九眼桥码头。站在木沿子客船边，兄弟二人想起那年来成都时的光景，是何等的一腔义气踌躇。时间一晃，现在，都是五十多岁的人了。此刻，含泪别一场。

二十一

　　阿大送走兄弟后，大概是思绪泛浮，一个人走着路回家想了许多往事。想想也是，自己生活了几十年，经历了改朝换代，自是有些阅历，有些生活上的经验。还有，也听说过在一九一四年，地球上的欧洲打了第一次世界大战。当然，世上发生的事情对像他这样过着普通生活的小老百姓来说或许不关心，或许也是后来听闻，不过，经过了的岁月，多多少少的事情会让人有所感悟。因为，世上的变化实实在在地在改变人们的生活方式。阿大是个生意人，有自己的判断，能察觉身边生活方式细微的变化，就像他看到的生意圈子里，会因社会上的这些变化，有的人躺下了，有的人立了起来。就若他看到的自己的家庭，过去传下来的生活模式也在渐渐地改变着，以前的礼数规矩，随着说话上言语不像从前拘谨，显得有些散漫。这让他有了个认识，老百姓的日子，能图个舒服就不错了，至于求风光的事情，也就是能请亲戚、好友、邻居吃顿饭办几桌酒菜。可以这么说，阿大所想的事情都是自己身边和内心世界看见遇到的过往，他的环境有多辽阔呢？这路上就让心情释怀。确实，送走了兄弟，他有了一种轻松的感觉。这种感觉在心里积压了很久，此时，一点一点地释放出来，内心又生出些过意不去的愁绪。毕竟自己兄弟，就在自己眼皮子底下落下一身病走了。可是，又能怎样呢？分开时，兄弟两人说好了以后要书札来往。唉，二弟回到了自己的家里，身边有了人看顾，又可写信来告诉他生活的情况，大家彼此问候，这样不是很好么。总之，阿大一边走路一边想着，等着走回家，已是黄昏时分，一大家子人都在等候他吃晚饭。吃饭的时候，阿大没看着小儿子，一问才知道自己送大兄弟出门后跟着就走了，说是回家照顾媳妇。阿大走了老远的路，心里折腾了无数的念头，人就有些疲累，吃了一小汤碗饭就不吃了，坐在桌边看着大儿子一家人与二儿子一家人还有女儿一家人吃喝，心里的想法又出来了，大半天地坐那儿脸上就没变个样子。阿大妻看出来了，小声向丈夫说："大家都在吃饭，一个人坐着想什么呢？你喝点汤不？"阿大被岔了念头，朝着妻子示意肯允，妇人便拿他吃饭的碗舀了汤放面前。这边，大儿子与二儿子及女婿喝了几杯酒，三个人喝得脸上泛起红晕才舀饭吃了。之后，女儿一家人欢欢喜喜地走了，阿大便与两个儿子坐在院子里闲聊。说了一会儿话，贵才家里有事回屋去了。

贵文有一点心思，自从小兄弟搬出去后，屋子被当大哥的买下了，那时，自己只有一个儿子，倒也觉着有两间屋子住着宽敞，也就没想法。后来，有了一个女儿，才渐渐有了打算。眼下大人住一间屋子，孩儿们住一间屋子都还过得去，如是再有了孩子或孩子大了又怎么办呢？起始，贵文与妻子有过商量，要去外面买房子住。可有一天，他去寻看了房子回来，脑子里突然生出一个念头，自己一家搬出去住了，爹娘分下的房子院子不都得全归了大哥？还有，当初分家时自己与小兄弟重新去买的铺子，虽说买铺子的钱是算在分家的财产内，可新铺子的口岸哪有老铺子的口岸好，分明大哥儿就占了铺子上的便宜。这么一想，自是不愿意去外面买房子住了。他前一段时间嚷纷纷要去买房住，一下子便没了声息，过了几天便去守着爹娘说外面的房价贵了，买不着像样的房子。隔些时候就透出了自己心里的想法，大哥有四间屋子，自家又岔在中间，要请爹娘出面调整一下，自己一家搬去住小兄弟的两间屋子。这样，大哥的四间屋子便连在一边，住起来也方便。还有，待以后自家儿女大了，也可在家旁边的空地上修建一间屋子，一家人住着也宽松些。阿大经商了大半辈子，与人交道都是心里盘算，老早就把儿子这番作为看得清清楚楚。只是他内心有难处，多少日子听着二儿子的唠叨都缄口不语。的确，二儿子说的家庭状况是事实，若是自己站出来说话，那么，当初分家产时的公平就不存在了。所以，直到有一天，贵文又在他面前絮叨这事，阿大便把心里的难处说了出来。过后说了个主意，要他兄弟两人去商量。贵文听了话为难，怕当哥的不愿意，这话又怎么说。这汉子也是，心里想的事儿不敢出头，只有在老爹面前支支吾吾。阿大看着二儿子拖沓着，说："你自己都怕去说，别人又怎好帮你。什么事都有个来由，才能说前说后。这样，你两兄弟说了来，我可帮你美言些话。还有，啥事都有得商量，利益之间，你得了便宜总要别人有些好处。至于你要修一间屋子，也得你们兄弟之间去商量着办才好。家产已经分给了你几兄弟，我也不好再来说事。"贵文听了老爹一席话，过几天去买了两瓶酒、砍了一只卤鸭，邀约大哥小酌，就把想的事说了出来。

果然，隔些日子，贵才找着老爹说了这事。阿大没露声色，问大儿子有什么想法。贵才是个忠厚之人，说自家的屋子连在一边，便是愿意的。只是不晓得二兄弟为啥突然要调换屋子，猜他有什么打算。阿大对大儿子一笑，说："我也不瞒你，他是来找着我说起这事，是想以后孩子大了或者孩子多了在屋子旁边的空地上修建一间屋子住。不过，我对他说了，这事也得你几兄弟商量。"贵才说："他有这样的心思，我便不愿与他换屋子了。"阿大听大儿子话说得这么直截了当，一时间不知说啥才好，可心里想着既是自己给二儿子出的主意，承诺了的话不说出来有些过不去。想了一会儿，看着大儿子，说："这事情你不愿意我也不劝。要是你也想屋子连着一片一家人住着好照应，自然是两得其便，利益上均衡。他有什么打算是以后的事情，这事你们兄弟间商量，我不说一个字。现在，我把话说到前头，一个人想事得有预见，做事能拿得起放得下。亲戚之间好相处又不好相处，相处得好大家一团和气，相处不好怄气吵架不如当外人。我知道，有一家人，兄弟间处得不好。有一天，老大家的娃去老二家拿了一双筷子，惹得兄弟两人发怨气争吵，打得个头破血流。结果，家里的事闹出去是个笑话，衙门都不好管。所以，我想你们兄弟间凡事有些体谅、有得商量、和气相处。贵才听了老爹的话一言不发坐了一阵儿，回家去把事情说给了两个老婆知道。不想，张少兰不能生育，却有点当家的本事，是个遇事有主张的女人。听了丈夫的话想了一会儿，说："换屋子于自家有利，这事可行。既是二兄弟有打算，便要想好对策才能答应他。"这般，每当贵文找着大哥说事，贵才总是说春对秋没个准，弄得兄弟牵肠挂肚地等着回应，日子倒磨磨叽叽地过去了。也就在两兄弟为换屋子纠缠不清的当儿，一天，贵忠回老屋来报了喜讯，说自家媳妇生了女儿，取了名字卢孝蓉。阿大夫妻听了高兴，去买了母鸡与鸡蛋，包了十个大洋的红包，阿大妻带去探望。出发的时候，贵才的两个老婆备了礼同去，贵文的老婆刚怀了身孕不好去，礼由着婆婆带去了。过了一个月，贵忠在竟成园饭庄办了几桌满月酒，邀了亲朋好友一同吃酒呷饭。吃完饭后，阿大夫妻、大儿子、大儿媳妇与二儿子一道去了小儿子家看满月的孩子，大家欢喜一场。这事过后半个月，一个傍晚，贵才一人小酌，喝着酒就独个儿嘀咕笑起来。张少兰和夏荷问他笑什么，贵才说想着了对付二兄弟要修建屋子的法子。夏荷问："是什么法子？"贵才说："换屋子后他要修房子，我便要在两家人之间的屋子处修一道墙隔成两个院子，我家在里他家在外。"张少兰想一会说："这样下来，我家的院子要大些，你兄弟能同意么？"贵才说："他不提修房子我便不说修墙的事，要什么同意。"张少兰又想了一会儿说："我家在里面，进出都要从外面的院子经过，时间久了，两家人为事起了磕绊，他要我家另开院门出人，该当咋办？"贵才说："不妨事，我们写文书。"张少兰想了一会儿，说："你要修墙，老爹会允许么？"贵才说："我想想办法，老爹要我们兄弟自己去商量，还说一个人得了利益总得与别人有些好处，事情公平了大家才能好好相处。"夏荷说："这话是了，你可答应二兄弟换屋的事了？"张少兰说："事情是他想要的，还得他来找你，你还要装不情愿的样子才好说话。"

一天下午，两兄弟与人打麻将，提起换房子的事情，二兄弟给哥哥放了几炮，让他胡了清一色又十三幺，弄得一起打牌的人都有些摸不着头脑，打了一圈麻将就不玩了。这大哥赢了钱高兴，才答应了与兄弟换屋子，并提出了修墙的事。贵文听了心里"咄"了一声，晓得哥哥在这事上给自己挖了个坑。到底是做生意的人，守着了的利益不肯丢手，便对大哥说这事宽限些日子，容人好生想过再做处置。贵才听了也不多话，告诉兄弟想清楚了就来签约。贵文回屋想过两天，又实实在在观察了大哥两天，见哥哥总是一副无所谓的样子，明白此事拗瞿不过，只得买了一瓶酒、一只卤鸭儿，请大哥小酌，写了合约，盖了各自的印章。接下来，两人继续吃酒，还为搬家择了好的日子。不想，就在兄弟两人调换屋子的那天，阿大在院子里与几个孙子逗乐了一下午，回到屋里，突然觉得心闷，饭也不想吃就去床上躺下了。阿大妻看丈夫气色不好，问他哪里不舒服。阿大说人脚软手软的没劲儿。阿大妻便要喊大儿子去请郎中。阿大叫住了妻子，说："就是有一点不舒服，不要去讨麻烦了。"阿大妻说："你的脸色不好看。"阿大说："以前不也是这样么，睡一觉起来就没事了。"阿大妻说："你要睡也得吃些儿东西，饿着肚皮怎睡得着？"阿大说想吃点稀饭。阿大妻听了话去灶房熬粥。这年，阿大已是五十八岁有多的年龄。他出生在冬月，再过三个月就到五十九岁了。老男人做大寿逢九，他想给自己轰轰烈烈地做个大寿，活到六十岁去。六十岁为一个甲子，然而，许许多多的人活在世上，都遗憾没活到这个寿数。确实，人上了年龄才会知道，生命之中有许许多多未料之事。年轻的时候，想事情挖空心思去想，做事情排除万难去做，可过了五十岁便渐渐思维迟钝、动作疲惫。老人先老脚，时不时觉得膝盖酸软胀痛，接着身上这疼了，头昏脑胀的不消停，舒服几天难受几天的才晓得许多事情身不由己。人开始爱回想过去、羡慕年轻人，以前坏脾气的人脾气变得好起来，以前好脾气的便有些古怪了起来。阿大这时才知道是岁月沧桑，由不得人。因此，在他过了五十岁后，自己都觉得心思与行动不如从前，日常里想问题做事情有了依恋光阴的情绪，与人交往喜欢唠叨谁家老翁活过了六十尚能一顿饭吃三碗，谁家老妪年过七十走步朗健。这些话说多了，阿大有了认知，老太婆长寿的比老太爷多些。自家的老爹，便是在六十过二就离开了人间，娘亲则活到七十岁才撒手人寰。有时，阿大与妻子闲话说起这些事，自己都有些情绪低落，总爱说自己会走在妻子前头。包秀娥听着这些话，看着丈夫说话悲凉的样子，自个儿心里就戚戚的难受。不过，听丈夫说这番话次数多了，以为丈夫装豁达说笑，心里倒不难受了。

可是，人间事，凭谁料得？这夜，阿大吃了几口稀饭躺下后，第二天就没下得来床。阿大妻看他弱丝丝的一些气儿喊不应声，赶忙去院子里叫了儿子媳妇来。贵才忙去请郎中，郎中来了摸脉一阵，告诉家属病人气血虚弱，脉络乱象，恐怕难治。包秀娥不听则已，听着就六神无主，顺着床头坐在地上，大儿子与二儿子看着连忙扶娘亲去椅凳上坐下，郎中急忙去掐老妇的人中。过一会，妇人醒过来求郎中一定要救丈夫。郎中沉默一下，提笔开了药方，之后把贵才叫过一边交代，说："这帖方子有人参，你去药铺买药回家，先熬药给病人服下，再取人参让病人含在嘴里。如是病人服药后有些起色，你再来找我。如是病人服药后还是这般样子，你家得尽快去另请高明。"说过了话郎中就要走人。大儿子连忙拿出一个大洋的诊金，郎中就是不肯接手。原来，这个郎中有点脾气，治病有自家的规矩，凡自己没把握医的病都不收诊金。贵才见郎中不收钱，忙又拿出两个大洋来。郎中向他摆手，说："你不要为这事耽搁，快些去药铺子要紧。"贵才听了话着急忙慌地去了附近的一家药铺，说是没人参，又着急忙慌地去了另一家药铺，花五个大洋买了一根人参，一服药花了五十文铜板，回家叫张少兰快快地熬了汤药，几个人搭手撬开阿大的嘴巴，把药汁灌了些下去，接着掰了一截人参塞他口里含着，可阿大一点知觉都没有，含着人参吊气，过了三天缓过神来，口齿不清地两手比画。包秀娥看着忙叫大儿子去请郎中，郎中来了摸过脉说是回光返照。果然，到了晚上阿大便驾鹤西去。包秀娥见丈夫去了，呼天抢地地哭将起来。在阿大病着的时候，儿女及家人都回来守在了身边，一大家人跪在阿大的遗体旁伤伤心心地哭了一场。接着，花钱找仵作替老人家换了衣裳装殓棺材，设灵堂发了丧，披麻戴孝过了七天，又花钱做了道场，抬棺材去北门坟岗埋了。之后，三个儿子一个女儿坐一处商量侍奉娘亲的事情。说了一上午，老娘以后挨着大儿子生活，这么一来，爹娘住的老屋子以后就属了大儿子。只是，包秀娥没了丈夫，满身心的悲伤难受。想着好端端的人，怎的说没了就没了，一时间不能适应，总觉得丈夫就在身边，回过神来便独自一人发怔，眼泪里都是自己的影子。贵珍看娘亲失神难过的样子，与丈夫商量自个儿要留下来陪娘亲住些日子。饶得清听妻子说得在理，带着孩子回家去了，时不时地过来探望。这样，过了半个月，妇人缓过来心情，生活上有大儿子一家人照顾，便要女儿回家去，自己随着大儿子一家过日子。

二十二

　　自从老爹过世后，贵忠时常也回老屋来看娘亲，三兄弟遇着一起便要喝杯酒唠些生活上的事，也说些社会上的传闻。这年头社会上时兴新文化，产生了白话文与许多新词语。许多大城市有了报纸，刊登的文章古文新语并载，世间流传，脍炙人口。这三兄弟是舍不得花钱买报纸看的，别人看过了的报纸倒是看过几张。于是，三个人讲起社会上换了总统，军阀各自为政，抢地盘打仗，便要说些主义与革命的新词，你一句古文，他一句白话，我一句地方俚语，有一些词语的意思问起来都没搞懂，可谁都说自己是对的，说古文的摇头摆脑，说白话的朗朗上口，说地方俚语的机灵巧怪，这便有些热闹了。酒喝够大家散去，隔些日子聚着一处，找着话的要来重新说过，为了证明自己说过的话是对的，便把旧报纸拿出来佐证。包秀娥平时就少言语，嫁了丈夫，这是媒婆说来的婚姻，她不晓得爱情。结婚后生儿育女、相夫教子，她觉得丈夫撑着这个家，丈夫说什么她就信什么，丈夫要她做什么便不绕弯地去做。随着时光流逝，她习惯了丈夫的声音，习惯了丈夫的脾气。丈夫高兴她便欢喜，丈夫难过她便不好受。与孩子分家后，俩老人相依为命。平日里她做好饭等丈夫，如果丈夫想喝点酒，她会去炒一两个菜，坐在旁边缝针线，陪着丈夫吃酒，听丈夫说话。这时候，无论是太阳天、阴天还是刮风下雨天，有丈夫相伴，平淡又平凡的生活，也让她心里感到踏实满足。丈夫去世后，虽说白天有儿子、孙子相顾说话，到了晚上就感到一个人的孤单，想起往事自个儿独自落泪。不过，她一直在隐忍、坚持，过了大半年，更是沉默寡言。这时看着三个儿子说这道那的有些乐趣，也排遣了些心中的寂寞。这么过了一年，贵文的孩子大了，依着两兄弟的协议在自己住屋旁边修房子。贵才看着督促兄弟依照协议隔墙分院。贵文听着话没奈何，自己求的事，只得让哥哥占些便宜。虽是这样，砌院墙时贵才对半出了材料费用，人工却是由贵文担待。只是，贵忠见两个哥哥把院子分了，自己没一点好处，回来纠缠说事。两个哥哥觉得于情于理有些说不过去，三人一阵磋商，两个哥哥一人拿出三十个大洋给小兄弟。这事写了三份文书，三个人都盖章戳了手印，一人保管一份，以此为证。

贵忠拿着这六十个大洋，一个没落下地交给了张志芬，要妻子好好收藏。张志芬问他为何这般说。贵忠说："你妇人家在屋里头过日子，不晓得市面上的风波。前一阵儿，你老爹与几个人合伙去江南购货，原因是江南那边新办了几间纺织厂，都说货便宜好卖。这次，我胆子小没投钱进去，就想等这批货回来见情势再说，好卖呢以后咱便跟进，若不好卖也就不去费神。哪知，这批货在回来的路上遇着打仗，前面的队伍刚跑过去，后面的队伍追上来，拦下了这批物资。你老爹口紧回来没声张，其他的人漏了口风，说是拿钱可赎回来。你想想，官儿的印章、兵卒的衣裳，这得费多大的事。就是赎回来，买卖上用的银子、去周旋要花的费用、雇人路上的盘缠，这不是豆腐盘成肉价钱么？唉，眼下生意做起来有点艰难。不说买卖上的坎坷，就是各种苛捐杂税都弄得人头大眼花。一泼浑水一泼鱼，今儿杨司令刚走，明天刘军长就来，这各种苛捐杂税又得重来。唉，做生意赚得几个钱，又怎经得起折腾。商会办事的就守着店门来收，看着铺子里的买卖定捐赋税。交了的落个日子上清静几天。不交的提心吊胆，保不齐哪天来两个背枪的兵爷，这捐税交出了事来，还得给上门来的兵爷打发钱。所以，众人作揖我弯腰。商会办事的一上门来，便顺着他说讨些回来。圈子里晓得我是抽烟花费钱的，生意又是眼前的清淡，说话上有些机巧，倒也敷衍得过。只是，话是这么说，实际的要去操作，生意就在这个份儿上，一大家人要吃要穿要消费如何是好。这般想来，买卖就这么做着，日子过得去就行，多的钱存起来，一是备生活上不时之需，二是等着生意好做了再拿出来投资。"张志芬听了丈夫的话，默默想了一会儿。确实，当初为了抽大烟，丈夫的心性都变了样子，跟着过日子吃苦耐劳都没个想头。有什么办法，女人的命，嫁个男人好不好只得随了他。不料到今儿丈夫说出这番话来，还晓得顾家，妇人由不得愣神，之前一肚子的苦闷在心里堵得慌，眼泪就在眼睛里打转，一时间有话都说不出声来。贵忠见妻子欲语泪先流，知她是心情复杂的缘故，也不再多话，说声去铺子上，转身出门去了。

张志芬待丈夫走了一阵儿才缓过来，把大洋收来藏了。说实话，她在晓得丈夫抽大烟后就有了存钱的准备，眼下存了多少钱只有她知道，把钱藏屋里哪处也只有她知道。妇人想过，孩子还小，这些钱窖藏起来是为自家将来攒存。可见，她对丈夫的所为在心思上是有防备的，也对家里的生计忧着心。为了省钱，自从小女儿满月后，把雇的女佣都辞退了，过日子都节俭着。今儿，听了丈夫说的话，倒出乎了她的意料，觉得这男人抽大烟还没昏头，说的话还有良心，顾及着铺子里的生意和家里的生活。这么想来，心里倒有了些宽慰，做事情都比之前舒展了。过了几个月，妇人的气色好了起来。忧着心肠的时候，一张脸焦黄，头发都没梳抻展，愁眉苦脸的，走路都没精神。后来心情好了，不久就不是这副旧模样，脸色红润了起来，眉毛弯弯眼睛明亮，头发梳得油光，簪了铜钗，伸出手儿白嫩光滑，有少妇风韵，小脚走起来摇摇晃晃的。一天晚上，妇人看顾儿子、女儿睡了，自己端了盆热水去油灯下解了襟扣洗濯。不想，贵忠过来看着她的娇媚像，抱着了就要亲她。妇人嫌他一身烟臭，扭捏抵住，挡不了男人力大，妇人被丈夫胡搅蛮缠了半个多时辰，两人才尽兴了事。自此，贵忠去烟馆抽了烟，便到铺子上去看顾生意，到时候回家来。夫妻两人放开了心情，见面不是从前那般横眉竖眼的样子。吃饭时妇人问丈夫喝酒不，好去炒两个下酒菜。妇人有个心思，想丈夫喝点酒少抽大烟。贵忠听着话欢喜，摇着头说不喝酒，喝点酒人头晕不舒服。有时，两个人说话逗乐，瞅着身边无人，丈夫怦然心动，要去搂抱妇人，妇人闻着男人身上的烟臭味闭气想呕，男人看着，一颗火热的心如被浇了冷水一般。过一会儿，妇人去灶房打来热水要丈夫洗漱，帮着擦背时男人便在妇人身上动手动脚，弄得妇人一身不自在，后来两人去床上缠绵了一阵儿。这么过后，贵忠抽过大烟有了漱口、喝茶与时常用香胰子洗脸、擦澡的习惯，人爱干净了，不像从前那般邋遢。夫妻俩生活上相像了，和气着好过日子。过得半载，媳妇又怀上了孩子，这年头到了一九一八年的秋天。

　　一天下午，贵忠在家睡过午觉去了铺子，走进店里就看见伙计半边脸又红又肿，便问怎么回事。章伙计说："中午时分关了铺子去饭馆吃饭，刚在一张空桌边坐下来，就来了几个当兵的。店小二见我坐的桌子空便带了过来，几个兵围坐下来。我见自己在中间岔着，便好心地要让他们。唉，也是倒霉，挨着的兵坐在长凳边上，我刚起身他就倒在了地上。这下，他爬起来就向我抖擞一腿踢在身上，说我故意整他。我说不是的，是好心要让位子出来。哪知，话音才落，那兵就一巴掌打过来，幸好我手臂挡了一下，才缓了些力道。店小二见事情不妙，拉着我出了饭馆。说我还要顶嘴，这二年，军爷都敢去惹，打得首尾不能相顾。嗨，这店小二，不是他把几个当兵的带过来，怎么有这一场事，还这般说话，以后这饭馆我是不去了的。"贵忠听过话，问伙计吃过饭没有。章伙计说："气都气饱了，不想吃了。"贵忠想伙计是自己的雇员，遇上这样的事也是难受。这么想着，拿出几个铜板，要伙计去吃点东西填肚子，顺便去药铺擦点药酒消肿。章伙计见老板关心自己，感动得眼睛都有些泛红了，接过铜板出了铺子去。

　　贵忠看伙计去了，自己守着铺子，做了两起买卖。过了一会儿，章伙计去吃了一碗素椒炸酱面，又去附近的草药铺擦了跌打药酒回来，脸上的肿消了些。这时，铺子上没生意，两个人便说些话。章伙计气不过，又把刚才的事说了一遍。贵忠说："这是无妄之灾，你都躲他了，还是被他拳打脚踢，可谓是祸躲不过，躲过不是祸，好在是皮面伤，便是万幸，你要想开些。"章伙计点头说："我晓得，出来做事时家里的老人就嘱咐过，普通人家的不要与人争执。百姓对百姓的吵嘴、打架，不伤到筋骨，赔几个钱、一斗米也就过去了。若是遇着有钱有势的，还有那些世上混的小人，看着了说话做事都要小心，能避开就避开，惹着了可能是一辈子的麻烦，弄不好身家性命堪忧。唉，今儿遇着这样的事，只好想开些便了。"贵忠听了话说："你明白事理，穷和富两处境，做人做事本分，胆小活得命长。"刚说到这儿，岳父家的伙计过来传话，要贵忠去一趟。贵忠晓得是说生意上的事情，不敢怠慢，叮嘱伙计一些话，便跟着岳父家的伙计走了。到了老丈人的铺子里，穿过店面去了里间，看见岳父大人正与几个人交谈。原来，江南那边的商人运过来一批货，几个人商量着把货买下来的事情。贵忠与几个人有过交道，见了面少不得打躬作揖一番，看着大舅子张志高坐在一旁，便去打过招呼挨着坐了。以前，张志高是难得来铺子里的，现在被老爹要求，天天都要来铺子里坐守。原因很简单，张德贵是与阿大一辈的人，参加阿大的葬礼时心有触动，回家后就说与妻子听了："一个儿子与一个女婿都是抽大烟的。女婿呢还知道做生意，可儿子就不懂事，整天游手好闲、无所事事，这便是家里惯的。当初我还笑亲家翁图清闲过早地分了家，让儿子各自去忙生意，眼下看，他这么做倒有远见，我便显愚钝了。仔细想想，这家业迟早是要儿子经营继承的，为何因有嗜好而嫌弃让他置身事外、耽误光阴。"这般，等着儿子回家，就把想的话说了出来。张志高耍惯了，听了老爹的话先是不肯，经不住他老爹说如果不去铺子里学做生意，家里除管三顿饭外其他的费用开支一个子儿都没得，这才不吱声了。第二天到烟馆抽过烟，之后去了铺子里应卯。几天下来，看着这手支钱那手进钱的，有了兴趣，做事也有了劲头，干了半年，渐渐学会了做账的事情，随后跟老爹去与生意圈里的朋友交往，学买与卖的路数。今天，晓得老爹要与几个朋友谈一笔大买卖，他打起精神老早到了铺子里，要学些生意场上的应对。这样，大伙儿一阵磋商，各自报了买单的数目，做了统计，想着已是下午，约好明天交钱取货，当下自个儿回去筹备。张德贵晚上在悦来饭庄订了一桌酒席宴请江南客商，众人不误时候参加，席上觥筹交错，酒是陈年好酒，一桌子的菜都是盘中美味。酒足饭饱后客商要抽大烟，贵忠和大舅子以及席桌上几个要抽大烟的便要去奉陪，不抽大烟的抱手作揖告辞。待抽大烟过了瘾，客商说长夜漫漫的难过，要去逛窑子。贵忠和大舅子听了话面面相觑，只得打躬作揖作别，由着熟悉路径的陪着去了妓寨。客商想着自己一路上过山坐过船的，便要好好消遣，唤妓女小桃红在房里过夜，晓得妓女会弹琵琶，要了一壶酒点了两个菜自酌，看她弹了琵琶，听她唱了几首小曲，才吹灯上床歇宿，一夜厮混。

第二天一早，贵忠拿出自家三成的本钱购货，要伙计不开铺子，随自己去了码头货场，雇了一架板车，叫了一个脚力把货搬回铺子，装得店里柜上满满当当。晚上，江南客商在悦来饭庄定了一桌酒席回请众人。大家想着生意成了，心情与昨晚不同，把酒言欢说话自在，山山水水遥远，好酒好菜眼前，一壶酒没喝完又上一壶，桌上的碗盘重叠，吃到众人酒意酣畅都说够了才打住。客商送大家到饭庄门口，向众人抱拳作拱说"青山绿水长久，今宵别过，后会有期"。贵忠本以为客商会邀着去抽口烟的，不想就告辞了，有些意兴未足，约着大舅子去了烟馆。抽大烟时他问了大舅子一句话："那客商今晚抽烟不？"张志高抽烟抽在兴头上，撇撇嘴说："有人抽烟过瘾，有人抽烟图做派势，晓不得他抽不抽。"说过话两片嘴唇含着烟嘴使劲儿，闭着眼再也不作声了。过了烟瘾，两人在烟馆门前分别。贵忠有些酒意了，一路上恋着客商抽不抽烟的问题，嘴里絮絮叨叨念出词来，"他抽烟，他喝酒，他还敢在世上走，我就守在家门口"，跟跄着脚步回了家门。张志芬闻着他一身酒气，听着他嘴里唠叨声不断，也不晓得是他心里感慨，只当是喝醉了酒，服侍着他去床上躺下，哪知他侧过身就睡得扯呼打鼾，直睡到天亮醒来，觉得口干舌燥要喝水，想翻身起来，手脚却绵软无力，用手去摇身旁睡着的妻子。妇人惊醒过来，知道他要喝水，起身下床去柜上陶瓷壶里倒杯水端到他手里，说："你不喝酒的，怎么醉了？"贵忠说："我醉了么？"妇人说："你昨晚回来浑身酒气，嘴里就叽里呱啦不停，上床翻过身就打呼噜。"贵忠问："我说过些啥话？"妇人说："你说的啥话我一句都没听清楚。"贵忠问："真的？"妇人说："你自己说的话怕是你醒着自个儿也听不清楚。"贵忠不再说话，端水喝了。妇人接过丈夫手中的杯子说："你躺会儿，我去烧了热水给你煮两个荷包蛋来。"贵忠说："不想吃荷包蛋。"妇人问他："想吃什么？"贵忠说："想喝点稀饭。"妇人听了话去了灶房。一会儿，妇人架了一根柴在灶膛里熬粥，端了热水来让丈夫洗漱。贵忠含了几口水喷了嘴，盥洗过后等着妻子端上稀饭、泡菜，一个人坐在桌边就着脆生生的泡豇豆喝了一大碗稀粥，心里舒服了，出了家门上烟馆抽了一泡烟之后径直去了铺子。

　　店里上了新货，顾客多了起来，老板伙计忙碌了好些天，有得钱赚都是欢喜。贵忠累了几天，便把账本带回家让妻子做了。这时，妇人肚里的孩子已经出怀，便要雇佣人做家务，去找着以前的周嫂子。此时，周嫂子正帮一户人家做事，便举荐了自家农村的一房亲戚。妇人姓马，三十多岁的年纪，丈夫在家里帮人种地，有一个六岁大的男孩。张志芬见妇人比自己小几岁，脚大些儿，人样子老实又不多话，做事手脚麻利，就留在了身边。就这么，日子好过了时间就过得快，转眼就到了岁末。张志芬想着春节自己大着肚子不好串门，便要割些猪肉做些腊味送亲戚。女佣勤快，帮着做了些乡村腊肉，煮好后切出来装盘，腊肉皮红爽爽、肉质亮闪闪的，味道很好。春节里，贵忠带着儿女拎着腊肉走亲访友，大家吃过腊肉都说美妙，喜得贵忠走在路上都哼着小曲："春日里啊好风光，家家户户过节忙，大人孩子都欢喜，请客吃饭放鞭炮。"有时兴犹未足，串门后回到屋里还哼给妻子听，"菜板上，切腊肉，有肥又有瘦。我吃肥，你吃瘦，小儿子啃骨头"，听得妇人乐呵呵的。过了年，过得二月，妇人生下了一个男孩，取了姓名为卢孝庸。

二十三

〰〰〰〰〰

　　然而，做人躬身立命在世上，祸福谁能料得着。一天中午，贵忠去了铺子里，章伙计便去吃午饭。就在伙计走了一会儿，铺子里来了一个妇人。这妇人是个老主顾，有个嗜好，喜欢讨价还价。不知怎的，妇人有些时候没来铺子里买过布料。做生意的，见来了客人，自去迎接，招呼应酬之间就把来客从头到脚打量了一番，心里也就略微有了分晓。贵忠"哟"了一声，说："夫人多久没来了，今儿什么风，使得贵人来了小店？"妇人听着话受合，说："我家丈夫去县城公干，我便随着去了一年半载，前一阵儿回城，听说你铺里来了一批江南布料，就来瞧瞧。"贵忠听了话，去把柜台上的布一样一样拿来给妇人看过，在一旁说着颜色、料子的好处，这般做衣服穿着喜气，那般做裙子穿着时兴。妇人选了几色布料，与老板说起了价钱。贵忠晓得妇人喜欢讨价还价占上风，报价时说高了些，想妇人砍价下来落回实处。果真，妇人听了报价就对半地还过来，弄得贵忠做戏一般，一会儿摇头，皱眉叹气没奈何，一会儿摊手，来回身子显仓皇。妇人冷眼旁观，把握着他的底线，瞅着老板的表情再把价钱回升上来。

两个人嘴上你来我往交锋了二十几个回合才拍板成交。妇人交钱，拿着包好的布料出了铺子。说实话，这买卖妇人以为占了便宜，孰知，做生意是要赚钱的。贵忠见妇人走了，觉着口干舌燥的，有些累人，去倒了杯水喝，便坐在椅子上休息。就一会儿，觉得腹部里一阵疼痛，痛得汗都出来了，又没人，只好右手撑着肚子、左手枕着头，伏在了柜头上。伙计回来，见着老板脸色难看，急忙去喊了郎中来。郎中摸过脉，又看了舌苔，闻着口臭，接着去痛处触摸着问了症状。经过一阵折腾，贵忠又觉得没那么痛了。郎中说他是辛劳过累没能调和，伤了肠胃，要他吃几服中药将息一阵儿，接着开了方子收了诊金走人。章伙计要去中药铺子抓药，才出了店面就被老板叫住了。原来，贵忠觉着不痛了，便要伙计守铺子，自己去药铺抓药回家。这一去走到半路，感到自个儿走又走得、跑又跑得，就如好人儿一般，想着熬药、柴烟、沙罐的，吃大碗药苦涩得很，就不去药铺了，穿街过巷地走回家去了，这件事也没向妻子说起。哪知，过了有二十来天，一个傍晚，贵忠捂着腹部痛了起来，倒在床上就滚得蜷缩起来。张志芬看着他好端端地犯起病来，吓了一跳，便要女佣去请郎中。贵忠叫住了马嫂，从袖袋里拿出了方子递给了老婆。妇人这才晓得丈夫二十多天前就犯了病痛，着急之下抱怨不停，吩咐女佣拿着药单子到药铺抓药，自己在家洗沙罐备柴火，等女佣抓药回来依着药师的话去炉子上熬制。过了半个时辰，药熬好了，贵忠又觉得没那么痛了。妇人不听他说，在一旁看着他把一大碗汤药喝下肚去，烧了热水来替他擦脸、擦汗后让他睡下了，才又去照顾孩子，小儿子孝庸由女佣带着睡了。这一夜过去了，第二天早上，贵忠觉得腹胀，去马桶上坐一阵儿，屙出一摊血来，自己看着都慌了。妇人看着赶忙颠着小脚去了铺子里，找着伙计，要他晚些开铺子，快去请郎中来家里。章伙计听过话小跑着去了郎中家，刚好大夫就着一坨豆腐乳与一小碟泡菜喝完一大碗稀饭，听着事急，用手抹了一下嘴唇，拿起药箱跟着伙计去了病人家里。

贵忠躺在床上，精神都垮了，一张脸又萎靡又仓皇。郎中把过脉看过舌苔，去他腹部触摸一阵儿，说肚腹有板结，要散开得吃一段时间的药。如是吃了药病有好转，便医好了；如是吃过药病还是不行，就得另请高明去。说过了，又去把二十天前的方子看过，加了几样药，要妇人去药铺抓了来随同之前的药剂煎熬，之后，去药箱里拿出十来粒小汤圆般大的药丸，嘱咐病人早晚各吃一粒，待到这几服药吃完了再另开方子。还有，病人要忌口，忌烟忌酒忌燥性东西。贵忠躺在床上听说要他忌烟，心里就有些作难，对大夫说自己抽大烟有些年头了，就这点嗜好。郎中说："你身子有病，是命要紧还是抽烟要紧，这都是你自己的事。"说完，明码实价地收了两个大洋，一个大洋是诊金，一个大洋是药丸子钱，然后背着药箱走了。妇人见郎中出了门，便要女佣去药铺子抓药，章伙计便去铺子里开门营业。贵忠服下药丸在床上躺了一会儿，心里就有些不耐烦了。他上午是要去烟馆抽烟的，今儿听着大夫的话小命要紧，便忍着不去想这东西。其实，他就是想去烟馆也下不了床。不过，这抽大烟的人，家里也备得有一杆烟枪和一些烟泡子。就这样，贵忠忍了一阵儿，就连着打起哈欠来，一双眼泪汪汪的，对妻子说："这般的，好难忍也。"妇人便把大夫的话了一遍，说得男人闭声闭气的。这时，女佣抓药回来，妇人便去炉子上煎熬。过一阵儿，女佣着急忙慌跑过来说："大娘，大爹在床上抽风打颤哪！"妇人要女佣看着炉上的药罐，自己忙去了屋里，见丈夫在床上蜷成一坨发抖瞪白眼，大儿子与小女儿吓得在一旁哭。看着这情景，妇人也慌得没主意。听着男人嘴里哼哼有声："就抽一口，小命要紧。"妇人听着话，想他是抽惯了的，一时又怎能忌口得了，这般下去不知会闹出什么事来。她对丈夫说："你就是想抽一口，也去不了地方。"贵忠哆嗦着声音告诉妻子，自己在大柜子下面的抽屉里放有一杆烟枪，旁边的小匣子里有烟泡子，让她去拿来。妇人听话，去抽屉里翻腾了一下把劳什子拿了来，刚到床边，男人就颤抖着把烟枪与小匣子撸到手里，拿出一粒烟泡子嵌入烟枪头锅里，吩咐妻子去点亮油灯来放在床边的方凳上，自个儿一身发抖地含着烟枪嘴，把烟枪头凑近灯焰，狠命地吸了一口，听得烟泡子"哧溜"一声化作一坨红，像男人把烟抽进肚里去了一般，嘴里、鼻里没漏一丝儿出来，一个人闭着眼安静了下来。妇人看他样子，说："这东西这么厉害，难怪你丢不下。"待到他手上松懈了，她去把烟枪灯盏放在桌上，装烟泡子的小匣子藏过一边，便去旁间屋子看小儿子睡着，才又去了灶房，大儿子与小女儿跟着一道走了。贵忠抽过烟，眯眼养神，一会儿打起了呼噜。也不知过了多少时间，感到肚子里发胀醒过来，下床去马桶上坐一会儿，又屙出些血来，不看不知道，看了吓一跳，就惊呜呐喊起来。妇人听着动静来看，告诉丈夫药已熬好了正晾着，待会儿喝过药会好些，劝丈夫说："病来的是斤斤，去的是分分，这倒要想开。"说了又说，

"你先前那般耗神费力地折腾，看样子大夫的话不错，该忌嘴的，不要这边吃药那里又惹出事来，耽误了治病。"贵忠是个胆小的人，被刚才的情景一吓，自己都蔫萎了。听了妻子的话在理，便也顺从。待汤药晾得温热喝下一大碗。吃过午饭，又喝下一大碗。晚饭过后，也喝下一大碗，还吃了药丸子。这样，每天大碗大碗地吃药，过一阵儿，嘴里吐气都是药的味道。当然，张志芬也是通情达理之人，丈夫烟瘾上来，便要好言劝说一阵，实在看着他痛苦不堪的样子，便也让他抽一口。只是，贵忠晓得命要紧，抽口烟都是提着胆儿在抽。再者，一天到晚汤药不断，身体一会儿舒服一会儿痛，弄得人昏昏沉沉躺在床上不晓得时间怎么过的。这样过了半年，亲戚、朋友都来看过，有的送钱，有的送补品，贵忠的病时好时坏，没个爽利，只得换了郎中医治。换过大夫，开的方子起始有点功效，之后也就不怎么管用。后来，张志芬从郎中口里得知，自己男人肚里长了包块，医起来有些艰难。本来，妇人以为医者圣手，看了病吃过药丈夫便会好起来，没想到是长期的顽症。自古说，"久病拖家当"。贵忠在床上躺了大半年，每天吃药要花钱，隔些天请郎中诊治也要花钱，积年累月算下来数目不少。此外，病久了生意上自是有些丢失。伙计撑着铺面，卖了货入账有银子进来，可货卖了得进货，买卖才有周转，才得有钱赚。这进货的事伙计又怎做得了主，说与老板听，老板又病倒在床上。妇人为这事去求过自家老爹，希望帮着进些货维持买卖。可老汉已是上年纪的人，正要准备把生意让儿子去做，听了话把儿子叫来身边，要兄妹间有些帮衬。可是啊，买卖得靠自己经营。虽说有了帮助，也是一时周全。其中的卯窍，只有当过事的人知道。一个人的运好，帮着就是成全。要是人倒霉了，脑袋里就是有多少想法，也是许多的馊点子。人生到了这种地步，什么事都受着自身命里的桎梏，谁又能跳得开、逃得脱呢？就这样，贵忠躺在床上服汤药过了年，人病得脱了形，在一个晚上溘然长逝。

张志芬失去了丈夫，伤心悲痛地哭了几场，出殡的葬礼上竟哭得昏倒在地上，被众位女亲戚扶着去床上躺下。大儿子有了六岁，披麻戴孝跟着大人去送葬，端着灵牌走在棺材的前面。三岁大的二女儿，见娘亲昏在床上，就守在床边啼哭。还没一岁的小儿子，便由女佣带着。妇人醒过来，想着孩子还小，自己一个人要撑起这个家，今后的日子该怎么过，脑子里一片空白。不过，生活有其自然之法，活人都得去面对。过了些天，妇人悲伤过了，迷茫过了，心思回到了现实里来。她以前管理着家务，操持起来不难，但是铺子里的生意，接手后该怎样操作，她一点儿头绪都没，只好依着以前的规模，请自家老爹帮着购货，章伙计经营铺子里的事情，账面上的登记妇人隔天是要盘算的。这样张志芬全面管理起了家务，也就撑持起了一个家。过了一段时间，街坊邻居对她有了新称呼，以前顺着她夫家姓氏，尊她卢太；现在她死了丈夫成了寡妇，又带着三个孩子，称呼上就有些乱，有喊卢太的，有喊张嫂的，街坊上还有喊张姆姆。不过，妇人对称呼不在意，只要招呼上彼此是真挚诚心的。她上心的是自己的孩子和自家铺子上的生意，操心的是一家人的生活。当时的风俗习惯比封建时代有了进步，女人不再裹足，也能去社会上工作。只是人与人之间的观念上有许许多多不同。章伙计参加过老板的葬礼后，没大的事情便难得来老板娘家，就是来了一点耽搁都没有，禀告了事就走。张志芬去视察铺子，便要带着六岁大的儿子一同去。原因很简单，避他人心里的忌讳。女人没了丈夫就成了寡妇，好好儿的都容易被旁人说三道四地闹是非，若怕惹闲，说话做事都要逢着人处。后来，张志芬觉得伙计老实本分，账本盘算的事隔了些天数，去铺子里视察也是隔月候次。当然，妇人自从丈夫去世后，盘过了铺子里的账，有二百多大洋的货，她手上有丈夫留下的五百多个大洋的银票。本来，家里有些积蓄和金银首饰，只因丈夫病了一年多的时间，吃药请郎中花了不少的钱，家里除了金银首饰外，积蓄里的钱还有一百多大洋。所以，张志芬要掌管好一个家的收入和开支，就得精心地计划。挣钱有如针挑土，花钱有如浪抛沙。妇道人家的，有节俭的理念，每天的生活开支紧得很。说实在的，城市里的生活，早上起床开门，除了自己去井边提水不要钱，哪般用的不花费。

　　这般，张志芬给家里的伙食定了标准，一天三顿早晚稀饭，中午干饭，下稀饭的菜就是成都特产泡菜与豆腐乳，下干饭的菜是城郊农民挑箩筐来卖的时令蔬菜，一顿炒一样菜，一大斗碗。不过，孩儿们都在长身体，无论稀饭、干饭都管吃饱。到月半，割二三斤猪肉小犒劳一顿；到月底，割四五斤猪肉吃够。到了吃肉的日子，这时间孩儿们盼了许久，欢喜得这间屋来那间屋去地，甩手提脚精神抖擞。妇人自己节俭，一天三顿饭都只吃一碗，下饭菜夹点儿搭味道罢了，看着孩儿们吃得津津有味，心里舒服。可以这么说，这一家人能过如这般的日子，生活上便是过得去的了。不过，张志芬是个小心谨慎的人，做事情想问题便很实际。她觉着钱放在自己身边安心，悄悄去钱庄把银票上的钱分几次提取回家里，窖藏的地处只有自己一个人晓得。她还对铺子里的生意做了规划，预备了二百个大洋用作买卖上的周转，并且下了决心，今后无论生意上遇着什么样的周折，那些窖藏起来的钱是不会拿出一个子儿来的。在她的心中，有一份愿望和一份担忧，想的是自家的生意平平淡淡地过得去，一直到孩子长大；忧着的是铺子里的生意自己没能耐去全力而为，弄不好哪一天发生个不愉快的事情，生意链断了就不晓得咋办，说不好铺子就要关门。可见，妇人心里头想的都是生活中的现实。

二十四

有人说，一个人的性格可能会影响其一辈子的生活。究竟是不是这样，很难说得清楚，因为性格会被生活改变。张志芬在屋里操心勤劳地过了半年，生活安稳了下来，有了一个想法：人活着是为了过日子，过日子是为了活过自己的一生一世。这么想后，也明白事情无常，生活实在不能虚哄。这时，她的小儿子有了一岁三个月的年龄，开始学走路了，便要辞退女佣，也好节约些钱。妇人想过，大儿子已是过了七岁的年龄，该去受先生启蒙，这些钱正好拿出些来给先生束脩。一天吃午饭的时候，对女佣说出了自己的想法。马嫂晓得妇人心里想的什么，恳求宽限些时日，好去找份工作。张志芬想着马嫂做事勤快，人又不灵精，又是自己提出事来的，也就应允了。过了半月，马嫂托人在一大户人家的厨房找到了一份工作，告诉妇人后收拾了自己的东西要走。妇人想着与马嫂相处了一年多，感情上过得去，去割了四斤猪肉，留着马嫂吃过了午饭才离开，工钱是给够了的，也是好来好散了。

过了秋天，张志芬送大儿子去了私塾。这天早上起床，孝林把娘亲缝的书包挎在身上，心情真的欢喜得不得了，在屋里走来走去地不停，一会儿在小兄弟面前站一下，小兄弟才牙牙学语，去拉他的书包。他把小手板弄开，嘟着嘴说碰不得。之后转身去妹子面前站着乐，妹子问他高兴什么。他说要去见先生，今天起自己做了学生。这般，吃过了早饭，妇人想着留下两个小的娃儿在家不放心，背着小儿子，牵着女儿的手，领着大儿子锁上门一道去了教馆。教馆离妇人的家有两条街远，在一条巷子中间的破祠堂里。教书先生是一位老秀才，头发都花白了，梳着一条小辫子，戴着一顶旧的嗬缎瓜皮帽。先生斯文，鼻上架着一副老花眼镜，狭长的脸颊，下巴处有一绺半尺长的花白胡须，穿着一件旧旧的蓝布长衫。先生读过许多书，也喜欢看世间文章。他的教案里有两份报刊最让他喜欢，一是一九〇二年创刊的一张《大公报》，二是一九一〇年创刊的一份《小说月报》。这两份报刊是先生于一九二一年时在一家旧书铺里购买得来，之所以放在案头，是因为他喜欢。先生古板，也瞧着新潮。在他的桌案上放着三宝，一是买来的旧报刊，二是一把黄铜水烟壶，三是一条老楠竹戒尺。如是先生拿起了旧报纸，便表明不再讲授课文，而是要讲些学生爱听的老故事与新时事。老故事多矣，先生教谕孩童不打诳语，都是有来头的忠孝礼义传说。讲起新时事，就是先生看过的报刊文章以及身边目睹耳闻之事，讲起来有声有色感同身受，讲辛亥革命成功清朝灭亡，哪些都督拥兵成帅，军阀间的战争，总统换人，洋人纷至沓来的利弊，西方文化与中国文化的接触，旧文化与新文化的交汇，大众百姓对民主与科学的认识，哪座城市有了新机器……当然，他想着了什么就讲什么，总之不犯规矩不乱说。先生有个习惯，讲累了就叫学生去写毛笔字，自己去坐在竹椅子上抽一壶水烟，抽得水在烟壶里咕噜噜发声响，便靠着椅背眯眼由着鼻孔里嘴里出烟雾养神，过足烟瘾后若没事情，就拿出裁好的草纸搓燃水烟丝的捻子。等着有学生写完字请他批改，他就收拾了手上的活儿去看字迹，一点一横竖地圈阅。老先生教育是严格的，如是写了错字，他会去案桌上拿起戒尺打手心，打着是痛的。学生都怕这招，只要瞧见先生拿戒尺，自个儿脸色唰地变得难过又难看。不过，先生打板子有分寸，该鼓励的打得轻，记教训的打得重，守规矩的打得轻，淘气的打得重。也是，先生的学问有多高深，旁人都猜不透。他受到大家的尊敬，是他日常里言谈举止得体。还有就是一条街识字的人不多，有个书札上的事请教，他倒是不推辞。有一回，街里出公约，这事他露了一手，提笔就写，一挥而就，显出文思敏捷的样子，字也写得出彩，给街坊邻居落下了好的印象，私下里说着先生，没有不

人家（上）

佩服的。

这样，张志芬领着儿子去学馆见着先生，这老秀才当着娘儿俩讲了一通，也就是孩子进了学馆要守规矩之类的话。妇人听着先生说的词语珠玑，有的话晓得有的话就不明白，她儿子小小年纪更是听不懂先生在说什么，见先生时不时摇头晃脑，声音有高有低，好奇得想笑又不敢笑。这孩子随着娘亲一路过来，妇人就一直对儿子说见了先生要懂礼貌，先生问什么就答什么，不可造次，不可唐突。孝林问："什么是造次，什么又是唐突？"妇人说："不可乱显表情，不可乱说话。"孝林问："怎么这般说呢？"妇人说："你大舅刚去学馆，你外公就这般说来，我在旁边听着了，今天就说与你听。"这孩子听妈妈的话，见着先生便规规矩矩的。等先生讲完话，张志芬从背孩子的竹背篼里拿出一块三斤多重的老腊肉，毕恭毕敬地送给先生，还奉上了一块大洋。先生收了束脩，便安排一个座位让孩子坐下，还要他学着其他孩子的样儿坐得端端正正。先生授课没有黑板，就是照本宣科。孝林头一天来上课没有书本，只得将就听先生吟哦，照着其他孩子的样，一双手背在身后端坐，先生念出一句，学着读一句。张志芬在门外张望，见儿子受了启蒙，背着小儿子、牵着女儿回家去了。到了中午，孝林放学回来，拿出先生写的一张纸条，说下午放他回家去买东西。妇人晓得纸上写着要买的书本文具，只是忙着做饭又要照顾两个小的孩子，哪里有空，便拿了一个大洋给儿子，要他吃过午饭后捏着纸条去外公家。孝林巴不得娘亲这句话，听完饭也不吃一溜烟地跑去了，到了外公的铺子，问着伙计说回家去了，便又去了外公家里，见着吃午饭，就

拿出纸条给外公瞧。老爷子知道外孙上了学馆，心里欢喜，一道
吃过饭后，同外孙出了门，走过几条街来到一家文具铺，拿了一
个大洋，依着纸条写的买了《三字经》《百家姓》《弟子规》和纸
笔墨砚。小孩子不会说谎，见外公出钱，就把娘亲给的一个大洋
拿了出来。老爷子要孙子把钱收好，还给了孩子一个大洋，要他
读书饿了买东西吃，鼓励他用心学习，学得好还要给他奖励。孝
林见买了许多东西，还得了一个大洋，自是听话得很，欢天喜
地回了家，走进屋就把两个大洋交给了娘亲，又把外公讲的话说
了一遍。

　　妇人听后也是欢喜，收下了两个大洋，对儿子说先替他保
管着。第二天，张志芬在儿子上学出门时给了他一个一文钱的
铜板。这一文钱的铜板能买什么呢？能买一小坨白麻糖。不
过，孝林有一个铜板在口袋里，欢喜得很，总觉得自己是有钱
的，就是舍不得用。几天下来，学会了写自己的名字，回家来
就要给娘亲看。张志芬见儿子上学几天就能写自己的名字，心
里便高兴，只是看儿子的字写得不工整，便鼓励他，夸他肯用
心学习，说完拿出一枚一文钱的铜板给他。孝林见娘亲又给
钱，接过手便把上次给的一文钱拿出来一同去落袋为安。妇人
看着上次给的钱还在，问儿子怎的没用。孝林告诉娘亲，自己
要把钱存起来，存多了以后好用。妇人听了话一时无语，想着小
小年纪就有攒钱的习惯，便不好说。其实，母做儿学，孩子看着
大人用钱都是想了又想算了又算，学着榜样，有了一个铜板也不
肯撒漫。张志芬觉得，积攒是个好习惯，可男孩儿家不会用钱，
将来怎么为人处事。就如自家老爹说的那样，生意场上，别人在

你那里白开水都喝不着，又怎能帮忙。妇人想，孩子太小，一些话须得以后慢慢说知或许才明白。还有，世人做事，有的不能言传只能意会。

这么，时间一来一去的，日子便过得快了。到了年三十，家家户户团聚，杀鸡炖膀做菜，一家人围桌吃年饭。富人家与穷人家境况不同，弄出的菜自是不一样。张志芬做了几样菜与三个孩子围桌吃了，因要守岁除夕，这顿饭不限时候，随意地吃。有的家庭人多，下午就开始吃，天黑了点亮油灯还说笑劝酒。有个说法，年夜饭吃得越热闹越好。张志芬的三个孩子还小，等她做好饭已是天晚，灯光下看着大碗大碗的肉菜，放开肚子吃得个舔嘴，听着外面人家放鞭炮，饭也不吃了，咿呀哇呜的，一个跟着一个下桌去门边，探头探脑朝外瞅，又胆小又高兴，过后才又回到桌边继续吃，一个个心满意足。吃完饭，妇人便去洗涮碗筷。几个孩子又去门边张望，看见邻家的大孩子放炮仗，急忙去关上门，在屋里跺脚拍手地欢喜。等娘亲在灶上做完事过来，大家坐一处说笑。妇人便把准备了的炒豌豆、胡豆、瓜子、花生一人抓一把吃。可能是平日里生活清淡，这顿饭油荤重了，几个孩子吃得饱饱的，接过手不咋想吃，各自收拣在衣服口袋里过后享受。接着，便要娘亲讲故事听。张志芬就把晓得的故事儿歌说唱出来。三个孩子听着先还有兴趣，时间久了就有些打瞌睡。想要守岁，奈何夜永，一阵阵哈欠连着打，妇人只好让孩子们去睡了。之后，一个人又去做事。初一忌讳用菜刀，忌讳扫地。她提前把第二天的菜准备了，做了切面，搓了汤圆。有个说法，早上吃过汤圆再吃些面，这叫金线吊葫芦，讨彩头的。做完些事，她便又

人家（上）

去把几间屋洒扫一遍，才去凳上坐下来，想了一阵儿心事，夜深犯困，这才上床睡了。过了初一，张志芬带着三个孩子选着日子，先去了丈夫那边的亲戚家。叔伯、兄妹、表兄妹见着面玩耍，又有吃的，这多快乐呀！老辈子都给娃儿压岁钱，赠了几个铜板，张志芬也给了侄儿侄女们几个铜板的压岁钱。隔了几天，带着孩子们去了外公家。老爷子晓得女儿带着三个孩子生活不容易，准备了一桌好饭菜，听大外孙吟哦了几句《三字经》，高兴得哈哈笑，要他学习上进，长大了好帮他娘亲做事，说完给了两个大洋。小的孙儿孙女一人给了一个大洋。张志芬的哥嫂在一旁，给了孩子们每人几个铜板。哥嫂有一个三岁大的男娃，妇人也给了几个铜板。吃过了饭，孩子们在院子里玩耍，四个大人在屋里打了几圈麻将，妇人赢了十来个大洋，哥嫂打了个平手，老爷子便是输家。这天，张志芬带着孩子在老爹家吃过了晚饭才离开，走回屋已是天黑了一阵儿。路上，孝林对娘亲说外公爱他，长大挣钱后要给老人家买东西。妇人听着话高兴，对儿子说要是这些话外公听见，会欢喜得很。可见，屋檐水点点滴。人从小到大，从少到老，会经历许多的事。有的事过了也就忘了，有的事落个平平淡淡的印象想起来都费神，有的事会记一辈子，是好是歹，见得人心。可以这么说，这孩子把外公对他的好记在了心上，想着长大后去报答，乃是善行善果的本分。

　　然而，许多事都不完美。过了三月，孩子的外公跌了一跤，血液冲脑，中风瘫在床上，请郎中来诊治，又吃药又针灸的，又雇了人照顾，时间一晃有半年，病情平稳了，就是人躺在床上下不来地，说话拖声裹气地不清楚，吃个东西手抖头摇要人喂。问郎中，医者仁心，向家属说这病治起来费神，吃了药人会好受些，针灸了人也会舒服些，也不知要耽搁到什么时候，如是好起来都是病人的造化。一家人听着话明白了意思，这病能治好的希望渺茫。不过，老人家挣了那么多的钱，现在拿出些来治病正好派上用场。要是自愈能力强，说不定哪天好了，也是这渺茫中的希望，众人便做好了长期医病的准备。哪承想，一天，老人家吃东西呛喉，半天缓不过气来，病朝急症去了，待得十天半月，一口气上不来，与世长辞。张志芬得了消息哭得个感天动地，带着孩子去哥哥家里奔丧，想着老爹生前的慈祥关怀，兄妹俩忍不住哭一场。

张志芬在老爹去世后，铺子里的生意不如了以前。原因很简单，兄妹俩照着老人家的嘱咐，在生意上要互相帮助，可那抽大烟的哥哥进生意场不久，以前有老爹的指点，晓得哪些货买得，哪些货买不得。买到货流通快，资金就周转得快，生意也就好做。若是买的货积压在柜台上卖不出去，时间久了资金不能回笼，人的脑袋都要弄晕。再者，生意场上熟识的朋友见着，笑嘻嘻乐呵呵地这个打拱那个作揖，约得到的去茶铺喝茶，高兴了去饭馆喝杯酒，真话假话揉着一处说道，其间的商机自己要能想出来，关键是还要未雨绸缪，所得的信息能不能去实行，怎么来衡量得失，这得靠个人的机智结合着商场上的经验去把握。几番思量后，与人合伙做一单买卖，人多了担心利益少了，人少了又怕撑不开场面。此外，生意场中，不说奸诈的，不说昧良心的，就是老实本分的人也要算计。这也难怪，人做事都要为自己着想。这哥儿胆子小，做事情难免想三顾四，每次与人合伙进货，怕蚀本，便不肯出多的本钱。起始，他进货还帮妹子进些，两家人倒还能维持着铺子里的买卖。坊间有句闲话，男人越活越害怕，女人越活越胆大。妹子觉得进的货好卖，便与当哥的商量多进些货。可当哥的遇着这事就瞻前顾后地推辞，说自己生意场上的道行太浅，看不透诡谲多变的交易行情，怕进的货一旦卖不出去造成损失，就会给家庭的经济带来困难、影响生活。尤其是妹子，支撑着一个家，带着三个孩子过日子不容易，要是生意上有个闪失和不好的变故，自家的事好说，可妹子家又怎么说呢？自己内心上就过不去。这哥儿做生意还定了一个规矩，铺子里进的货没卖出去三分之二，他是决不打主意去进货的。可想，这般畏首畏尾又故步自封的经营模式，能不能做好买卖。过了两年多时间，两家人铺子里的买卖自然萧条了。张志芬没奈何，叹自己是个女人，也就是围着锅灶打转的命，世上哪有说话做事的地位，生意上的事也就只能靠着当哥的帮忙。不过，做人都有想法和见地。妇人想过，当哥的小心谨慎是对的，也是必要的，只是小心谨慎得过于胆小，这生意就不好搞。有一晚做梦，她梦到自家铺子门打不开，着急得醒过来想了多久。从此，少不得有了这方面的担心。

二十五

　　这样，过了有一年多，张志芬快满六岁的女儿卢孝蓉出麻疹吹了风发烧得紧，请郎中来医治，吃过两服汤药，病不见好转反而重了，面目发烧得紫黑。郎中再来诊治，瞧着女孩的病样子便说不好治了，开了一剂方子，对妇人说这服药吃下去若没起色，就要她另请高明。张志芬听了话怕得心慌，晓得郎中说的意思，抱着女儿眼泪就止不住地流。这出麻疹对小孩来说是命里一劫，吹了风就凶多吉少。要大孩子带着兄弟快快去药铺抓药，回来不要进这间屋子，把药放到灶房里。孝林满了九岁，是出过了麻疹不怕传染的。只是那三岁多大的小孩子孝庸没出过麻疹，便担心受了传染。也是，小孩子出麻疹有许多忌讳，吃食上清淡，不能吃的绝对不能吃。再者，出麻疹的几天，待在屋里门窗都要关严实。如是穷人家孩子多的，几个挤着一间屋，遇着娃儿出麻疹的事就得想办法，床上挂麻线帐子或是墙角下挂个铺围大帐子遮捂紧了，没出过麻疹的孩子不能挨近，等着娃儿躺在床上，铺盖裹严实出过麻疹好了，爹娘自是欢喜，娃儿躲过一难，一家人才又如往常一般生活，该做啥干啥，要吃要穿的一点不能马虎。说实在的，张志芬家的房子三进带楼阁，自从守寡后便与女儿睡一床。现在女儿出了麻疹，想着要与小的孩子隔开些，便要女儿去住了阁楼。哪承想，第三个晚上吹大风，半夜三更把阁楼上的窗子吹开了缝，使得发着烧的女孩受了风后人事不醒，吃过郎中后开的那一剂中药，过了两天便离开了人间。张志芬想着自己辛辛苦苦带大的孩子说没就没了，哭得眼泪都流干。最让妇人心疼的地方，也就是她最自责的念头，为什么要女儿去阁楼上住呢？这个想法在失去女儿后就一直折磨着她，让她经常失眠，坐靠在床头边缄默。有时睡着，梦里念头突地缠绕，惊醒过来就是难受。她想与人倾诉，可是对谁说呢？没有了眼泪，痛苦就是一种表情。自古道，"鳏夫叹黑，嫠妇夜啼"，日子真的难过。

　　张志芬遭受了这般打击，一个人浑浑噩噩的，生活上的事也懈怠了。铺子里的生意由着伙计经营，自己一点都不去过问。屋里的事，她要养育两个孩子，就得去做家务。早上起来烧水做饭，大孩子吃过饭去私塾，她在家带着小的孩子。有时想着事，孩子出了家门都不知道。邻居送孩子过来看见她发呆，叫声："张嫂子，你娃儿在外耍了多时，没人照管，我与你带回家来。"妇人听着话回过神来，向邻居道声谢，抱着娃儿不松手，过会儿又想着一边去了。还好，身边有孩子伴着，时不时喊她一声，让她从想象回到现实，看着天光去做午饭。孝林放学回家，下午的课时不多，吃过午饭得空便要帮娘亲做事。这大孩子有了九岁，读了两年的书，肚子里也有了些篇章，说些话来让娘亲开心。吃过了晚饭，孝林油灯下看书，妇人借着灯光穿针引线，孝庸在一旁玩耍，母子三人时不时呼唤一声或是说说话，这场景是温馨的。张志芬后来觉着，自己身边有孩子陪着说话，或者做事情，人便不会去胡思乱想。是以，她就不停地找事情做来排除心里的烦恼。一天，她哥嫂一家来，当哥的看着妹子说这头话就忘了那头，做事情就没停过，劝妹子保重身体。张志芬听着话向哥哥不作声地点头，嘴上露出一笑，让当哥的瞧出一丝苦涩。这么，邻居与亲戚看她痛苦着还要去劳累，人样子又瘦又憔悴，担心她要是累出个病痛倒床不起，这家人的日子怎么过，想都不敢去想。可是，世上有许多事情奇怪，忧着心的事不见得是坏的结果。随着时间过去，劳累中忘记了痛苦，张志芬的心情渐渐从忧愁中恢复了平静，想事情不像以往那般执拗着来折磨自己，这时才觉得自己从噩梦般的日子里走了出来，眼睛一亮，认得身边的事物，有了要过好每一天的想法。当然，这是妇人一时的感觉，来得快去得也快。因为，想法归想法，现实就摆在眼前，她要面临生活上的光景，草根百姓的生活，有许多不如意的事情。

就在张志芬日子上犯迷糊的时候，她家的生意也潦倒至极。章伙计曾几次来向老板娘禀告过铺子里的买卖，都被妇人有一句没一句地打发了。章伙计弄不清老板娘的意思，自己又不敢乱作主张，想着老板在时对自己好，滴水之恩要涌泉相报，没耽搁地坚守在铺子里工作。进的好货卖完，剩了一些存货，章伙计天天都打开铺子门，直把剩的货卖光了，拿着清清楚楚的账本向老板娘做了交代，除了该得的工钱，这一年多来生意上的收入一个子儿不差地交到老板娘手里，一点没欺心。张志芬感念伙计的忠心，想把生意继续做下去，可思量再三，觉得许多事不是心力上怎么想就会是怎么样的美景，自己连进货的能力都没有，当下铺子的生意又能怎么做。立大志做不到累人，只好对伙计说了自己的打算，关上铺子门不做生意了。章伙计听着话，晓得老板娘的打算是正确的，说句慎重事为，便没了言语，过一会儿作揖道声珍重告辞走人，另去受雇主家。张志芬想着伙计帮着自家生意多年，拿出六个大洋做了打赏，便是好来好去。隔了一月，有商人租了妇人的铺子，一年给四十八个大洋的租金。这笔钱对张志芬这样的家庭来说大半年的开支都够用了。想着自己还有积蓄帮补生活，温饱不成问题，妇人自是欢喜，写了契约收下租金，心里省了多少事情。之后，张志芬认真仔细清理了家里的财产。除了房子铺子，丈夫留下来的钱这些年里拉扯用了些，剩得有三百三十五个大洋，加上伙计交上的一百六十个大洋，还有自己的一些金银首饰，只要生活上没灾没难，这些钱便是家里的积蓄。妇人有过盘算，铺子生意结束，今后就靠着租金过日子，积蓄给两个儿子存在那里。可以这么说，妇人的想法是实际的，手里有钱，怎么安排都是得当。这样，张志芬没了生意做，少了这方面的操心，也少了这方面的事情，就把心思放在两个儿子身上，想大孩子多读些书，到了十六岁去跟着叔叔们跑些买卖，也好守着铺子看能不能把生意做起来。至于小的孩子，也是要读书的，将来如是也能去跑买卖做生意，兄弟俩便是继承了家业。在妇人心中，能想到的行当不多，也就是眼前的见识。时光到了一九二五的春天。她的大孩子满了十岁，小的孩子有了五岁。这时，世上风云变化，变化得总统虚位，权利落在了握着兵权者的手里，各地大小军阀拥兵自重成了地方王。眼见得，烽火此起彼落，枪炮声这停那响，老百姓过日子不太平。平日里民生劳作，遇着兵追兵的事，赶忙各自跑回家关门闭户，跑不回家的找个地方躲避，过了，才又出来，依然是做工的忙干活，做生意的忙买卖，又是一派景象，热闹时人众拥挤，冷清时人单影薄，生活中有艰辛也有乐趣。

张志芬带着小的孩子在家过日子，平常除买油盐柴米菜出门外，一般都足不出户，有时菜农挑担从门前过，便在屋檐下把菜买了。这般，妇人倒是悠闲，别人家开门她开门，别人家关门她关门。虽然社会动荡，做人却是古朴。邻居家交往，有些计较，人情是好的，平时说说话，遇事也有个照应。只是，张志芬操心大孩子孝林。每天出门上学都要嘱咐些话，不要与人吵嘴，不要惹事，打架就往家跑。孝林生性有点胆小，自是肯听妈妈的话。不想，一天与同学争板凳惹着了两个孩子，这打一拳头那搧一巴掌的，把他搦地上，头碰着桌子角，痛得他掉眼泪。后来，先生打了那两个孩子的手心，孝林脑袋上隆起个青包。回到家，张志芬看着儿子头上鸽蛋大的包儿心疼，蘸了清油抹涂青包，教儿子以后不要与同学争输赢。孝林挨了打，心里倒落了印象，晓得人之间争胜斗强靠不得嘴上功夫。时间久了，性子上起了些变化，读书学习不怎么肯用功了。以前放了学都是直接回家，此后，他下了学堂便要和几个学童耍一阵儿。一天，几个人去附近的小巷，看见一家院子里有人打拳，合了他的意思，停住脚步不肯走了。其他的孩子都回家去了，他就逗留到人家打拳散场子才离开，回屋天都快黑了。娘亲问他为何回来这么晚，他说与同学一起玩耍。张志芬想着儿子大了，也该有些朋友，便不再问。从此，这大孩子放学后就朝那条巷子去看人家打拳，想学几招手上脚下的架势。而且，他脑子里还产生念头，那教拳师傅能收他做徒弟。并且，他还猜想教拳师傅的本事如何，要是会飞檐走壁，这本领就大了。那么，自己就能学得惊人的武艺，到那时怎么样呢？这大孩子想到这些，心里就暗自快乐，让幻想折腾得浑身舒服。他听过茶铺里的评书，那说书人讲有本事的人都不露声色，什么地方都敢去，最爱在人间打抱不平，帮助弱者惩罚强梁。而且，胜利是那般轻描淡写的事，又在受欺负者的感谢声中彬彬有礼地离开，使得一旁看着的人尊敬得发出由衷的赞叹。哈，这是何等的境界。自己如是有了这身本领，定是要学这些豪杰的样子，长途漫路天下行，助弱者不受强梁欺辱，做了好事还不留名。不过，他心里有个小愿望，做好事时被几个叔伯兄弟瞧见，好让亲戚家的人知道，英雄原来在身边。总之，这孩子的想法里充满了浓厚的自我色彩，就想着能从一个弱小之人变成一个行侠仗义的强者。并且，心里的向往，随着情绪去奔放，想得有些痴迷。

直到有一天，孝林放学后又去院子门边看打拳。恰好教拳师傅歇气，见他经常背着书包来瞧，便想说说话解烦。这教拳师傅不识字，对读书人是尊敬的。走过来问他不好好读书看打拳做啥。孝林听着问话，心思鼓捣出来，说自己想学武艺，要拜老人家为师。教拳师傅听了话笑起来，说自己小时候想读书都没得读，一辈子识不到字都觉得遗憾，劝大孩子好生去学之乎者也。孝林见教拳师傅不肯收他当徒弟，缠着老人家教他几招拳脚功夫。教拳师傅是个仗义之人，说话做事都依着江湖规矩，收徒弟是要看人的。瞧娃儿不是习武的材料，就是练功也打不通任督二脉，所以不想收他为徒。再者，见他时常来看打拳，担心他荒了学业，也不想教他几招拳脚功夫。孝林见教拳师傅不肯收他做徒弟，又不肯教他招式，心里装了那么久的梦想一下子破碎了，难过地站着发呆。教拳师傅性子直爽，看大孩子愣在当处要掉眼泪，心里过不去。想了一下，见娃儿身体瘦弱，便说了一个强身健体的法子，要他回家去扎马步练臂力。告诉他身体不强壮学什么招式都是无用，没体魄无力气的，什么样的拳头打到身上都痛。孝林听了话，记住了扎马步的要诀，这才欢喜地回家去。走回屋，就四下去找练气力的工具，好不容易在灶门脚前寻着了劈柴用的大青石头，用手使劲去搬，挪不动位。就这样，这柴灶边就成了他练功的地方。每天晚上，等着娘亲收拾过了灶房，他就进去蹲马步，之后，又去挪石头。功夫不负有心人，慢慢地，他把石头搬得动了。过一段时间，长了些气力，他也能把大青石头搬提到腰上。这下，孝林觉得自己有了长进，就数着一二三的去搬提，渐渐能把石头搬提得高又放得下，一晚上能做个几十回合。后来人大了些，搬提大青石头如同耍子，便要提高难度，想去寻更重的石头来锻炼自己。

　　当然，在大孩子折腾自己的时候，他娘亲是看在眼里的。本来，张志芬是想儿子好好念书，并不愿儿子有这番作为，曾劝过他不要去做这笨活。可大孩子这回不听娘亲的话，独个儿练得孜孜不倦。妇人没法，回头一想，男孩子嘛，总得有些顽皮，叮咛些不要闪了腰不要砸了脚的言语，也不再多话。过些日子，见儿子吃得饭，身体渐渐壮实，心里也觉得儿子锻炼身体有好处，便由着他去蹲步子搬石头。这样，孝林这壁厢悄悄地练，以为除了娘亲和小兄弟晓得外，自己的行藏不露。说来也是，他有个人的情结，年龄上又迷茫懵懂。自从家境落拓后，亲戚家的交往，许多事情过到心里都要失意些，遇着处境上的比较难免伤情。这孩子呢有个性，为人处事面目温顺又少言寡语，可内心深处有股拗劲儿，总想别人另眼看他。其实，人与人相处，许多心思眼睛里就流露了出来。你怎么看别人，别人就怎么看你，也是心有灵犀，不认识的人没得计较。一天，兄弟两个跟着娘亲去叔伯家做客。回到老院子，孝林就看见院墙边摆着一根长矛铁枪，两头各穿着一扇小水桶圈大的石磨。吓，难不说他几个也在操练？唉，自己在灶角边搬弄石头，别人则像模像样地练举重。回头一想才知道，自己心里的想法别人都有，自己做的事别人也在做。也是，叔伯兄妹小时爱在一起玩耍，大了倒难得见面，逢着节气大家相聚一处，做事说话有了些狡黠与矜持。这天，叔伯兄妹几个说了一阵话，男孩子便到院里参与举重。叔伯家的两个大娃平常是练着的，费点劲儿紧紧巴巴地能举过头顶，孝林看着眼热，也去两手间隔着距离抓握铁枪，提起两扇石磨至腰间却翻不过手腕，一张脸涨得通红，扭腰去抵住手上的铁枪直晃悠，正好他娘亲出来看见，连忙呼他放下。张志芬当着侄儿们的面不好说他，等着下午回了家才慢慢教诲，实话实说地告诉儿子，在几个孩子中他的身体最弱，举不起石磨子闪了腰怎么办。还有，举这么大的石磨子是个最饿人的活，那几个猴儿戏精当休闲玩乐子，要累了饿了家里有钱买吃喝，咱们家可经不起这事。孝林听着话想了一会儿问娘亲："怎么我在家搬弄石头你不说我？"张志芬对儿子说："你在家里搬弄石头，就如蚊子跳交际舞——小小的把戏。

不是我不说你，现在说起恰是时候。"接着，妇人告诉儿子，这般的折腾没啥出息，还是把心收回来好好读书，长大了去做生意，像他的大伯贵才二伯贵文那样，钱挣得多，用起来如同甩瓦片子。孝林听了话有些苦闷，自己心里想得美妙斑斓的事在娘亲眼里竟是这么不值得，一下子就软了劲头，晚上不肯再去灶头边搬石头。如是，孝林心思上恍惚，读书不似从前那样用功。

二十六

贵文在一次商人聚会的酒桌上认识了一个少妇。准确地说，是少妇愿意认识他。情事上有句老话：女想男，隔层纱，男想女，隔着山。那天，贵文戴着瓜儿皮帽，穿着黑绸长衫，着了马褂，脚上蹬着槽耳子布鞋。少妇长相一般，烫了卷发，穿着旗袍，着了披肩。只是少妇裹在旗袍里的身材丰满，透露着迷人的劲儿，只是脚板儿大些。贵文看了舍不得离开眼睛，两个人就避着众人悄悄地眉来眼去。差不多饭局结束的时候，少妇起身离开。一桌子的人喝酒吃饭，有认识的也有不认识的，出于礼貌，少妇向着大家一笑，也朝着贵文笑了。这一笑众人看着没什么，可在贵文的眼里，不说是倾城却是倾人，暗暗睄着少妇离去。

唉，如是少妇直径儿走了，这老男人胡思乱想一通也就过了。可是，这样的聚会饭后还有些应酬，熟人见着总要打一阵哈哈说些话才肯散去。这年，成都有了公共汽车，行车路线划分为东南西北中五区，沿途各站都钉有标志，写着经过的街道名称。每站收车费铜圆一百文，游环城收大洋五角，人在车里脚动都不动一下，就从这条街去到了那条街，这是怎样的感觉，众商贾酒足饭饱说着热闹。所以，少妇没有离开，而是站在人群旁边听着，眼神流转。贵文本来是个本分的人，但有了钱日子过舒服了，身上长了膘肉，脑子就起了些淫念，背着家里在外偷香窃玉了几回，性情上自然过不得这番心痒，与同桌的二三个熟人说些话，借故着忙地离开了。他有心在众人面前绕弯子，遇着其他桌的熟人，佯装从容不迫地去招呼，说过几句话便告辞。哪知，回身却看不着了少妇。心里暗自着忙，出了饭庄四下寻找一阵儿，看见油灯路杆旁边有个才眼见的熟悉的身影，自个儿潇洒着脚步走过去。不想，佳人有意无意地转身走了。此刻，天空星星闪烁，月白风清，是个浪漫的夜晚。贵文跟随少妇走了一会儿，见四下路人少了便上前搭讪，问少妇去哪里。少妇没有理会，径直走路。过一阵儿，见贵文跟在一旁，向其说："我是有人家的，你跟着作甚？"贵文见少妇愿意与自己说话，心里一阵狂喜说："我也是走这条路回家，刚才大家一桌子吃饭，见着面还没说过话，甚是遗憾。"少妇放下了态度，问他想说什么。贵文说："大家认识了就想做个朋友。"少妇说："萍水相逢，况且男女授受不亲，又怎么做朋友？"贵文说："现在新潮，不然一个女人怎么能在聚会的饭桌上应酬。"少妇说："是啊，为人做事总得有些交际，丈夫有事没来，我就来了。"贵文听少妇说她丈夫，心里咯噔了一下，想这事恐怕不成了，有些气馁，自是沉默起来。不想，少妇半天听他不出声，问他在想什么。贵文见少妇与自己找话说，心念又斜着想去，问她丈夫做什么的，商会的事自己不来周旋怎么让一个女人来应酬。少妇说自己的丈夫是做生意的。至于为什么不来，刚认识，家里的事不好说。两个人说着话，走过了几条街，来到一处巷口，少妇说："我要回家了，从此别过。"贵文心里不舍，说："就这样以后见不着了，真的是要后半生心思茫茫。唉，孤单的，孤单的有谁解得了忧愁？"少妇听了话没作声，朝小巷里走了几步又踅身回来。贵文突地失望又见她过来，问她怎么又回来了。少妇说："我看你在巷口张望，怕你跟了来，被我丈夫瞧见。"贵文说："我在这里看你离去，心里过不去。哟喂，风吹柳枝是季节相遇的约定，你我相识不能交往便如流云般聚散。"少妇咯咯笑了一下，说："你讲得文绉绉的还啰唆，是想逗人乐。可是，皮相掩盖不了内心的想法，我晓得这般男女间要做朋友的意思。"贵文忙呼："此心可鉴，全凭猜度。只是，做朋友期于相约，不知你可赐我大方？"少妇想了一会儿，自个摇摇头说："今夜已晚，我也该回去了。"说过话，转身要走。贵文听她话都说到这份儿上了，有了胆子，急忙去拦着，说："相遇就是缘分，错过了去哪里见得着？总得有个约定。"少妇见他纠缠，又想了一会儿，说："后天我丈夫要出远门做生意，你可到我家来。"贵文听着话，喜得笑声都出来了，连忙问："你家在哪里？"少妇不好意思一笑，轻声说："我家在巷子中央，你后天上午来，我在门首等着。"

就这样，贵文以为天上向他掉下美妇来，回到家一夜都睡不着，闭上眼净是少妇的身影。第二天醒来，一个人坐立不安，茶饭无味，好不容易挨到天黑，又去床上想了少妇一夜。到了天亮起来梳洗一番，在家待不住了，出门去小吃店喝了碗油茶，就去茶铺消磨时间，估莫着时间起身去了小巷。这条巷子僻静，他从小巷这头走到那头，来回走了两遍，没见着少妇，正在怅然之间，听着门"咿呀"一声，少妇从一家院门出来，向他莞尔一笑，脸上一副媚态。贵文看着喜出望外，急匆匆地走到身边刚要问候，少妇已趸身进了院门里去，让门儿半掩着。他跟在了后面，心里那个欣喜，怦怦地跳来跃去的，呼吸间喉咙里都有些打结。这是怎样的一种感觉？偷偷摸摸又紧张兮兮的，刺激着每根神经，欢喜得手心脚心都抓紧了，浑身亢奋个不停。少妇像怕被人看见，很快进了一间屋子，挨着男人进来就掩上了房门。其实，这院子也僻静。贵文进了屋，站在少妇身边就闻着了脂粉的香味，扇着鼻孔使劲一吸，魂儿就朝脑门囟窗上去。心里想着，都这般动静了，上桌不吃，讲什么礼，伸手要去抱女人。少妇闪过一边，下了脸色说："你这是做什么？咳，我约了你来也是看你是正经男人，只因那天酒会上偶遇，被你追逐一时心软，怕被丈夫知晓，相邀赴约。不想，你竟是登徒子一个，原来是想图一时的肉欲之欢。我此刻都是一腔的后悔。你有什么话，说了好回去。"贵文见少妇垮下脸来说话，如同被浇了冷水一般，就木在了原地。他该说什么呢？少妇的表情与话语，翻转之快，真的让他猜不出意思来。只是刚才手指滑过少妇柔软的身体，他眷恋着。要是他离开，少妇也是要挽留他的。果然，少妇见他发愣，扭脸一笑，说声："你啊，给鼻子就上脸，蹭蹬了便窝囊。进了屋来也不说说话，我还不知道你姓甚名谁，做什么事情，家在何方。"贵文听着话，仿佛被煮过一般，去看屋里，一间大床上的铺盖帐被，一个柜上有镜子，两把木椅子，一张吃饭的方桌下有几根凳子。可能是刚才被少妇阴阳怪气地呲了一下，他规矩地去木椅子上坐下，把自己的姓名、做布匹生意的话说了出来，至于家住哪里就嘴里含糊。少妇听他做布匹生意，嫣然一笑，说："我要做一件旗袍，不知买什么颜色的料子好看，又该扯几尺布料？"她说过，站起身来了。贵文老实巴交地坐着，见少妇站在了跟前，一双眼直勾勾地瞧着自己，自己也有了想法，也去眼不打转盯着她，说："你身材好，穿什么颜色的料子都受看，但是要多少布料，却难说准。"少妇抿嘴笑一下，说："你是卖布的，该有经验。"贵文说："有时也要用尺子量一下，才能知晓。"少妇说："我家没有尺子，你可估摸着。"贵文说："眼睛看不周详，得用手比画。"少妇脸红了，说："你规矩点，倒不妨碍。"贵文听了话，不由得站起身来，见少妇脸红地立在面前，一颗心提到了嗓子眼儿，什么美人啦天仙啊都不如眼前实在，先前进门被少妇压抑的心情爆发出来。起始，他伸着右手指在少妇肩上丈量，过后再也按捺不住，左手一把抱着少妇的腰，右手就乱忙起来。少妇也不推拒，说："有得是时间，你这样着急忙慌的干啥？"贵文说："好汤适口，耽搁不得。"嘴里说着，就搂拥少妇到床边，一只手不停地在少妇身上捏来摸去。少妇在他怀里扭怩着，细声说怎么这般大劲儿……哪知，话还没说完，男人的嘴巴就凑了过来，她只好扭头避开，不想脚下落虚，被推倒在床上，一会儿工夫，满室春光。满室春光透红杏之影，野花飞蝶，野花飞蝶狎迷乱香馨。

　　就在两人在床上打得火热之际，突地响起梆梆的叩门声。少妇听着一下花容失色，说自己丈夫回来了。贵文听着门响，早已吓得心惊胆战，哆嗦着问少妇："你约我来，不是说你丈夫出远门做生意去了，怎的这么快就回来？"话音刚落，"哗啦"一声，门被撞开，进来一个凶神恶煞的男子，看着床上的情景，顺手从门边抓起一根木棍奔过来朝着贵文就是几棍，没打着要害，吓得他滚下床跪地求饶。男子不去理会，举棍朝少妇打去，嘴里吼着："我前脚出门，你后脚就偷人，看我不把你打死才怪。"棍棒在头上打晃。少妇"哎哟"了一声哭起来，说："哪里是我偷人，这汉子进院来讨水喝，见四下无人就来纠缠。我一个妇人家怎抵得住他的蛮力，被他抱着推着进屋压倒在床上，我又有什么办法？"男子听了话，朝着贵文打了两棍，嘴里骂道："你这淫贼，青天白日就来奸妇人，我叫街坊来，拖你去见官。"贵文听着话，吓得面无人色，磕头如捣蒜，直是讨饶，求男子不去见官怎么着都行。少妇听着话哭出声来，说去见了官，自己今后怎么做人。男人听了少妇哭诉，显出迟疑的样子说："你都失了身，不拉他去见官又怎么处，我的亏不是吃大了？"贵文听男子说不拉他去见官，连忙磕头说自己愿意赔钱了结此事，说过，就要去拿衣裤。男子见着喝了一声："你不要乱动，我还没答应。"少妇见着在一旁哭着说："他占了便宜，要他赔些值当。若是拉他见官坐牢，不是连我也要受些裹挟，弄得丢人现眼怎么好？他说私了，就让他赔些钱补偿你好了。"男子听着话想了一下，脸色缓些松了口，要少妇去搜贵文的衣裤。这二伯要赴桑间之约，心里憧憬着与少妇鬼混后，要可着心地送礼给她，也好有下一次相会。他长衫兜里揣了十多个大洋，又揣了一张一百个大洋的银票。很快，被少妇搜了出来。男子见着变了脸色，吼道："这点钱就想打发了事，谁个愿意？还是拖着见官去的好。"贵文本以为事情转圜过来便可了事，不想又起波折，只得又去讨饶不歇。男子不动声色，看着贵文摘下自己手上的大箍子金戒送上，又见少妇摘下他裤腰带上二寸长的貔貅玉吊子，之后，再把衣裤彻底摸过一遍没了东西，这才同意他起身穿上衣裤走人。贵文刚出门，听到屋里棍子拍打的声响，接着传来少妇"哎哟"的叫唤，怕得一溜烟儿地走了。

这场事后，贵文回到家就病倒在床上。这是他长时间光着身子跪在地上又受了惊吓所致。请了郎中诊治，服了两个月的汤药，病情才渐渐好转。一天，他躺在床上郁闷，找了一本章回小说翻看，阅着了男女设局入彀的事情，不免想着了自己遭遇的情景。少妇在饭庄里逗留，自己找出来后在灯杆下的邂逅，巷口处少妇去而复返，还有语言之中不搭界的破绽，都雷同了书上所说，才晓得着了仙人跳的道儿。就这样，他觉得自己中了别人的圈套。为了证实真假，第二天上午出了门，独自要去小巷里求证。本来，他这场艳遇就自己知道，赔了大洋也是自个儿晓得，至于金戒指与玉吊子没了，妻子面前可借故推诿。偏偏他病还没好，出门走路脚下踉跄，一旁的妻子见着，问去哪里他也不说，径直走了。妻子怕他路上有闪失，便要大孙子去后面跟着。贵文没有察觉，去了小巷院子，进了院门见那间屋子门已上锁，便想找人打听，正好从院子里的另一间屋里出来一位老妪。那老妪先说了话，问他有什么事。贵文打了一躬，说来这屋里找人。老妪说："我认得你，那天你走后，这屋里的人就搬走了。"贵文听着话心里一咯噔，想事情的结果书上都写周详了。他闪回念头，问老妪："我没见过你，你又怎么认得我？"老妪说："那天我要出院门，你从屋里急匆匆出来，差点撞着我。所以，我认得你。"贵文又打了一躬，尊声："老人家，你可知这屋里人做什么营生的？"老妪摇摇头，说："你在他屋里待了老半天都不知道，我又怎么晓得。"贵文听了话作声不得，愣在当场，想古代骗子的老把戏，现今的骗子拿来设局，自己怎么就看不出来着了道儿。其实很多事情如果仔细参详或能看出端倪。现在想着难免后悔起来，可恨两个骗子早已走了，人海茫茫哪里找得到，就是找着了又能怎样？这般想来，他脑子里一阵眩晕，一屁股坐在了地上。身后的大孙子早就在院门边听对话，这时跑过来扶人，十二三岁大的孩子，哪里有气力挪得动。老妪问着孩子，晓得是爷孙俩，说自己在这帮忙看着病人，孩子跑得快，去巷口找车来拖人。男孩听话，飞也似的跑去。隔了一会儿，找来一辆黄包车，这才把贵文拖回家。自古道，好事不出门，坏事传千里。事情到了这种地步，贵文做的事情亲戚邻居都晓得了。邻居当面不好说，背地里传言过往都是戏谑之词，教诲孩童都拿这事说例，弄得他人前人后都没面子，与人接触上都受些冷落。时间久了，周围的人忙着生活，在这事上过了热情期，闲话少了，可心里落下了印象，彼此见面说话，涉及着这方面的意思，各自的神态里难免会有些尴尬，好多话本来是直截了当的也说得含糊。瞧着这情景，他自己心里都郁闷，做事情无精打采，为人处事日见冷淡。

二十七

　　四季交替过去了岁月，时光悠悠呵乐短愁长。就在张志芬教诲大的孩子要好好读书的时候，她小的孩子也到了要上学堂的年龄。这事情妇人有过规划，做起来不难。先给小儿子缝了书包，又给先生备了束脩，到了要上学的那天，母子三人锁了门一同去了私塾。路上，张志芬牵着小儿子的手，一再叮嘱身边的大儿子要看顾好兄弟，要小的孩子听他大哥的话，上学放学都跟着回家。说过话见路口有卖炸油粑的，去买了一个，两兄弟分着吃了。到了私塾，张志芬带着孝庸去见老先生，奉上了束脩。老先生便又把读书学习要守规矩的话对小的孩子讲了一遍，才让他进了课堂，妇人在一旁看一会儿也就回家去了。这时，老先生已有了二十来个弟子，只是年事已高，觉得教授课程有些力不从心，聘请了一位年轻先生来给学龄长的孩童讲课，他自己负责刚来的学童启蒙。当然，这些学童有年龄大的，也有年龄小的，有悟性高的，也有思维慢的，等着能写工整毛笔字、读懂了《三字经》，才去到年轻先生的班上。年轻先生上课时先讲大课，之后，对那些才来听课的学童补授些自己以前讲过的课程，规定回家温习的课文。收了束脩，老先生有责任心，抽空也要去辅导后进学堂的学童。十几个学童唱班诵吟，有不知其然的，有知其然的，有知其所以然的。之所以出现这种现象，是学童进私塾时间先后不同，落在学习上就有参差。说实话，老先生教学了多少年，其法如此也是执着。他聘请了年轻先生来教课，也就依着自己那一套教学方式。可是，先生之间有些差别。老先生抽水烟，燃了纸捻子后口里吞气去吹捻子起火苗，才又嘴含着烟壶嘴，把捻子燃着的火苗凑着烟斗里的烟丝抽，抽得水烟壶起了声响，待到嘴里喷烟出来，又去吹灭捻子上的火苗，接着又去含着烟嘴抽。一烟斗烟丝抽了不过瘾，再拿出烟壶边孔儿里的铜细丝签子，剔出了烟斗里的锅巴，重新装上烟丝，又口里吞气地吹捻子起火苗，燃着烟丝抽，嘴里鼻里喷出烟雾，整个人一副悠闲自得的样子。年轻先生抽纸烟，是用洋火点燃了抽，做派简单新潮。再者，老先生教书古板之有些时务，年轻先生教书时务之有些循古。让学童们开心的是年轻先生没有老先生那般管得严厉，收拣了打手心的戒尺。不过，谁要是在课堂上犯了错，会被年轻先生叫到一旁罚站，站久了人会觉得有点受折磨。一天，学童们在一起议论先生谁管的法儿好。性子急的说打手板好，痛过了就完事；性子慢的说罚站的好，站久了可以靠着墙养神。后来，这些说法被年轻先生知道了，便不再罚学生站久了。他告诉学童："之所以罚是要你明白事理，若罚得你心无所用有何益处？"年轻先生周游过许多地方，见识广，还能说点"英格里西"的话。他讲完课有时间总爱给学童们讲些社会上的变革及时事中的见闻，偶尔说一句英语，学童们听着又好奇又着迷，有时候放学都不肯离开，还要听先生继续讲说。年轻先生守时，说学童们的爹娘都盼着孩儿回家，允诺好听的故事明天再继续，还告诫学童们回家去好好温习功课，学了知识是自己将来受用，长大了为社会做事。只是，年轻先生教了两年多的书便离开了私塾，去了哪里，老先生都不晓得，多少年后有了传闻，说年轻先生投笔从戎，去参加了革命。

就在年轻先生离开时，老先生去聘了一位中年先生来教课。也就在这时，张志芬害了一场病，头疼脑热的弄得人呻唤个不停，娘儿几个吓得不行，请了郎中医治，诊脉吃药地过了三个月，把积蓄都拿出来用了，总算捂住了病情不朝狠的方面发展。这期间，孝林为了照顾娘亲，不得不辍学回家。也是做人的心理，病得急时慌神害怕，保命要紧，只顾着治病，但见有了点好转，脑子里便要产生些想法。妇人见自己的病情稳定下来，问大夫病医得好不。郎中讲实话，病来如山倒，病去如抽丝，恐要累月经年地吃药才得治愈。妇人想着害这场病把家里存的钱都拿出来用了些，一家人生活就倚着租铺子的收入，现在自己病在床上，接下来诊脉吃药还不知要用多少钱才了得，弄得像无底洞似的，心里在生活安排上没得个条顺，央请大夫开些便宜汤药服用则可。郎中有恻隐之心，瞧着妇人的家庭是生活上经不得颠簸的人家，便写了一帖经济药方与妇人，要她去草药铺子抓药，还叮嘱妇人服用一段时间后来换药单子，也是把病朝好的方向医去。张志芬拿着大夫开的方子，自是说了些感激不尽的话，待郎中走后，便叫儿子去草药铺抓药，果然是花钱不多。这般，过了两个星期，病情又进一步好转，去找着郎中换了药方，妇人吃了几剂药后能下床了，母子三人有了欢喜，都说郎中有本事。一天，张志芬想着大孩子因自己得病辍学回来照顾，现在病情渐好，便想儿子继续去读书，就把他叫到跟前说出了想法。孝林听了话摇头，说自己不想读书了。妇人问为什么。孝林说等着娘亲的病好了，自己也长大了，那时，便可去找些事情做，挣钱回来给娘亲家用。妇人听着话感觉有些突然，一个十二三岁的孩子晓得顾家，让她觉得欣慰，可这般大的年龄有这样的心思，让她心里未免有一丝酸楚。确实，张志芬守寡后，她的内心起了一个结，但凡遇着家境上困难的事情，就会想到自家孩子与亲戚家的孩子在生活上的差别。说真的，一个人有自己的体面，一个家有门楣上的尊严。妇人晓得，自家落了穷如果摆出穷相，不仅得不到一个子儿，还会被识得的人家讨嫌。所以，她努力要自己的孩子在生活上吃得饱穿得暖，不在亲戚邻居面前丢人现眼。孝林见娘亲不说话，就去了草药铺子抓药。这草药铺在一条小巷的当头，旁边有家茶铺。每天，茶铺子里有两场评书。下午一场是一个中年汉子讲《岳飞传》，晚上一场是一个老汉讲《三国演义》。有句笑话：好多讲评书的不识字，是拜师学艺出来的。师傅心里的说书段子也是他的师傅口里传授，得靠记性。有的徒弟学艺，不知要熬过多少年头，才能学会师傅肚里的一个传本。如是遇着一个小气的师傅，东磨西扯的，才教一点故事的章节，学会本事不晓得要哪时春秋。有时，师傅在茶铺里的说书台上讲，徒弟娃就在台子下面站着听，看师傅怎么去拍镇堂子的木方，怎么说开言续语，讲起故事来怎么的该大言铿锵，怎么的该柔声委婉，都有情节里的来头。坐在台下听书的茶客，也有识得字看过原本书的，只要说书的把书里的人物与发生的事情讲得圆全，其他的随兴添油加醋地编排，倒是听着图个热闹。人生呀，有多少年头，许多时间是要去消磨的。确切地说，世上的许多事情对许多人就是打发时间过去的。就像歌儿里唱的：说什么天长地久，说什么永结白头，到头来梦醒一场，时光悠悠，如江水东流。啊，还来个秋，燕飞黄花瘦，才知光阴难留。

孝林辍学回家照顾娘亲，起先去草药铺抓药时念着母亲的病，一点都不耽搁，路过茶铺看一眼热闹就径直走了。后来，他娘亲的病有了好转，得了空对娘亲说自己要出去耍一会儿，妇人听着自是不去拦他，这大孩子出门就一径去了茶铺，在茶铺的门槛外边找一处能站着立身的地方，竖起耳朵去听里面传来的声音。有时听不清楚，便躬身去茶铺里的墙角边站着听。旁边的茶客看他来借光听书，只要不扰着自己，也懒得开腔说他，惹得他忙拱手作揖。茶客不说话，堂倌便也不来撵他出去。这说书人中途要休息一阵儿，旁边的茶客听得高兴，也要找着孝林说些话逗趣。过了些日子，彼此都熟悉起来，便是那掺茶的堂倌也晓得他来站壁角听书。日子一天一天过去，孝林也听了些人物及故事，装在了心里。再者，茶铺子喝茶的什么人都有，他看人家喝茶，也听人家闲话聊天。这孩子有了十多岁的年龄，心思上活泛起来，就是见地上没个准儿。听人说去南洋做劳工能多挣钱，就想自己大了后也去。看到兵爷威风，又想自己大了后去当兵。有一天，他在茶铺里看见了一次排场。掺茶的堂倌腾空了茶铺的堂中间，接着搬挪三张茶桌拼在一处，还在桌上摆了茶盏，又摆上了瓜子与水果，候着人来坐。茶客们打听，才知道今天有纠纷了断。原来，一家米铺老板与一个袍哥在窑子里争姐儿，起了是非，相互打将一场。米铺老板挨了打，袍哥还不解气，放出话来，弄不好要砸米铺，吓得老板去央求街主请地方绅士与袍哥堂会头儿来调停事情。到了时候，各色人等陆续到来，茶铺的堂倌认得这些地面上的角色，吆喝着大爷老爷的名称，请上坐，不停斟茶倒水，挨着一帮人齐齐在茶桌旁团团坐下，街主起身朝众人拱手，逐一介绍在桌各位人物的名号，接着说事儿。义字立中间，事情两边排。先听米铺老板讲起因，再听袍哥说来由，接下来到场的诸位表己见，有说老板不对的，有说袍哥惹事的，最后还是米铺老板向袍哥赔礼了事。是此，两个人当着一干人的面立下保证，桌面上说好的事情桌下面不得胡来。于是，米铺老板左作揖右打拱请众人喝茶，说中午在附近的饭庄备下了酒菜谢大家为这事牵肠挂肚。袍哥见米铺老板舍得花钱，便想与之交朋友，抱着拳头朝着米铺老板说："咱们是不打不相识。如是信得过，以后有什么要相帮，请知会一声则可，小弟定会来相助。"米铺老板额上还有一个青包，这时见袍哥在大家面前话说得好听，怎么也要顺着一笑。之后，两个人去茶桌边坐下喝茶嗑瓜子。

众人瞧着俩人好到一处，都说这事情办妥了。倒是那茶铺老板，担心着袍哥这边不好说话，恐怕一干人谈不拢打架，提椅子砸、甩得茶碗盏子的满堂飞，弄得好有人赔钱，可自家也有些担待和损失。现在瞧着事情摆平了，支眼色打手势要掺水的茶博士去应酬忙活。那拎着水壶的堂倌识趣，凑着乱哄哄的热闹，嘴里还吆喝着。这茶铺老板差不多有四十岁，铺子是他父亲传下来的。茶铺的年代久远，据说是他拎茶壶的祖上攒了些钱，顶下了害背疽的老板急着卖不出去的铺子。只是，这茶铺老板与他父辈一样生性胆小。他从小在茶铺里长大，又生活在社会转型的年代，要与各色人等打交道，却能相处得不起是非，真的不容易，还得是做人精明和处事圆滑。在他的眼里，不论是认识的或不认识的，也不论长相与穿着如何，上茶铺里来喝茶的都是客，都要好生招呼不能怠慢。当然，开茶铺这么多年，社会上的三教九流、各行各业及码头帮会的人物乃至行窃的小贼，他是看得出来的。怎么样地应酬心中自是有数，谁都得罪不起。说不定今天来喝茶的无赖，隔些年月就混成了大差佬，这般的事情在这样的年代多了去了。摇身一变，旁人得刮目相看。是故，茶铺老板在对人的招呼上言语谦逊，想的是自己生计上的路子平顺。做生意是为了养家糊口，可做生意不容易，得左右逢源还得逢场作戏。

自然，孝林看到这事情的过程和结果心灵上是有印象的。刚看着觉得新鲜，后来又看过了几次，觉得平常了，再又听着一旁人的闲言碎语多了，逐渐感悟出世道有点野还得混规矩，明白了自家的爷与自家的叔和舅每到年底为什么要请地方上有势力的人物吃酒席，还送上随喜使得喝酒吃菜的众人高兴，也就是图个有人帮着说话，有人帮着打架，生意上没人找麻烦，日子过得平安。不过，想法是这么个想法，什么事情都是随环境而生发。就像米铺老板，生意上交捐纳税不少一个子儿，街面上的混混时不时出钱打点了的，年底也是随人凑着花钱，请地方上的人物吃喝送了随喜的，可遇着事儿，还不是挨了打，那个狼狈的样子，明明是受了欺负还可怜巴巴花辛苦挣来的钱对人打躬作揖，自己心痛得难受还要装笑。这么想来，大孩子就对娘亲要他长大后去做生意的事情没了兴趣。一次，娘儿俩说起这事起了不愉快。张志芬说自己的想法实在，经商能赚钱，生活不困难。儿子回答娘亲，赚钱不容易，恐怕蚀了本，大家来后悔。妇人见大孩子与自己说顺口溜，便说他没小的听话。孝林见娘亲怄气，不敢再去饶舌，问娘亲自己长大后去经商，本钱在哪里。妇人听话问着实处，半天作不得声，想自己医病已动用了家里的积蓄，这病还没痊愈，以后还要花多少的钱都不晓得。当下，大孩子辍学在家，小的孩子还在读书，一家人吃和穿都是要用钱的。如此，这些念头在脑子里打了转就是说不出来。可见，人落穷了愿望都是假的。张志芬这时才明白，自己要儿子长大了去经商不过是闷在心里的念想。这次过后，娘儿俩便不再说这事儿。就这样，一家人靠着铺子的租金俭省着过日子，虽是穿着简单吃食清淡，比起街坊上许多天见亮就要去找活干挣钱糊口的人家，生活上不知好了多少。有一句话，"比上不足，比下有余。"布衣淡食温饱不愁的，只要不去与亲戚家的比较，妇人和两个孩子心情上倒也过得去。可是，现实很容易改变人的生存方式、人的生活习惯以及人的性情。妇人家里的境况已大不如从前，这一点上，毕竟是身在其境过来的，大孩子就比他的小兄弟感受多了很多。那时，可能是孩子还不懂事，然而，生活里的快乐和忧愁会从父母身上流露出来，渐渐地影响其幼小的心灵。就像妇人的家庭，大孩子自从没了父亲，看着娘亲操持家里大大小小的事情，打理铺子的生意，有时累得不行皱紧了眉头还装没事的样子，怎么说都会有些替娘亲难过。有一次，孝林半夜醒来看见娘亲抹泪，问怎么回事儿。张志芬告诉儿子是眼里进了沙子，要他快些睡觉。后来，他有几次夜里醒来不是看见娘亲抹眼泪就是愣神，他不知道为什么，便悄悄地在被窝里望着，直到困意来了就闭眼睡着。自打上了私塾识了字，才慢慢懂起事来，略微晓得了娘亲为什么夜半啜泣和愁闷。当然，这在他心里是懵懂的，打从娘亲病了自己辍学回家，才知道娘亲为家里的生活、自家的处境还有孩子的将来担心犯愁。确实，妇人的担忧不是没有道理，这个家正在逐步地落拓。以后该是怎样，忧心多了，看不着前景。

二十八

过得一年，小的孩子孝庸又来了一事儿。原来，那私塾老先生病故，学馆便散了，学童们只好自去找读书的地方。孝庸在性情上比他的哥哥要跳脱些，上了私塾快两年，认得了些字晓得了些句子，觉得上学堂被规训不自在，便不想去读书了。张志芬想儿子多读书长见识，倒不依他，送他去了另一家私塾，离家远了些，路上要多走几条小街小巷。不想，在找学馆的这一段时间里，孝庸跟着他哥去茶铺听了几回评书，心里便喜欢上了这事。上学途中有几家茶铺，都有讲书的，下学后他便要选着茶铺子去凑热闹。起初，他还估摸着时候回家，过了些日子听书着迷，等着说书人下场后才离开，回到家已是天黑。妇人见小儿子回来晚了，问他去了哪里，他撒谎说去了同学家。第一次，张志芬也没多问，这事便过去了。只是，以后这般的次数多了，引起了妇人的注意，便要大孩子守着时间去接兄弟回家。孝林从来不在娘亲面前说假话，这事情便暴露了出来，张志芬用篾片子把孝庸教训了一番，打得个呼痛哎哟的，管了几天便不去茶铺，哪知好了疮疤忘了痛，耐不住性子，得空又去茶铺站壁角，怕娘亲又晓得这回事后挨打，回家不敢晚了。就这样，事情倒也瞒过去了。等着一学期过后，张志芬在开学时送小的孩子去学馆给先生束脩，听先生说她的儿子经常迟到还旷课，学习上比一起来的同学差了许多，要妇人在孩子回家后监督着温习功课。张志芬听了话气得不行，挨着孝庸放学回来，叫到身边就用篾片子收拾了一顿，打得孩儿长声吆喝叫唤讨饶，说以后再也不敢迟到旷课了。妇人听他做出保证后放下了篾片，这孩子规矩了一段时间。可是，有句话说，江山易改本性难移。过不了多久，他又去守茶铺听说书，回家吃过晚饭便自觉拿着书本在油灯下默读。妇人见他肯用心学习，心里便也欢喜。

一个晚上，孝庸在灯下看书，张志芬在一旁缝补衣裳，孝林熬了汤药端来，妇人喝下后一时心血来潮，想知道小的孩子学习上有多少长进，便要大孩子去考他。谁想，孝林把先生教过的诗文要小兄弟背读，这下让他露了馅，诗文念不出来，问他字许多都不认识。张志芬见状，才明白他拿着书在那里装样子，一下气冲上脑，喝声"跪下"，孝庸便应声跪在了地上。妇人拿起篾片在他身上打了几下，问他先生教的诗文怎么念不出来，诗文里的字怎的不认识，上课在做什么，平日他回家来还撒谎，自己只当他自觉拿着书读，没想是装模作样。孝庸听娘亲詈了这么多话，真的不知怎么回答。张志芬见他不作声，拿起篾片又打几下，痛得孝庸不出声儿，用手抹眼泪。妇人见着更加气恼，拿着篾片在他身上一阵乱打，骂道："你这用麻线提不起来的豆腐，怎么的就不说一句话？"孝庸抹着泪儿不搭腔，妇人气得手哆嗦。孝林看着劝娘亲莫要怄气，又去对小兄弟说："娘问你话，你就把内心想的讲出来，也省些烦恼。"孝庸眼泪巴嚓地想一阵，望着大哥抽抽噎噎说他不回话，是怕说了出来娘亲着恼，又来讨打。张志芬说："你好好地把话讲出来，谁恼你打你？"孝庸弱声弱气说："要是我讲错话，真的不打我？"妇人说："你讲真话，打你做啥？"孝庸迟疑了一会儿，说自己读书不好，学馆里挨板子，回家来挨篾片，便不想读书了。妇人说他不读书识字，长大了没出息，能做什么。孝庸眼皮眨了几眨，又不说话了。妇人问他想什么。孝庸说："我把话说出来娘亲不要怄气，也不要打我。"妇人说他不扯谎，便没事。孝庸说自己不读书将来也不是没出息。就像隔壁的李大毛与他兄弟李小毛，还有对门的张家兄弟……这孩子见娘亲看着他不出声，一连串地说了街坊上十多个没读书的孩子，说得顺嘴，把听过的评书也搬了出来，说《水浒传》里的许多武夫莽子没读过书，后来不都是英雄好汉？张志芬听着呵斥了一声，气得不行，想打他却手脚无力，说："我也不打你了，你就跪在那里，几时想清楚了再说。"妇人大概是累了，去自己房间床上躺了下来，接着让大孩子不要理会他兄弟。孝林听话，便也走开了。

张志芬本来病就没好，一阵气恼，打孩子又使了劲儿，躺着一会儿就迷迷糊糊打了个盹儿，等着睁开眼，见外屋的油灯亮着，起身去看，孝庸跪在地上靠着桌脚子睡着了，一副可怜的样子，她心中不忍，看夜色已深，便唤醒他去洗了脸脚上床睡觉。孝庸见娘亲饶了他，起身半眯半睁着眼地走路，过门槛时头在门框上撞了一下，清醒过来，去照着话做了。张志芬去桌边凳上坐下来，心里自是生出许多想法。大的孩子书读得好守规矩，因自己得病辍学在家里，小的孩子不好生读书在学馆里混着，自己一个妇道人家，操持家务都不容易，身体又不舒服，这事真的不知如何是好。想一阵儿，也没个主意，就坐着发愣，直到灯油干了芯子燃成灯花，才弄熄了回自己屋里，躺在床上没瞌睡，许多往事涌上心头，把自己弄得眼湿湿的。到了后半夜，心里起了个念头，觉得强迫小儿子上学也不会上进，只好由事由不得人。不过，已给了先生束脩，这学期便要他读完。过了，如是小儿子不愿读书，也就随他的意愿，免得花了钱他却在学馆里白混，生出些讨打的事情，一家人难受。妇人心念翻转，少了些烦恼，一会儿便睡着了。

就这样，孝庸上完了一学期的课，跟他哥在家待着玩。孝林内向些，平时在家帮着娘亲做家务，空闲了也看些诗文和古代小说，到了下午就要去茶铺站壁角听评书。孝庸性子野些，吃过早饭就出门去和街坊上一般大的孩子四处玩耍，有时过了中午都不回家，回到家饿得冷饭都吃，张志芬看着了骂他，起初他还听话，把饭煮热了吃，在家也要待些时候。久了，他吃过了饭，晓得娘亲要骂人，打个转就不见人影，妇人也没奈何，想他与邻居家的孩子在一起，倒也放心。孝庸有时大半天不回屋，妇人去邻居家寻问，定晓得个去处。只是，这孩子回家来难得说话，晚上睡觉前便要与哥哥闲话。孝林听了评书说《岳飞传》，便会讲些岳母刺字的事给他听。孝庸喜欢听岳飞的故事，接着也把自己听的《水浒传》里的人物、事情说些出来。孝林是看过《水浒传》的，听小兄弟说不全便要指正。孝庸不服，两个人常要为这些说不清楚的事争执，有时还吵架。张志芬听着过来便要大孩子让着些。后来，孝林明白与小兄弟口角的原因：许多话书上没有，是那说书人即兴顺藤子编排出来的。一天，小兄弟回家来鼻青脸肿的，张志芬问他怎么回事，他说自己跌倒地上碰的，哪知跟他一路过来的邻居小孩肖四娃牙尖嘴利，说他与李小毛斗鸡脚，小毛斗不过又生气，两个人打了起来。小毛打不赢，大毛在一旁看着过来帮忙，两兄弟合伙把他打了一顿。张志芬听了，拉起小儿子的手去李家评理，到了门口，两家人排开阵势，李家妇人从屋里拉出小毛，看见小毛头上鼓了一个包，擦了清油亮闪闪的。李家妇人朝着妇人说："你家孩子打了我的娃，我没上门问罪，你倒兴师动众先来了。咿呀，来的好，免得我走去你门头。"张志芬看着小毛头上耀眼的包儿，气势收了一些，说："两家小的孩子打架，你家大的孩子怎的动手帮着打？"李家妇人"喔吆吆"拖了下声音，说："当哥的看着自家兄弟挨打，出手去拉了一下，也是想将两人分开，怎么说是帮着打架？"张志芬说："又是挥拳头又是脚踢的，不是帮着打架是什么？"李家妇人问："你看见了吗？"张志芬说："我没看见，有人看着的。"她想找肖四娃做证，四下一瞧没寻着影踪。这时，看热闹的街坊多了起来，有人出来相劝，说："两家的娃儿都受了皮外伤，大人吵一阵儿也没用，各自回去敷汤药好了。"一旁看客里有人顺着话说："小孩子吵嘴打架是常事，都是邻居，抬头不见低头见的，大家不要伤了和气。"张志芬听着话晓得事情一时说不清楚了，拉着小的孩子回家。进了屋，本想用篾片子教训他一顿，可看着他鼻青脸肿的样子又狠不下心，只好要他去屋墙边跪下。孝庸在外面挨了打，回到家又受罚，一肚子委屈没处诉，哭都哭不出来。跪到吃晚饭的时候，妇人才叫他起来，问他为什么被罚跪。孝庸点头说："不该与别人打架。"妇人问："以后还去不去与人动手动脚、惹是生非？"孝庸说："听娘亲的话，以后不和别人争吵打架了。"张志芬听他答对了，这才让他上桌吃饭。这孩子受了教训规矩了几天，过不久，大人还没气过，两家孩子又相处在了一起。

这样，冬去春来，时光到了一九三一年。这年，妇人的病慢慢将息着差不多好了，一家人的心情也跟着好了起来，觉得日子都过得舒畅些。孝林有了十六岁，孝庸也有了十一岁。也就在这年的九月十八日，日寇攻打了沈阳的北大营，很快占领了沈阳城，没过多久，日寇又占领了东北三省。全国人民掀起了抗日浪潮，集会游行要求民国政府抵抗日寇。可是，在执政者攘外必先安内的主张下，国民政府军队与地方军阀队伍忙于围剿共产党领导的红军。九一八，从这个悲惨的时候开始，许多东北人离开了自己的家乡流浪，从关外到关内，四处流浪。有一天，孝林与孝庸走在路上，看见了游行队伍，两个人便跟着走了。一路上随着大家呼口号："还我河山，大家行动起来，把日寇赶出去。"到了皇城坝，那里聚集了很多人，有学生、老师，还有民众，不少人在演讲，还有学生在演话剧，控诉日寇的残暴罪行。很多人围着听，围着看，群情激昂地跟着呼口号。兄弟二人到了下午才回家，把看到的事说给娘亲听，孝庸说自己长大了要去参军打日本鬼子。

二十九

过了一年，张志芬家的铺子停了租，几个月下来都没人来租铺子。妇人生病用了些钱，现在没了收入，一家人过日子紧巴起来。一天，孝林一早出了家门，一直到天黑才回屋，从口袋里掏出五个铜板交给了娘亲。张志芬问儿子去了哪里，又是哪里来的钱。孝林告诉娘亲自己去了城门东，在九眼桥边的码头上帮人扛货挣的工钱。妇人听儿子是做工挣的钱，放下心来，问儿子怎的晓得去那里挣钱。孝林说是茶铺一个听书的朋友告诉自己的。妇人问那朋友人怎样，又是怎么知道桥边码头能挣钱。孝林说朋友比自己长一岁多，对自己好的，听茶客说起码头做工能挣钱，来相告，二人便约着日子早去，走到码头，看见一个戴眼镜的老汉在发竹签，问旁人后晓得领了竹签后有活做，这才领了竹签干活挣得了几个铜板。张志芬看了儿子一阵儿，觉得儿子能挣钱顾家，心情上有些欢喜。可想着儿子刚满了十七岁，身子骨才长定型，担心他做的活累人，叮嘱他活重了做不下来别硬做，千万不要伤了身体。孝林点头说："晓得。"为了要娘亲放心，接着说，"码头上做工的人都还好相处，见着我二人身体瘦小，做事情上也不勉强。况且，那戴眼镜的老汉在一旁看着，用毛笔在草纸上划横竖做记号，力气大、做活多，挣的铜板也多些。"妇人颜面上有了些笑意，问儿子中午怎么过的。孝林说："用一个铜板买了一碗饭吃。"妇人问："吃白饭没菜？"孝林说："卖饭的婆婆夹了一撮炒黄豆芽。"妇人说："你要做工，饭要吃饱。"孝林听着话点头，告诉娘亲："明日还要赶早去，如是去晚了领不着竹签是没活干的。"妇人问："为什么去晚了找不着活干？"孝林说："码头上有舵爷，手下有一批人，竖着帮派占地盘，谁要是不守他规矩找事做，定有人来找碴，弄不好要挨打。"妇人听着话又开始担心，说："这么野的地方，就在家里不要去了。"孝林说无妨，自己去做了工的晓得路数，绝不去讨麻烦，劝娘亲不要操心。妇人听儿子这么一说，心里的话闷在了肚里。世道云：天无路，地无路，棒槌按到活路做。有什么办法呢，家里没一点收入，屋里的积攒吃一点用一点也就少一点，长此下去不是个办法，会坐吃山空。现在，儿子大了能挣几个铜板回家，中午还在外吃一顿饭，说不定是以后谋生的法儿。像自己这样的人家，在过日子上吃得补药吃不得泻药。可见，妇人当下的念头已不是早先的想法。以前呢，想儿子长大了去经商，孰料生活上的难处横在面前，找个事做都不容易，哪里还敢去胡思乱想。第二天，妇人早起做好饭，让大的孩子吃得饱饱地出门，这才慢慢收拾着，待着小的孩子起床后一同吃过饭，又去把灶头收拾好。孝庸吃过饭后出去找邻家孩子玩耍，她锁了屋门，小脚摆簸地到家附近的纸火铺买了香蜡，去了庙里，燃蜡烧香后在菩萨像前祷告，请求菩萨保佑她儿子在码头上做工平安，求自己一家人都平安。之后，一个人恭敬虔诚地跪在蒲团之上，磕了三个响头。

张志芬自从孝林每天能挣几个铜板回家后，生活里有了这么点收入的拉扯，一家人的日子又好过了些。可能是人闲了生念头，过了两月，妇人心里起了一个想法，觉得儿子都长大了，日子不能混，便有心要为大的孩子相门亲事。一天，妇人在屋里悄悄把积蓄拿出来数了一遍，这些年俭省着用，这病那痛地花钱，经挡不住抛撒，大洋还有二百三十来个。这下，她心里都暗暗地惊了一跳。怎就没啥大抛小用，钱就三文不知二五地剩了这些，今后的日子长着呐，怎么过？世人积攒为的是将来，埋着银子、囤着谷子都是这个念头。因为谁也猜不透自己以后会有什么遭遇，处境上会是哪般光景。存些钱和实物以备不时之需，家境顺时当积累财富，如是遇着贫困来时即可解急。可是，平民百姓的又怎能存得住钱物。就如妇人家里一般，丈夫在时做生意能赚些钱，这边大把钱来那边大把钱出去，生活上倒也光鲜。打从她没了丈夫自己撑起家务，日子便像走下坡路似的，生意做不下去，租铺子收租金，这里用钱那里花费，连着病痛一股脑儿都来了，最后铺子都没人来租，家里一个子儿的进项都没了。日子好歹过到大的孩子能做工挣钱，这时拿出积攒一清算，内心着实空白了一下，多少钱用在了哪里，一时半会怎么也想不起来。她茫然了一阵儿，想起了隔壁住的苏二嫂来。苏二嫂的丈夫是拉黄包车的，夫妻俩有三个孩子，大的女儿与自家小的孩子一般大，小的两个男孩一个七岁一个五岁。这苏家的生活来源靠苏二嫂的丈夫拉车的收入，过日子就像现剥现吃的笋子一般，拉车的趟子多，能多挣几个铜板，今天吃了，明天还有钱买米熬粥，要是一天没拉上几趟车，挣的铜板少，吃过了今天，第二天早上就能听见苏二嫂家孩子饥寒的哭声。苏二嫂有个法子，没钱买米会向邻居借钱，也曾向妇人借过，借的钱不多，够买煮两顿米饭的钱足矣。这苏二嫂是个有骨气的人，借过的钱，等着丈夫挣得铜板回来一定是要还的。上午借的下午还了，说不定第二天上午又来借，周围的邻居几乎都曾被苏二嫂反反复复借过钱，晓得她守承诺，街坊邻居的倒也肯相借。其实，街头巷尾邻里间像苏二嫂家这般处境的人家多了去了。生活之中有很多事是要学习的，别人怎么做，那就是样子。今天没钱买米了，你去他家借，要是哪天他家没钱买米，也会去你家借的，彼此间就有了交情。还有，人们从事体力与各种手艺劳动，挣铜板养家糊口，有各自的经历，也有各家的经历。可以这么说，这些经历是相通的，能感觉得到。当然，人们在劳累之中有美好的愿望，可在生活的现实面前，各种各样的愿望会逐渐消失，梦想成真的又有多少？就如妇人，在她心里为两个儿子设想了那么久，到头来还是落入生活的窠臼。在大的孩子把挣得的铜板交到自己手里时，心上有种说不出来的感觉。有了收入，欢喜是有的。可没如自己的意愿，心里有些高兴不起来，总觉得欠着什么。所以，妇人在盘点完积蓄之后，心思乱了一阵儿，一时间也想不出一个主张来，就坐在那里发闷。还好，她活了几十年，生活上也经历过了许多的困扰，晓得有些事想不通放一放也就过去了，以后的事，欢喜忧愁的谁能料想得着。愁也是一天，开心也是一天，人活着，总是要生活下去的。这般一想，她把数过的大洋装进罐子里藏了起来。

　　一天，张志芬去了老屋，妯娌四人坐一处闲聊。自从妇人守寡后，妯娌四人除了见面说些话，平常难得聚在一起。尤其是那大妯娌张少兰，与妇人打过招呼便少言又少语。只是夏荷一脸高兴，对妇人多话起来，使得妇人有了伊人下顾的感觉。闲话一会儿，二妯娌刘素贞告诉了妇人大侄儿说了一门亲事。妇人听着话应了心里的念头，大妯娌家的孝安比自己家孝林长两岁，现在都说了亲，便想讨些法儿，也好捡模学样地给自己儿子说门亲事。只是，她担心直截了当地说出来惹笑，就不好意思说出口。说实在的，每个人都有虚情，好多意思隐埋心底。就这样，妇人有心说事，装得乐趣兮兮的，要让旁人看不出自己在设问解惑。先对夏荷说声恭喜，接着问女家做什么的。夏荷听着好言爽快，笑着说："女家在北大街开柴火铺的，派人去看过了，生意还兴旺，人家也过得去。女孩上过学堂知书达理，听说人样子好面相。"妇人听过话"哦哟"一声，说："大侄子好福气，遇着这样的人家。不知是何处的媒人，肯这么办事。"夏荷听着话乐陶陶地，说起话来如流水过石头滩惹出一个浪花接一个浪花般地连绵不绝。她告诉妇人："请媒人就得花钱，花了钱便要请传说做事忠恳的媒人。什么是传说做事忠恳的呢？就是说过了几宗亲事，人家都能满意通达的。尤其是两家难照面，婚姻之事，媒婆那张嘴最是关键，说出话来是好听，要是被她哄了，喷嚏都打在自己身上。所以，请媒人说亲定要谨慎，千万不要被她花言巧语诓了。"这夏荷说得上劲儿，一口气说下来说得嘴里唾沫星子飞。二妯娌刘素贞一笑，问她："请媒人花了多少钱？"夏荷撇了撇嘴，说："出钱请媒人是自愿的事，有给五十文钱的，有给一个大洋的，也有给几个大洋的，还有给更多钱的，都凭着各自的意思。不过，有句话说得好，'钱多差勤'。我与孩子的爹商量过，给媒婆是五个大洋，等着办喜事那天再给她封个红包。"妇人听了话，问："相好了女家准备下多大的聘礼？"夏荷说："这事也与孩子的爹商量过的，人家好不容易养大女儿，聘礼自是不能简单，少说也得封一百个大洋，备些绸缎、布匹才能过得去。"妇人在一旁听着话，内心就有了想法，如夏荷那般说来，自己家积攒的钱哪里够使唤，怕是送聘礼都要用去一半，后续的事不知还要花费多少。她有了心事，就木着坐在那里，至于夏荷后面说的什么便没听进耳里，直听着二妯娌刘素贞的咳嗽声才回过神来。下午的时候，张志芬回了家里，就坐在椅子上想这事，心情很是郁闷了一阵儿。后来，她想透了，大妯娌家有钱，自然是那般说话；而自己呢，思维方式还停留在过去的生活里，每当做事情都会想着从前老屋里过日子的景象，却没想到自家现时的处境。唉，家穷了还是以往那般的心气来做人，怪不得事事不顺。自古道，"多大的肚，穿多大的裤"。富人家有富人家的照壁，穷人家有穷人家的架蓬，生存的方式不同，生命的路线一致，都是从年少奔向老年。如是穷人家去羡慕富人家的事情，那只是眼里看着的东西。可以去想，可以去追求，毕竟得过自己的日子。有句话常爱念叨，"实用不能虚哄"。要是把自家弄得一塌糊涂地过一生，老了来抱怨生活欺骗了自己，结果是自个儿误了自己的生活。这般想来，妇人的心思安分下来。既然日子过穷了，就该穷打算，今后过日子也实际些。便是要给大的孩子说亲的事，也不急这一会儿，等些时候去找媒人提及。有个话她信夏荷说的，"多给媒人点钱，找个门当户对的人家，生活里少些烦恼"。妇人是个迷信之人，念着事就要去庙里烧香拜佛，相信冥冥之中都有个安排。去祷告，一颗心虔诚得很。

三十

到了秋天，张志芬请街上的王媒婆替儿子说了一门亲事，女家是做打锅盔买卖的。老汉李长本，在自家门外支了锅灶，天亮后下了门前铺板，然后架起案板揉夜里发好的面团，敲打擀面杖做起事来。由于老汉本分，打出的锅盔实惠，买他锅盔的人多。虽说是小本生意，一家人的温饱倒也过得去。这李老汉打锅盔卖，妻子刘淑兰就在屋里做家务，买卖忙时也来帮着揪面团、卖锅盔、收找铜板。夫妻俩有四个孩子，两个女儿大，两个儿子小。大女儿已嫁人，二女儿满了十九岁，便找着王媒婆放了话，选个合适的人家。恰巧，遇着妇人来找媒人给大的孩子说亲事，期遇不如现成，王媒婆给两人捉了对儿。接着，在两家来回走了两趟，递过生辰八字，属相不克，妇人就是嫌女儿家比自己的儿子大了三月。王媒婆说自己就比丈夫大了半岁，大女护男，有什么不好。妇人没话说，给了媒婆三个大洋，问："女儿家如何？我能满意，一定给你封个大红包。"王媒婆见妇人出手大方，悄悄地说："你去陕西街打听李锅盔，看见了他二女子李贵花，不满意可以不下聘礼，我给你儿子再说门亲事不收钱。只是，好事不可二求，就难保证能相得过这门亲事。"果然，妇人托人去打听了一番，回话说媒婆讲得实在，这才下了三十个大洋、一匹蓝布、两小坛益州老酒的聘礼，两家人择了黄道吉日，约定好在过年后的正月十九那天成婚。日子隔得不远，妇人回家后就开始筹措此事。她要给一对新人布置新房，又要操办床上铺被，还要在结婚那天摆几桌酒席请亲戚近邻，一连串的事情下来，这些都是要用钱的。妇人盘算过，照自己的安排，家里的积攒至少要用一半。想到这里，她心里有些愁，今后的日子怎么过？小的孩子将来也是要花钱的，最让他扰心的是大的孩子做工的事情。她觉得，儿子在码头上干活没保证，靠着别人做事挣几个铜板，靠不着别人也就没事做，整天玩耍一个子儿都没有，如此怎好养家糊口，该去学一门手艺才是。自古道，"天干饿不死手艺人"。管他是篾条匠或是瓷器活儿，做着也是一个长久的生计。一天，妇人与儿子说起这事，孝林听后想起在码头上有时候与人抢活干，吵嘴还打架，也觉得娘亲说的话在理。母子俩议了一阵儿想法达成一致，等着家里办过喜事后再来商量此事。

这样，一家人有事情忙活，时间过得就快了，过了初一十五就到了成亲的日子。这时，张志芬给儿子的婚事也准备得差不多了。以前自己住的屋子腾了出来去住里屋，小的孩子去住了阁楼，请泥水匠用石灰把几间屋粉刷了一遍，刷得白亮亮的。以前自己睡的雕花大床也腾了出来，见着漆色旧了，又请漆匠来把大床、柜子、桌子、凳子一通地油漆了一遍，弄得屋里新色斑斓的。接着去置办了床上的铺盖帐被，还给自己与两个儿子一人缝做了一套衣裳。想着以后婆媳好相处，给要过门来的媳妇准备了一节好缎面布料，还准备了一个十个大洋的红包。这么一来，妇人积攒的大洋用了不少，接下来，还要预备几桌酒席钱及一些零碎的花费，等着儿媳妇进门，也不知积蓄里的钱还能剩多少。张志芬在给儿子筹备婚事前心里就愁着钱的事，可在给儿子操办婚事时，用钱却很是舍得开销。她自己也是从女孩家当了媳妇后做了母亲，这过去的岁月里经历了不同的事，从而产生不同的想法，如是没钱，不得吃不得用也就过去了，倘若是有钱，舍不得吃舍不得用，说不定哪天屋里头的人会抱怨。这种心情，她自己有过。因此，她在操办儿子的婚事上，也是仔细思量了的，钱多有钱多的排场，钱少有钱少的台面，就是要把事情做得大家心满意足。所以，她把钱计较得紧，花费起来却不是那么省俭，该花该用的她都尽量去做到，要把一场婚事办得喜庆，不想人前人后的落下闲话。为这个想法，她去老屋请教过大妯娌与二妯娌，还把三人请来观看，听三人都说事情办得齐整，心里才少了忐忑。聊了一会儿，说了些买瓜子花生闲嘴、放炮仗图吉利的话。妇人向三个妯娌讲了自己的一个想法，准备在新娘进门后在瓜子花生里放几十文铜钱一同抛洒。夏荷听了话劝她，说："自家儿子结婚也曾这样想过，后来被孩子的爹挡着了，说这么做，不知道的人看着以为是有钱撒漫，要是知道的人瞧见就显穷大方，大喜的事，何必惹旁人嚼舌根子。"张志芬听着这话有些不是滋味，可瞧着夏荷一副真诚谏言的样子，也只得露出三思的表情来。夏荷告诉妇人："去女方家接新娘子会遇着些亲戚装不愿意，何不将要撒漫的铜钱按吉数封成红包相送，礼轻情意重，合情了世俗又合情了礼节，大家欢喜一场，以后亲戚走动也是先有过礼来的，见着面自然亲近些。"妇人听着话有道理，说："就依了这法儿。"夏荷笑了，还没说话，刘素贞问起妇人办酒席的事。妇人点头说准备了，并告诉二妯娌要办五桌酒席。张少兰问是不是请厨子来家做席。妇人撇了撇嘴笑一下，说："先是这般想的，可屋子窄，哪里去生灶安锅排桌顺凳的，只好去路口香之味饭馆设了酒碗，到那时，我可要请你三个人好生喝一杯。"张少兰说："那时我要拿大杯子与你喝，看你怎么应酬。"说过笑，四个人又唠了请柬帖儿的事后，众人才告辞回了家去。

等到正月十八那天的晚上，妇人家热闹了起来。神龛子上安排了先人牌位，燃着两筒红红的喜烛，母子三人都穿上了新衣裳，等着亲戚家来祝贺。孝林腼腆腆地站在神龛子前，等着长辈来给他挂红。什么是挂红呢？就是亲戚家长辈送的铺被缎面挽成一朵花后系着两头斜挂在新郎身上，那朵花喜滋滋地要露在胸前，并且在与新郎挂红时说些四言八句的吉利话。新郎的舅舅，两个叔叔与一个姑妈，还有上辈几家连襟里见过面的长辈，排班序列向他祝福。接着，同辈的叔伯兄弟姊妹及表亲兄弟姊妹与街坊邻居都来朝贺，有送喜礼的，有瞧热闹的，妇人家屋里屋外人来人往便是景象，送祝福的嗑了瓜子剥了花生、喝了茶水，到了夜深才散去，留下了几个亲戚后生明天跟着新郎去接新娘子。挨着半夜的时候，妇人煮了一锅饭，烧了一盆带肉星子的白菜，众人简单吃过。妇人困顿，与留下来帮忙的二妯娌刘素贞去里屋歇了。几个后生与新郎说闲唠嗑，熬不过夜的去阁楼上打了通铺。

第二天早上晨曦微露，妇人与刘素贞就起来去灶上忙活，把昨天就做好的几样蒸菜上了蒸笼，待到香味与炊烟袅绕，才又去烧火淘米做了一甄子饭，炒了四样肉菜，等着新郎与几个后生收拾妥当，便把四样蒸菜、四样炒的肉菜端上桌，甄子饭揭了盖，众人打一处吃将起来，饭菜合口，味道适意，一团和气。饕餮般吃喝过后，稍息片刻，王媒婆领着两个唢呐手与两个轿夫，抬着一顶花轿来了。新郎便戴上簪花郎帽，佩戴了胸花大红绸带。算着时辰到了，几个后生去门前燃放了一大盘炮仗，两个唢呐手鼓劲吹了一曲《花儿媚》，迎亲的队伍行进起来。王媒婆前头走了，几个后生簇拥着新郎随着其后，紧接着是两个唢呐手，跟着是两个轿夫抬着轿子，一行人去了新娘家。媒婆熟路，众人在她的指导下走大街穿小巷。后生们走得快，媒婆走得慢，只好随了她的速度节奏，迈着浩浩荡荡的步伐前行。从东大街过来，再走过盐市口，顺着东御街又西御街，一路搋些时候来到半边桥，过桥走些路，左拐到了陕西街，再走些路来到一户人家前。门儿开着，王媒婆说一声"到了"。早有人望着进屋报信，迎亲的队伍刚驻足，屋里出来了几个后生点燃炮仗放响，跟来的两个唢呐手使劲吹起迎新娘的曲调，王媒婆先进了屋，待鞭炮声响过，乐曲声吹得悠悠扬扬地不亦乐乎，迎亲的后生拥着新郎要进屋去，屋里出来几人拦在门前。后生们拥着新郎不得进屋，只得说好话、打拱又作揖，最后拿出准备好的红包送上，屋里的人还有些不情愿。有这等空隙，后生们见机拥着新郎"轰"的一声进了屋，屋里的人才散开了。要瞧新娘，这家住屋三进，新娘在里屋等候。再瞧，外间屋里摆放了一张八仙桌，四周各放了一条长板凳。这时，新娘家的兄弟姊妹从里屋出来几人，招呼迎亲的后生们围着方桌坐下，接着上饭菜。这顿饭是快餐，等事不等人，应酬也就简便。后生们去围着方桌坐时，大舅子李贵生迎迓姑爷进了中间屋里，拜见老丈人岳母娘。要拜时，新娘蒙着盖头被人拥着从里屋出来，与新郎一起做了这场礼仪。礼毕，长辈中有人拿出一段扎了花朵的红绫，一头由新娘拿在手上，另一头新郎握着。这当儿，屋外又放响炮仗，两个唢呐手使劲吹奏起《新婚忙》的迎亲曲调，一时间人头攒动，看新郎牵着新娘出屋，喜洋洋地扶新娘上花轿。这期间，新娘家的几个兄弟姊妹忙往三架鸡公车上放陪奁。打锅盔的有多大的本钱，一架车上放了个大竹筐装家什用品，一架车上放了铺盖帐被，一架车上放了一个柜子。王媒婆得了红包，自是不敢敷衍，按着规矩行事，等着新娘坐稳轿子，迎亲的队伍与送亲的队伍汇合一处，一阵喧哗后起轿出发。迎亲后生拥着新郎走前面，跟着两个唢呐手。花轿随后，媒婆护在左右，轿后是载着陪奁的三架鸡公车，再后是送亲的队伍。两个唢呐手与两个轿夫得了新娘家的喜礼，轿夫把花轿抬得四平八稳一点儿都不颠簸。唢呐手换着曲儿吹，好快乐的一行人。快到中午，新郎迎新娘到了新郎家门前，此刻，早有人候着，放响了炮仗，两个唢呐手见势又放力气吹曲儿，周围团转气氛热闹，王媒婆扶新娘款款下轿，递上了红绫一头，由新郎牵着进了家门。张志芬已在点了红蜡的神龛前的椅子上坐着，众亲戚站在两旁，孩子的大伯立在神龛前向着新郎新娘唱礼仪，拜天拜地拜娘亲又夫妻对拜，新郎牵着新娘去了新房。之后，两边亲戚应酬过，送亲的亲戚把陪奁搬进屋里，一阵忙碌下来，妇人家的亲戚招呼来朝贺喜事的人们一道去了街口的香之味饭馆。媒婆得了红包说声有事走了，两个唢呐手与两个轿夫拿了工钱说还有活做也走了。新娘蒙着盖头坐在新房的床边上。这天，老太太包素娥参加了孙儿的婚礼，被众人搀扶着去了饭馆。张志芬与二妯娌刘素贞留下来看屋，待会儿自有人用提盒送饭菜来。

三十一

众人一道闹哄哄地进了饭堂，一阵招呼应酬后围桌而席，一桌摆上了一壶酒，就等跑堂的上菜。妇人留在了家里，他大伯贵才做了礼仪，客套了一番，话音刚落，几个跑堂的就端菜上桌。先传了四样冷碟，一盘红油鸡块，一盘麻椒干肉，一盘酱拌春笋，一盘香卤牛肉，盘中摆式多花样，辣麻香咸味道足。自古道：上桌不吃够，不如在家怄。众人见着桌上来菜也不谦虚了，端杯举箸忙个不停。这边大家吃菜，新郎在两个叔伯兄弟的陪同下轮桌敬酒，先敬老辈再敬同龄人。是乎习俗，将进酒，他人都找些乐子逗趣，弄得新郎脸红，一桌一桌过去，也捱些时候。那边厨子跑堂的忙着一处，掀开蒸笼盖，小盘换大盘。俗话说：好把戏，萝卜端开肉又来。继冷碟之后，上了一盘油焖蹄髈，颜色红亮，吃在嘴里香软酥糯。随即又端上一盘米粉蒸肉，肉片有厚度有宽度有长度，片片蒸得过油透亮，筷子夹起来打着颤儿，入口就香喷喷的极滋润。紧接着上了一盘豆瓣鱼，烹好的鱼儿整条卧在盘中，红里亮油，那豆瓣的香啊、鱼肉味就鲜出来了。跟着上了一盘烧什锦，菜色品种繁多，汤汁清淡味醇。恰时，厨子做菜，提味全靠吊汤，菜品出来鲜香可口。遇着好厨子，便有好口福。只是，一个厨子从徒弟做成师傅，老一辈的又能传授多少。行业里有句话说得惨淡：教会徒弟饿死师傅。于是，师傅做菜，徒弟就在一旁看，有时师傅高兴了指点一下便是造化，若是不高兴时去问，弄不好半天没个答复，脾气躁的，说不定还要骂人。一般徒弟学业都是三年，有的时间更长，得要自己学手艺时去用心体会，还要累月经年地磨练功夫，做出菜来才能说得上菜肴。如是愣木愣呆的人，不知要学几个三年才能出头。再者，做的菜出来少得多不得，这点奥妙要牢记心中，那就是"啬香"二字。想想也是，一份菜多得让人使劲吃，就由心闷到胃里去了，要是一份菜刚尝着好味就没了，是不是寻着香气都还要去？这便是做厨子精明的地方。世上什么最香，就是啬味了香。再者，经营之

人家（上）

199

道两将就，有了利润也要主顾满意，只要肯出钱，就做你想吃的菜。

妇人定席桌是预约好的，不做山珍海味，却是平常佳肴，花钱不多，席桌上要见着鸡鱼。这上了凉拌鸡，上了豆瓣鱼，也是菜品应对了价钱。再看众人吃相不敢恭维，都被好菜好味滋润了，各种姿态各种样子。吃菜的夹一观二，牙齿嚼得鼓腮；闹酒的脸红筋胀，去逗新郎喝酒。这场酒席热热闹闹。厨子与跑堂的也有意思，菜上到这时停了一会儿，才又端菜上桌，一盘辣子肉丁，一盘韭黄肉丝，一盘白油肉片，一盘肚花新蔬。这盘肚花新蔬是让灶上厨子叫绝的好菜其一。吃得着的晓得味儿鲜美，吃不着的只好当听传说。厨子做菜，先刮去丝瓜皮上的胭脂，再掏去丝瓜内瓤，瓜皮子改成小块，切成梳子形状氽水漂起，肚子里打荔枝花刀再切小块码料。锅里放油烧滚，放肚花下锅翻炒几下，放姜蒜粒，放丝瓜皮进锅里颠簸几下，放些高汤勾芡，撒葱节起锅装盘。这盘菜肚花白滑、丝瓜皮绿脆，牙齿轻轻地一嗑，肚花分裂般地散开在嘴里，一二下没了，留下了味儿在心里。丝瓜皮沙脆，吃着清香心爽。众人见菜好吃，谁肯落后，正在急骤间，上来一盘椒盐花卷，一盘肉馅包子。包子的馅用猪五花肉连皮切成小丁，落些葱花、放些盐，再放好汤、勾些酱油和匀做成，包子蒸好后面皮上沁油，咬上一口，肉馅散酥酥的，窜出来的香气简单直接，骚动肠胃，令人欲罢不能，一气呵成吞下肚子，想再吃一个，去看桌上盘儿光光哪里还有，只好留下思念。传说做包子的厨子后来去了半边桥开了包子铺，包子好吃价钱相宜，生意好得不得了，尤其是那些拉黄包车与拉板车及下气力的劳众喜欢打上三二两酒去那儿买三五个包子，吃过后人舒服了，做活有劲儿，拉起车来跑得飞快。当然，这些事都是听说的。便是这当儿，众人吃过包子正搅舌哒嘴，看跑堂的端上了一海碗黄花白菜圆子汤，晓得席上的菜完了，讲起礼来，有次序地谦让着拿汤匙舀一坨圆子几匙汤在自己碗里吃过，才纷纷起身，端着碗去甑子里舀饭，待回到桌边一看，跑堂的已端上了一盘鲜泡的胭脂菜，一盘炝炒黄豆芽佐饭。又一阵吃喝，酒足饭饱放下碗筷，有的要回家去，向新郎拱手贺喜后走矣。新郎自是作揖回礼送至饭馆门前，还没停下脚来，就被闹酒的拉回桌边劝吃劝喝。有吃过饭留下来看热闹的，自在旁边起劲。新郎先前敬酒，两个叔伯兄弟陪着敬酒，差不多都替着喝了，这时都喝趴在了桌边上。闹酒的都是亲戚家与邻居家的后生，酒也是喝得醉醺醺的了，一个要敬酒，几个随着就来了。新娘的大兄弟看姑爷已喝得酒酣，怕他再喝醉，站出来要替新郎喝这一杯。闹酒的几个正在想花样，见有人掠阵，一下子来了情绪，这个敬一杯、那个敬一杯。这大舅子连喝几杯，晓得遭了围攻，碍着初次见面，有些话又不好论尽，只好退过一旁。送亲的后生里有人不甘示弱，出来一个搦杯的，几人依着阵仗，觉得占着了便宜，哪里知道，这送亲的后生想着吃过酒席还要走路，替新郎喝了一杯便没再多喝了。本来，女方家的人到男方家做客，说话做事都要讲个体面，再者，送亲回去后新娘家里还备有一趟酒吃。没想到众人吃过酒席来向新郎告辞，遇着热闹凑兴，这人喝了几杯下来，又来一个端杯的。闹酒的几个，虽说是众人去劝一人喝酒，可自己也是要喝一杯的，连喝三杯下来，先前又是放开肚儿喝了的，弄得酒意上来头昏脑胀，去坐板凳都要用手摸索。旁人一看，晓得是喝酒上头了，哪个还敢再劝。大舅子与送亲的人儿向新郎告辞，去了妇人家里，与亲家母说了一番客气话道别，一行人推着鸡公车走了几步路，老远看着新郎被人扶着回来，那几个闹酒的遁得个没踪影，想必是喝醉睡觉去了。

新郎被人扶着进屋后坐在了椅子上，一嘴酒气咕哝个不停，说的什么呢，一旁的人都没听清楚。他老舅问他说的什么。他耷拉着头，喉咙里一阵响，眯着眼睛。过一会儿才又听得他的咕哝声，他姑姑问他说什么。他耷拉着头，一会儿睁开了眼睛，说自己要写诗。起始大家都还没听清楚说的啥，后来听清楚了都不由得乐。他大伯问他："要写什么诗？是五言还是七律，先念出来大家听听。"新郎晓得众人在说他，嘴里咿呀呜一阵儿，旁人一个字都听不清楚。他二伯乐着，说："人醉了，真性情出来了。"妇人看着儿子这副板像，忍不住扑哧了一声，怕闹笑话，叫人把他扶进了里屋去。就这样，妇人便与亲戚们唠嗑说话。他大伯说："大的孩子成亲了，弟妹也省些心了。"妇人说："事情过了一件，还要给小的孩子筹备呢。"他大伯想妇人说的是实话，便不作声了。一旁的二妯娌说："大孩子都成亲了，今后要撑起这个家，你总是可省些心的。"妇人一笑，说："我倒巴不得这么想呢。"大妯娌张少兰问妇人："大孩子结婚后，生活上有什么打算，难不成还是去码头跑滩挣钱？"妇人听着话心里就犯怵。其实，亲戚家的都晓得这事，以前也说起过，都已实情相告了。今儿大妯娌说起，不由得闷了一下心思，才把前不久与儿子说过的话讲了出来。他大舅听了话问妹子："你有一家铺面，怎么要儿子去学门手艺过日子？"妇人听着话心里就想摇头，自家的处境又怎好说透。况且，说出来了又能怎样，想要别人帮你，自己没那个条件，别人又怎样帮你？亲戚家的，大家过年过节在一起吃顿饭，说些不干紧要的话散散心，有事打个照面，便是好情分了。至于经济上的往来，谁家没有一本难念的经？自古有句话：一根牛尾巴遮个牛屁股。其实，妇人以前就想过，儿子大了去做生意，可是，过日子的这用度那花销的，本钱都开支得差不多了，这事又怎么去想？若是说着借钱做生意翻本，亲戚家的说个没有，以后见面说话都难了。还有，向亲戚家的借钱，就是肯帮衬，前日里借后日里还，要是事情做不好，又拿什么来给他？一天到晚怕见面，老远看着人都要躲，过日子又怎么顺心？当然，这也是妇人心思里硬气的想法。到底是说归说、做归做，说起来都是惹得自己心里痛。有什么办法呢？生活都这样了，好歹也是过。张少兰见妇人闷着不出声，想着是自己把话逗起来的，便把话扯开了，问起新娘子的事来。妇人说媳妇进门来还没揭盖头，晓得个啥，接着把王媒婆告诉的事情讲了一遍。看着几个女人说话投机，他大舅与他大伯及他二伯是熟悉的，约着要打牌。妇人去把牛骨头麻将牌拿出来，又找了个人凑角，说好打四圈收场，呼了赌注筹码，接着丢骰子搬庄，之后稀里哗啦地搓起牌来。这边，妯娌四个悄悄说起结婚生子的话来，捱到时候，妇人是准备了菜的，三个人去灶房弄将出来，众人吃过了，亲戚家这才告辞走了。留下的几个后生，本想要闹洞房的，等到天黑后去新房门外装狗装猫叫了好一阵儿不见动静，也就陆续散去。

原来，新郎先在里屋的椅子上迷盹了一会儿，不知何时蹒跚着去了新房，糊里糊涂揭了媳妇的盖头，人还没看清楚，醉意上头便倒在床上昏睡过去了，直到听着鸡叫才醒过来，看娇妻靠着床头打盹儿，面皮白净、楚楚可人的样子，心里涌上爱意，伸手去梳理她头上散乱的头发。恰时，新娘睁开眼看见丈夫的动作，羞涩得不行，一声嘤咛就被郎君抱在怀里，两个人倒在了床上。但这么大的孩子做了丈夫，对男女之事一点都不在行。读过《诗经》，晓得"窈窕淑女，君子好逑"，但怎么个"好逑"，也只是自己心里的猜想：在美人眼前，有男子汉气派地说出喜欢的话来博取芳心，只要红颜不恼去一边；也可厚着脸皮跟过去唱山歌吟诗句，直要她眉目传情、两相喜悦，草上花间私许终身。后来怎么样呢？他记不起来。不过，他也看过一些小说本子，懂得字里行间搂抱亲吻的述说，虽说看的时候身体有些反应，但明白那只是文字上的描写，虽让人脑子里浮想联翩，可过后心里空落落的，就像看着画里的美人儿，一摸才知道，原来不过是张纸。当下，实实在在地抱着新娘温香软玉的身子，心里的欲望与热情迸发出来，着急忙慌地去脱衣解带。新娘子欲拒还迎，经不住拉扯上床拥着进了被子里。人有原始的本能。一对新人，情事懵懂，这时体会，未免莽撞。一阵笨手笨脚、摩挲求索，两人渐渐知情会意，弄到痒处，解笑识趣，光景就出来了。良辰美景，红烛照夜，云雨过后情意浓，交颈细语人婵娟，山盟海誓不去讲，要做比翼彩凤鸟。

三十二

孝林成亲之后，张志芬清点了手里的积攒，婚事花费后剩下的与收礼进来的合在一起，总共有一百七十三个大洋。想着要给小的孩子攒钱，把一百个大洋藏过一边，其余的钱另作一处，好备一家人生活之需。还有一件事情，妇人心里明白，这收的礼钱以后是要还礼出去的。只是，这都是以后的事，想来无用，只好将来岁月里去应酬。平静了几日，孝林夫妇新婚燕尔，三天后孝林陪媳妇回娘家去，大多时候在屋里守着媳妇不出门，待到吃饭的时候出来与大家照面。那媳妇懂事，新婚第二天早起拜见了婆婆，又去灶房里干活，对小叔子也知冷知热地照顾。孝庸会见机行事，"嫂嫂"前"嫂嫂"后地喊，新媳妇说他嘴甜。妇人看着李贵花样儿乖巧，做事又勤快，心里自是喜欢。想起儿子小时候前额突出后脑勺兀，有一回一家人去庙里烧香，遇着算命的与儿子相面说来着，"前额突啄金，后脑勺兀啄银，啄个婆娘喜纳人"。没想到，这话落到儿子身上倒也应验了。不过，姑子家有句话，"媳妇好不好，娶进门要过三个夏天才晓得"。只不过，妇人眼前过得去，便替儿子高兴。过了十多天，一家人吃过晚饭，孝林丢下碗筷就要走人，妇人叫住了他，媳妇知趣，收拾了桌上的碗筷去了灶房，孝庸晓得事不关己，出了屋去了邻家。母子俩沉默了一阵儿，妇人说了话，问儿子结婚都过去这些天了，之前说过做工的事，现下心里可有打算。孝林听了话，一时间不晓得说啥才好。结婚之前，娘儿俩说起这事，想着自己成亲又要花钱，体谅家境，便想去学一门手艺。可是，去学哪门子手艺，心里一点谱都没，就是有，也要看人家愿不愿意收自己做徒弟。妇人见儿子闷着不出声，说："你都已成家了，我不能在你背上刻'养家糊口'四个字，可你应该扛起这个责任。依着传统，等你挑起梁来后，我手上的事都要交由你来操持。"孝林听娘亲说的直截了当，就把心里的意思讲了出来，说自己去码头做事便想着怎么绸缪将来的生计。说实在的，家里已落到这般处境，要再去经商，一是没本钱，二是生意上的路数不知详，又怎么去念想得。有句诗讲得好，"无可奈何花落去"。这"无可奈何"四个字里，好像意犹未尽，仔细一想，便是一件事结束，一种心情上的惋惜。以家里现在的条件，如若重新去做生意，只会不好，他是断了这个念头的。然而，世上的营生之事芸芸，他看过肩上扛着长板凳，凳面一头绑着磨刀石，凳脚上捆着水竹筒，手里打着响串的磨刀匠，也看过背上背着大弓子，打着弦声节奏的弹花匠。他去铁匠铺边站过，看见烧红的顽铁被师傅与徒弟放在砧墩上，你一锤我一锤地敲打，叮叮当当响一阵变成物件。他感到神奇，心里就想起了小时候哼过的歌谣，"铁匠，铁匠，古老的行当"。此外，他去木匠铺门边站过，去瞧过补锅、补坛子的，也看过上房捡瓦、地上淘沟的，就是街上拉黄包车的他也看个不转眼，可该做哪样事，如他这般年龄老大不小的，去学门手艺谁又肯传教？所以，他自己都觉得难哪。妇人听了一阵儿，明白儿子说的是实情，又劝道说："进庙门不分先后，悟道总有早迟。你有这份心思，也算不糊涂。有言道，地荒得，人荒不得。既是想学一门手艺，也就甩开别的念头，青春年华的，正儿八经去跟个师傅。"孝林向着娘亲摇摇头，说："哪那么容易就找着师傅？"妇人说："花心逮不了二猴，心里有了主意，也就有了方向，这事情急不得也慢不得，打听着便有来路。"

娘儿俩说过这番话后，妇人起了心思。过了五六天，她去了哥嫂家里，说着话便把儿子的打算讲了出来。啥事都有个巧，俗话说："人帮人面前机缘，老天帮人哪都遇着。"张志高听了无话可说，可孝林的舅母吴淑仪听了话讲出一桩事来。她说："我三天前去亲戚家送礼，听说一个在油篓街开着篾匠铺子的亲戚，因徒弟娃学成手艺自个儿去开了铺面，便想找个人搭下手，要是大侄儿肯去，倒是可去通融情理。"妇人听了话心里一喜，脸上放出光来，连忙说："好事情遇着了，他前后正没着落，哪有不去的道理，劳烦当舅母的去说好成愿。"吴淑仪一脸笑意，说："都是亲戚家，便不讲见外的话。大侄儿的事，想来耽搁不得，我抽空过去走一遭，成不成的都给个回话。"妇人听了话，感谢声连说了两趟，仿佛还没个完。她哥在一旁见妹子客套紧了，说事情岔开话，问妇人："大的孩子去学手艺，小的孩子也不小了，也该为他的事做些打算。"妇人说："等大的孩子事情排定，接着就要操心他的事。只是，孝庸的玩心大，猴跳马绊的，不像他哥那么听话。"说过些话，眼看要到晌午，妇人心中有了事情，告辞了要回家。她哥留她吃饭都留不住，起了身要走。出了门，小脚着忙赶路，就想把听着的事情告诉儿子。在要走到家门口时突地起来念头，便不想把这事说与儿子听了。进了屋，家里人已吃过饭了，都以为她在舅舅家吃过晌午饭才回来，一个人几碗饭，连菜带汤地把锅里、碗里的饭菜吃了个干干净净。媳妇听她说还饿着肚子，忙去灶房烧水下了一碗挂面端来，用酱油、葱花、熟油辣子调味，放了一小坨熟猪油，妇人本来心里一团高兴，在众人面前吃得津津有味。

过了两天，张志高一家人来了妇人家里。这大哥自从妹子守寡后，但凡有事来妇人家，都要带上点礼，有时看见妹子难处，离开时会悄悄给一两个大洋。风吹落叶寒飔飔，鸟啼枯枝冷沁沁，天高垂云霾阴色，临歧话别语咽声。钱不多，足以慰平亲情，心里好过些。这次来也没空手，提了只烧鸭儿。进了门，妇人接着卤菜，睇哥嫂脸色喜容容的，心里猜有好事来了，连忙呼唤媳妇李贵英摆凳倒茶，提着鸭子进了灶房，拿出一个大洋要孝林去买壶烧酒，顺便买些猪排、割些猪肉、买一两样菜蔬回来。孝庸听着话，要与表兄弟跟着去。妇人便要孝林管着二人，一起去一起回家，不要耽搁，屋里等着做饭菜。安排妥当，急忙出来与哥嫂聊天。先说些闲话，才谈到正题。吴淑仪告诉妇人自己昨儿去了一趟亲戚家，讲起拜师学艺的事，亲戚家二话没说就答应了，说好了不给工钱，每天管两顿饭，三年满师后自己寻出路。妇人听了话喜上眉梢，热情满腔地，直向哥嫂道谢。她哥见状说兄妹家的不要客气，只要她过得好，大家都欢喜。妇人听着话收了口，便说起拜师的礼。吴淑仪说亲戚家是要吃酒的，可买两壶

烧酒，给师娘扯截布料，再买一盒糕点送去。张志高听着话说布
料他那儿有，叫孝林过来拿就是，免得费钱。他话说到这儿打了
一个哈欠，起身向着妹子和自己媳妇笑笑，说："你们先聊着，
我出去一趟，等会儿再来。"他说过话就出了屋，径直朝烟馆奔
去。妇人与吴淑仪说话，问起那师傅的脾性怎样。舅母说亲戚家
的是个闷头做事的人。正说着，孝林买菜回来，妇人便要吴淑仪
喝茶水，自己去灶房弄菜。这妇人有道菜做得好——排骨烧板
栗。先把排骨汆水后冷水洗净，再将板栗在锅里煮开，捞起锤壳
取仁，油锅里炸一下。接着，锅里放油烧滚，放排骨爆炒几下，
放姜葱蒜翻炒，放少许盐，再放酱油上色，放红糖炒一阵儿，掺
水烧开，放剥了皮的板栗，捂上锅盖，再去灶膛里架一根大柴，
烧得锅里收汁亮油，起锅装盘。这菜糖香味奇特，鼻里闻着，蠕
动喉咙，勾引肠胃。之后，妇人烧了一碗豆腐，炒了一碗大头菜
肉丝，炒了一碗回锅肉，煮了一碗圆子汤。想着老哥要喝酒，剥
了几个家里做的皮蛋，倒点酱油，放些熟油辣子，撒上葱花，拌
匀装了一碗，又把烧鸭儿砍成小块装了一大盘。

　　也是巧，几样菜刚端上桌，张志高就抽过烟精神抖擞地进屋
来，大家一呼儿地去围着桌子坐下，斟酒举箸地吃喝起来。妇人
在做菜时就把拜师学艺的事告诉了儿子。孝林听了话把媳妇叫到
屋里说了这事。原来，王媒婆提亲时对女方家吹嘘男方家有房子
有铺子是做生意的，李贵英嫁进门才晓得生意早就没做了，是空
壳铺子。夫妻俩成亲后回女方家，李贵英抹着泪把情形告诉了爹
娘。她老爹听后说媒婆的嘴听听就行，如今嫁都嫁过去了，便是
他家的人，再说什么也是枉然；好在他家里有钱吃饭，比起自家

来处境好一些。李贵英听老爹都这么说，想想事已至此，便也无话。这时，听丈夫说学手艺的事，心里倒巴不得他去。学一门技艺挣钱，今后的生计多多少少总有个来源，过日子也有个靠头。两人说了一会儿，觉得事情中意，欢天喜地一阵儿。是故，饭桌上舅母说起拜篾匠师傅的事，孝林一口应承了下来，给老舅敬了一杯酒，给舅母夹了一夹菜。这顿饭众人吃了个碗里、锅里精光，才心满意足地下桌。媳妇贵英收拾碗筷去灶房，其余的人凑着乐子说话。天气好，妇人叫儿子孝林去屋外街沿上摆了小方桌放茶水，自己抬了板凳竹椅招呼志高和淑仪坐下喝茶水晒太阳。刚吃过饭，话题便从吃食开始说起。先说了张鸭子，又说到甜水面，再又说及了张凉粉。说了一阵后，张志高讲了一个故事，明朝时从海外引栽了土豆后人口大增，可见食物对人类是宝贵的。

过了一天，孝林提着礼随舅母去了篾匠家，敬了茶磕了头认了师傅。老篾匠接受礼品时"唔"了一声，接茶水时"嗯"了一字，受徒儿朝拜时就板着脸孔。吴淑仪看孝林行过了拜师礼，去一边与篾匠妻唠家常，老篾匠去了屋旁边的一处空地，拿着篾刀捡起一根竹竿，找着丫口劈下去，手腕上一发力，竹竿应声被剖成两片，又找丫口把竹片子剖成一根根篾条，然后剔出青篾缠指绕，编造精致的物件，其他的粗篾可做篱笆。再者，把竹片剔成一根根细条，刳去糙角，编造日常用品。确实，偌大的成都，东门出了东校场，南门出了柳荫街，西门出了三洞桥，北门出了梁家巷，周围都是乡坝农田。春光里，绿油油的麦苗与菜籽花开，锦团簇拥一眼望不到边，农家小院竹林掩掩，院子旁边种了菜蔬，瓜棚豆架果实累累，小渠流水浪花泛沫。农人院子蓬门掩掩，屋前屋后竹子茂茂。农人守着偌大的竹林，没有几个不会编筐编兜的活儿。所以，应着世上用的，普遍得很，这手艺便景气。这样，大的孩子安心下来跟着师傅学篾匠活。

三十三

张志芬见儿子有了事做，高兴了几天，过了些日子，生活上的事又愁上心头。原因很简单，虽说大儿子每天在师傅家吃两顿饭，可家里三个人要吃要用的，也就要预备一个月六个大洋来开支。媳妇才进门，汤菜上将就点，米饭是要管饱的，其他的花销捏着手脚当免则免。想着孝林要三年才能学成手艺再挣钱，煤油灯闪闪亮，也是要节俭着用。只是小儿子孝庸已是十五岁多的年纪，素菜、汤饭吃久了就要闹着吃肉，妇人想着他正长身体，隔一些时候去买点肉回来，做好了菜自己忍嘴，让小儿子与大媳妇多吃些。似这般，时光过得快了。差不多半年，媳妇有了反应，妇人看出来，晓得是怀上了孩子，心里起了念头，要给媳妇买点吃食将息身子。这么一来，生活上在钱的方面又得重新盘算，一个月增加了两个大洋，该用的才用，不该用的坚决捏着钱，一个子儿不出手。至于自己用来安排生活的钱，如是不能等到规划的时间，也只好拿些替孝庸积攒的钱出来开支，等有了钱再存回去。当然，妇人在考虑过日子的事情上，也想到过自家的铺子。说实话，铺子空了这么长的时间，中途也有好几个人来说租，只因给租的价钱少了，妇人没答应。等她回转过来心思，想着铺子空在那里也是闲置着，租出去钱虽比以前少了些，总有些大洋进口袋。哪想到，她这厢同意了，别人却不租了。说过几回，东不成西不就的没奈何，人穷的时候，寒酸就来凑热闹。一天，妇人对孝庸说起他哥成亲后才去学手艺的事，劝小儿子不要成天只顾玩耍，这般年龄了，也该去学着做门事，免得人大了身无技艺犯难。孝庸听着话不出声，等娘亲说完后，闲了一会儿，像着慌的兔子一般在家坐不住，借故上茅房，眨眼间闪身出屋去了。

隔了几日，孝庸出门去转了一圈儿回来，告诉娘亲有人要收他做徒弟。妇人听着一乐，却没笑出来，觉得小儿子的话说得太突兀了些，便问他师傅是做什么的，又怎么愿意教他手艺。孝庸说："师傅就是后街上的吴泥水匠，有一天我从他门前过，看着一个小娃儿望着槐树上哭。我问他哭什么，小娃儿说他哥把他的帽子抛上树，挂着枝丫拿不下来了。我爬上树帮他把帽子取了下来，正好吴泥水匠出门，才晓得那娃儿是他的小儿子。知道那娃儿是泥水匠的三儿子，我便时常上他家玩了。有一回，吴泥水匠看到我们几个娃儿在他门前玩，他说我身子骨灵活，适合做他那一行。这话本是说笑，也过去有些年头了。只是，那天娘亲说去学手艺的事，我就去了他家，趁吴泥水匠在家有空，问他愿不愿意收我做徒弟。他说只要我父母同意，他就收我做徒弟。就这样，我便回家来告诉娘亲。"妇人听了事情原委，说："没大没小的，不懂事，人家都要收你做徒弟，还要'泥水匠'地叫。"孝庸说："他现在还没收我做徒弟，才这样叫他，等拜了师后，才叫他师傅。"妇人想，好动之人有遭遇，小儿子倒自己去找了师傅。况且，这上房揭瓦捡漏，下地淘沟疏导的活儿也投合了他的性格。不过，这事由小儿子说来，家里知道了，得有拜师之仪，以后才说得分明。等孝林回来，妇人便把他小兄弟的事说来听了，要他抽空买些礼跟兄弟去趟吴家，拿出两个大洋给儿子去买东西，并叮嘱他这事耽搁不得。孝林跟师傅学手艺后，事情上也学了些乖巧。他去找着兄弟问起这事，两个人说了些话，觉得事情十有八九是了，这才又过来与娘亲商量礼品如何操办等事宜。说了一阵儿，礼品的标准按着自己拜师那般依样画了葫芦。妇人告诉大儿子，酒与糕点去买，家里还有剩下的布料，这事便可节俭。

　　第一天，孝林去篾匠家做活半天，向师傅说了兄弟拜师学艺的事情，午饭便回自己家里吃，顺便在路上买了两壶烧酒与一盒糕点，进屋时一家人正吃饭，放下礼品，把剩下的钱交给娘亲后，去拿碗舀饭过来一同吃。妇人见大儿子置办好了礼，吃过饭拿了一截布料出来，对小儿子说："待会儿你哥陪你去吴家，有个什么事情也好拿个主意。"于是，两兄弟收拾了一下，换了干净衣服，提了礼一道出了门。孝庸熟悉路径，离家又不远，一会儿工夫就到了吴家，走在前头与吴泥水匠打了照面。吴泥水匠听说孝庸家来了人，也不怠慢，来家门前请孝林进屋坐，客套一阵儿说入正题。吴泥水匠说："礼我就收下了，卢孝庸从今儿起就是我的徒弟。只是行拜师礼的事，得过了明儿。我看过了黄历，后天是个好日子。到那时，他小哥也是要来哟。"孝林见吴泥水匠说话豪爽，也不推脱，答应过了明儿来光临拜师会场。接下来，两个人又闲聊些话，孝林起身告辞走了。孝庸虽说还没拜师，可吴泥水匠已认他是徒儿了，便改口叫了泥水匠师傅。这也是他讨人喜欢的地方，做人蛮灵性的，晓得师傅隔会儿要去人家做活儿，正好跟着去打下手，送他哥出门后转身又进了师傅家门。孝林一个人回了家，把事情向娘亲说了后，想着后天要耽搁半天，又出门去了篾匠屋里。老篾匠平常板着脸，这是他的日常，观察了徒弟一些日子，觉得他是个心思巧、做事踏实的人，也就肯传授技艺。说真的，各行各业都有来头去处。这篾匠做的物件牵涉家庭里的用具，日常生活是离不得的。就像灶房里的蒸笼、笤箕、刷把，都是要用的，哪件少得？还有做椅凳、捶墙笆，品种多着呢。是故，房子外墙边屋后有一小处空地施展身手，做好的物件摆在家门前，就有用户来买，有的还要定做，给钱取货，互不叨扰。这与泥水匠的活儿不同，吴师傅是领着徒弟走东家串西家地找事情做。有住户的屋子漏雨，请了去捡瓦；有人家门前阴沟堵塞，请了去淘沟疏导，这事师傅带着一两个徒弟都能搞定。如是要立一堵墙，或是要修葺一间屋子，师傅还得看活计做得下来不，如不行，便要去搬来师兄弟带着徒弟来合伙同做。待到完工人家付了钱，几个师傅底下二一添作五地分账，多少人做工，几时完成，都是要加减乘除算的。之后，当师傅的再来给满师了的徒弟算工钱，没满师的徒弟便一个子儿都没有。只是，这拿不着钱的徒弟跟着师傅吃喝，师傅挣着钱要养家糊口，再拿些钱出来款待徒弟，钱多呢，吃得好一些，钱少就吃得清汤寡水。此外，这泥水匠的活儿没定准，有人家请才有事情做，也才有钱挣。没有事情做，师傅就去坐茶铺，那是个热闹的地儿，也是个揽活儿的去处。徒弟晓得师傅坐哪家茶铺，有时寻了去，师傅有钱呢，替徒弟喊一碗茶来，若是没钱，说些话口渴了便将就端师傅那碗茶水喝，也不怕人笑，也不要怨师傅，等着有活儿做挣着钱，去家小饭馆炒几盘菜，几个人吃得油爆爆地乐。有句话取笑：手艺人能走江湖，少不了挨饿。

　　过了一日，吴泥水匠请了师兄弟来家里，那些手下的徒弟，晓得拜师下来有油水吃，少不得要来。吴家也不吝啬，割了猪肉打了酒，弄得屋里香喷喷的。到了时辰，吴泥水匠端坐在了向门的椅子上，两个师兄弟打横坐了，背后站了几个徒弟，吴泥水匠的三个徒弟站在下首。孝庸向吴泥水匠磕了头、递敬了茶水、叫了师傅，便去下首三个师兄旁站着，听师傅亦庄亦谐地讲了师门规训。接着，两个师兄弟起身朝吴泥水匠打拱道贺，话音刚落，众人便搬了桌凳过来。吴家有一张大方桌与一张小方桌，要办事，又去邻家借了一张大方桌与条凳来。吴泥水匠与师兄弟及几个满了师的徒弟在外间屋里坐了，小方桌安在了灶房里，坐了吴家人，一张方桌安在了屋外的街沿边，几个没满师的徒弟坐了。紧接着，每桌上了一碗油酥花生米，两碗回锅肉，一碗烧豆腐，一碗油焖茄子。当然，屋里外间师傅桌上多了一碗熬锅肉，放了两壶酒，街沿边方桌放了一壶酒，吴泥水匠不许家里人喝酒，也就不放酒壶了。这样，拍开酒壶塞，倒酒碗里，众人转着喝了。孝林应邀来了拜师会场，便是客人，随着师傅桌上坐了。泥水匠师傅见有客人在，讲着礼数，扯些闲话，自在吃喝。几个徒弟见师傅们都不疾不徐地斟酌，谁又肯去造次惹师傅瞪眼，自是悠闲自在地喝酒吃菜，便不像街边桌上的几个后生那般吃相，菜夹在嘴里还没嚼碎，筷子又伸进碗里，一趟风地就把两碗熬锅肉吃了个干净，这才去夹着花生米颗粒吃酒，一壶酒喝完了，桌上的菜也没了，去舀饭吃，吴师娘端了一碗肉汤萝卜、一小碗蘸酱出来，几个人吃饱了心满意足。有的坐在凳子上说笑，有的站在门边看屋里人吃喝，见着碗里有许多菜，那羡慕之情是表现出来了的。孝林平常难得吃酒，喝过三巡就已是脸红筋胀，好在是喝转转酒，端着酒碗在嘴巴碰一下便传过去了。吴泥水匠跑路见人多矣，看他吃酒上脸，晓得是酒量浅不敢深酌，也不再劝，拢着几人去行令猜拳，输了喝酒，跑滩做活之人，话里粗糙，一桌子上又出了另一番热闹光景。吃了一个时辰，碗里的菜告罄，壶儿里的酒喝尽，一个个相继端碗舀饭吃了，过后意懒，蹒跚着坐在了屋外街沿边徒弟搬来的椅子上喝茶，云里阳光暖洋洋地照在身上，舒服得骨头都软了，几个徒弟有的坐在凳上，有的去靠墙站着，有的干脆去街沿上坐下来。孝林吃得已是酒足饭饱，向吴师傅说了告辞的话，出门来又向众位抱拳打拱一下就走人了。孝庸跟着去送行了一程，转身回来去师兄身边站着，因无事做，看师傅与两个师伯打长牌，"丁丁虎头下去，天地仁牌过来"，众徒弟一旁观战，看得懂的有兴致，瞧不懂的觉得没意思。当师傅的忙里偷闲，徒弟娃闲了取乐，大家都有惬意心思。

三十四

　　妇人见小的孩子拜了师傅，心里愁着的事少了一些，平常就是自己与媳妇在家吃饭，生活里的开支也松活了些。早上起来熬一锅稀饭，捞一碗泡菜，孝林起床收拾好后，喝一碗稀饭去了师傅家，到了天晚才回屋。便是小的孩子，师傅那里有活儿做，吃过稀饭就出门去了。若是师傅那里没事做，就要睡懒觉，起床洗漱后喝两碗稀饭，出了屋去寻师傅，有时回家来还没吃晚饭。妇人晓得他工作性质是这般，做晚饭时都会多煮些米，以备小儿子饿着肚皮回来有吃的。一天，张志芬的哥嫂来家玩耍，几个人说起铺子的事。妇人说两个娃都去跟师傅学手艺去了，这铺子空在那里没人来租，有些烦人，倒想把它卖出去了事。她哥听后一笑，说："你不这样讲出来，我还不好给你出主意，前不久，有一个从外地来成都的商人想买铺子做买卖，四处托人帮着找间好地段的铺面，寻到现在都没着落。你想清楚，真的想卖铺子，我去知会一声，说不定能卖个好价钱。"妇人说："卖的个啥好价钱，我不知道，当初花了八十个大洋。"他哥听了话说："我的妹子，现在物贵钱贱，说不得能卖个好价钱哪。"妇人一笑，说：

"真如所愿，我便是要卖的。"他哥说："你这般想，哪天得空，我去与那厮说一声铺子的事。只是，你得有个盘算，亏本不着，赚钱少了也有烦恼。这便是遇事的决断。"妇人说："你的意思我明白，现实的事情，容不得过后遐想，我自当眼前着实。不过，说事容易做事难，心里确实不知铺子该卖个怎样的价钱合适。"他哥想了一阵儿，自己挪话般说道："一间向街的铺子带着楼阁，铺子后面还有一间屋子，当初买成花了八十个大洋，现在少说也得卖个翻倍的价钱。"妇人听着心里暗自一喜，问她哥可当真。她哥说："这只是我的估计，至于事情的结果，待要货卖成钱才是。"妇人想了一会儿，对她哥说："若事情真的是这样，这铺子卖了也省了心。"说完，拿了铺子钥匙出来，递给她哥，说："你把钥匙先保管着，与那厮说，要看房子也好趁便，免得人跑来跑去。只是，这卖铺子的钱须是你说的翻过倍的价。"这般，过了几日，她哥过来，进屋坐了一阵儿对妹子说："那厮看过了铺子，心里愿意得不得了，我说了要二百三十个大洋才卖，他说少些就出钱了事。"妇人想了一会儿，拿不定主意，问她哥事情怎么办。她哥听着话慢慢摇头说："这是你卖铺子，我此刻便不好多话，若是不愿意，我这就去回话。"妇人又想一阵儿，说："他要少些儿，也不知是要少多少？"她哥说："少几个也是少，少十个也是少，你得封住价，我好去周旋。"张志芬沉默一阵儿，看着她哥说："少几个可以，不能少十个。"张志高听了话直点头，起身说："那厮在茶铺等回音，我这便与他说去。"妇人起身送出屋，眼巴巴地望着他走远。到了傍晚，她哥又踅了过来。此时，妇人与大媳妇正要吃饭，见着人来，大媳妇叫了声大舅，妇人问她哥吃过饭没有。她哥摇头说："刚与那厮谈完事情，就过来了，不曾吃饭。"正说着，孝庸回家来，叫过了大舅，想是还没吃饭，便去桌边坐下来，看桌上炒了一碗素菜，炖了一碗肉汤。原来，妇人想着大媳妇怀了孩子，偶尔去猪肉铺割一坨肥肉回家炖汤给媳妇吃了补身子，这顿饭恰好遇着她哥来家里，心里想哥哥要吃酒的，叫过小儿子，拿出两个大洋，吩咐他去买只烧鸭儿，顺便带壶酒回来。孝庸听着有好吃的，接过钱欢天喜地地跑出屋去。

　　妇人也不敢怠慢，去灶房酥了一盘花生米，炒了几个鸡蛋端上桌。炒菜时，她哥就站在一旁向她讲了铺子的事，说："那厮讨价还价地要少七个大洋。"妇人想着自己许诺了的少不过十，心中倒也满意，去问她哥："如是不愿少呢?"可见，人说话有时心口不一。张志高听着话沉默不语，过一阵儿才说："这话我就不好掺言，得你自己拿个主见。如是愿意，明天他给钱，你得给他房契。"话说到这儿，孝庸买了砍好的鸭子进了灶房，妇人拿大碗装了鸭子端上桌，大家围着桌子坐了，才拍开壶塞，刚好孝林进了屋来，因是吃过饭的，便陪着一道吃酒。吃饭的时候，妇人也不瞒两个儿子，讲出了卖铺子的事情。两个孩子听娘亲说的是实情，现在世上又不太平，铺子卖成钱，总比空在那里的好。张志高见妹子一家人都这么说，便问妹子这铺子肯卖否。妇人见话都说成这样了，朝她哥点头说铺子卖给那厮，她倒有句话说。她哥问她想说什么。妇人说她拿房契给他，却不要他给大洋，而是要他给钱庄的银票。她哥问她怎的不收他大洋而要银票。妇人说收他大洋，谁有工夫拿着一个个去吹了风放在耳边听真假。她哥听着话笑起来，说妹子小心得贴着背。妇人说："你不要笑我，也不要这么说，这可是我的家当，涉及今后一家人生活的依靠。如是生出个岔子，就会是一家子以后饿肚子的光景。"她哥说："你把话都这样讲了，倒该是我小心了才是。这样，明天我去与他讲，就依你说的去做。待事情说妥后立契约，你交出房契收他的银票。"妇人想了一阵儿，说这事她不出面，叫孝林跟着他去。这般到了第二天，张志高交涉好了事情，来了妇人的家里。孝林打早去了篾匠家，向师傅告了假后回屋等了一歇，见大舅来了，揣了房契，随同他大舅去了茶铺。妇人在家收拾了一下，估摸着时候也出了屋，去了茶铺外面等着。大概半个时辰，孝林拿了银票出来，告诉娘亲，等会儿还要吃酒。妇人让他去应酬，看大儿子又进了茶铺，自个儿拿着银票去了钱庄，取了三十个大洋，换过了银票，回了家去。张志高见大外甥去了又来，悄悄地问过了事情。孝林也不撒谎，悄悄地说了来听。他大舅听后，想妹子识得几个字，心里总有"小心撑得万年船"的意思，也不说破。候着快要到晌午，几人去了一家饭馆，喊小二点了几盘菜，要了一壶酒，杯觥交错地吃过了，众人喝得微醺，抱拳拱手说事情圆满了，才便散了。

张志芬卖了铺子后，陆陆续续去钱庄把大洋取回家藏了，忙过了几天安排妥当，想着家里有了白花花的大洋窖着，用起来宽裕了些，心情上高兴了些日子。也是，活人都有自己的性格。妇人高兴过了，又来了想法，卖了铺子，觉得这是丈夫置办起来的家当，落到自己跟前却保不住。前人栽树后人砍伐，心情上起了些儿索落。好在想法里有些盘旋，自己这么做也是为了一家人的生活，想过后心情上又起一些儿精神。总之，妇人内心里有了拉扯，又能朝谁去讲，自个儿头绪窝囊，一个人郁郁寡欢的。这情形妇人自己也觉没趣儿。她活了几十年，也经历了许多事，晓得抛不开的念头折磨人，别人怎么劝都无用，只得各自解索绊才能了事。所以，每当脑子里念头纷纷扰扰时，自己知道怎样排遣，要么找些事情做，要么去与邻家妇女说些话，便也散闷过去了。难过的是晚上，煤油灯照着老墙壁，心中这念头去那念头来的，有点折磨人。起初，睁眼闭眼地睡不着觉，去看过郎中，抓了几副安神补心的草药吃过，有了点成效，东想西想的，过了半夜才迷迷糊糊睡到天亮，这让她松活了几天，过后又是原样地胡思乱想。妇人无奈何，她识得些字，屋里有本老黄历，晚上睡不着就去翻书看，有时倦了，迷糊地睡一觉，第二天人舒服些。总之，觉得白天好过，就担心晚上睡不着觉。一天，妇人去了庙里，烧了香拜了菩萨，出庙门时碰着一个算命的叫住她，说她面额发青两眼发直，有些小灾小难缠身，接着问了妇人的生辰八字。妇人听算命的话说得蹊跷，有点对着路子，便说了出来。算命的听后也不多话，自个儿在手指节上掐了一通，才看着妇人说："你一个人跟着儿子生活，日子过得饱没饱着饿没饿着，最近有些心事烦人，不过，好自为之，过得些时间人通透了自然没事。"妇人听了话有些惊愕：怎么的这算命之人就如影儿一般知道自己的事？拿出一枚五文钱的铜板给了他，又去向算命的问自己的寿数。那算命的把她端详了一阵儿，说她五十多岁也会有些小灾小难的，翻过六十就看造化。妇人问造化怎么讲。算命的说多做好事，善心善意积善德，想的事情会圆满。妇人问圆满是怎样。算命的听着不说话。妇人见样子也不好再问，回到家里，就像吃了定心汤圆，晚上睡不着觉，也不像以往那般烦躁心慌了。到了一九三四年一月间，大媳妇生下一个男孩，按照卢家辈分，取名卢友明。

三十五

张志芬有了孙子，心里高兴得不得了。给媳妇煲汤，又要给孙子洗屎洗尿，自然有忙不过来的事情，脑子里的那些胡思乱想不知不觉地散了。忙过了三十天，请了满月酒，亲戚都来朝贺。在媳妇坐月子的时候，她的娘亲来看望过，带来了三只母鸡与五十个鸡蛋，娘亲告诉女儿，一只鸡和鸡蛋是她老爹去农户家买的，另外两只母鸡是她两个哥哥送的。李贵英一笑，说："两个哥哥想着妹子，这情义定是记着的。"当娘的听着一笑，说："你这么说来，我回家去告诉他俩。"张志芬见亲家母来，去市场割了四斤猪肉，做菜款待亲家，约好了吃小孩儿的满月酒。这般，到了满月这天，亲家两个早早过来，当老爹的把平常卖锅盔攒下的钱拿了五个大洋出来给女儿，这做女儿的也懂事，当着爹娘的面把钱交给了婆婆。妇人想着亲家送礼又给钱的，高兴得不得了，陪着说了一阵儿话才又去招呼其他亲戚，大家不亦乐乎。

到了中午，吃过了酒，下午的时候，亲家这边与叔伯那边的亲戚都回了。妇人抱着孙子与她哥说闲聊天，便把那算命的事讲了出来。张志高听了一阵儿笑，说自己以前去算过命的，不咋相信这事。妇人为了要他哥相信，就把事情经过原原本本地讲了一遍。张志高看了妹子一会儿，说："你就相信那厮说的话。那些算命的看人察言观色，问话听声，遇的人多了，心里怎么都有些会鼓捣的路子。你长时间地睡不着觉，面额发青、两眼发直，有生活常识的人一眼都看得出来。再者，说啥一个人跟着儿子生活，还说饱没饱着饿没饿着，这都是从你神态样儿瞧出来的话。至于你问他寿数，那厮怎么答你，真是嘴里出气鼻里闻。大凡人到了五十多岁的年龄，身体走了下坡路，谁没个小病小痛的？说什么翻过六十看造化，你都问明白了，听着是云东雾西的话。"妇人听老哥说了这么多的话，笑了，向着她哥说："你不信我信的。一个不认识的人，没准儿的话没一句，就被他说着大概。"张志高说："这不奇怪，他问你的话是不是顺着说了？"妇人说："是啊！他问什么我便回他什么。"张志高又一阵儿笑，告诉妹子自己也去庙里烧香，出来遇着算命的事。"那算命老儿看了我好一会儿，说先生抽大烟，这是他闻着了我身上的烟味。隔了一会儿，说先生是做生意的。这是他问话套话，看着我穿着长衫绸裰猜出来的。他说我三十岁时大病一场，后来好了翻过难关。其实，我三十岁颈项上生了疮，好了后留下疤痕。可能是他瞧着了，这般说来。我问他我做什么生意的。那厮想了好一会儿说不出来，便说先生说一事喜好，再来说先生做的哪门子生意。我见那天出大太阳，便说喜欢下雨天。那厮想了一下，说先生是做雨伞生意的。

他的话把我逗乐了，我告诉他我是做布匹生意的。他开始不信，见我说得诚恳，才自己觉得好笑，说先生绕事把人绕进去了，使得人绕不着边际。嘿嘿，他双手抱拳，说赔笑大方了。我给了他两枚两文钱的铜板，便走了。说实话，不是我不相信他，是他在问我话的过程中有许多疑窦，想来都站不住脚。不去顺着他问的话说，就露了马脚。"妇人笑了，说："他都露了马脚，你怎的还给他铜板？"她哥笑了一下，说："他是做这一行的，与我们做生意的只是处境不同，大家都是人，也是要挣钱养家的，不给钱怎么过得去？"妇人说他这么讲也是道理，做人不能亏了自己的心。她哥笑了一下，说："自己无事去找算命的谈玄，才逗了乐子。你心里揣着事，自是容易信他，这样也好，花了一个五文钱的铜板，倒也解了心中的烦愁。"妇人笑了起来，听着怀里的婴儿啼哭了一声，抱着去大媳妇身边喂奶。过来见时候不早了，就去灶房做饭。舅母看着去帮忙，把中午吃剩的菜烩了一锅，又炒了三样菜。舅母喜欢吃妇人做的腌菜，妇人去坛子里捞了一碗，洗净后挤干水分切细，放油锅里炒，放盐提味，菜起锅时放点切细的葱花炒匀增香再装盘，这菜黄爽爽的好看，夹一撮菜、扒一口饭，吞之快哉。吃过了晚饭，妇人的哥嫂告辞还家，妇人去相送，在路口分手时，她哥又悄悄给了五个大洋与她。

　　张志芬回到屋里，孙子已在床上睡着。大媳妇坐了三十天的月子，今天出房来，只觉得一身清爽，已把桌上的碗筷收拾到灶房里洗了，随后点了一盏油灯在屋里，坐在灯光旁缝娃儿衣裳。孝林在师傅那儿剔了些细篾条放家里，得了空就拿出来给娃儿编摇篮。孝庸中午吃饭时就约着大舅的儿子晚上去听书，等着老辈人前脚出屋，两个人后脚就去了茶铺。以前，孝庸是站在茶铺墙外边上听书，跟了师傅后学会了坐茶铺。下午的时候向娘亲要了几文钱的铜板，高低要请表兄弟喝茶。妇人进了屋，见屋里已拾掇顺了，无事可做，便去桌边的椅子上坐了，与儿子、媳妇闲聊，说起了孙子的属相。妇人看过黄历，孙子出生在一九三四年一月，生肖上属鸡，自是把出生的时辰也记在了黄历书上。之后，说起给孩子取名字的事。孝林说是按辈分友字来的，因儿子生在丑时，又属鸡年，想在儿子出生时鸡已打鸣。鸡叫天明，取谐音，给儿子取了友明。妇人听儿子说得有模有样的，便说孙子的名儿取得好听。接着，一家人说起了生活上的事。妇人说出了自己的想法，卖铺子的钱要存二百个大洋，其余的用作生活的开支，也就是说，以前有几十个大洋过生活，与现有的二十多个大洋加在一起，将是今后日子上的费用。妇人没有说出以前给小儿子攒了一百个大洋的话，这倒是她心里的主意。孝林去学手艺快要一年了，待到满师都还有两年多的时间，到那时有什么样的折腾谁都不清楚。家里卖了铺子，便没有了一文钱的收入，一家人就如坐在青石板上过日子，只有拿钱出去用的，手上不捏紧些，盘算到不了预期，有钱时日子好过，没钱的日子难过。其实，在妇人心里，自从卖了铺子，这个家已是向穷的方向去了。一家人的生活不是在一无所有里挣扎，而是在原有的基础上挣扎。就是儿子满师后能挣钱养家，以后的处境怎么样，她真的不能预料。而且，她还得为小儿子的事操心，想起来都有些艰难。当然，这是妇人内心的想法，想得有点远，也有些复杂。不过，日子简单地过了，可那些想法里的事确实在生活里。

这般，妇人与儿媳妇说出了想法，心情好过了些。李贵英听着婆婆的话，晓得了家里的情形，便也不多话，过日子也就是过每一天，有吃的有穿的有用的，大小事情都听老娘做主。妇人见一家人都听自己的安排，生活上过得节俭，心里倒也舒气。早上起来去熬一锅稀饭，等着两个儿子吃了饭出门，媳妇收拾灶头，妇人就去照顾孙子。孩子睡着觉，妇人没事做，便去翻出些旧衣裳来裁剪，能做衣服的做衣服，能做裤子的做裤子，剩下的布条做孩子的尿片子。这边大媳妇拾掇好灶上事情过来，与妇人坐一处针指，有事说事，无事聊些闲话。听着孩子醒了，媳妇去喂奶，待喂过了奶，妇人抱着孙子逗一阵儿。中午吃饭，婆媳两人炒一碗小菜下饭。妇人想着大媳妇要奶孩子，隔些天会去猪肉铺里割点肉回来给大媳妇熬汤吃。吃的时候，她在一旁忍嘴，劝大媳妇多吃些，自己却不向汤菜动筷子。大媳妇看出来了，便要给她先夹了肉菜吃过，自己才举箸跟进，妇人先还装样子，有时吃着整个人都觉得舒服，也是要吃一夹又不想歇筷子。媳妇子晓得婆婆的心意，事情上倒也回敬，婆媳俩便好相处了。日子平平淡淡地过去，岁月不知不觉换了季节，过了一年半载，大媳妇又怀上了孩子。妇人听说也无可奈何，繁衍是人的本事，只好心里又去盘算。她心里有一事操心，就是孝庸要到十八岁的年龄，差不多也要托媒人说亲事了。这些事情操办起来得花多少钱，心里真的没个数。虽说经历了孝林结婚的事情，可有的事就不依谱。还有，这一年多来一家子省吃俭用，手心里现在就捏着二十来个大洋，今后的日子怎么过？想那卖铺子存起来的二百个大洋得支出来用些，可还不到时候，就像癫蛤蟆吃豇豆，悬着那一口。不过，妇人心里也有盼头，孝林再过半年就学艺满师，到时候便可挣钱养家。待给孝庸说门亲事成婚后，自己不再操心家事，随便跟着哪个儿子生活，含饴弄孙，颐养天年得了。当然，这是妇人想的，有的事在眼前，有的事在以后。

一天，一家人在一起吃过晚饭后，妇人说起要托媒人给小儿子说门亲事。孝庸听了不好意思，告诉娘亲自己现在学手艺，便不想说这事。说完这话，去灶房里待了会儿后出屋去了。妇人听了有些宽心，觉得这事可缓可急，问大儿子怎么看这事儿。孝林告诉娘亲："兄弟年龄还小了点，况且他不着急这事，再过一年说亲事也不迟。不过，娘要操心这事，托媒人说门亲事也可。"妇人听了大儿子的话，觉得话说着两边，自己想了个主意，决定再过半年去托媒人说这事。过了几日，邻居几个妇人约着要去城郊昭觉寺朝庙，过来邀约了妇人。妇人想自己难得出回远门，有人相邀便是欣然应允，吃晚饭时对儿子、媳妇说了明天要与街邻去庙里烧香拜佛的事。孝林还是第一次听娘亲要出远门，有人同去便也放心，说了些走累了要歇气的话。妇人说晓得，转话回来说小娃儿已走得来路，要媳妇看好孩子。第二天没见亮，妇人早起煮了稀饭，自己先吃过了，又去米柜里舀了一碗米出来放在灶头上，以备媳妇午饭之需，刚出灶房，见天光晨曦，儿子媳妇恰好起床出屋，孝林刚叫声娘，妇人说稀饭煮好在锅里。这时，听着门外有嘘声，张志芬忙去开门，看着几个妇人都是认识的，客气了些话，随着一同走了。

三十六

几个妇人，也有脚大些的，啰啰嗦嗦地走上了路途。过了东校场便是郊外，已是四月，一眼望去，天远云高，万树着绿，庄稼地里，麦苗逶迤、菜花簇黄，农家小院、草蓬屋居、竹林团掩，偶尔听得鸡鸣狗叫。一群人里，有识得近路的领头走，有脚小的跟在后面唤慢些行。走田埂路，过小桥，穿农家竹林盘，田野里空气新鲜，闻着泥土散发出来的气味，闻着油菜开花飘香。几个妇人家说话随便，走累了讲笑话。几个妇人颠着小脚走路，听着这妇人装模作样地说事，便一路上乐呵呵喜淘淘地。之后，大家嚷嚷闹着走了一阵儿路，过了青龙场镇，出来看见广袤的田野上一座偌大的庙宇巍峨，庙门前树木林秀，门檐间有一牌匾，书着四个大字"第一禅林"。众人静下心来，逶迤过来前行，随后进了庙，这当儿已快午时，看见庙里那些和尚在园地里挑水浇菜。几个妇人不敢耽搁，怀着心思依次去几个殿里烧香拜佛，虔诚过后已是斋饭时候，一行人便去吃了斋饭，俟着去了庙后面的园林里游观。园林很大，人走乏了寻着草棚亭子歇气，差不多过了未时，几个人才出庙赶路回家，走过八里庄，到了一蓬树林空地，众人停下来休息。可能是累了，也没多啥话。

张志芬坐在了树根边一块石头上，她有点喘息。确实，她难得走这么远的路，虽说有些累，可她心里是高兴的。几个妇人说起在菩萨面前许愿的事，她告诉大家自己许的愿是小儿子能找一门好的亲事，媳妇能干，婆媳间能相处得好，一家人日子过得顺畅。本来，她也想许发财愿的，可想着两个儿都在学手艺，自己与媳妇又是在家闲着的，又从哪处发财，难不成出门去能捡钱？这样一想，自个儿都觉得念头好笑。老辈人说过，许愿要许到实处，便许了小儿子找门好姻缘的事。这时，纤云散淡的蓝天，阳光斜斜射过树叶透出光线，田野上充满绿色春意的庄稼一眼望不到边儿，时不时会听到农家院子竹林上、老树蓬叶间里的鸟叫。已是下午，看得见一些农人在田里挖地浇园地劳作。妇人歇过气缓了疲乏，看着眼前的景象，心情委实松懈下来，许多旧事逐渐浮现在脑子里。那些儿时的记忆，结婚后与丈夫一起生活的事情，守寡后自己是怎样把孩子带大。说真的，她此刻想起往事，一点儿情绪都没有，生活属于她还是她属于生活，感觉上是模糊的，只晓得生活里吃了不少的苦，可是过来了。这么想来，心里面还有些儿惬意，到底是自己一步一个脚印挺直腰杆带大娃儿和小娃儿过来的。于是，妇人想起一件往事，小儿子长到十岁有五的年龄，没有事做，身上又没一文钱，一天到晚四处闲逛。一天，他晚饭没在家吃，进屋来满脸通红，醉醺醺的，步子踉跄，连娘亲的问话都没应声，倒在床上就打响酒鼾。翌日，妇人问小的孩子吃酒吃糊涂的来由，孝庸告诉她是朋友请吃的。妇人说："朋友有钱你没钱，平白无故请你吃酒作甚？"孝庸说："大家都

人家（上）

229

是朋友了，吃顿酒要有啥来头？"妇人说："欺头好吃呷了嘴软，白吃白喝的事有，怕你没钱还情。"孝庸说："这朋友家里有钱，他为人仗义，一起玩的都说他有宋江的影儿。"妇人叫声："我的儿哪，世上的事谁能料得着，交朋结友总得有区分才好，什么镜子影儿的说个啥。你要是有你哥那性子，我都少操些心。"孝庸听着话有些不耐烦，说："我结交朋友也是有分寸的，娘亲总是想着坏处，为啥不说好的呢？要知道，自家没人家有钱，有时与人家说话都没个理会，谁又肯请我这个拿不出钱来的孩子吃喝！自古道，'你敬我一尺，我还你一丈'。阳光晒在草叶上，月亮照着我的心，他现在请了我吃喝，待今后我有了钱请他吃喝便是。"妇人哼一声，说："我就晓得你人年轻寄希望于未来。不过，你现在像小鸟要出窝，什么事都是新鲜的，想法单纯得像皂角，一搓水就起泡儿，只有经历了事情才能明辨。我也不打击你，有句话倒要提醒，交朋友要谨慎，身上没钱不碍事，可人活着得有骨气。"孝庸听娘亲唠叨了一堆话，内心早就想走人，听着娘亲说话歇了嘴，怕缓过气接着啰嗦，赶忙说句"晓得了"，急溜溜走出门去了。

过了一个月，一天下午，孝庸鼻青脸肿、伤痕累累地回了家，躺在床上就起不来。妇人看着小儿子的样子，请了郎中诊治，吃药敷药，差不多半个多月才好。这件事妇人花了六个大洋，好在儿子没落下残疾。后来，妇人晓得了是那请吃喝的朋友惹着是非，找儿子帮忙打架，他们这拨人打不赢另一拨人，孝庸跑慢了一步，被撵着打了一顿。妇人心里是又气又痛，说声："儿子啊，家里对你好，当你是个宝，外面风一吹，当你是根草，现在晓得厉害了？"孝庸想着娘亲为了给自己治伤花了大价钱，只好不作声罢了。走得路后他又去和几个朋友一起玩，意气相投一阵儿，街面上起了绰号，老实的后生遇着都要让路，怕惹上麻烦。过不了多久，那请吃喝的朋友惹着了一个袍哥，约了地方做了断，袍哥是有堂子的，来了十几个人，都穿了打袍。这次，孝庸学精明了些，跑快了一步，其他几个挨了打还被逮着去了堂子里，讨饶赔钱才了事。最吃亏的是那请吃喝的朋友，挨了打、赔了钱，一条腿被打瘸了。他惹的事，受了惩罚，后来见着孝庸便问他怎的跑得那么快。孝庸说："那一伙人如狼似虎的，跑得不快一样被撵着打个半死。"说过了这话，彼此觉得话不投机。自此，几个人在一起没了兴趣，朋友也散了。孝庸经过这事，思想上有了些转变，回家也落得住脚了，说话也懂事了些，过了没多久，去做了泥水匠的徒弟。

就在张志芬想着往事、心绪缠绵的时候，一个老妇过来，招呼她起身走人。她抬眼一看，其余妇人已走了起来，忙与老妇一道跟着走了。老妇边走边问她："想着什么事呢？一副不忧不喜的样子。"妇人笑笑，说是小儿子的事情。老妇与妇人是隔几家住的邻居，说起家务事也还熟悉。老妇说妇人有福气，生活上过得不好不坏的，一个人就把娃儿带大了。妇人笑了，说："一个家过日子，哪有这般容易，其中的磨难多的是。"老妇说："怎就没听些事。"妇人说："这过日子里的苦痛怎的好讲出来，遇着会听的掬一把同情泪，遇着不会听的弄不好遭嫌弃，便倒是不肯说了，旁的人看着觉得一帆风顺。"老妇听着打了个哈哈，说："我就知道，谁家过日子没些坎坷。有钱的胀得难受伸腰，没钱的饿得难过弯腰，家家都有一本难念的经。"妇人说："是啊，家户里的事，没有个说道，外面看着光鲜，内里是啥景象，哪个看得出来？就拿吃饭的事说道，别人家一天三顿的时候，我家却是一天两顿。"老妇惊奇地看着妇人，说："你都讲这话，我倒有些不敢相信。"妇人朝着老妇叫声"王姆姆"，说："我讲出来的话你都不敢相信，这话说来还有什么意义？真的是这样，孩子望着你喊饿，米坛子里有米，而一个家要节俭着过日子，你该怎么做，内心里又该是怎么想的？难呐！"老妇说："这般的处境，我家也有过，过日子嘛，总是算着以后。不过，你家与我家不同，我家靠着男人做工挣钱买米，你家吃着老本。"妇人听着话心里吓了一跳，怎么的自家的生活，就被旁人瞧出些说法。她连忙向老妇说："有什么老本？不就是卖了铺子的钱操持生活，用得差不多了，就看着大的孩子下个月满师后是跟着师傅呢还是自个儿经营。如是跟着师傅，便可得些收入家用；若是自个儿经营，还真的烦恼，不晓得咋办。"老妇一声笑，笑得有些诡奇，之后小声问妇人："身上可有多的钱？"妇人明白了老妇的意思，晓得是要向自己借钱。老妇经常向妇人借钱，是个讲信用之人，借钱过后都按时还了的。于是朝着老妇点了点头，从衣兜里摸出一个大洋递了过去。老妇笑嘻嘻接过手，说了些好话，又说了还期，接着两人说着其他的话儿赶路。走一阵儿天色渐晚，前面几个妇人不敢耽搁，招呼两人快走。两人便不再多话，卯着劲儿跟着走了。一直到天色黑尽，一行人才走到家的路口，大家慢下脚步来，陆续道别，各自回屋。

三十七

有个故事，讲的是一个受穷的人万般无奈时，跌了一跤成了神仙。有人说是他生活过得波澜壮阔的缘故，有人说是他穷得有气节、感天动地。其实，这样的故事都是生活在大千世界芸芸众生心中的想象。神仙在哪里，各人德行与行为不同，各自心中意图不同，想象的也不一样。谁又见过神仙，不得妄语。啊，风情万种，不能你动容，只把忧愁掩藏在微笑之中。温柔似梦，寻找仙踪，风吹桃花片片飞，照着斜阳红。确实，人生多有追求。

妇人没有那般智慧和那般力量来改变自家的生活现状，进庙烧香拜佛也是想求得保佑和帮助。可是，时间长长久久地过去，自己家里的日子越过越艰难，生意做不下去，租铺子得些收入，后来连铺子都卖了，要不是自己手捏得紧，保不济钱都用光了。生活里的磨难使得她的心态都有些变了。有一段日子，她进了庙就在菩萨像前许发财富贵的愿，嘴里还念叨，自己是那么虔诚，什么时候才能如愿以偿。直到有一次，一个居士老太听着她的话，过来劝了她一席话，才让妇人又回到了以前的心情。居士老太有七十多岁的高龄，身体健朗、面容慈祥，告诉妇人进庙来都是许愿的。其实，自己的愿望都在自己的日常生活里，有了还想要，没有满足，这样贪婪的念头没止境，菩萨又怎么能实现呢？人活在世上，有奸诈的，有诚实的，都是自己的德行圈定了的，如要改变，自是恶向善是善，如是善向恶是恶，祸福自找。人受穷，只要去劳作，粗茶淡饭平安是福，要是觉得遂了心愿，就去做善事，真心缄默着去做，自己能体会到快乐。妇人听了这番话宁信其真，想自己是穷命，要想发大财不可能，想要发小财没指望，也不再有非分念头，进庙烧香就求个日子过得平安。就这样，久而久之习惯了后，成了心灵上的一种寄托。她少了以往的浮躁，心静了下来，生活上便看得实在了些，吃穿也顾得紧了些，晓得日常生活里有愁烦，那是避免不了的事，心焦一阵儿过不去，到街上走些路，透气、解闷、散散心得了，回到屋里日子该怎么过还得怎么过。有米的时候吃干饭，少米的时候喝稀粥，只要肚皮里装点儿东西，生命就能运动，感受着白天黑夜交替，不去胡思乱想，生活并不是复杂的过程。

在张志芬家的那条小巷子中间有一眼水井，这眼水井解决了附近居民吃用水的问题。井边有一棵老槐树，夏天的夜晚，许多街坊邻居都抬着小凳去树下乘凉。有一个老头活了九十来岁，头脑都还清醒，手握着用布条补过边的蒲扇扇风，有了兴致便爱与旁人讲见识，说自己出生在道光年间，经历了同治年代和光绪年代，又经历了宣统年代和民国时代，也是经历过改朝换代，其间世事多少变化，听闻过称帝复辟的事情，见识过多少人气变故。

当然，老头上了年纪，人时不时会有些昏聩，说出话来也就有些东拉西扯，有时前言不搭后语甚至还有点啰嗦，所以，老人家讲的故事在一旁的人耳里，有些爱听有些就不爱听。不过，最让旁边人感兴趣的是老头怎么活得这般长命，平常是怎么过的日子，又吃了些什么东西才延年益寿的。老人家讲实话，穷人家平日里吃什么自己就吃什么，家里兄弟姊妹几个，有得吃赶紧吃，要不然都要少喝些汤粥。至于作息也是一样，白天起床夜晚睡觉。有什么奇遇呢，也就是一次害了病差点晕死过去，没钱看病，父母东求西求，街当头开草药铺的老板发善心，偶尔抓些草药给他老爹带回家，由娘亲熬水来给他喝，拖了有半年时间才好，又糊里糊涂了半年，爹娘都以为他傻了。不想，冬日里一天他用冷水洗脸，禁不住打了个冷颤人就清醒了过来。他老爹都说他这事是个奇迹，是一个好死莫如赖活的典范。这样，一旁乘凉的人听了话都乐得哈哈笑，说老头话说得幽默。过后，一旁有人会打破砂锅问到底地再去问老头活长寿的话，总想听到老人家说出些高寿的秘密或是一些生活上的方法。可是，老头就是个老实坯子，无论怎么问他，反反复复说的都是那些说过的话，一点儿奥妙都没有，使得问话的人因没有一点收获而心情沮丧，一旁听话的人都失望。真的，在人们的内心里都有一个愿望：生活上苦一些不要紧，自己能活到一个花甲，也就心满意足了。确实，生活在贫穷落后的年代，不管是穷人还是富人，得了病就像罹难一般。有钱的花钱请郎中医治，好得起来便是躲过一劫；没钱的请不来大夫，只好躺在床上靠自愈能力，好得起来便是也躲过一劫。说实话，过日子还有其他的磨难，一个人能活到六十岁一个甲子的年龄都是福气，何况老头这般令人羡慕的寿数，是多少普天之下芸芸众生的追求呢。

张志芬那天去庙里烧香拜佛，祈愿了小儿子婚姻的事，也暗暗地给自己祈了一个愿，祈求菩萨保佑自己能活得长一些。妇人心里最记得一件往事，就是她自己要出嫁的前一天，想着自己要离开娘亲去生活，就难受得哭。她娘亲看见她哭得凄凄惨惨，心里难受，也就陪着她哭，一边哭一边劝，说："女儿啊，你舍不得娘，娘也舍不得你。可是，男大当婚女大当嫁。你长大了，嫁给男人是个归宿。你有了家，得过自己的日子。记住娘一句话，嫁了人要生儿育女，生活上好生将养自己。人来世上一遭，有吃有穿有用的知足，千万不要为这些置气，爱护身体保卫自己，人活着就是拼个命长。"大概是年轻，无经历不知事理，也就不明白，听着这话也并不在意，到了四十多岁之后，妇人觉得时间过得快了起来，不经意地一年就过去了，自己也一天一天地眼望着奔五十的年龄，心里有了珍惜光阴过好每一天的意思，渐渐领悟了娘亲这话的道理。因此，头脑里的想法也时时流露些出来，说话做事有时爱提以前的事。好在孩子们倒不在意她说的话，就像当年她不在意娘亲的话一般。

本来，妇人去庙里烧香拜佛回来后心里就计划着给小的孩子说亲的事。不料，事情多，有掣肘。过了两个星期，孝林学满师没地方开铺子，只得窝在师傅的门市里做手艺，中午在师傅家吃顿饭，一个月得两个大洋。他师傅心里整个是不愿意的，碍着三年来师徒两人相处融洽，才让他暂时留在铺子里过渡，还放出话来，时间不能拖过半年。所以，孝林满师后去师傅家的第一天，心情跟当徒弟时不一样，觉得脑袋上套着一个箍子，弄得人不安逸。当初学徒时就说好了的，满师后自己另找门面经营，想到事不紧急便没在意，事情临头了却还有哪里去将就，就像妇人说的火落到脚背上才晓得痛。虽说眼前在师傅铺子里凑合着，毕竟欠了人情，孝林说话做事都小心翼翼的，做活儿比当徒弟娃时还勤快，早去晚归，工作专心，中途一点儿都不偷懒；中午吃饭也差不多就行了，生怕师傅眼光看着自己有多吃的意思。到了该发工钱的时候，师傅递钱过来接着；如是晚两天发，便就等候两天，不敢多言多语，还不能有情绪。当然，孝林心性老实，要是个痞子性情的徒弟，师傅老早就赶他走了。

这般，孝林回到家里，不怎么谈铺子里的事，可妇人心里明白大儿子心里想什么。一天，妇人抽空回老屋去看婆婆，李贵英抱着儿子一道随着去了。阿大妻已是六十有七的年纪，老得看人眼睛都是模糊的了，不过精气神足，耳朵还听得到话，听着孙儿媳妇教娃娃喊祖母，便去衣兜里搜，想掏两个钱出来给重孙，哪知摸了半天拿不出来。贵才在一旁看见，晓得是夏荷替老娘收拾屋子时一并把钱也收拣了，连忙拿出一个大洋递在娘亲手上，包素娥接过手给了重孙。贵才见机，也拿出一个大洋给了侄孙。恰好贵文过来碰见，脱不了身，跟着拿出了一个大洋给侄孙。张志芬与媳妇忙道谢不迭。接下来，四妯娌坐一处说话，妇人便要媳妇去灶房帮着做事，自己抱着孙子把大的孩子满师后的处境讲了出来。二妯娌刘素贞听了话说妇人当初不该卖铺子，弄得娃儿学了手艺没着落。妇人听着话不好搭腔。这时，儿媳妇走了过来，告诉妇人灶房里的女佣说她是客，要她休息着。妇人也不说话，把娃儿给了媳妇抱着，才对着二妯娌说："当初不卖铺子，屋里许多事都做不成，也是迫不得已。"大妯娌张少兰说："你想过没有，现在怎么办呢？"妇人说："都想了一个多月了，办法是有几个，却是没个主张。"夏荷好奇，要妇人说来听听。妇人也不推辞，讲出了自己的想法，说："本想着先去租铺子，念着是个应急的法儿，担心生意做好了后还是得要去找铺子，不是长久之计。之后，想着去买间铺子，只是这样做，就得把给小儿子备着的钱拿出来，可这钱拿出来用了又怎么收得回来，况且孝庸年纪也不小了，说亲的事耽搁不得，故有此念，只好另想办法。不过，这想法出来，连我自己都觉得有点荒唐，可用心去思量，这想法虽说破天荒的，倒真的是个法儿。"妇人话说到这儿，缄口不语了。几个人见她这个状态，心里想听她把话说出来，又不好去问，便眼巴巴地等下文。妇人本想有人开口来问的，见众人望着自己不出声，咂咂嘴，伸头凑近几人，小声轻语地把话又说了起来。张少兰坐得远了些，没把话听清楚，问妇人说的啥。妇人没奈何，只得大了点声音把话又讲了一遍，说自己想把现在住的屋子卖了，重新去买房子住，中间抽出点钱来买铺子。说过这话，妇人脸上笑嘻嘻地看着众人。众人听了这话，脸上都显些别扭，嘴里半天嘣不出一个字来。原因很简单，该说的话有道理，可说出来会得罪人，还能说吗？有些事有利益，做出来会伤害人，还能做吗？妇人回老屋来，心里揣着想法，自己屋里的家当，都是丈夫在时置办的，现在在自己手里折了，说出话来，也是要屋里的人晓得，其中的事由是怎么回事。其实，几个人听她这么说话，也晓得了她的意思。去劝呢又帮不上忙，觉得有点虚假；不劝呢，又是亲戚，怕以后遭人闲话看她笑话。她这般难的处境，安慰的话都没一句，似乎有些不近人情。几个人心里转过几道弯，也还是不晓得说啥才好。也就在四妯娌没言语的时候，灶房里传出"饭菜好了"的声音。二妯娌听着话忙起身说"吃饭去"，自顾自走了。夏荷跟着说声"吃饭"，起身也去了。张少兰立起身来，看着妇人，说："这事情你得想周详喔。"

过了一会儿，大家坐在一张桌子上吃饭，妇人要卖屋子的事一大家子人都知道了。她在往穷里跳，谁敢去拉她，一时间众人也不好来开话题。还是贵才去老娘耳边说了几句，老太太才问三儿媳妇卖屋的事，妇人又照实说了一遍。这下，众人有了话说。夏荷说妇人家里折腾，卖过了铺子而今又要卖屋，光景真的是哑巴吃甘蔗，闷着头的越吃越短。贵才听着话白了她一眼，说："什么哑巴吃甘蔗，还越吃越短。你不会说话就不要说，弄得人听起来不舒服。以我的看法，弟妹这样想定是有来着去处的。不过，人生的变化是在事情上，这倒要想清楚啰。"贵文听了老哥的话附和着打个哈哈，说："开弓没有回头箭，有些事情做出来就不能反悔了，应该想好了再去做。"妇人点点头说："这个道理我晓得，要去做的事也是再三想过了的。对我这家来说，可能是好的法儿。"贵才觉得话没讲到至情处，接过话安慰妇人，说："弟妹觉得法儿好，便可去做。说不定大侄儿有了铺子做自家篾匠的买卖，会有改变。不过，事情开头难，我们是亲戚，遇着有什么难处讲出来，能帮的总会搭把手。"一些话能鼓励人，妇人听了大叔子这么一说，内心暖烘烘的，有点感动，仿佛有了劲儿一般，眼窝子都有些润。其实，妇人心里也明白，丈夫家里几兄弟从做生意到分家，还有自己守寡后与老屋这边亲戚处事来往上的经验，有些话是实在的，有些话是说来好听的。只是，她自己

239

做事有自己的规矩，信奉人不求人一般高；教娃娃都是做人不能乱收礼，不然没了骨气。可以这么说，妇人把持家务，不论家境怎样落拓，除了亲戚家送礼上的交往，还真的没接受过这边兄弟姊妹的馈赠。就是借钱，也是难得的事儿，说了多久还就多久还，从不拖泥带水。时间久了，亲戚家都晓得妇人守信用，也就不怕她借钱。眼下，看他大伯的话说得好听，妇人自是说了些感谢的话，告诉在座的人自家开铺子的事还应酬得过去，若是以后有啥难处，说不定还要叨扰兄弟姊妹。这样，吃过了饭，妇人与媳妇带着娃儿回家，路上也没话。晚饭后，妇人把两个儿子叫到了身边，说出了自己的想法。孝林心里就装着这事，见娘亲为了买铺子要卖屋，心里高兴的话不好说出来。孝庸听到娘亲提起要买铺子又要给自己说亲，有了想法。不知咋的，这孩子对给他说亲的事不怎么上心，向娘亲说："大哥满师了，没铺子没场地还借房子躲雨，这事倒是当务之急。这么多年来，家里一直吃着老本地只出不进，若是哥开了铺子，家里有了收入，娘也少操些心少些苦累，我说亲的事以后再说不迟。"妇人听着话笑了，她一直认为小的孩子调皮捣蛋，没想今晚倒把话说得这么实在，看着小儿子说："你不要多话，我自有安排。"接着，她看着大儿子说："事情既是有了规划，接下来就是怎样去做。你可去打听着，卖了这当街地段的屋子，去小街巷寻一处你师傅那般家带铺子的房子。记住，价钱上一定要搞清楚。"孝林懂了娘亲的意思，自是答声喏喏。

三十八

可以这么说，张志芬是根据自家处境来盘算的，所以实际得很。孝林想着买铺子是给自己做生意的，说话跑路都勤快。然而，啥事想着容易做着难，时间一天又一天地过去，事情没一点儿进展。有个原因，几次有人来看屋子，讲到价钱妇人家里就犯难，不知道别人出的价能不能买到自家想要的房子。孝林抽空就走大街过小巷的，也没看见有卖自家心里想要买的房子，可想，这价钱又怎样估计。过了有三个月，来看屋子的人有过几次，妇人与大儿子从这些人开出的价钱里做了统计，心里有了适当的价位谱儿。着急的是，还没遇着真心想买自家房子的主儿，而自己也没寻找着自家要买的房子，对这买房的价钱更是一片茫然。一边没着落，这边就不能动，事情就搁着了。妇人两边的亲戚是知道这事的，都说是要帮忙，也没来一点消息。这么过了有十多天，孝林想着离半年的时间还有一个月了，心里就有些发慌，要是这期间不能买到铺子，师傅家的铺子自己肯定是待不下去了。一天，一家人吃着晚饭，孝林端起碗扒了几口饭就放下碗不吃了。妇人问他做啥。孝林说："心慌，吃不下去了。"妇人笑了一下，说："你心慌我就不心慌么，着急能有用吗？人不吃饱没力气，没气力哪有劲儿做事？"孝林听娘亲也心慌着这事，心里有了依托，情绪有了些稳定，才又坐下来端碗吃饭。过了几天，李贵英要回娘家，小夫妻俩抱着娃儿一道前往，出了门就朝长顺街奔去。为何？这事得从一年前说起。媳妇儿的爹娘为了操罗儿子的婚事，把陕西街的老房子卖了，在老屋的附近买了一间二进的房子给儿子住，老两口凑合着钱在长顺街对着黄瓦街的路口处买了一间屋住下来。由于儿子结婚与买房屋共借了二十来个大洋的债，儿子在陕西街依然做打锅盔的买卖，当老爹的在长顺街家外面安灶做起了锅盔生意。父子两人一门心思想还了借的钱，起早贪黑，辛苦也是受得的，日子过得任劳任怨。这天，老丈人看着女婿进门，吃午饭时要和女婿喝杯酒，两个人说着话，孝林把找铺子的事讲了出来，没料着老丈人说出一番话把他听得笑开颜。真是踏破铁鞋无觅处，得来全不费工夫。原来，西马棚街路口上有人家卖房子，都过了二月还无人问津。听到这话，孝林哪还有心思喝酒，恨不得立刻起身去瞧看。老丈人看出女婿着急，想他这事憋久了，管不着样儿，说着热闹就来，便要他放宽心，说房子摆在那里，待吃过饭去看。他还劝女婿做事要稳得住，特别是这买卖的业务，千万要把内心的企图藏住，不要让对方瞧出来。不然，对方就要耍心眼，一文钱的东西卖二文钱甚至更多。本来好好的一场交易，就因为一点儿破绽弄得艰难。孝林听了老丈人的教诲觉得有益，想着一阵儿也是一顿饭的时间，这便稳住心情与老丈人喝了几杯酒。老丈人看他喝酒上脸了，端起酒壶说："酒喝到一定程度有个好处，就是喝酒的人要跟酒较劲，而对身边的事会不怎么在意，你再喝一杯。"孝林说："要是喝醉了咋办？"老丈人说："要是喝醉了就不喝。"孝林说："我不喝酒，吃饭了。"老丈人给自己杯里斟满酒，看着女婿拿碗去舀饭吃，转过头对老妻说："我都是老实人了，这个女婿比我还老实。"老妻听着话说："你这是夸他呢还是说他？"老头子不答话，笑眯眯地端杯喝酒。一旁的女儿去问娘亲，爹爹说这话的意思。当娘的告诉女儿她爹是喜欢的意思。

就这样，孝林等老丈人喝酒吃饭过后，两个人一道去了西马棚街路口看房子。这房子在西马棚路口上，屋正面朝着长顺街，屋墙转巷边去西马棚街恰好有一处空地。这房子三进带间灶房，朝街的屋子有一间阁楼，门牌上写着"长顺街"。找着房子主人问了价钱，说是一百二十个大洋的售价。孝林看过房子有了大概印象，房子的建筑不如自己家老屋精致，住房面积差不多，街面没老屋这边热闹。还有，买下这房子，当街的屋子做了铺子，剩下的两间屋，娘亲住一间，显然，自己一家人得住一间，那么小兄弟就只得住阁楼。可是，小兄弟愿么？要不然就得给小兄弟另外寻一间房子。似这般，他回家后向娘亲作了汇报，讲了自己看过房子的印象和心里的想法。张志芬听了话没出声，整整想了一个晚上，天见亮起来煮稀饭。媳妇听到灶房有响动，听出来是婆婆的脚步声，也就起来帮忙。吃过了早饭，妇人一人揣着二十个大洋去了西马棚路口，东瞅瞅西看看，打听到这房子有几茬人来看过，都是询问之后就没回信。半月前有人来看后，拖至而今都没人来问过。妇人做过买卖，晓得些事情的路子，东打听西打听探了些消息，这房子最高的价给到九十七个大洋，其余的给价在七八十个大洋之间，就是半月前看房子那人给价也在九十个大洋。房东要他再添几个大洋就成交，那人说回去考虑后再来商谈，这去了就如赵巧儿送灯台。于是，妇人找着房东说买房子的事，给价九十个大洋。房东要添点钱，妇人不同意，两人说了半天，房东哭丧着脸要妇人添一个大洋就成交。妇人想了一阵儿，担心像前一个买主，为了这点小利搅黄了事情，便答应了房东说的价钱，拿出二十个大洋做定金，要看房契，还要房东写字据。房东见妇人做事爽快，也就不啰嗦，收下了二十个大洋的定金，出示了房契，写了买房子定金的收据，还写了买卖房子的文书，约好了明天在附近四道街路口的茶铺交易此事，双方各自请人佐证。妇人回到家里，恰好小儿子在家没事做，就吩咐他先去舅舅家传话，说自己待会儿过来商议事情。孝庸见娘亲脸上是欢喜的，又是着急的，也不多话，风风火火地跑去了。妇人见小儿子出了门，这才去了自己房间关上门，搬出了藏钱的罐子，把大洋一个个地点了数，正在兴头上，听到了小儿子进屋说话声，赶紧用棉被把大洋盖上，出屋来问小儿子怎么这么快就回来了。孝庸告诉娘亲舅舅没在家，舅妈说他去吃生意酒了，也不知啥时回来。妇人也不再听小儿子要说的话，吩咐他即刻去叔伯家老屋传话，说自己收拾后就过去。孝庸见娘亲急得把自己的话都拦住了，转身就跑出门去。妇人也不耽搁，回自己屋里去清点过了大洋，凑够买房子的钱藏过一边，才见着罐子里的大洋没剩几个，坐在床边想了一下用钱的来龙去脉，心里合计了下才松了一口气，把罐子放回了原处。她又去寻看了另外藏着大洋的罐子，还是那般原封不动，放下心来，又仔细地拾掇了一遍，出了自己屋，看见媳妇大着肚子带着两岁大的娃儿在外间屋里玩耍，叮嘱了几声出了门，一趟不歇地赶到了老屋。

三个妯娌先见着孝庸过来带话，也不知有何事，等妇人来了才知道了由头。做人都有个心眼。以前大着胆儿说过妇人有事是要相帮的，暗地里嘀咕这番承诺得不着边际，万一是要帮补大洋的事情，这又如何是好。这当儿，听妇人说起去佐证之事，个个把心肠放回了肚里。这也不是活人虚情假意，人情也怕钱折腾。况且，待人接物要顺着事去做，反起来得罪人，弄得个不欢喜，还害怕记仇，过日子都不舒服，等着两厢和好，把时间都耽搁了。这下子，没有了心里上的负担，个个都露出雀跃的面貌。贵才和贵文都在自家的铺子里，遣娃儿去报了消息。四个妯娌说话自是投契，唠一阵嗑，妇人要去看婆婆，想自己走得急没带礼来，拿出一个大洋要小儿子去街上糕点铺买饼子，几人前后一道去了里院婆婆住的屋里。阿大妻已是高龄的人了，身体上多少有些病痛，大多数时候躺在床上将息，看见四个媳妇齐齐来瞧自己，心里边的欢喜露在了脸上。老太婆以前不怎么待见小儿媳妇，自从小儿子去世后，看着小儿媳妇守寡把孩子带大，特别是阿大撒手尘寰，心情上体会了孤单，才晓得寡妇的日子不好过。将心比心，自己有儿子、媳妇、孙子孝敬着，生活上的事情也不操心，去看小儿媳妇过日子的苦处就大了。此外，小儿媳妇不改嫁，也算是对卢家一片忠贞。老太婆整个人从心里对她有了新看法，也就有了新态度，无论从哪种角度听小儿媳妇说话，看小儿媳妇做事，甚至走路、坐凳都是好的样儿。说实话，这一大家人有钱过日子，不愁吃不愁穿的，老老少少守着传统的规矩行事，在街坊邻居印象中是讲体面的人家。所以，老太婆与小儿媳妇说话有了新的语气，看小儿媳妇有了新的眼神，对着小儿媳妇有了新的脸相，底下的大人、孩子都看得出来，不要人教，一顺风跟着学做。当然，各人家有各人家的碗，怎么说自家的事总是要自己去操心，才能得偿所愿。这般下来，事理都懂，可心思不一样，自然说好听的话容易，做事情各有章法，都带"私"字。好在人们都生活在历史的长河里，环境里有规矩，从善不容恶，先贤都是榜样。不过，善恶怎区分，社会红尘，个人有自己的喜好，说不清楚，今天这般主张，明儿那个意义，怎么都是要切合自己利益。因此，张志芬去看望婆婆，也就把腾挪房屋的事情讲了一遍。老太婆帮不上忙，点头说媳妇做事悲善，到底是替自家子孙着想。说着话，孝庸买来一盒糕点递上。老人家一脸笑容地接过手，打开盒盖要大家吃，悄悄地从枕头底下摸出一个大洋给了孝庸，三个媳妇只当没看着。过一会儿，贵才与贵文从铺子里回屋来，妇人便把事情说了一遍，两个男人听说是出面做证，自是允诺。

　　第二天早上吃过饭，张志芬把包裹好的大洋交给了两个儿子，并要他们晚些来茶铺。说过了还不放心，叮嘱了些机要的话，先要小儿子去茶铺，待事情说妥了再回家与他哥一同带着钱来。孝林在以前家里卖铺子时交涉过这些事，这事上有见识，要娘亲放宽心。妇人见时候不早了，叫小儿子去门边张望，这才问大儿子话，他师傅听了买房子的事有什么态度。孝林说："师傅听着事很难得地笑了，就说了这么一句话，'再过几天便是半年了'。"妇人说："一根牛尾巴遮个牛屁股，确实难为了你师傅，今后你倒要好生敬他。"正说着话，听到小儿子在门外叫大伯二伯，妇人去到门边，招呼他两人屋里坐。贵才说办正事要紧，不耽搁了，也就不进门地等着妇人。这时，张志芬突然想起自家住东门，四道街在西门，如是等事情谈妥小儿子回家报信，这得等多少时候，悄悄去对大儿子说了想法，要大儿子随大家一路前行。孝林听娘亲说得在理，把包裹好的大洋打了包袱放在夹背里，又在夹背上端放了些东西做掩盖，这才背上夹背跟娘亲出门。刚到门外，妇人去告诉媳妇，办这事可能要下午才能回来，中午她煮饭吃时注意着自己的身子，另外也要带好娃儿。李贵英晓得买房子的事，丈夫欢喜了一夜，便要婆婆放心地去。妇人说过话，看大伯与二伯走远了，就要去追赶，一双小脚展劲挪步，哪里追得上。孝庸在后面看见，去找了一辆黄包车来让娘亲坐了，自己与哥哥在一旁甩手甩脚跟上，路过两个老辈身旁，妇人与贵才、贵文打招呼，要他两人也寻着车坐，可一时间又哪里去找车。车夫拉着妇人轻巧，过一阵儿就拉前面去了。到了茶铺，妇人拿出一个五文钱的铜板给车夫。车夫说拉了个穿城，要添点车钱，妇人只得又给了一个两文钱的铜板，车夫才拉车走了。孝林在路上起来个心眼，对娘亲说自己走到长顺街时就去老丈人家等消息。妇人觉得是个办法，便同意了，便要小的孩子送一程，看他哥进了屋再过来。当然，这是妇人谨慎。就在妇人给车夫钱时，贵才与贵文一人坐了一辆黄包车跟上来。妇人要给车钱，贵才说是讲好了价钱的，要妇人别管，下车后给了两个车夫一人一个五文钱的铜板。妇人眼尖，打了问讯，贵才说就坐了几条街的路程。

说过话，三人进了茶铺，看见房东与两个人在喝茶唠嗑，打过招呼，就去桌边空的位子坐了，茶博士倒茶来，妇人出了茶钱。房东看大家坐定后，向妇人介绍了自己身边坐的一个是亲戚，一个是邻居，也是街道上的甲长。妇人告诉房东自己身边的两位是自家孩子的大伯与二伯。房东端起茶碗向众人巡了一遍，说声"请喝茶"，自个儿喝了。大家见他讲客气，一同随了他的话喝了茶。房东看众人喝过茶放下茶碗，端正了一下身子，说："今天请了大家来，便是有劳各位在买卖房子的事情上做个见证。"说完，立起身来向着众人一巡打拱后坐下。妇人也起身来向众人作了万福，说烦请众位佐证，说过后坐下了。接下来，房东拿出了房契，问妇人银钱带来没有。妇人拿出了二十个大洋的定金收据，说大洋已备齐数，等签下房子买卖文书，立刻奉上。这时，房东提了一个要求，说银票在身上带着方便，要妇人把大洋换成银票。妇人说这事不难，等房子的事情妥当，可一道去钱庄兑换。房东不再多话，要妇人去请人写文书。妇人说自己从东门来西门，打听了一下，就近何处有写文书之人。房东说不难，出茶铺左手边过去两间人家就有个鬻字老儿，请了来做得好文书。妇人起身要去请人，贵文立身起来说他走得快，这便去请，恰好小儿子进茶铺来，妇人便要他随他二伯一同前去。孝庸也不歇脚，跟着去了。过了一会儿，鬻字老儿带了笔墨纸张来了，在桌子腾出的地方铺开纸写了起来。趁这时机，妇人要小儿子去叫他哥来，孝庸得令一般跑出了茶铺。这边，鬻字老儿写好了两份文书，朗声念诵了一遍，就请众人签字画押。贵才与贵文做生意经常遇到写字据、写文书的事，两人拿着文书仔细地看了一阵儿，发现没有纰漏，才递给了三弟媳。张志芬在两份文书上写了自己的名字，按了手印，房东依般照做，随即，在座的人都写上自己的名字，按了手印。鬻字老儿见文书的事办妥，向妇人要了一个大洋的润笔费走人。众人喝了一会儿茶，等孝林同他老丈人与小兄弟来后，大家去了八宝街一家仁字钱庄兑换了银票，房东把房契给了妇人，妇人把银票给了房东，两个人各自保管了一份房屋买卖文书，从此别过。有话说得好，"生意大家做，龙门阵大家摆，茶钱各给各"。看着房东与他的见证人走后，张志芬的心情从来没有像今天这般舒爽过，邀着贵才、贵文、自己的两个儿子还有亲家李锅盔去了附近一家都得利饭庄，点了几样好菜，向店小二要了一壶好酒。她平常偶尔会小酌一盏儿，这顿酒妇人起头喝了一杯，感谢大伯与二伯以及亲家帮忙，就吃饭了，要两个儿子好生陪着长辈喝酒，她那两个儿子听了话欢喜得不得了。

三十九

　　本来，张志芬是没想着麻烦亲家李长本的，只是大儿子背着钱去走了一遭。亲家随着他女婿过来，也是好心好意，想着过来路上有个照应，走到后本是要回去的。妇人想着办完事情要请吃酒，说什么都要亲家留下来一起去。亲家推辞了一阵儿，被他女婿拉着不松手，一路走来。这亲家认得他女婿的两个叔叔，有一回同桌吃过酒，大家还说笑来着。于是，大家见着面点点头、弯弯腰，说到亲戚份儿上隔得有点远。李长本做人老实本分，晓得卢家兄弟两个做布匹生意有些规模，不知比自己的锅盔铺强了多少倍，怕讲的事情冒失惹人笑，说起话来略显谨慎，跟着女婿称呼卢家两兄弟，加了个字，"他大伯、他二伯"地叫。卢家两兄弟听着不以为意，顺着弟媳的叫法也以亲家称呼。三个人喝过了妇人敬的酒，看着一桌子菜肴，要把一壶酒喝个净儿光，自是要扯些话来说。人都有点毛病，卢家两兄弟见亲家老实巴交的，讲起话来就有些随意，为了谈话之间不显生分，偶尔冒出风趣之语，多数话音占着上风。贵文是个爱充能干之人，看着桌上有一盘卤鸭子，要亲家夹一块尝味道。李长本讲礼，做手势请他先夹。贵文夹了一块在李长本碗里，接着夹了一块放到自己碗里，吃的时候用手拿着啃了起来，时不时还凑嘴去指头上吮一下油汁。李长本看见他吃相如此，心里觉得不雅，捏着筷子夹来吃，听着孝林二伯说话，中间夹杂哧溜声响。贵文说："这是农户养的麻鸭子，一只有三斤来重。褪毛去内脏收拾干净有二斤来重，店家用老卤料卤好，熄火泡着，待卤水变温时捞起晾干，要上桌时砍成块，卤汁四溅，拿着吃，鸭肉好吃，吮下指头上的卤汁，味儿美哪。"亲家听了他一番话，只得跟样儿用手拿着鸭肉啃。贵才看着笑起来，问亲家怎么听他胡诌。李长本说："我看他二伯吃得香，忒是指头吮得哧溜响，旁若无人的样儿瞧着斑斓。"贵才说："你别看他的样子，喝酒、吃菜除应酬外，随意自在些好。"贵文听着他哥的话不以为然，说："喝酒、吃菜也是要闲谈的，不然有什么乐趣。"说过话，他扭头看着亲家，说自己做生意去过许多地方，问亲家可有经历。李长本实话实说，自己没出过远门，守着锅盔摊子人就变老了。贵文端酒杯请众人喝酒，两个侄儿喝了杯中酒，想起娘亲教过的一句话，"有时候要学会听他人说话"，凑着兴致请二伯讲些事来听。

贵文谈闲也是循序渐进的，先讲了些自己去周边县乡做生意的事情，见众人喝着酒吃着菜听得饶有兴味的，自个儿也乐滋滋起来，夹了菜吃，又喝了酒，嘴里咀嚼着就讲出了自己有一次去汉口进货的经历。恰时是六月份，天气炎热，日晒雨淋的，走了差不多九天的路程到了重庆。来到朝天门码头，看着平江两岸水势滔滔，坐上了客船乘风使蓬。这一趟惊险，木船被波浪拍打得颠簸，一船的人哪个不心紧。待船儿行驶到了水势缓平的江面上，大家才有心情去看两岸的风景，见着巍峨陡峭的崖壁，谁不叹江山如画。到了日色平西，木船靠着多宝寨的码头歇了。第二天起船，急流险滩多了起来，老艄公掌着舵，一刻都不敢大意。下午要到夔峡时，艄公换了下手的船夫来掌舵，自己拿着竹篙去了船头。这时，大家才晓得艄公是老子、船夫是儿子。到了夔峡，那船儿就像泻了一般顺水而下，老艄公在船头拿着竹篙使劲地东撑西撑，点拨船儿躲过水下礁石。船夫把舵，紧张得鼻白脸青，连胳肢窝的劲儿都用上了，父子两人一前一后，呼唤照应之声大得如同吵架，船上的人看着江水拍船，激起的水花溅进船舱，一个两个都骇呆了，胆小的直到船儿到了宜昌才缓过神来。要知道，如是船家不熟悉航途或有个闪失，木船碰着礁石就得散碎，人就是抱着小木板又有什么用，一个浪头打来，哪个敢去探索水底世界。后来听说，老天在上，船家出船都是要求保佑的。李长本看孝林二伯息了嘴，由不得叹了一口气，说钱不流泪，活人真的辛苦。贵才听着说亲家的话精辟。大概是起了兴致，便想讲一些自己的遭遇，正在拿捏话头的当儿，店小二端上了一大盘好菜上桌。众人一看是甜酱肘子，个个举箸捉筷夹一坨进嘴，刚入口就热络络、香喷喷地软化了，仿佛琼浆甘露裹着酱香味下肚滋润了五脏六腑，一种幸福的感觉由心而生荡漾在脑子里。想什么呢？各自不同。亲家把一坨肘子吃下肚，看着孝林大伯连声说好菜，接着感叹了一句："人生有幸遇高厨，不枉一世说味道。"贵文听见亲家吃得把顺口溜都说出来了，不由得刮目相看，内心就想啊，自己兄弟两个读过几年私塾，倒不如一个卖锅盔的会说。

就在贵文思忖的当儿，贵才没像兄弟这么想，他本是想讲一次自己去外地买卖的经历，却被店小二上菜打断了思路，此刻听着亲家的顺口溜，便说亲家的话讲得好，吃得着厨子做的好菜确实不容易。不过，平常人家也有做得好菜的，遇着了说不定让人能有记忆。接着，他端酒杯请众人喝酒，喝过后讲了自己一次在一个渡口向船家借餐的遭遇。当时正值中午，因无人来坐船，船家不撑渡就去做饭吃。这下，他就一个人站在岸边，前看是一条大河，后看不见村落，太阳当空照，肚皮饿得咕咕叫。没奈何，他只好拿出六个二文的铜板向船家求一餐饭。船家想了一下，收了钱让他上了船，把吊在舱壁上一斤多重刮鳞去了内脏的鲤鱼取下，"扑通"一声放到河水里洗一下，之后放在菜板上一阵猛砍，砍成小丁，待灶上的饭煮好后，再放好锅烧燃猛火，锅里放了少许清油，晃悠几下锅烟四起，放鱼丁爆炒，撒些盐末，要好时从瓦罐里挑一坨黑乎乎的东西下锅，用锅铲铲几下装碗，正适合两个人下饭。不想，贵才这顿饭吃了两碗还要添，弄得船家在一旁只好忍嘴待客，说商人看不出来，干筋筋瘦壳壳的，一顿要吃好几钵。他说是船老大的鱼炒得好吃。船家吃得半饱没话说，看岸边还是无人来坐船，只好撑船渡他过河去。上了岸，贵才问船老大，那一坨黑乎乎的东西是啥。船家告诉他是自己妻子做的酱。贵才说好味道。船家告诉他做酱不寻常，得把小麦粒蒸熟，面粉炒香，辣椒切细，酒曲子碾碎，再把这几样和匀了装个大半坛，封了泥窖藏在地下，要等到来年对时才能打开坛口食用，一年四季下饭全靠它的滋味。说完话，船家立下船桩等过客，他便走自己的路。回到家后，时不时地，他脑子里就会出现那顿饭的印象，之后自己去买了鱼和酱回来，要婆娘依着样儿炒鱼丁，做了几回总是炒不出船家的那种风味。后来一想，可能是酱的缘故，于是他出东门城门洞，去附近乡镇上买农家自己做的酱回来炒了几回，还是达不到那种境界。没办法，只好在回忆中去想那种味道。话到此，贵才收了口，劝大家喝了一杯酒后吃菜。接下来，众人你一句我一句，从平常人家炒菜说到了街面上的小吃，讲起了夫妻肺片字号起来的缘由、麻婆豆腐的牙牙饭、深夜寒风中那么诱人的担担面，都说好味儿价廉物美。

李长本想孝林的大伯与二伯都讲了各自的经历和遭遇，自己没啥说的，便向众人讲了一家老糍粑店的传闻。他说，帘官公所街上有家王糍粑，生意不好也不坏，到时候总有一趟食客。不久，他街对面搬来一户郑家，也做糍粑生意，只是初来乍到，买卖上就有点冷清。这样，每当眼瞅着王家那趟生意心里就不舒服。一天，郑家店主想到了一个计策，唤来旗下打工的内侄耳语几句，到了夜深，那小子翻墙进了王家店后的院子，悄悄在碓窝里屙了一坨屎，也是做了缺德事。到底是天黑的缘故，没有被人发觉。这夜，郑家店主自以为得计。三更过后王家打糍粑，店小二瞌睡兮兮的，眼皮耷拉着，像平常一样清理了一下碓窝，哪知打出来的糍粑有些儿怪味，一食客向老板说糍粑有点臭，王老板装耳背"啊"一声说"糖不够"，又舀了一瓢红糖汁浇在食客碗里，倒把那点怪味儿压住了。接下来，碗碗糍粑端上堂都如法炮制。不想，这么一来，王糍粑店的生意有了糖汁厚的说法，食客越发多了起来。街对面的郑家店主见王家店的生意被自己使计一弄反而好起来，自家店里生意都没有，气得吐血，落下病根，维持了一月多时间，只好关铺门走人了事。李长本讲到这息了嘴，众人好笑了一会儿，贵才说："生意人善心在前利益在后，这才是法儿，像这么整人不成反而害了自己，也是人在做，天在看。"几个人听了话一阵附和，都说是这个理。这么一来，酒菜吃喝得差不多了，叫店小二打了饭来，众人吃饱喝了汤，妇人去柜台上付了账，大家一道去看房子。

买了房子，孝林心里是最高兴的，巴不得两三下收拾好就搬过去住。所以，当大家走进走出观看时，他就收拾起房间来。孝庸心里也有股新鲜劲儿，见哥哥动手打扫，自是不肯闲着。张志芬晓得儿子们的心情，自去陪着贵才、贵文与亲家屋里屋外、房前房后地走了一遭，看下来都还满意。贵才对弟媳说："房子不错，向街的屋子又是门板，孝林要开铺子，合着了意思。"妇人说："房子过得去，只是要修葺后才搬得过来住，还得费些钱。"贵文笑一下，说："孝庸不就学的泥水匠活，请他师傅过来吊墨划线也是方便的。"妇人说："方是方便，可请师傅也得有礼性。不过，二伯这话说在理，守着他师傅不请，以后晓得了事情师徒俩有嫌隙，这事我要好生斟酌，要不然平白无故把人得罪了都不知道。"

这天晚上，妇人一家人吃过晚饭坐在煤油灯下开了一个会，就着房子的事情说起了家务。两个儿子听了娘亲的话，晓得了买房子的钱从哪里来，也晓得了眼下住的房子卖了后，这钱是要原数存回的。孝庸听娘亲说这些钱是为他以后讨媳妇存的，笑了一下也没作声。换作以前，他总是要咕哝些不好意思的话。妇人见他没言语，想了一阵儿，说起了自己的打算，要给孝庸在成亲前买间合适的房子，这样，一碗水端平了，自己心里也就没事牵挂，过日子安享晚年了。孝林听了娘亲的话，觉得安排得妥当，告诉娘亲这个月过后就不去师傅的铺子里了。张志芬想了一会儿，说："过些天也就有了半年，刚好是时候，你去与师傅说时备份礼，感谢他对你的栽培。"说完，她拿出一个大洋递给儿子。孝林接过钱，一时心血来潮，对娘亲说："明天就买礼去送给师傅，也好回家来帮着收拾房子。"妇人听着话怔了一下，觉得大儿子一向都是老实守成的人，怎么说出这种话。没买到房子是一种心情，买到了房子又是一种心情。本想告诉他坚持这么几天就到月底了，为何等不得。可看着儿子欢喜的一张脸，屋子里大家又都欢喜着，也不想扫了众人的兴头，自是把想说的话吞回了肚里，对着小儿子说明天请他师傅去看房子，商量修缮事情。孝庸听娘亲要请自己师傅来主持画墨吊线等房子修葺的工作，晓得是给自己与师傅的情面，心里甚是乐意，向娘亲说这就去告诉师傅。说过话，他就要出门去。妇人叫住了小儿子，说："屋里还没商量妥当，着急啥？"孝庸站住了脚，问娘亲有何主张。妇人要小儿子坐下，又看了眼大儿子和大媳妇，才又看着小儿子说："我的意思是家里就这个底，外人不知自家知道，能省几个是几个。今夜晚了，着急忙慌的，打扰人作甚。明儿你请师傅看房子，心里要有个数，房子该修补的修补，该粉刷的就粉刷，得有个成本。当然，做了工给工钱，是多少，这也得明白。"

　　第二天，孝庸请师傅去看过了房子，自然把娘亲的意思拐弯抹角地说了出来。当师傅的听着有了分寸，对小徒弟说："你家修缮房子请我来提斗画墨，自是要把事情做得圆满。我看过了，屋子里有许多处墙壁要补泥浆，又有几处墙柱要换木头，要捡瓦，最后要刷漆粉石灰。这样吧，材料你自己去买备，有些事你自己能做的就自家先做，差不多的时候我与你大师哥、二师哥过来替你收尾，估计得要三天的时间搞定。"孝庸心里也是这般想的，自是喜笑颜开，又向师傅说起自家娘亲要给工钱的话。泥水匠想了一下，看着小徒弟说："我是你师傅，事情上你勤快点，我与你师哥几人到时候过来帮一下忙，收什么工钱。"孝庸迟疑了一下，低着头说："师傅如是不要工钱，我娘亲怕是不会同意。"泥水匠笑起来，说："我要是不要工钱，你娘亲会去找其他的师傅来修缮。"孝庸说："我娘亲说，礼是礼，法是法，事情一码归一码。请了师傅，定是要给工钱的。"泥水匠想了一下，看着小徒弟说："你娘亲做事讲理，果然不是传闻。不过，我是你师傅，又怎好收这工钱。"孝庸见师傅为难的样子，心里有了主意，便不再多话。泥水匠样子上大大咧咧的，可做事情却仔细，里里外外看过了屋子，在修葺处做了记号，对徒儿交代了些操作上的话，之后，约定了施工的日子。这般，孝庸回到家里，把师傅的话向娘亲说了出来。孝林在一旁听着兄弟的话，便说自己已向师傅说了不再去篾匠铺，在家闲着没事做，正好跟兄弟一起收拾屋子。就这样，孝庸第二天去师傅家借了些工具来，兄弟两人去城墙外挖了泥土回来过筛子留细土，随后铡了谷草节，和匀、浇水、发浆。这泥浆要发些时候，兄弟两人拿着娘亲给的大洋去买了一挑石灰、一桶油漆，拉了一小板车木材与三百片瓦，回家一算账，用了九个大洋。隔天泥浆发透，兄弟俩又去用脚踩了一个时辰，待到泥浆黏融糊合，小兄弟做了工匠，当哥的打着下手，去把墙壁破损处抹上泥浆。忙了几天，泥浆干透，泥水匠带着两个徒儿过来操作，扎实牢靠地把房子修缮了一通，三天后竣工。泥水匠还有一门手艺精绝，打灶台方正，起火通烟省柴。张志芬来看房屋，漆亮粉白焕然一新，喜得合不拢嘴，对小儿子说师傅好手艺。这时候，孝庸告诉娘亲师傅不收工钱。妇人问小儿子怎么回事。孝庸说出了自己的主意，给师傅与两个师哥一人封个红包。妇人问小儿子，红包怎么个封法。孝庸说："封多了师傅不要，有个意思就行了。"妇人说："我的儿，礼多人不怪，你得有个主张，不要怠慢了人。"说过这话，又怕给多了，心里直打鼓。孝庸说声"晓得"，告诉娘亲他给师傅封五个大洋，给两个师哥一人封两个大洋，起锅灶时请他们来吃顿酒。妇人看了小儿子一眼，心里不知他这么做妥当不妥当，想着这是师徒间的事情，也只好由着他去做了。她又想着房子修葺好了，是件高兴的事，一家人说起搬房子住的事来。最高兴的是孝林，巴不得过两天就搬，听着小兄弟说房子要敞开晾半个月，忍不住地叹气。妇人心里明白，大儿子是想两下搬过去，好开铺子做篾匠活的买卖，便说半月的时间快，可选个好日子。孝林听着，急忙去自己屋里找出黄历来，就着半月后的日子里指着瞧看，定着了农历十月初二，黄历上写着"访亲戚，宜搬迁"。

四十

就在一家人为要搬房子的事高兴的时候，过了几日，大媳妇突然喊肚子痛。张志芬晓得是要生产了，急忙请了接生婆来，忙了一个上午，媳妇生下一个女儿。这么一来，一家人的心思便放在了产妇与婴孩的身上，至于十月初二搬房子的事情只好推后。其间，孝林给女儿取了名字为卢友英，平日逗孩子呼"英儿"，一家人也跟着这般呼唤。孝庸想着说过要请师傅与师兄弟吃酒，见一时半会儿搬不了家，话说出口收不回嘴，向娘亲讲了心里的意思。妇人拿出了三个大洋给小儿子，并向他说了家里买房子、修房子花了钱，现在他嫂子又生了女儿又要花钱的话。孝庸知趣，接过大洋后上了自己住的阁楼，翻出自己存的几十文铜钱去了师傅家，向师傅说了请吃酒的事。泥水匠听他讲了事情的经过，笑一下说他守承诺。孝庸讲了家里的事情，说要在师傅家吃这顿酒。泥水匠说："行，话说得好听，喝井水都是甜的。我叫你师娘推一锅豆花，我们喝酒喝个痛快。"孝庸见师傅答应了自己的话，与一个年龄相仿的小师哥一道去了市场，买了两只卤鸭子，买了几斤肉、几斤散酒、几样蔬菜，过来让师娘操办。到了中午，徒弟七八个围着师傅坐了一大桌，泥水匠一家子坐了一小桌。师娘端菜上桌，大桌上摆了一大碗卤鸭子、几大碗带翘头的蔬菜、几大碗豆花与几碟蘸酱，最后上了一大缸钵回锅肉；小桌上摆了一碗卤鸭子、一大碗回锅肉、几碗带翘头的蔬菜、两碗豆花、两碟蘸酱。师娘上过菜，朝众人说声锅里豆花多得是。孝庸先敬了师傅的酒，再敬了两个师哥的酒，然后端酒碗朝众师兄弟一起请了。可能是高兴，也是性情所致，孝庸在一系列敬酒之中喝得咕咚大口，过了一阵儿，人就有些轻飘飘起来，觉着脑子一片混沌，伏在桌上睡觉。泥水匠见小徒弟醉了，叫众徒儿莫去惊动他，大家继续喝酒说笑取乐子。孝庸睡了一会儿，慢慢从酒梦中醒来，抬头四下张望，看大家嬉笑说闹的，竟不知何事，就坐在凳上把桌边上喝酒的人一个个愣神地看。泥水匠笑眯眯地看着他，大师哥问他怎么回事，喝着酒就睡了过去。孝庸这才想起了吃酒的事情，他也不知道为啥，喝着酒就迷糊了过去。不过，这感觉很安逸，仿佛云里雾里地走了一遭，跌回了现实。泥水匠见他半天不说话，问他有什么不舒服。问过了，含了口酒在嘴里，就要朝他劈头盖脸喷去。孝庸见状连忙摆手摇头，告诉师傅自己心里爽着呢，只是没缓过神来。泥水匠把嘴里的酒吞下肚，对徒儿说动动有三分福，要他吃点菜。他去夹了些菜，嘴里嚼了一会儿，人清醒过来，几个师兄弟劝他喝酒，他端着碗喝了一口，心里舒畅得很。于是，众人大口地吃菜、大口地喝酒，直到菜光酒净才吃饭，一个两个打着饱嗝，嘴里都是满足。这时候，有人来找泥水匠，说是提督街三义宫要修葺房屋，请他去做活儿。泥水匠听说有事情做，嘴里的酒气都是欢喜的味道，叫上大徒弟随自己跟来人一道去洽谈业务，其他的徒儿留在屋里等消息。这样一来，几个师兄弟坐了一会儿没事做，出屋来在外面的空坝上耍牌九。孝庸不沾这玩意儿，只好在一旁观战。耍牌九的几人有多少钱呢？二十几文铜板热闹了一个下午，没见着师傅与大师兄回来，一个个只得去向师娘说再见走人。

孝庸一路回家吹了些风，走到屋酒劲又有些在头脑里盘旋，怎么上的阁楼自己都不晓得，倒在床上就打响酒鼾，第二天上午才睡醒。张志芬见小儿子下楼来，第一句话就问他昨天喝了多少酒。孝庸说没喝多少酒。妇人不相信，说小儿子回了屋招呼都不打一声，窜上楼倒床上就睡得个一塌糊涂的。孝庸告诉娘亲，昨天喝了几口酒便稀里糊涂睡着了，过一阵儿又稀里糊涂醒了过来，感觉云里雾里奇妙得很，接着又喝了些酒，倒也爽快，看师兄弟玩了一会儿牌，就回家来了。张志芬笑了一笑，对小儿子说稀饭留在锅里，快去收拾一下吃饭。他小师哥刚才来过，要他去三义宫会师傅。孝庸听着师傅洽谈好了业务，答应了一声，忙去洗漱，吃过稀饭一溜烟儿地出门去了。妇人本想问他些话却没来得及，她走到门口，看到哥嫂进了屋，两人手里提着两只母鸡、一竹提兜鸡蛋，恭喜妇人又添孙女。妇人连忙招呼两人落座，去泡了茶水。孝林在屋里听着声音出来叫过舅舅和舅母，说了些感谢的话，拎着两只鸡、提着一竹笓蛋去灶房。过一会儿，只听见一只鸡被割破喉咙的叫声。又过了一阵儿，孝林端着两碗荷包蛋出来，递给舅舅与舅母一人一碗。两人接过来一看，荷包蛋煮得滚圆莹白汤又清，散发着糖与醪糟混合的香味，吃一口蛋喝些汤水，甜甜的，滋润实在。接着，孝林给娘亲端了一碗出来，之后，端了一大碗荷包蛋进了自己房间递给老婆，媳妇接过碗一口气就吃了五个，剩了一个留给儿子友明吃。孝林见媳妇意犹未尽的样子，让她把那剩下的一个蛋也吃了，嘴里说自己再去给儿子煮。哪知，卢友明端着碗就不放手。说实话，媳妇坐月子，一天是要吃几个荷包蛋的，只是家里人是没得吃的。今天，舅舅与舅母送礼来了，因为是至亲，行着礼数，煮了荷包蛋相馈。为了捧场面，家里人都沾了光。妇人碗里是两个荷包蛋，吃了一个荷包蛋，就慢慢地舀着汤水喝，好陪着哥嫂说话。当然，生活的经验看得出人情世故，她哥嫂自是晓得她的意思，谁屋里没有小家子气，这氛围有时还挺暖人心的。也就在三个人边吃边唠嗑的时候，妇人的大孙儿友明端着个碗摇摇摆摆走过来，妇人便要他喊舅爷与舅婆。小娃儿听话，依次叫过，正好当舅爷的吃完把碗放在桌上，连忙掏出手帕揩嘴应声，过后从长衫兜里摸出一个大洋给小侄孙。两岁多大的孩子不知铜钱何用，端着蛋碗不松手，好在妇人给孙儿缝的围腰上有装手绢的口袋，当舅爷的就把一个大洋放了进去，这孩子觉得受了委屈，摇摆着脚步去找妇人告状，弄得屋子里的人乐乎。孝林听到笑声出来看，把桌子上的空碗收拾了，过来见着娘亲碗里还有一个蛋没吃，就要去灶房。妇人把手上的碗递给大儿子，说自己不吃了。孝林晓得是娘亲故意留的，接过碗去了灶屋里洗涮，也就把老娘留在碗里的蛋和着剩下的汤水吃了，吃得直咂嘴。正在津津有味的当儿，听着娘亲的声音，说："娃儿过来啰。他舅爷给了他一个大洋在围腰口袋里。小娃儿不晓事，你把它收拣起来，不要弄丢了。"听了这话，孝林不敢怠慢，出灶房见娃儿过来，去把口袋里的大洋搜在手，走出来谢过舅舅与舅母。妇人见时候不早，吩咐大儿子去买菜。孝林听话，进灶房拿了筲箕出门去菜市。

这边，张志芬带着大孙儿与哥嫂说话。三个人先说了些别的事，接下来谈到房子的事情，妇人便把事情从头到尾说了一遍。哥嫂中途也问了些搬迁的事，妇人倒也详释经过，说本是要赶着时间搬家，过去好开铺子，遇着媳妇生孩子的事，只好住在老屋，设想过三十天孩子满月后再搬家，可一算日子，又到了冬月，眼见是年底岁末，又得筹办过年的事情，几处用钱，没得个进项，叫人好生踌躇。当哥的听了话对妹子说："既然以后你要买房子给小儿子安家，为何不把老屋留着给他，也省了个折腾。"妇人听着话摇了摇，朝着哥说事情这般容易，自己又何必挖了坑又用土填，去做这多此一举的事。生活上哄多时，差不多是哄自己，如是有钱，这个节眼也就过了。张志高说："你没钱，何不去借些，让你大儿子先搬过去开了铺子，生意上有了买卖，也就有了收入。"妇人摇了摇头，说借钱的事开不得头。孩子他爹在时做生意，借钱的事自己管不着。可孩子他爹过世，自己揽下了家务，从来就没敢去想借钱的事。原因很简单，孩子还小，借了钱拿什么去还？总算好，千般辛苦万般磨难地过来，不欠人一个子儿，做人倒也体面。所以，她心里头想的是一辈人做一辈事，家务上一碗水端平，今后两个孩子做什么，便是他们的事情。至于大儿子开铺子的事，她曾对他讲过，"多大的肚，穿多大的裤"。万事开头难，过后会觉得顺畅。张志高听过了话，说妹子含辛茹苦了十多年，把事情想得透彻，家务也处置得当。

这时，孝林买菜回来，告诉娘亲买了半斤酒，买了一只舅舅与舅母爱吃的卤鸭。妇人接着话要哥嫂坐一会儿喝茶，自己去灶房帮着做些事就出来，说完，与儿子前后去了灶屋。进了门，妇人就问儿子买菜的钱是不是娃儿身上的那一个大洋。孝林说是，告诉娘亲自己添了有十几文铜板。说完，就要去屋里看媳妇。妇人已在淘米，接着去烧火煮饭，想着要去陪哥嫂说话，往灶膛里架了一块柴疙瘩，顺便去自家糊的炭炉子上揭开沙罐看了一眼，见还剩着半锅炖的鸡肉和汤，去屋门前叫儿子出来，问沙罐里的鸡汤都没吃完，怎的又杀了一只鸡。孝林嘿嘿一笑，说自己不晓得沙罐里还剩着鸡汤，一时间逮着一只鸡就杀了。妇人想了一下，问儿子买了些什么菜回来。他说买了一块豆腐，割了两斤多的五花肉，一把白菜秧，一斤芹菜，一只卤鸭子和半斤酒。妇人努嘴了一会儿，对儿子说："你先把鸡收拾出来，注意着锅里煮的饭，好了后叫我一声，我来炒菜。"说完，用筲箕装了白菜秧与芹菜，到外屋与哥嫂说话。那嫂子见姑子择菜，便过来帮忙，张志高在一旁无事找话说，问妹子什么时候搬房子。妇人择着菜想了一会儿，说："我觉得你讲的话实在，既然有了铺子，为何关门。我想啊，事情总是要做的。等媳妇满了月后，一家人来商量一下这事，让老大辛苦一下，先去拾掇开铺子，这边选个日子陆续搬过去，争取年底全家人都搬到新家住，空出这房子来，也好与人交涉，省得处事急促。"张志高听过话闷着头想了一会儿，问妹子，她这房子当真要卖。妇人点头，说："不卖这房子，过不得这坎儿。"张志高踌躇了一下，说："我借些钱与你呢？"妇人想了一会儿摇摇头，说："这事使不得，我已想了这法子，便是不会借钱的。不是我挡你一片好心，一个家背着债过日子，做人做事都不舒展。"张志高听了话作声不得，以前也有这场景，好在是自己的妹子，说的话也不往心里去。一旁的嫂子见这情形打了圆场，说丈夫不晓得自家妹子的想法。说过了一笑，大家便把这事揭过了。这时，孝林在灶房里唤娘亲"饭焖好了"。妇人听了话，端着理好的菜去了灶房，先用柴烟渣把炭炉子点燃，放上沙罐，接着把柴灶锅里的饭舀在缸钵里捂住锅盖，才去洗锅油酥了一碗花生米，又烧了一碗豆腐，随后炒了一碗鸡杂芹菜，把卤鸭砍了一大碗，给小儿子留了一盘碟，这才呼唤儿子端菜上桌。孝林进灶房看菜里没有回锅肉，问娘亲怎么回事。妇人告诉儿子肉隔会儿炖鸡用，说完支了个眼色。孝林看着不作声了，陆续端菜上桌。妇人把沙罐里的鸡肉和汤满满舀了一碗，待儿子来灶房，便要他端去给媳妇吃。孝林先端鸡汤去了自己屋里，随后出来舀了一碗饭送进去。媳妇饿了，呷着饭问家里吃哪些样菜。孝林把中午要吃的菜说了一遍。媳妇听后说吃了十多天没盐没味的饭菜，想吃几块卤鸭。孝林听话，去了灶房就拿碗筷夹鸭子。妇人看着问他做什么。孝林把媳妇想吃卤鸭子的话讲了出来。妇人要儿子去告诉儿媳妇，坐月子吃清淡的是为她好，不要馋嘴，再过十多天就能吃有盐味的食物了。孝林自是去把娘亲的话说给媳妇听，妇人把沙罐里剩的鸡肉和汤倒在了一个大碗里，然后洗过了沙罐，拍了一大坨姜，挽了一把葱节，与收拾出来的鸡和五花肉一起放进沙罐，舀水淹过后盖上沙罐盖子，由着炭炉子去炖。孝林在屋里急着对媳妇说过话后，赶忙出来进灶房，看娘亲把鸡都炖了，端菜跑趟不敢怠慢。妇人脚小，拿着碗筷出了灶房，碰着儿子过来，吩咐他把那大碗的鸡汤端上桌。孝林本以为大碗鸡汤是留着媳妇晚上吃的，听了娘亲的话，晓得是要招待舅舅与舅母，想着是人情美美的事，自去端了来。看桌上，一桌菜荤素搭配倒也齐整。

　　吃过了午饭，大家聊了一会儿天，妇人说出了自己的想法。大概是听了她哥说的一些话，这个想法与她吃饭前的初衷有些不同。先前她想要大儿子去开铺子后，过段时间一家人才搬过去住，眼下她拿主意，等在老屋办过孙女的满月酒后就动身。原因很简单，她哥吃酒时说了一句话提醒了她，"做生意的人在年初与年尾时心情是不一样的"。她经过商，体会得到其中的门道，所以一点就透。孝林听了话，想着免了自己两头跑路，心下便是欢喜。接着，妇人委托了哥嫂一件事，帮自己打听着买房子的消息。张志高听了话后，口头上应诺下来。于是，几个人又说了些其他的闲话，哥嫂便起身说要走的话。妇人去相送，说了十月二十七请吃满月酒的事情，来到路口，张志高又悄悄给了她几个大洋，大家才别过。也是，有钱的亲戚真好，过手的礼都是帮衬。张志芬回到家，直接去了自己的房间，拿出她哥给的大洋，一数有四个，收拣了起来。之后，出屋来叫着了大儿子，两人商量起家务事。吃过了晚饭，孝庸回了家。他在外跟着师傅吃过饭了，晓得留有鸭子，又还剩了些酒，端上桌独自斟酌起来，吃得个有滋有味的，见侄儿友明望着自己，捡了一个鸭脚给娃儿香嘴。妇人坐在一旁，看孝庸吃得欢，对他说起搬家的事。孝庸喝着酒啃着鸭子肉，心里乐陶陶的，问娘亲怎的改变了主意。妇人便把他舅舅说的话和自己的想法说了出来，告诉儿子到了年底做生意的都要盘点清账，能赶着之前说的生意，差不多的不耽搁时间。如是年初谈的买卖，东看西选总有些水磨工夫。孝庸边吃边说，问："娘亲为啥着急要卖房子？"妇人想了一会儿，对小儿子说："买房子是花了给你攒存在那里的钱，接下来又要修缮，接着你嫂子又坐月子，眼下，你哥要开铺子，总要花钱买物资，还有，再过两个多月就要过年，也是要花费的。这钱啊，手上一松动就跑得没影儿，要是不抓紧，你的事情又怎么办。所以，这老屋卖后，收回来的钱依然要给你存起来才安心。我还盼着，你哥开铺子有了收入，一家人的生活才有着落。"孝庸没把这些事放在心上，啃完鸭子肉，把剩的酒喝得一滴也无，没事混，出了屋去找街坊邻居的伙伴玩乐。妇人晓得小儿子心性好玩耍，家里的事知道了也没个心思，也就由他去了。想着要给孙女儿缝双鞋子，去拿了针线簸簸来针指。大孙儿见奶奶一个人做事，咿呀着声音过来膝下缠绕，妇人就说话哄着他笑。煤油灯闪闪亮，祖孙俩乐呵。

四十一

张志芬一家在老屋给小孙女办了满月酒，请了两边的亲戚，还有亲家李长本。之后，搬到新屋住已是冬月。起锅灶，庆祝篾匠铺开张，两件事汇在一处办，在新屋张罗了三桌酒菜，请了亲戚朋友。下来一算账，花出去的钱，收进来的礼，倒多出了六个大洋来。当然，这些钱以后是要还礼的。不过，对妇人一家来说，当下可应酬生活上纷至沓来的事情。这天晚饭后，妇人进自己屋里关上门，拿出所有的钱清点一遍，最早给小儿子存的那一百个大洋已经用完，卖铺子的钱都动用了几十个大洋。说来好笑，搬家时，妇人为了不让家里人晓得存的这些大洋，自个儿来回跑了好几趟，才悄悄分批次藏包袱里，带来新屋落窖为安。并且，妇人心里盼着尽快卖了老房，赶快把钱存起来，好忙小儿子的事情。也是，生活中的事，有忙的，也有闲的，有愁的，也有开心的。搬了新屋，孝林开了铺子，一家人是开心的。可家里的钱不多，今后的日子怎么过，在妇人心里没个定准。确实，生活上的事让人难思量，你要这么想，许多事却是那样来的，有希望又失落，想哭又笑，其中的辛苦烦恼与开心快乐缠绕，弄得人皱了眉头又舒展了眉头，日子一天天过去，人儿长大的长大该老的见老。有时，妇人会想，多少年来，一家子怎么生活过来的，有些人和事记得清楚，有些人和事模糊淡忘。真的是奇怪，在一些人和事的回忆中，心里会生起如烟如雾如幻如梦如泣如诉的感觉，有多少留念呢？别样得令人发怔。也就在妇人为往事惆怅之时，孝林在屋外边空地处墙上挂了一盏油灯剖竹子。川西平坝那么多的县，农家住屋旁边都种有慈竹，竹子碧绿挺拔高竿，是做劳动工具与生活工具的材料。孝林在长到十八岁时，心中就有了一个愿望，要替娘亲分忧愁，担负起屋里的家务。只因处境无奈又好事多磨，今天终于开了铺子，心里的想法便多了起来，这也是人内心世界的根底。没有的时候想有，有了后杂七杂八的念头备至。不过，怎么想都合乎情理，一切都要去做了才能兑现。其实，孝林搬家过来后，从娘亲手里接过了十七个大洋做本钱，心底下又起了一个想法，拿出半数去买了竹子回来，亮出手艺，编做了筲箕、筛子、蒸笼、刷把等一系列竹制品。他跟师傅学了三年，人又勤奋，会了几十种竹编器具。开张的这天，就把铺子摆得满满当当，来朝贺的亲戚朋友看着都夸赞个不停。篾匠师傅来时送了一个炮仗，挂在街边的槐树枝上放得乒乒乓乓响，引得街坊四邻过来瞧，不只是好奇，说着问着就有人掏钱买物件。

妇人这天花了两个大洋请了两个乡厨子做菜，为的是要做农家口味的菜肴，自是在一旁打下手。听着说铺子上有了买卖，中途忍不住出来看，恰好有一老妪要买烘笼，问她价钱，她便去问儿子。孝林在师傅的铺子里待了不少时光，自然把物件的价格熟记心中，只因铺子开张图个吉利，器具每件都少了一二文铜钱。

老妪听说了价钱，掏出铜板给了妇人，抱着烘笼走了。妇人手里捏着钱，一时间就愣在当场。她以前做布匹买卖收过顾客的钱，后来生意做不下去，弄得铺子都卖了，一天到晚在家忙着生活，哪里还有心思顾念其他。此刻，一种久违的感觉窜了出来，在心里荡起了一团涟漪，苦楚而安愉，使得人眼里含了泪花。过去了这么久，心底下默默的盼望，到底在面前了。赚钱不多，毕竟是有了收入，以后一家人的生活有了依靠。孝林见娘亲发怔，过来询问。妇人回过神来，把手里的钱递给了儿子，摇摇头什么话都没说，抿着嘴露出一丝笑意去了灶屋。孝林看见了娘亲的笑容还有那眼窝里的泪花，知道娘亲的心情，也猜得着其中的想法。有句话说得实在，母子连心。他何尝不是这样的心情和这般的想法。多少年了，家里存的钱就只是那些，一家子要吃要穿要用，只有支出没有收入，饱没饱着，饿没饿着，谈何容易，全凭娘亲调度与操劳才得以周全。于是，孝林心里起了念头，开了铺子，定是要做好生意，把家里的生活担子挑起来。牢记娘亲讲过的话，说出来的话要做到才是好汉。

自从大儿子做了篾匠活的买卖，张志芬的心思就放在了小儿子的身上，想等卖了老屋后就去找媒人给他说门亲事，合适时买间像大儿子这般的房屋给他结婚住，这样一来，也是给自己心里有了交代。当然，妇人这么想着，生活上的事就在她眼前铺开。怎么说呢，搬来新家忙过了一阵儿，就已是年底，这又说做腊肉的事了，她又要操心去做这事情。其实妇人心里明白，家里除了藏起来的一百多个大洋，自己手头上能拿得出来的也就只有五个大洋。这五个大洋在普通百姓眼里是怎样的价值，这钱正对着日常生活里的物资，一时真的说不清楚。这得看一个家庭每天的收入。就拿妇人识得的人来说吧，她的哥嫂还有她叔伯家是做生意的，平日里手上有大把大把的光洋过来过去，过日子也是该省的省该用的用，算盘子拨拉得响。自己家没收入，就靠着那么点儿老本生活，过日子掐着指头精打细算。就如街坊邻居，家境不一样，挣钱的路数不同，有日子好过的，也有日子不好过的。像那拉黄包车的，一天到晚穿街跑巷挣的铜板，挣得多呢还可存几文，要是挣得少，说不定拿回家里买油盐柴米就消耗干净。又如邻居家有个女子在纱厂做工，一个月能挣四个大洋，街坊上的人说起来都羡慕其挣钱稳当，可拿回的钱家里用，一家人日子过得紧巴巴的。有时向邻居借钱，想女娃儿每月有固定收入，借了钱还得爽快，倒肯相与。说真的，一碗饭一碟菜，都是有来源的，多少汗珠子，多少泪滴都在里头。这般，妇人想过了事，去把大洋藏过一边，这才出屋来，看见大儿子在墙边空坝上做篾条活，大孙子在一旁趴在地上，耍着他老爹编的竹蜻蜓，媳妇抱着奶娃守着铺子。当初，妇人拿出十几个大洋给大儿子做本钱时，母子俩就说好了，除了给小儿子筹备婚事外，今后屋里的家务都由大儿子操办，妇人将不再担当事。所以，她睇着大孙儿趴在地上玩，过去抱了起来，一边拍着衣服上的尘土一边教孙儿要爱干净。小娃儿听不懂她在说什么，就把手上的竹蜻蜓给她看，弄得妇人苦笑不得。妇人自从让大儿子管理家务后，几天下来就不再过问家里生活上的事情。每天去灶房里煮饭炒菜，闲下来就去照顾孙子。当然，她虽说不再管家务，可心里还是牵挂着，毕竟儿子的生意才开张，以后的买卖是什么样子，谁晓得。好在，第一天开张就赚了一个大洋，当大儿子拿着这块大洋时，真的是乐开了怀，满怀希望，对娘亲说要是天天如此，一月三十天，这该是怎样的概念。

妇人看着儿子那高兴劲儿，又看见媳妇发自内心的笑，一股喜悦之情从心里涌上脸颊。可她做过生意，就有生意上的经历，也就有这方面的体会。每天的生意像这般想的样子，要不了几年就成了富翁，这是不是容易了些。不过，妇人没有把话说出来，一家人都在快乐着，不说话比说话好，不要为了谨慎少了欢喜。到了第二天，铺子里的生意不如第一天，赚的钱够一家人的油盐柴米，第三天就只赚到了一家人吃的米钱，第四天还是赚得一家人吃的米钱。孝林从小看过娘亲做生意，等他长大时家里铺子都卖了。所以，做生意他是头一遭。守着铺子里冷清的买卖，寒风一吹，凄苦都出来了。他心情上不爽，就哼起冬风调儿来："辛苦呀，撑船的遇着打头风，挑灰面卖的遇着旋儿风……"妇人先不知儿子长声摆调哼唧的是什么，后来听清楚了，开导儿子说："受点挫折算啥，做生意一口屎一口糖的很正常，哪个不是这样。做人当辛苦，你可不要怪声怪气唱莲花落。"孝林听娘亲的话里有不高兴的意思，只好收敛了腔调，埋头端正地去做篾匠活。这个夜晚，妇人没睡着觉，夜里想了很多事。她曾经做了个预案，要是儿子的生意不好做，会再投资些钱进去。到底儿子学的是篾匠活手艺，又是守着自家屋里的铺子做买卖，也就是这个奔头。当然，这是她的心思，也就她自己知道。过些天，也就在冬至过后没几天，贵才的儿子孝安突然来妇人家中报信，说老太太包素娥过世了。这样，张志芬与两个儿子、一个儿媳还有孙儿孙女回了卢家老屋，披麻戴孝地悲伤了几天。做过了道场办完了丧事，办了席桌招待了各路奔丧的亲戚朋友，卢家几房人坐一处缅怀了些老太太的生平事迹，才互相告别，回了自己家里。

每个人都有独自的经历，辉煌淡泊，无可挑剔。日子一天一天过去，从身边的遭遇和故事里寻找着生命的意义。所以，人世上的事没个定准。一个人穷，饿得昏倒在路上，遇着人给他一碗汤水，躲过了劫难，从此发迹起来，有了事做，有了家有了钱。怎么的就发迹了，他自己都说不清楚。还有的人家，苦日子过得怨天怨地的，也不知要捱到何年何月才是尽头。孩子大了，能出去的都出去谋生活，衣衫褴褛一脸忧愁。到了某一天，一个孩子出息了，回来家里孝敬爹娘，亲戚乡邻都说好。问起亨通的经过，他讲了自己出门在外奋斗的历程，旁人听了想，多少人出去混遇不着这般好运，怎么他能遇着。这多让人惆怅啊！要不，人们怎么会去迷信命运，会去烧香拜佛祈祷。就如斯，许多事情也是要自己去做才会有的。就在张志芬一家子为生活上的事忙过来，又为生意上的事忙过去，弄得人昏头胀脑时，铺子里的买卖又好了起来，一连三天赚了两个大洋另十几文铜板。孝林数着钱喜滋滋的，一家人见着他欢喜都跟着乐，过后他让媳妇去割了几斤猪肉回来，妇人做了几样菜，大家吃得饱嗝打出来都是香喷喷的。从此，铺子里的买卖不说是风车水转、络绎不绝，倒也瞅着空儿隔三岔五会来人问价还钱地购物，一天下来便有些收入。说来奇怪，事情做到份儿上，就像上了轨道一般好做。于是，生意上有了进账，一家人的心情也好了起来。偶尔有些天买卖冷清，有过了经历，晓得是生意上的过程，心上放得开了，便没了过多的纠结。这般，日复一日地过，很快就到了腊月间，妇人便与大儿子说起做腊肉的事情。孝林在铺子开张时曾留下了几个大洋做预备资金，后来买卖好时又拿出了半数去买竹子扩大生产，留下了三个大洋以备不时之需。现在听了娘亲的话，心下暗自思忖，自己已担起了家务，做腊肉、香肠的钱须自己来筹划，便去把买来的竹子与铺子里的器具做了清点，估计能值十五个大洋，之后拿出钱仔细数了一阵儿，手头上的大洋有十一个，还有几十文铜钱，随即去向娘亲报了数。妇人是个明眼人，听儿子说出固定资产和流动资金，想着开铺子已过去一个多月了，家里的油盐柴米酱醋茶支着用，时不时还有些其他的消费，到底是赚了。心里想了一阵儿，脸上露出笑容，夸儿子会做事情。孝林呵呵一乐，对娘亲说手上的十一个大洋里准备拿出六个大洋去买竹子，剩下的就用作腊肉钱。妇人想了一下，对儿子说过年有许多的花销，倒要留着来开支。孝林说不妨，离过年还有一个多月，铺子里卖得出钱来。妇人看了他一眼，去了自己的房间，隔会儿拿了四个大洋出来给儿子，说："冬至都过去了几天，这钱你拿着，明儿去割些肉回来做腊肉、香肠。"孝林不肯接手，看娘亲瞪了一下眼睛，只得收下了。妇人对儿子说，生意刚起步，铺子上要攒着些钱，资金面宽一些，用起来方便点，到时候也不着急。

第二天，孝林与媳妇一早起来去了市场，割了二十多斤猪肉回家，妇人做腊肉时，选了几块做刀头肉，打了记号，其余的几块留着自家吃，又做了几节香肠。媳妇本想自己来做的，因是婆婆占了上风，只好在一旁打下手，学了些技巧。妇人用盐把肉腌过封了盖，喘了一口气，对媳妇说："今年的腊肉比往些年做得多了几块。"媳妇笑笑没吱声，进了自己房间把妇人说的话说给丈夫听，末了加了句评语，说："你妈做事有计划，弄个腊肉都心里有数。"孝林说："老娘操持家务多少年，没个筹划怎么行。唉，我妈也是你妈，怎的这么说话。"媳妇没话说，去卸了门板守铺子。这样，一天天过去，很快就到了腊月二十三，买了麦芽糖，祭过了灶神，有的人家就吃团圆饭。正所谓：有钱的阔绰，无钱的简单。阔绰的山珍海味堆一桌子菜，无钱的腊肉切一碗，腊肉汤煮一大锅菜。吃饭前，有钱的放一个炮仗，无钱的打阵哈哈，都是过年的心情。妇人把孩子拢在身边，团圆饭的日子就定在了三十晚上。有个事情，妇人在搬家时翻出了几截不同颜色的布料，搬到新屋后，想着两年多了，一家人还没做过一件新衣服，便依着旧衣的样式裁剪，与媳妇做针线，每人缝做了一件衣服。这样，大人、娃娃都欢喜，说好了初一出门逛街时穿。到了三十这天，妇人与媳妇把头天泡好的五斤糯米和着一斤半饭米，用磨子推成了汤圆粉子，孝庸头一天在师傅家与师兄弟吃了酒，得了师傅给的一个大洋。放假在家，他便把前几天去城郊场上买的一只公鸡宰杀收拾干净，没事做就去阁楼上看《水浒传》。孝林开了半天的铺子便要关门，刚上完铺板，来了一个买主，叫声："卢笆子别急着关门，我买一个筲箕。"孝林从屋门进铺子去拎了几个筲箕出来，那人选了一个，讨价还价了几句，想着过年过节的，少了二文钱。这人为何叫孝林卢笆子？原来，有的人家墙壁破损，他去给打过捶笆。这手艺师傅没教过，是他看其他篾匠做时学的，眼见之法，潜心揣摩有所成。就在他进屋后，妇人已做好饭菜。中午这顿饭有些简单，炒了一碗鸡杂与两样蔬菜，大家吃过了，妇人就去做起年夜饭来，媳妇打下手。煮了鸡，煮了一块腊肉、两节香肠，蒸了一碗粉蒸肉，忙了一下午，要到黄昏时，灶房屋里各点了一盏油灯，照着亮将煮好的鸡砍成块儿凉拌，装了两大碗端上桌。孝庸看着红亮亮的鸡块，嘀咕一笑说要吃安逸。话刚说完，腊肉、香肠切片，一样装了一盘，又端上桌来，跟着上了一盘韭黄肉丝、一盘莴笋肉片、一盘辣子鸡丁、一盘油豆腐，粉蒸肉也扣碗端来。孝林在娘亲炒菜时，听着别人家放鞭炮，也去邻街的一家纸火铺买了一挂炮仗。他兄弟看买了鞭炮，便说自己来放，惹得身旁的大侄儿友明跟着跑，心里又高兴又害怕，到了门边就住了脚，伸着脑袋看小叔叔点燃鞭炮噼噼啪啪响，在屋里乐得直跺脚，一家人看着都逗笑起来。之后，大家围着桌子坐下，媳妇教友明祝奶奶过年好、小叔叔过年好，这娃儿扭头扭屁股地照着说了，又是把大家逗得一乐。妇人从怀兜里掏出两个五文钱的铜板，一个给了大孙子，一个给了襁褓中的小孙女。孝庸看着，也从衣兜里掏出两个五文的铜板，一个给了大侄儿，一个给了小侄女。

诸事毕，众人抄碗拿筷。两兄弟要吃酒，斟杯满盏的是香醪。孝林想着过年了，给娘亲倒了一杯，给媳妇也倒了一杯。张志芬看着桌子上的菜丰富，吃饭前又放了炮仗，想起往些年一碗腊肉炒两样菜就过年了，坐在屋里就听别人家放鞭炮响，不由内心叹嗟，一阵默首，觉得这顿年夜饭也是弄得齐整。孝林见娘亲抿了酒没举箸，问老娘想什么呢，怎的不吃菜。妇人看了大儿子一眼，又去看了其他的人，眼光慈祥得很，说年夜饭，吃得慢，大家尽着兴儿。这便，众人说起了闲话，这顿饭就吃了一个时辰。吃过了饭，孝庸就去街上溜达。这街面上有的街道有电灯照亮，有的街还是油灯泛光。过年了，好多人家都挂了灯笼，又有放鞭炮的，路上逛街的人来来往往倒也热闹。孝庸趁着兴致从西门走到了东门，去老屋子转了一圈回家，差不多有一个多时辰，进屋看见娘亲与哥嫂打长牌玩。媳妇看着小叔子进门，便起身招呼他来打牌，说自己去屋里看看娃儿。这样，妇人与两个儿子打了一阵牌，媳妇看过娃儿出来，大家说了一阵闲话，也不知啥时候，听着了鸡叫，晓得一九三六年过去了，妇人耐不住瞌睡去自己屋里歇了，媳妇熬不住夜，也回了自己房间睡觉。过了一会儿，孝林坐在凳上响起鼾声，孝庸在一旁听着呼噜也睡眼沉沉，上了阁楼睡觉。

四十二

日子过得很快，转眼就到了大年十五。这期间，张志芬一家提着年前做好的几个刀头肉挨个儿去走了亲戚。她也准备了铜板，遇着晚辈拜年，她便给几个。说实在的，她晓得家境不如其他亲戚家，撑着面子也要讲礼数，大家热闹。不然，这请的饭都不好来吃。正月十一，妇人请了亲戚来家里吃饭，办了三桌酒菜。以前，妇人在正月里也请亲戚家吃饭，割几斤猪肉，在菜上弄几个花样。亲戚家都知道她的处境，也不谈闲，图个大家聚一聚喜庆。这年，妇人提前与两个儿子商量过，铺子上的生意过得去，起个兆头，这顿饭就做丰盛些，要小儿子抽空去城郊场镇上买一只大公鸡回来。这天，妇人与媳妇一早起来就去灶房里操办，两个人没缚鸡之力，只得唤小儿子来宰杀，接下来，妇人主厨，媳妇搭着打下手，公鸡煮下锅，菜肴上多了味道。等了些时候，亲戚们陆陆续续来到，妇人的大孙子向着大人拜年，老辈的都给了一个大洋，怀抱里的小女孩也收到了压岁钱。妇人不接手，都由娃儿的爹娘收着。以前，妇人的两个儿子小时候，去亲戚家拜年，都得了铜板或者大洋，到了十五六岁，得不得钱都在不好意思当中，自己能挣钱，遇着小辈朝自己拱手作揖，会拿出几个铜板或者一个大洋，等自己有了孩子，过年间的娃儿去给长辈拜年，自是能得到铜板或者大洋，这叫礼尚往来。这礼数有的人家讲究，有的人家就不讲究。妇人与媳妇做好饭菜，要安放桌子，妇人一家刚搬来，识不得邻居，便不好去借桌子、板凳。孝林依着烧锅灶时用过的法子，把铺子里的竹编器具收拾进房间里，腾出来空处，下了铺板、搭了桌面。板凳少，搭桌的两边各用一块门板搭了凳，当头小板凳、小竹椅凑合着，端菜上来都是双份，摆得个满满当当，让人睇着说丰盛。吃饭时，老辈围着方桌坐了，其余的大人、小孩围着搭的桌面坐下，说声"请酒"，大伙动起筷子来，老辈吃得斯斯文文的，这边大人、小孩在一处，吃得没法不热闹。有个好处，街坊上看着说这家人亲戚情浓，门板搭着吃了春酒，也是一个乐趣方式。妇人听着了话开心，悄悄乐呵。初几头走完亲戚，孝林提着一块刀头和一盒点心去篾匠师傅家拜年，孝庸也提着一块刀头和一盒糕点去了泥水匠师傅家里拜年。这样，挨着吃过了元宵、汤圆，年也就过完了。当然，亲戚家多的，还在请吃酒。不过，人们收拾了心情，该做啥的做啥，该忙活的去忙活。有句诙谐的话：为了生活，四处奔波。岳飞背上刻着四个字，"精忠报国"；老百姓背上也有四个字，"养家糊口"。

似这般，过了大年，孝林提着两瓶曲酒和两斤叶子烟去了保长家。这保长抽叶子烟，爱喝跟头酒，见卢笆子初来乍到，晓得尊敬自己，一脸都是笑，说篾匠懂事。接下来，孝林打开铺子做生意，孝庸去跟着师傅学手艺，妇人心里装着个事，就是要卖老屋。可是，这事儿由不得她，一是要有买主，二是价钱上的标准，给的价低了不卖，能赚两个心里欢喜。过了两个多月，妇人哥嫂来玩，嫂子嘴快，告诉她："温江县乡下一个地主，是有钱的主儿，想在城里买房子，要选热闹的地段，四处托人捎话。一天，你哥应酬生意上的朋友，无意间听着了此事，辗转约着了此人，说好明天去看房子。"妇人听了话当机立断应承下来，还要哥哥在价钱上帮着圆场。第二天，媳妇守铺子，妇人照顾孙子，孝林去老屋等候来人。出门的时候，妇人叮嘱大儿子，一百六十个大洋是买房子除干打净的底价，死活都不要松口。妇人还叮嘱儿子，如是那财主给银圆就收他的银圆，不要他的纸币。妇人为何说这话？原来，一九三五年十一月后，民国政府推行纸币制度，一个大洋换一元法币。妇人见着过法币，一天，她看着一个买主拿出一张纸币给大儿子，她的儿不敢收，要那人付大洋或是铜钱，那人从衣兜里摸了半天找出一个大洋来，要不然，这买卖还做不成。后来买主拿纸币来购物的多了，孝林晓得是钱，就不再推诿。这下，打烊后数着的钱有法币、大洋和铜板。当然，这是妇人心里的想法，她想，去银行兑换纸币的事自己来做稳当。这边，孝林听了娘亲的吩咐，走在路上起了念头，既然娘亲说一百六十个大洋是卖房子的底价，自己何不漫天要价，他即便就地还价，恰当之间，也是赚一个是一个的事。他这样想后，见着那买房子的主顾，喊了一百八十个大洋的价，那乡下财主问能不能少些。之后，两个人凑近袖笼子捏了一阵儿指头，孝林稳住了样子。接下来磋商了几天，在妇人哥哥的拉劝下达成了共识，房子以一百七十个大洋成交，过手续所产生的费用，买方不出一厘钱的担待。这下，双方欢喜。财主买了房子，在城里有了落脚之处。妇人家少了固定资产，多了流动资金，填补了自己经济上的缺口。

妇人拿着钱，心里没别的想法，开始筹划起小儿子的亲事来。不过，有件事让她犯难，是先给小儿子看一处房子呢，还是先给他说门亲事。她拿不定主意，去和大儿子商量。孝林听了后告诉了娘亲一件事情，妇人听后惊讶得说不出话来。原来，与小儿子一起学手艺的小师兄，年龄比孝庸大几月。一天，这个小师兄悄悄告诉师弟，东校场在招兵买马，说自己想去。接着，讲了当兵比当泥水匠好，有吃的有衣穿还能拿着饷银。有言道，"乱世英雄出四方，有枪就是草头王"。倘若混出个一官半职，高头大马地回家乡，让亲朋好友乡邻街坊看见，做人也逞出一些威风。不像跟着师傅，就是学成了手艺，会像几个师哥那样东一家西一家找活儿做，也要唯师傅他老人家马首是瞻，何时能出头。孝庸心思本来就活，又爱看武侠书，潜意识里总有出人头地的想法，听了话自然投机，两个人瞒着师傅和家里人去报了名，验过了身体，就等录取的通知。一天晚上，孝庸回来便把自己去报名当兵的事给他哥说了。孝林听了话也是吃了一惊，说这么大的事怎么不与娘亲商量。孝庸说如是对娘亲讲了出来肯定就去不成。说过这话，要他哥暂时替自己保密，等木已成舟，生米煮成熟饭，那时说话做事都干脆。孝林看了兄弟半天，说他这样做，娘亲知道了不知会急成啥样。孝庸叫声："哥哪，人各有志，不能勉强。讲真话，你倒好，手艺学成了就自家开了铺子，我以后学成手艺能怎样呢？跟在师傅身后四处混饭吃，什么时候是个头都不晓得。"孝林听了话，觉得兄弟话说得实在，各行各业都有它的好处，也有它的难处。确实，自己手艺学成可独自开门做买卖。兄弟学成手艺在街坊上没名没分的，要想人请他去做活儿，不晓得要多少年的实际操作下来才能得到旁人的认可。这么一想，不觉摇头一下，对兄弟说："你的事我可瞒一阵儿，若与娘亲说到事情上，只好实话讲出来。"

张志芬听了大儿子说的话，急了一身汗出来，就坐在那里，饭都不吃，等着晚上小儿子回家，对着他劈头盖脸数落起来。孝庸见事情已说破，就把对他哥讲过的原话又说了一遍。妇人听后嘿嘿一笑，说他现在想起来说这些，当初在做啥子。孝庸说："当初不就是现在，现在不就是当初？娘，你说过：'人可糊涂一时，却不能糊涂一辈子。'我学成手艺，也是要跟在师傅身后混口饭吃，这不知要挨到何年何月。倒不如这时去当兵混个出身也好，要是命里有造化，吃的穿的都不愁，旁人看着还毕恭毕敬的。"妇人听着气得声音都咽噎，急得说话都打啰嗦，连连说："你啊，你啊，说起跟师傅好时讲得天花乱坠，想去当兵了，又来讲得乱坠天花。我告诉你，生活不是胡思乱想的，你哄了自己，不要怪生活欺骗了你。"这个晚上，母子俩闹了个不可开交，谁也说服不了谁，各自回到各自屋里生闷气。过了一阵儿，小儿子倒头睡着了，他娘亲彻夜未眠。第二天上午，妇人叫住了小儿子，好言好语说了自己的意思，要与他说门亲事，买间房屋安顿下来过日子。孝庸见娘亲心平气和地与自己说话，也稳住情绪回了娘亲的话，说开弓没有回头箭，军令容不得儿戏，若自己退下阵来，必受军法处置。妇人听了话没了主张，这时，听到大儿子与人说话的声音，出来一看是街坊上的王保长，急忙打了招呼。还没说话，王保长先恭喜妇人，说她儿子当了兵。妇人摇头，说小儿子当兵家里人不知道，正为这事着忙。王保长哑然一笑，说："你一家人忙着这事好啊。你家刚搬来，想必老街上也听说过两丁抽一的法令。你初来乍到的人家守着规矩，小儿子去当了兵，也省得街坊上来说事，真是可喜可贺。"妇人眼睛一横，说小儿子当兵的事家里人不知道，怎么又来了法令。王保长又是哑然一笑，说："管得着你我的话就是法令，你不知道，现在说了就算晓得。"妇人说："晓得什么，你告诉我，我儿子参加的是哪家的队伍？"王保长眼睛闪了两下，说这事得问她儿子。孝庸见娘亲与王保长都望着自己，摇头讲了真话，说自己也不晓得是哪家的队伍。王保长机敏，对妇人说她儿子都不晓得是哪家队伍。想想看，这可是军事机密。妇人听着话，气都抽不上喉咙又回到心里去了，半天说不出话来。就这样，孝庸等了两天，接到通知去了兵营，在城里的时候还回来过两次，后来说要去县城，随了队伍出发。究竟去了哪里，妇人一点都不知道，就把买房子的钱藏了起来。她打算，这钱自己存着，等小儿子当兵回来再拿出来请媒人说亲事与买房子。

当然，妇人的心里，小儿子在家的时候倒没牵挂的，自从当兵去了，就时刻念叨着了，吃过了晚饭，坐在椅子上，静悄悄地，一个人坐着，为了节省灯油，也不点灯照亮，脑子里满是小儿子的样子。过了有二十来天，收到了小儿子的书信，报了平安，至于在什么地方，信上没一个字提及。不过，这让妇人的心情缓过来些，虽说还是坐在椅子上不作声地想念，慢慢习惯了，坐在那里愣神，时间久了，神态逐渐恢复过来。一天晚上，孝林与娘亲说起了去银行兑换钱的事。孝林说："眼下市面上都用法币，娘呀，我家卖房子的大洋放在屋里，现在银行兑换纸币，要是不去换了回来，以后怎么用，要是有啥变化咋办？"孝林晓得卖房子的钱，至于娘亲以前存的钱有些风信儿，不知道到底有多少。张志芬听了儿子的话，想着卖房子的钱搁置在家里，要是错过了兑换纸币的时间，以后兑换不了该如何是好，这笔钱对这个家来说可不是小数目。一阵思忖，心里直犯嘀咕，没个主意。一连几个晚上，妇人做梦都想着此事。

过了几天，经不住大儿子在身边的啰唆，妇人打定主意，只拿卖房子得的大洋去银行换了法币。银钱兑换后，手上一松动，不经意就用了十多元，反应过来，这钱是要给小儿子存在那里的，手头上才又捏紧了。不想，起初一个大洋换一元法币还值当，过了几年物价上涨，这法币就贬得像钱纸片儿，如那领薪金的人儿，每月领到的工资不是几大叠就是几大坨，去买东西都要跑快点儿，生怕去慢了物资涨价。可怜，妇人在这事上犯了糊涂，等明白过来，才晓得卖房子给小儿子存的钱打了水漂儿，一口气闷着在床上躺了半个多月，才病恹恹地下地走路。这还不打紧，怎么说家里的日子还过得去。到了一九三九年底，媳妇又怀了身孕，过了几个月，遇着日寇飞机轰炸，跑警报时摔了一跤流了产，请了郎中医治，在床上养了半年才见好转。这下，妇人把给小儿子存的大洋都拿出来用了，一个家弄得个不成样子。好在大儿子开着篾匠铺子，有点收入买米糊口，生活还能维持。不过，妇人心里搁着一件事，时不时想着小儿子。

自从孝庸当兵去了县城，信息慢慢冷淡了，后来去了哪里对妇人一家来说真的是杳无音信，一家人只有心坎上的一份思念之情。在妇人心里，一直还揪着一件事，就是卖房子的钱赔了个精光，想起小儿子就要想起这事，人就难过得不得了。孝林都不敢来劝他妈，害怕挨骂。只是，百姓人家，有如微草，日子过得艰难，人活着还得有个心眼，与人交往，有交情有提防，一根葱一颗蒜都要盘算。为了点事，口舌之争，面子上敷衍，暗地里还得要些心计。妇人守寡以来，一个人操持着家务，里里外外什么事没经过。但凡与人口角，或有事纠纷，她的信条是"跳出圈子外，不住是非中"。平日里告诫孩儿们，穷家小户的经不起事情上的折腾，遇着人家钩心斗角的事，应当是避而远之，采取默默旁边看的态度，胆子小，活得老。可见，妇人的生活观念是谨小慎微、道理切合务实。因此，虽说有许多事不如意，又有许多事由不得人，她一家人的日子倒也在艰难中辛苦过来。到了一九四八年春天，媳妇又生下一个男孩。说实在的，李贵英自从流产后，怀孩子怀了几次没怀上，这次好不容易怀上娃儿生下了男孩，一家人都高兴得不得了。按着辈分取名友全，这个全字，是妇人想小儿子有信息回来，与大儿子和媳妇商量后取的名，是事情周全的意思。

四十三

赵西平经常去师哥家，卢友全总要在大人的招呼下搬凳子给他坐，时间一久，赵西平爱逗他，两人彼此都有好感。这时，赵西平跟着哑巴师傅学艺两年，有了十七岁。卢友全呢，有了三岁多的年龄。赵西平跟着哑巴师傅学打铁，不想时间过得快，人儿不经意间成了小青年。以前，他去大师哥家里说事，心思全无的倒也自在。这时候，看着大师兄开着铺子打铁，一个念头隐隐约约冒了出来，就想到了自己身上，学艺满师后该怎么是好。他把心里想的告诉爹娘，可赵成熙与王嫂嫂听了儿子的话，半天作不出声来，就闷在了心头。背着儿子私下唠嗑，要儿子回家来打铁，这住家旮旯儿地方怎么做营生。此外，儿子大了，一家人住着都显得拥挤，真的是一点办法都没有。不觉叹息，当初送儿子去学打铁就没想着这事。王嫂嫂想着儿子的事心里烦，吃饭睡觉都不安逸。一天傍晚赵成熙回家来，看见妻子坐在凳上闷着不说话，晓得是为儿子的事焦愁着，便想说些好话相劝，思忖了一阵儿都没找到合适的言语，只好去烧火做饭，炒了一碗莲花白。乘着月光，把饭菜摆在了屋外小桌上。赵成熙在饭馆吃过晚饭的，想陪着妻子说些话，便舀了半碗饭来吃。王嫂嫂吃了几口饭没了胃口，放下了筷子。赵成熙看着说："你吃饭不香，不是难为自己？"王嫂嫂说："心里有事搁着，便不想吃了。"赵成熙说："我也为这事发愁，可想来想去，他大师哥家有这条件，我家没有，想一阵儿也无用。手指头没有一样齐，如我这般的家庭多的是，何苦烦恼自己。有言道，'想得多，浑得多'，倒不如看开点。"王嫂嫂说："我何曾不是像你这般想过，可百想不如一试，百说不如一做，人得活在现实之上。"赵成熙觉得话没法劝了，也就缄口不语。恰在这时，赵西平回家来，看见爹娘在屋外吃饭，便问怎么不点一盏亮灯，一边说一边进屋去点燃了一盏煤油灯端出来。接着，抬了凳子在小桌边坐下，看见爹娘闷闷不乐的，便问家里出了什么事，怎的愁不开脸。王嫂嫂想着是为儿子的事，当着面又怎么说得出口，便不作声。赵成熙也这么想着，把话支开，告诉儿子："街道上在筹备成立合作社的事情，有邻居家去打听，你娘亲与我说着这事。"赵成熙说着合作社这句话时，脑子里灵光乍现，起了一个念头，脸上有了乐容。他对着儿子说："合作社好啊，你以后满师出来就可去报名参加。"王嫂嫂听了丈夫的话，觉得儿子学艺出来有了去处，几天来装在心里的烦恼一下丢去了爪哇国，看着丈夫说："你有了主意，怎么不讲出来，让人愁了许多日子？"赵成熙呵呵一下，看着妻子说："人有急智，我也是说着话想到的。不过，这事儿可能要等些时候。"王嫂嫂听着话高兴，说："好啊，儿子满师后不就有了地方去。"

这样，夫妻俩去了烦恼，想着儿子会高兴，油灯下看赵西平，一副不喜不乐的样子。王嫂嫂说："儿啊，你前些天回来讲了你师哥的事，又说着你满师后的前途，我与你爹听后犯愁，一点办法都想不出来。今晚，你老爹说话着了实际，本应高兴的，可你木着脸，一旁的人看不出来你心里是平静还是怅然。"赵西平想了一下，说："我坐下来，本想告诉你们一件事儿，可看着你们愁闷的样儿，就问了话，听爹说后，正如娘说的应该高兴，只是想着要告诉你们的事，心里未免踌躇。"王嫂嫂问："是什么事，让你闷在心里？"赵西平看了看爹娘后说起来，讲了吃中午饭时师娘问他满师后有何打算的事。"我对师娘说自己现在跟着师傅学手艺，至于满师后有什么打算还没想过。师娘听了话没作声，过了一阵儿问我满师后愿不愿留下来与师傅一起打铁。"赵成熙听着话问儿子怎么说的。赵西平摇了摇头说他没应声。赵成熙问他师娘又说什么没有。赵西平说："师娘想了一下，才看着我说：'你师傅上了年纪，要是你满师走了没人替他打下手，很累人的。'"赵成熙看着儿子，说："师娘讲这话是诚心的。"王嫂嫂在一旁问儿子："师娘说话时师傅在不在？"赵西平说："师傅就在旁边吃饭，听着师娘的话放下碗朝我比画，又向师娘竖大拇指，意思是师娘的话说得是。"赵成熙说："你师傅脾气古怪些，却是个实诚的人。"王嫂嫂问儿子对于师娘说的事有啥想法。赵西平说:"我想着满师还有几个月,这事应该让他们晓得,就应声了一句,对师傅与师娘说回家与爹娘商量后再做具体答复。"王嫂嫂说儿子先有礼后有理,处事得有分寸。赵成熙在一旁问儿子他师娘听了话又怎么说。赵西平想一下告诉老爹,师娘说回家与大人商量后事情稳妥。赵成熙听了后,看了妻子一眼不出声,王嫂嫂想自己操心的事在这个晚上有了着处,由不得笑了起来,说:"世上的事前望不着后看不着,真的是人到山前自有路。"赵西平听娘亲说完了话,问老爹合作社的事。赵成熙也是在饭馆听顾客说道的,究竟是怎么回事他也讲不清楚。刚才一时情急说了出来,不成想,解了妻子心里的忧愁。现在儿子问起,就把从顾客那里听的话讲了出来,其中有些自己的经历与心思上的琢磨。

赵西平听过话后想了一下,觉得择远不如就近,况且老爹讲的事都还是听闻,以后怎样,还不知道。于是他去问爹娘,自己是否答应师娘留下来与师傅打铁。赵成熙沉默了,他的内心知道儿子是该与他师傅一起打铁的,毕竟是眼前看得着的事,可他没说出来。当然,他这么做有自己的想法,是想儿子自个来做决定。如是儿子不愿意留下与师傅打铁,那时再说出自己的想法劝儿子。赵西平见老爹不出声,一时间猜不透老人家的心思,也沉默着不说话。王嫂嫂见父子两人沉默不语,对儿子说了自己的想法,觉得跟师傅打铁实在,看得着摸得着,免得另外去张罗。还有,这话是他师娘提起的,工钱上讨要也好交涉。赵西平听了话说:"娘亲是同意了我的意思?"王嫂嫂说:"是啊,你跟了师傅那么久,大家好相处。"赵西平望着老爹,就想等个教诲。赵成熙看了看儿子，说："你娘的话讲得在理。"赵西平点点头说："爹娘都这么讲了，我明天就去回师娘的话。"说完这话，就要起身回屋去看连环画书。赵成熙叫住了儿子，问他明儿去了师傅家怎么说。赵西平说："就这样直截了当回了话便是。"赵成熙又不作声了。过一阵儿，王嫂嫂耐不住性子问丈夫："你有啥话便直说出来，闷着声息干什么？"赵成熙看了看妻子，说："人要沉得住气，有些事着急不得。"说完看了看儿子，才继续说，"我觉得你明天去了师傅家，你师娘没提这事，你不用先去讲。"赵西平问为什么。赵成熙说："这事是你师娘说起的，她都不提及了你去问着，要是不应承如何是好，弄得大家无趣。"赵西平听过话，说"知道了"，说完就要进屋去。赵成熙喊住了儿子，说："若是明天你师娘问及你与家里商量的事，你告诉她回家说过了，大家都无话，是你自己的主张。"赵西平问："为啥这样讲？"赵成熙看着他，说："儿啊，你都十七岁了，有的地方如这般年龄都讨老婆了，你还像没懂事一样。要知道，做人想事都要动脑筋，头脑灵活、能说会道，遇人遇事处先机不被动。再者，做事情要想着留后路，不要一脚踩下去提不起来。"赵西平听了老爹的一席话有些不明白，答应明天照做就是了。看着儿子又要转身进屋，王嫂嫂叫他提了油灯去。之后，与丈夫乘着月色坐在屋外闲聊。夫妻俩的心情此一时彼一时，烦恼仿佛被水淘去了一般舒服。王嫂嫂问丈夫："哑巴师傅要儿子留下来打铁，明天去答应下来便了事，你为何说这么多话呢？"赵成熙说："我晓得哑巴师傅一家是老实人，说出的话不会反悔。可老实人做事也有应酬，这样，人与人之间的交往才会生生不息。我之所以对儿子说了这么多的话，是想他已长大了，遇事也该有自己的见解和做法。不是想要他去算计别人，或是占别人便宜就高兴，是想他知道人相处往来上有许多明堂。说真的，我爹娘去得早，从小就四处流浪，一个人浑浑噩噩，日子怎么过来的，生死都不知道。现在人老了，回想起过去，要是有人来说教，知礼数明事理也通达些。"王嫂嫂明白了丈夫的心思，便不再吱声。果然，赵西平第二天去师傅家，吃午饭时师娘又说起留他打铁的事，赵西平依着老爹的意思去应承下来。师娘心好，对他说工钱的事，等满师后，别的铁匠铺怎么给的就照着给。赵西平回家后原话说与爹娘听，赵成熙与妻子听后没再多话。

　　过了有半月，一天，赵西平去大师哥铺子上送火钳与锅铲，交涉完后两人闲聊，卢友明问师弟还有几个月满师。赵西平说再过三个月。卢友明问他满师后有何打算，赵西平便把留在师傅家打铁的事说出来。卢友明听了，说这事好，自家开铺子操心，做伙计倒省了这烦恼。赵西平听着呵呵一笑，问了师哥行情，做伙计每月有多少工钱。卢友明想了一下说："有句话得讲在前头，你留在师傅家打铁做活儿挣钱，师傅还是你的师傅，可也是你的老板。这在你心里得有个谱，明白了，做起事来才有情有义有章法，自己有了分寸才会相处得好。"赵西平说自己问师哥，就是想知道这些。卢友明笑笑，看着他说："你问的这事可没个准儿的。你知道的，这年间，国家发行人民币，社会上用的是大票面钱币，一万元也就值银圆一元。不过，银圆已不流通，一些私人的铺子为了生意上的方便还在用，正规的店铺都不用银圆了。"赵西平听着话笑一下，说："师哥说的我晓得，现在买东西，银圆不怎么管用。不过，可以去银行兑换。"卢友明点点头，说："你留在师傅家打铁，规矩是师傅定的，有些话我便不好说。只是，你来问着我，又是一片好心，我也就对你说些行情，供你参考。当下，打铁请人做工的人家，有管中午一顿饭的，也有管中午和晚上两顿饭的，工钱自是不一样。还有，工钱方面也是要依着手艺来的，还要看双方商谈的结果。若是新手，每天又要管饭吃，吃两顿饭还是吃一顿饭，一般一个月给五万元至七万元不等。那不管饭的，工钱有给七万元的，也有给九万元的，有的甚至更多，这都依着行情。手艺好的工钱有十多万元或二十多万元的，甚至更多。当然，老板生意好呢也会在适当的时候加些工钱。不过，坊间还有一种模式，就是按天数来计算工期或按计件的方式付酬。老板今天有活路请你来做，喊价一天是多少钱，计件活的物件又是多少付酬，都是有要求的。你愿意来，完成了一天挣个几万元，甚至会更多都是有的。这样，有一个情理，有活路做呢老板叫到你来，没有活路做呢就得去别的铁匠铺揽活路做，找不到活做只好在家歇息着。这么来呢，你刚出师，也算是新手，师傅请你，一个月多少工钱，这都是你们商量下来的结果。你能接受，就得想清楚，不要做到半头就不做了，这会影响你今后在行当里的声誉。口碑不好，有想请你做活的人都会立马儿不前。所以，无有慈善怀，莫能遂心愿。只是，老板给工钱也要看伙计的能力，看你给他带来的利润来定。做得好的没话说，不行的还要惹气挨骂，弄不好还要被扣工钱。还有，老板给工钱，也得他手上有资金。打出来的铁器卖出去才有钱赚，若是货积压着没卖出钱，有用米或其他实物来抵工钱的，也有把工钱记在那里，等有了钱一并再给的，花样百出。"赵西平想一下，问师哥遇着这些事该如何是好。卢友明想了一下说："这是我的想法，你可做参考。有话讲得好，'东西拿回家才是自己的'。若是给你实物，你拿着就是。给你米，你拿了回家也省得用钱去买。若是给你麻纱或其他物品，你拿着去变卖或换成事物，也是看得着摸得着的。"赵西平问："要是把工钱记在那里以后来结算呢？"卢友明摇摇头说："这话不好讲，依我之见，凡事替他人着想也是替自己着想。你思量，当老板的手上刚有了钱，要是不多不少的，你多拿几个去是你本该得的，可他多拿几个出来就犯难，这该是何等的心情。心气小的和心气大的有什么区别，火落到脚背上都感觉到烫。所以，生意好做大家都好过，生意不好做时大家心里最好不打气结。"赵西平听后点头，说："晓得了。"时间过得快，到了一九五二年春天，赵西平学手艺满了三年，就留在了哑巴师傅铺子上打铁。口头上约定，管两顿饭，一月给五万元工钱，待到做满两年后再来议定涨工钱的事。赵西平回家告知父母，觉得这事情于情于理合适。就这样，哑巴师傅当了老板，赵西平做了伙计。在做活儿上，赵西平打了上锤，哑巴师傅做了下手。

赵西平手艺学成有了工作，哑巴师傅上了年纪，找了徒弟做伙计心里信得过，又好支嘴使唤，自是两相欢喜。只是在经营上，哑巴师傅一力操持，赵西平只有跑腿送货的份儿。毕竟铁匠铺是搞生产的，打出来的物件有订单，铺子里也做买卖。偶尔铺子里堆的物件多了，师徒俩还去城郊的乡镇场上销售。这些生活用品与生产器具都是人家要用的，散场时卖得完，哑巴师傅心情

人家（上）

291

好，叫着他去饭馆里坐下来，喊跑堂的端上一盘肉菜，一人一大碗米饭，吃得个心满意足，这滋味落在心情上是舒服的。之后，要是哑巴师傅高兴，吃过饭还要去茶铺小憩一下，等着茶师傅掺上一碗盖碗茶，闻着茶盖隙处冒出丝丝热气和香味，左手端着茶船，右手捂拎着茶盖在碗里的茶水中荡几下，之后啜上一口，满腔的茶水香气四溢，人便靠着椅背舒展开来。饱懒饿新鲜，暑晴天里，听蝉儿在老槐树上叫个不停，哑巴师傅过一会儿就会眯眼打呼噜。赵西平看着师傅睡了，就听一旁的人闲谈。有的茶客爱问事，打听小哥姓甚名谁，说出来一混就熟了，大家唠嗑随便自在。这些人有乡村的，也有城里的。村民们有的说起打土豪、分田地的事，有的说抗美援朝的事，有的说起抓特务的事，有的说起其他地方成立互助组的事。城里人说着手艺人的事，有的说起有的街道的手艺人搞合作的事，还有城市哪里有了电灯、哪里修了宽敞的道路。总之，众人天南地北地说事，说修铁路的事，说建工厂的事。就是一辈子住在乡镇没出过远门的老翁，说起新社会都竖大拇指说好。新中国成立前，穷苦人生活在社会的最底层。就像这么简陋的茶铺，芸芸之众喝碗廉价茶水的休闲之处，经常有袍哥和地皮混混闹事欺人。现在好了，天下太平了，坐在这里喝茶人都心里踏实。赵西平平常就不怎么多话，便坐在椅子上听旁人闲聊。他生在旧社会，虽说年纪小不咋记事，可现实会在生活中留下痕迹，并在人们的心里落下印象。他有一种感觉：旧社会人与人不一样，劳苦大众受剥削受压迫，吃饭都朝不保夕，过着饥寒惶恐的日子；新社会了，政府为百姓做事，日月天光的敞亮。历史几千年，这是新时代，劳苦大众翻身做了主人。

社会秩序稳定，人们安居乐业。辛勤地劳动，物资从匮乏到有了积累，市面上供应活泛起来，生活一天比一天好了。废除了陋习，人与人之间交往，言谈举止文雅有致。就在赵西平听着旁人说话内心想着事的时候，哑巴师傅睡醒了，先端着茶碗咕咚喝了几口茶水，本是起身要走的，听众人说得热闹，又坐下来听了，一旁的人乐，他听着乐，就高兴得朝赵西平比画手势。茶师傅过来掺水，哑巴师傅觉着口干，待茶水温和，又是一阵牛饮，等着茶师傅又续过水了，他又是猛喝一气，茶叶子都喝白了。乡村间的茶铺子，过了下午茶客便见少了，差不多黄昏时分，师徒两人才离开茶铺，走回城里已是天黑，在路口处分手各自回家。

四十四

赵西平跟着哑巴师傅打铁，早饭在家里吃，午饭与晚饭都在师傅家吃，一月下来有五万元工钱。这般，有饭吃，到了时候又得工钱，虽说打铁时偶尔被师傅吼两句，过了也不上心，听吩咐做活儿，啥事都不操心，日子倒也过得舒服。起初，他得了工钱都如数交给娘亲。王嫂嫂想着儿子能挣钱了，收了钱后便要给他五千元钱做零花。赵西平先还不要，说自己有饭吃，穿的用的家里都买着，等着需用钱时再来向娘亲讨要。王嫂嫂告诉儿子，他现在长大了，不像从前是小孩子，说话做事都有了体面，挣了钱身上没一个子儿，遇着事若是拿不出钱来会惹人谈笑。赵西平听妈妈的话，接过五千元钱揣进衣服包兜。之后，王嫂嫂把儿子的所作所为讲给丈夫听，赵成熙听了说好，这钱给他存着，将来还是用在他身上。过了一个月，赵西平得了工钱回家又如数交给娘亲。王嫂嫂接过钱也不多话，从自己衣兜里摸出五千元钱给儿子。赵西平一笑摆摆手，之后从衣服口袋里摸出五千元钱，说："你上次给我的钱还没用呢。"王嫂嫂说："你的钱没用就好好保管着，这事我与你爹说来着，你交的钱都给你存在那里，每月都给你五千元钱零用。儿啊，莫要跟钱过不去，身上多几个钱是好事，你不用呢，累积着也是你自己的钱，以后好支派。"赵西平听娘亲的话说得在理，接过钱出了门去。吃晚饭的时候，王嫂嫂又把儿子的事讲给丈夫听，赵成熙听后没说一句话。王嫂嫂本以为丈夫听自己说的事会夸儿子节俭，没想到他却不出声，一时猜不透心思，便又去问丈夫的想法。赵成熙看着妻子说："你都把意思露出来了，我又能说什么。有句话说得是，'短眼看莽汉，长眼看俊杰'。儿子从小到大是怎样的德行，我心里晓得些谱儿。"王嫂嫂听了话说："你有谱儿我有见地，你倒是说来听听。"赵成熙说："这孩子胆小怕事，将来便是守规矩之人，只是有得些闲气怄。"王嫂嫂正要说话，这时邻居倪家嫂子过来约王嫂嫂去吴家院子开会。倪家嫂子肯参加街道上的事，街道上成立了居民委员会，她当上了居委会的成员。王嫂嫂呢，自从去参加了街道上办的识字班，便与倪家嫂子合得来了些，两个人去开会的路上都约着一同往来。

　　倪家嫂子见王嫂嫂正在吃饭，便去赵成熙抬来的板凳上坐下，一边等着一边与之闲聊。赵成熙问倪家嫂子今儿去开什么会。倪家嫂子说："去开人口调查的会，你家老婆没说与你知晓？"王嫂嫂接过话说："正要与他讲这事，你就来了。"赵成熙嘿嘿一笑，向着倪家嫂子说："我上班的饭馆前两天也开了这样的会，每个人都说了以前的事，还有自己家里以前做什么的。"倪家嫂子听着话笑一下，问："说这些做什么？"赵成熙摇摇头说："不知道。"倪家嫂子好奇，问赵成熙："怎么说来着？"赵成熙想了一下，才对着倪家嫂子说："这些话本不该讲的，只是你我两家是多年的邻居，谁又不知些根底儿，说出来也无妨。不过，这些话说出来也就哪儿说哪儿丢。"倪家嫂子笑了起来，朝着赵成熙说他好严肃。赵成熙说："老实人不说假话，以前我饭馆里开会都是会计主持，我说了后各人依着我讲过的话谈自己的认识和想法。这次开会有人做记录，说还要去调查核实。"王嫂嫂此时吃完了饭，听丈夫说了这么多的话，还没说着要问的意思，便看着倪家嫂子说："别听他啰嗦，我们走吧，去到会场就晓得了。"倪家嫂子正在兴头上，朝着王嫂嫂笑笑说，不忙这一刻，听他说些儿，心里也有点准备。王嫂嫂想倪家嫂子都等了一歇，也就依了话，对丈夫说："你讲吧，不要耽搁时间，长话短说，我们还要赶去开会。"赵成熙得令一般，就把自己在开会时讲的话叙述了一遍，家里怎么的穷，一溜儿地长出的庄稼不够一家人吃，经常饿肚皮。悲惨的是，爹娘死得早，自己年幼不会种地，生活无着落去投亲戚迷了路途，之后四处流浪。好不容易到了成都，路上饿得昏倒遇人收留，后来打工有了立足之处，结了婚养孩子，日子过得辛苦艰难。倪家嫂子以前或多或少听赵家说起过这些事，今儿听赵成熙不歇一口气地讲出来，便问："你会上就这么说？"赵成熙回答："是啊，这是我自己的经历，该这么说，这也是开会时要求这么说的。"接着，他告诉倪家嫂子会上自己还说了家里人的情况。倪家嫂子听了话"呀"了一声，朝着赵成熙问还要说家里人的事。赵成熙回答，怎的不说，这也是开会要求说的。倪家嫂子问他又是怎么说的。赵成熙一笑，说："我就实话告诉你，会上我讲了妻子是双流乡下的人，嫁过来就在家里闲着，我夫妻有一个儿子，长大后跟着哑巴师傅学艺，满师后留在了师傅铺子里打工。"倪家嫂子听后不再问话，王嫂嫂便与她出了门去。走了几步，倪家嫂子说自己忘了抬板凳。王嫂嫂说我去抬一根长条凳一起坐，返回屋里去抬了凳子。两个人也不耽搁，去到吴家院子，会已开始了。一个中年人在讲话，声如洪钟，他是区上管政治工作的主任。院子里坐满了人，都是左邻右舍，便也认识。

因为在开会，大家相互看看或是点点头，都没出声儿。两人去人群之中找了空隙位子坐下来，听讲话，前面讲的什么没听着，也就不知道。听了一阵儿，也明白了中年人讲话的意思。今晚开的动员大会，要大家做好思想准备，从明儿起每一条街会有一组工作干事蹲点登记，时间是三天，每家每户务必前去做笔录。家庭的主户须讲清楚自己出生的家庭情况、自己的经历与现状还有配偶和子女的情况。单身的讲清楚自己出生的家庭情况、自己的经历与现状即可。中年人讲完话后，请他身旁的一个中年人讲话。这时，大家一阵儿拍手鼓掌。这个中年人待掌声歇下来，向大家说自己是区公安的一名干事，是来协助街道上工作的。接着，他讲了人口调查的意义，要求大家登记时都实事求是地讲清楚。他讲完话后，大家又拍了掌。之后，一个中年妇女发了言，她是街道上的积极分子。她说人口调查是全国人民都在做的大事情，自己会端正态度，向来做登记的干事讲清楚自己出生的家庭情况、自己的经历与现状还有配偶和子女的情况。待她发言完后，主持开会的中年人宣布了散会。倪家嫂子是居委会的成员，留了下来帮着做些事情，王嫂嫂抬了板凳回家。进了屋，赵成熙就问她开会的事情，王嫂嫂便把开会的经过讲了一遍。之后，问丈夫明日登记的干事来了自己该怎么说。赵成熙笑了一下，说："别人怎么问你就如实回答。"正说着话，赵西平回了家来。听爹娘说开会的事，告诉他们哑巴师傅吃过晚饭便与师娘一道去开会，自己就和他们一起出了门，走到半路遇着了师哥，从他嘴里听说了是人口调查的事。他说过话，点亮了一盏油灯，坐在自己的床边看小人书去了。

　　第二天，一组三人的工作干事坐在倪家嫂子家做登记的事情。起初，倪家嫂子知会了隔壁的几户人家来登记，紧接着，就去通知附近的邻居，挨家挨户都没落下。王嫂嫂想到倪家就在对门，做完家务后看见门外站着许多人，都是熟脸面，大家便东家长西家短地唠嗑。因为登记工作要做得仔细，再者，有许多人认不得字，一家一户地记录起来很花时间。王嫂嫂与邻居说了一阵儿话，估摸着上午轮不着自己，看着天气好就回屋洗衣服去了。下午的时候，她去望了望倪家，见还是有许多人家在门外等待，就坐在自家门外纳鞋底，黄昏时候才去烧火煮饭。赵成熙回来，问她登记的事情，她便把去倪家的经过说了出来。夫妻俩说了些话，赵成熙的单位上经常学习开会，思想上的觉悟有所提高，劝妻子街道上的事积极些。王嫂嫂说晓得，明儿自己早些去倪家登记。翌日上午，王嫂嫂去倪家做了登记。她按照丈夫的意思，依着工作干事的问话做了回答。她说了自己出生的家庭情况，讲了丈夫在饭馆工作，说了自己的情况，还讲了儿子跟哑巴师傅学手艺后就留在师傅的铺子里打铁。工作干事仔细地做了笔录，之后，还照着笔录上的内容一字一句地念了一遍给她听。王嫂嫂读过街道办的识字班，听过后觉得无误，就去笔录上端端正正写了自己的名字。接着，轮到下一户人家登记，王嫂嫂离开倪家回屋。到了晚上，赵成熙回家，她把登记的经过向丈夫讲了一遍。王嫂嫂识字不多，可她记性好，说得一字不落。

这样，过了一个月，街道上又召集开会。这次，王嫂嫂吃过晚饭就去约上了倪家嫂子。两个人去到吴家院子，其他的人家也陆陆续续来了，平常爱在一起说笑的邻居相邀坐了一处闲话。等开会的时间到了，主持会场的中年人宣布开会，大家静了下来。主任先讲话，他谈了当前的社会形式，接着说了人口调查的事情，告诉大家统计工作已经完成，经过调查核实，基本上是真实的。只是，有少数人家在自己出生的家庭情况与个人的经历上讲得不清楚，需要重新来做登记。这些需要重新登记的人家，他们会派人通知。他讲完话，区公安的干事讲了一些事例，点名说了王嫂嫂家与其他几家的情况，经过调查后属实。接着，他说其他的人家讲的情况调查后也都属实，但要点名那少数的人家住户，"你出生的家庭与你本人参加过什么组织，自己又做过什么事情，为什么讲不清楚？我可要告诉这些人，回家去想清楚，自己的所作所为是瞒不过去的"。接着，他举了一个事例。有一个地主在城里买了房子住着，乡下有几十亩地，常年雇长工耕种。要解放时，他不回村去，就在城里东躲西藏，后来去一户人家帮工。人口登记时，他说自己是雇工。殊不知，工作队派人去他家乡调查，很快知道了真相，他这才说了实话。工作干事问他为啥不讲真话。这地主说刚解放时家里来人讲邻村的一个地主，因霸占长工的老婆，又勾结土匪，残害过农民协会会员，被镇压了。自己虽没做过这些恶迹，可心里害怕，就不敢回农村，以为躲在城里能蒙混过去，哪知"天网恢恢，疏而不漏"，还是被查出来了。说到这里，区公安干事正告那些想蒙混过关的人，不要有侥幸心理，老老实实说清楚自己的事情。他讲完后，也就散了会。

王嫂嫂回了家，看见门锁着，才想起今晚丈夫单位上也开会，便开门进屋，也不点灯，抬了板凳出屋在门边坐下。过了一阵儿，赵西平回来，见娘亲坐在门外，屋里又没亮灯，问娘亲老爹怎么还没回家。王嫂嫂告诉儿子，他爹在单位上开会。赵西平去屋里抬了板凳出来陪娘亲坐。王嫂嫂闻着儿子身上有酒味，问他今儿是不是喝酒了。赵西平说："今天跟着师傅去了青龙场，我两个背篼里的锄头、火钳、锅铲散场时差不多卖完，师傅数钱时都笑了。我在一旁看着，光是那一万的票子都有二十多张，还有几张五千与二千的票子，就是那手上伸展的百元钞票都有一大沓。去了饭馆，他高兴了要吃酒，向堂倌点了一盘肝腰合炒，点了一盘油酥花生，要了四两白干。我吃饭不喝酒，他朝我比画，意思是要我喝点酒再吃饭。我平常不喝酒的，刚要向他摆手，看着他朝我比画还甩小拇指，意思是不喝酒的男人不懂生活乐趣，没趣头，只好陪着他喝，喝了几口酒就吃饭了。"王嫂嫂问儿子，他们师徒俩吃顿饭花了多少钱。赵西平说："堂倌算账，一份肝腰合炒三千元，一盘油酥花生一千五百元，老白干四两二千元，吃饭一个人算五百元，看见师傅给了他七千五百元钱。"王嫂嫂笑了，对儿子说他师傅还舍得哦。赵西平一笑，说："师傅今天该发我工钱的，在回来的路上对我讲明天他要去买两车铁和两车炭，家里存的钱与今天卖铁器的钱合着刚够用，工钱就拖几天给我。"王嫂嫂问儿子听了话怎么回答的。赵西平说自己听过话没作声，反正在他家打铁吃饭。王嫂嫂说："你这般想是好的，他手头紧，钱周转不过来，你就等几天也无妨。"赵西平说他晓得，师哥以前就这样劝过的，说完起身要进屋去。

王嫂嫂看着要儿子再坐一会儿，说："你吃了酒，洗个热水脸舒服些，我这就去烧水。"说完话起身去点亮了油灯，接着走到屋檐下灶边，从水缸里舀水进锅。赵西平看着，坐到灶门前架起火来。刚烧热水，赵成熙回来了。王嫂嫂说声"正好，锅里烧了热水"。说完话去拿了盆来，两个男人就在屋檐下洗脸泡脚。之后，赵西平进了屋里，王嫂嫂便与丈夫坐在门边凳上闲话，她问丈夫闻着儿子身上的酒气没有。赵成熙说闻着了，过后嘿嘿一笑，说儿子有变化了。王嫂嫂听着没上心，向丈夫讲了区公安干部表扬自己的事，又讲了家附近刚搬来不久的一户人家查出来是地主的事。她问丈夫，这事怎么看？赵成熙想了一下，对妻子说："我俩在屋里讲的话我们自己晓得就行了。我看这次人口调查要每个人讲清楚自己的过去与现在，还做了登记，我想会对今后社会上的管理起作用。就像你开会说到的那个地主，肯定与我们靠劳动挣钱吃饭过日子的人有区别，要不然开会的区公安干部表扬了你和其他人家，之后又讲出那个隐瞒地主身份的事例来震慑那些不说真话的人。"王嫂嫂说开会回来的路上，自己也是这样想的，就是没丈夫想得那么周全。赵成熙笑了一下，说："不是我想得周全，是单位上时常开会学习，提高了思想觉悟。说实话，我俩以前不识字，什么事都靠耳熟能详。自从进了扫盲班认得些字，写得出自己的名字，感觉就不一样。开会学习上有什么不懂的，在本子上记下来，之后去请教别人。"王嫂嫂笑起来，笑过后说："你能写多少字？写不出又怎记得下来，之后去请教人家。"赵成熙一笑，说："这个你就不晓得了。既然我认得些字，那些写不出的字自可用同音字代替，或是做个记号，待开完会就去请教别人。这样，提高了认识又学了新字。"王嫂嫂说："这倒是个好法儿，我今后参加街道上开会学习也这么做。"说完话，见夜深了，王嫂嫂去烧了热水，舀在盆子里端进屋，赵成熙看着，提着板凳随后进屋歇息。

四十五

过了几个月。一天上午，赵西平背着一背篼打好的锅铲火钳去了师哥家。走到时遇着一个商贩向师哥订一批火钳，两人抽着纸烟洽谈业务，正在讨价还价。商贩灵活，看着赵西平招呼师哥，晓得是铁匠的师弟，拿出一支"红炮台"香烟递给他。赵西平摆手说自己不会抽烟。商贩说烟是和气草，让他拿着，抽不抽由他自己，说过了一笑，看着他又说："你师哥以前也不抽烟，抽过了就想抽了。赵西平却不过情面，又见师哥看着自己，去商贩手里接过火柴划燃点烟，第一口就呛得咳嗽，本想把烟丢了，见两个人看着自己笑，便忍住了。接下来又抽，不呛了，吸一口烟在嘴里就吐了出来，好不容易才把抽剩下的一截烟头丢了，觉得有点辣嘴巴。他在师哥家待熟了，就去灶房拿碗从水缸里舀水漱口。出来看商贩与师哥说话轻松，猜是价钱谈好了。商贩见他过来坐了，便与他找话说，问他在哪儿打铁。赵西平把问的事儿答了。商贩去背篼里拿出一把锅铲和火钳看一阵儿，夸他的铁器活做得好，样子好看用起来又趁手。卢友明在一旁也不插嘴，拿出一枝翡翠牌烟递给商贩，自己点燃一杆。这样，大家说一阵话，要到晌午的时候，商贩说请吃午饭，三个人出了门。走到路口，赵西平朝两人一笑，说师傅家等着吃饭，就此别过。商贩不依，说相请不如偶遇，拦着他不让走。赵西平只好一同去了附近的大众饭馆。堂倌看见三人进店，过来招呼安排座位。商贩请客，点了一盘回锅肉，一盘火爆腰花，一盘油酥花生米，一碗白菜豆腐汤，要了半斤白干酒。赵西平酒量浅，喝一两，其余四两酒商贩与卢友明平分。这顿酒是赵西平第一次与生意上的人交往，心里充满了新鲜的感觉。以前，与师傅喝酒，师傅不说话，他也无话说，就闷着头吃喝，倒也省事。这次喝酒有了应酬，他不会，就学师哥的样子。商贩敬师哥与他的酒，看师哥端杯子就跟着端杯子。卢友明敬商贩酒，他也端杯子，喝几口酒脸就红了起来，又学师哥的样去敬商贩的酒，一副愣头青的样子，弄得他忙不迭地，放下刚竖着筷子去端杯子。一阵儿下来，赵西平一两酒的杯子就净光了底儿。商贩见他喝光了酒，劝他再喝一两。赵西平摇头，说自己下午还要回师傅铺子上打铁，再喝些酒恐怕要醉。商贩想着今儿遇着师兄弟两个，拉好了关系，以后自己的买卖上也算是靠着了作坊，便招呼堂倌再打一两酒来。卢友明拦住了，说别劝他，怕真的喝醉了酒回去做不成活儿挨师傅的骂。商贩听劝，也就作罢，去与卢友明喝起酒来。

赵西平吃饭，商贩要笼络他，要了一盘炒黄豆芽菜下饭。这菜做法简单，先将豆芽在锅里干煸，待豆芽蔫了捞起来，锅里放油烧热，放干红辣椒节爆一下，放豆芽、放盐、放葱节，炒好装盘，豆芽黄，辣椒红，葱香，讲究点的不放葱节，放少许蒜苗节，香味又不同。扒一口饭，夹一撮豆芽在嘴里，饭香菜香就搅和着一起，让人欲罢不能，非要舒服了心肠才可意。赵西平吃得个香喷喷的，商贩与卢友明慢慢喝酒谈生意。其实，商贩出了价钱下了订单，是想铁匠早些把要的货做出来。卢友明呢，想着自己的铁器件有销路，自是要努力去做。只是，人心隔肚皮，有些话直截了当说出来怕扭曲了意思。为什么要拉交情？是想事情上做得循环、委婉、长久。有句话说得是：世上行当，做生意的又不是只有一家。大概是卢友明感念商贩的诚心，或许是觉得商贩请了自己与师弟吃饭，向商贩说这些天就把他要的货赶做出来。商贩听了话一脸的笑，他等的就是这句话，端起酒杯与卢友明的杯子碰一下说声干了，接着把杯里的酒喝了个干净，呼堂倌，两个人一人再来一两酒。堂倌听招呼，唱着声音打了二两酒来与两人平分。商贩高兴啊，达成了自己的心意。说实在的，这次是他找铁匠要货，许多话都是绕弯儿的，欲言又止。若是铁匠拿货来找他销售，那处事方法是不一样的。两人常年打交道，也是有说有笑地喝酒说事，可辗转迂回的心思、酝酿出来的做法谁不知个中滋味。人说话做事要装腔作势，不装还不行，知情的说是拿范儿，有着来由。要是谁白话文一般的，说实话，遇着两个人都会弄成白痴。怎么说呢，人心见利就好，谁要是一见面就说我赚你一点点，到你家来就是要吃顿饭，谁忍受得住？

就在商贩与卢友明喝酒酣情时，赵西平吃饱了放碗，就要回铺子里去。以前，他在自己家吃完饭放下碗就去了一边，在师傅家也是如此，可今儿晓得不行，人情总得敷衍，就坐在一旁看两人吃酒听他们两个说话。那商贩与他师哥喝光了杯里的酒，商贩还要相劝，卢友明用手罩住了酒杯说喝够了，待会还要去师傅铺子上说订单的事情。商贩听着他为自己的事情着忙，欢喜得嘻嘻地笑，随着他的意思，两个人去舀饭吃。赵西平听着师哥要去师傅的铺子里，心情一下子放开了。说实在的，来师哥铺子里送货跟着一道回去，总得说些事，就是耽搁久了都不会挨师傅的骂。这么一想，人倒自在了起来。俟着他们两人吃过饭，喊堂倌来算账。那店小二一口气报出价来，回锅肉四千，火爆腰花四千，油酥花生米两千，白菜豆腐汤两千，炒黄豆芽菜一千五百，七两白干酒三千五百，三个人饭钱一千五百，一共一万八千五百元钱。赵西平听堂倌声音就像放连珠炮似的快而捷，觉得是个本领。卢友明在一旁抿嘴眯眼地乐，也是听得有趣。商贩掏出两张一万元的钞票放桌上，堂倌抄在手上，转身唱着"收钱两万元"去了柜台，过一会儿就拿着找补的一千五百元钱来递给了商贩。看着三个人动身，他就客气地说"慢走"。

三人出了饭馆，可能是商贩遂了心意，觉得生意有赚头，抑或是想着以后与两师兄弟好相处，走到路口，便去烟铺买了两包红炮台烟给了铁匠两人一人一包。卢友明在行当上跑了几年，这些事经常遇到，嘴里说酒都请吃过了，怎的又去花钱，说着话接过了香烟。赵西平第一次遇着这事，想着才吃过人家请的酒饭，心里还在过意不去，便不好意思接送过来的香烟。商贩不依他，说："我们初次见面，这点心意要收下的，以后见着大家也随便些。"赵西平看着师哥。卢友明说："他话都说到这份儿上了，大街上的推来推去不好看，你就收下好了。"赵西平听师哥这么说，才把香烟拿在了手里。接着，商贩去与师哥说了些话，谈好了收货的时间就要分别，临走时冲着赵西平一笑一点头。赵西平不敢怠慢，模仿着样儿一点头一笑，望着商贩的背影走远。说实在的，赵西平满师后跟着师傅打铁，随着身体与年龄的增长，已是个大小伙子了，又跟着师傅去卖过几次铁件，觉得自己也算见过世面，心里也就有了些想法。在他眼里，师哥倒是他佩服的人。也许是他与师哥接触的时间长，又因师哥学成手艺后就开了铺子，经营上弄得师傅都要和他搞联销。再者，师哥的为人，平常不言不语的，做起事情正儿八经的，有头绪有手段，旁人真的还信他。所以，看着商贩走后，赵西平的心里起了一个念头，自己要是能像师哥那般懂得与人相处就好了。当然，这是他内心的想法。等他回头来看，卢友明已走远了几步，他便连忙跟了去。他跟上后想着一包烟占手，就要给师哥。卢友明摇摇头，说："他已给过我了。既是给你的，你就拿着，我不会要的。"赵西平听了话有些反应不过来，想自己不抽烟，把烟给师哥，他怎的不要呢？可以这么说，当时赵西平把烟揣进了自己的口袋里，可这个念头也就搁在了心上。多少年后，他与师哥说起这事，卢友明一笑了之，没有对他讲为什么不要他烟的理由。那天，师兄弟去了师傅的铺子，哑巴师傅正在打火钳，赵西平过去搭手，哑巴师傅一脸愠色就要发作，看见大徒弟来了，便稳住了情绪，放下手中的事情过来说话。卢友明把商贩订单的事讲出来，哑巴师傅听着就乐了起来，手势一系列地比画，询问了生意的来由，有称赞徒弟的意思。卢友明告诉师傅，商贩要两百把火钳，因自己铺子上还有其他的活儿没做完，估计只能做五十把，其余一百五十把就由师傅来做，争取在一星期内交货。哑巴师傅点头，问了火钳的尺寸。卢友明说了个清楚，还说了火钳的样式，问师傅记住没有。哑巴师傅想了一下，向大徒弟点头，手势比画出火钳的尺寸和样式。卢友明见师傅记下来了，没多啥话，过来看赵西平打铁，出手帮着打了几锤，打出一把火钳，符合刚才讲的尺寸和样式，说了一声"要得"。

这时，师娘沏了茶水放桌上，要他师兄弟两人喝茶。卢友明过去坐了，赵西平想自己耽搁了些时候，站在砧墩边使劲打锤做工。师娘过来喊他，说他师哥来了，去陪着说些话。赵西平抬头看师傅与师哥坐在一处说事，向师娘说："他们谈事情，我不过去了。"师娘说："他们谈完事情总要说些别的，你过去坐一会儿，大家说说话也是情谊。要是你师傅有啥话，我替你说去。"赵西平这才放下了手上的工件，去师哥旁边坐下来。哑巴师傅看了他一眼，继续与大徒弟比画手势。有工做又有销路能赚钱，神色里透出欢喜。卢友明与师傅谈完正事，师徒三人唠了些话，卢友明说有事要去君平街张铁匠铺子里交涉，告辞了众人，起身走了。

原来，商贩与他的订单是三百把火钳，他留了一百把火钳给张铁匠锻造。这件事他没向师傅讲，其实，就是讲出来，哑巴师傅也不会有意见。因为，几家铁匠铺在生意上有联系。活儿少时自家揽事做，活儿多时大家联手生产，事情上互相有个帮衬，经销上也有些照应。当时，城市里的一些手工业者，为了扩大生产和销售，成立了合作社。在农村，一些庄稼户也在走合作互助的路子，田地里种出来的农作物，有人统筹销售，省了个体买卖上的麻烦。利益大家分享，若有损失也是大家分担。况且，有政府部门指导帮助，人多办法多，团结力量大，田里的丰收在经营上实现，谁人不乐。那些起初没有参加互助组的人家，季节变化，

人家（上）

307

天晴下雨，播种收获，个力支为，单户操作。收获了的农作物一家人肩挑车拉，去集市讨价还价地卖，卖完了一身轻松地凯旋，卖不完还得车拉肩挑地回家。要是在集市上遇着不良商贩，压低物价，弄不好还要要称，让尔入彀，使得人聪明一世糊涂一时，着了他的道儿，就有些暗自嗟叹，心里许久过不去。互助组的农户，无论是季节变化，天晴下雨，播种收获，这家人忙不过来，其他的人家就来帮助，又不操心农作物卖的事情，看到这番热闹欣荣的景象，那些单家个户的村民有了心思，陆续报名，加入了合作社。当然，世上的变化影响着人们的生活。新时代劳动人民当家作主，新风气改变着人们的思想。生活啊，波澜壮阔。

这样，赵西平与师傅忙了一个星期，打好了一百五十把火钳，守着时间送去了师哥的铺子里。隔了几天，收到师哥转过来的款项。哑巴师傅一算账，多赚了十八万元，加上这星期自家铺子赚的二万多元钱，收入上也是可观的了。他一高兴，与老婆商量，去市场割了四斤多猪肉，买了几样蔬菜，打了半斤散酒回来改善伙食。哑巴师傅家差不多一个多月以来都是吃素。早上稀饭泡菜，中午饭与晚饭不是一碗炒白菜就是一碗烩萝卜丝，这还得看季节，要不就是一碗炒莲花白，或是一碗炒莴笋，油荤少，人都是挠肠寡肚的。这天，一家子晓得有肉吃，高兴得不得了。几个孩子做游戏唱歌儿，师徒两个在砧墩上打铁件都干劲十足。哑巴师傅的师傅已是六十多岁的人了，每逢吃点好的，哑巴师傅会叫儿子去请老人家来。吃饭的时候，太师傅面前有一碗菜，除了哑巴师傅之外，旁人的筷子是不能伸去夹菜的。赵西平当徒弟娃时晓得规矩，知道太师傅传了手艺给师傅，师傅才教他手艺。所以，他对太师傅是崇拜的，说话做事都毕恭毕敬。太师傅喝过酒吃饭，他看着立马起身去舀饭送上，太师傅吃完饭，他也会立马把茶水端到面前，从来不耽搁。这让太师傅喜欢，有时看他打铁，会在旁边点拨些窍门。在赵西平学手艺时，吃饭是与师娘以及哑巴师傅的孩子们一等的待遇，等满师后留在师傅铺子上打铁，吃饭时便与师傅坐在了一处，太师傅来吃酒，他在旁边有了座位，太师傅面前放的一碗菜，他也可夹来吃了，太师傅端杯喝酒，他跟着师傅相陪。不过，他知趣，从来不敢趋前，这让哑巴师傅都比手势称赞。太师傅有五个徒弟，自己的大儿子算一个，在徒弟的序列上是老二，哑巴师傅是小徒弟。现在，太师傅上了年纪，铁匠铺交由儿子打理，自个儿赋闲在家。这次来小徒弟家吃酒，讲起了哑巴师傅的二师兄去税务所交税钱时遇着两个铁匠朋友，邀着他说联手经营的事情。哑巴师傅听着话感兴趣，打手势问结果怎样。太师傅摇头说不知道，就那么一回听他二师兄提起过。哑巴师傅双手在衣服上拍了一下，接着打了一股脑儿的手势，表明手艺人联手经营是个法儿，个家单户的有了货要去找买主，买主来了没货走人。看着买主去别家，弄得人心里不是滋味。接着告诉老人家，自己以前也是循着老方式的，打出的铁件铺子里卖，可十家铺子打铁，每家铺子又打得不一样。买主口里有传闻的，生意做得好些。只是，铺子里的货堆多了，时不时要跑滩去乡镇的集市上卖些，卖得完是好事，卖不完又搬回来，还耽误了打铁的工夫。现在好了，大徒弟联合了几家铁匠，接着了订单，大家分着做，又有销路。平常这家铺子里的货堆多了，那几家铺子里好卖还帮着销售，收入也比往常稳定。太师傅听高兴了，喝过酒吃完饭，拿出一支裹好的叶子烟，杵在一尺长烟杆的烟斗上，然后含着另一头的烟嘴，擦燃一根火柴抽起来，刹那间嘴里鼻里喷出烟雾，脸上舒服得眼睛半眯。赵西平见状，起身去把太师傅喝过的茶水端在他面前，这才又去吃饭，吃过了去一边抽起了纸烟，一支烟抽了几口就抿熄装烟盒里，想抽时便又拿出来抽。十多天下来，商贩给他的那包烟还剩下了几支。

王嫂嫂晓得儿子抽烟是在一天黄昏的时候，赵西平回家说话，嘴里有一股烟味。她问儿子是不是抽烟了。赵西平没有隐瞒，把商贩给烟的事从头到尾讲了一遍，也讲了自己要把烟给师哥的经过。王嫂嫂听了话没吱声，过了一会儿看着儿子说抽烟浪费钱。晚上丈夫回来，她把儿子抽烟的事讲了出来。赵成熙听过话也没吱声，过一会儿向妻子说孩子大了，他身边又是抽烟的朋友，说他肯定是不会听，弄不好大家过日子都不舒服，只得由着他自己。王嫂嫂听了没再多话。夫妻两个沉默了一阵，赵成熙问老婆，儿子去隔壁何叔家搭铺的事说没说。王嫂嫂笑了，说："你看，为了儿子抽烟的事忘记了告诉你这件事，你猜怎么着？"赵成熙说："我猜不着，你告诉我。"王嫂嫂说："我今天与何叔说自家的孩子大了，屋子窄，想儿子去他屋里铺间床睡。何叔听了话就答应了下来，还以为是今天就要搬床过去住。我说不急，等一家人商量好就搬。"赵成熙听了话高兴起来，掩上门过来，使劲儿抱着老婆，一双手去妇人身上捏摸，把王嫂嫂都弄得呼吸急促起来，扭捏了一阵儿，脱出身来向丈夫说："猴急个啥，要是儿子冷不丁闯进来咋办。明儿让孩子搬过去就好了。"赵成熙听了话嘿嘿笑，王嫂嫂见他规矩了，去拉开了门。说实话，孩子大了，夫妻俩睡觉，隔着竹篱笆墙都能听着翻身的声音，两个人起了兴，只能听着孩子的呼噜声后悄悄搞些名堂，要是中途听到儿子那边有动静，只得停住一切活动。王嫂嫂在家做家务，太阳天下雨天待在屋里不出门，皮肤白白净净的。这些年生活好了，身材丰满起来，白天穿着宽松的衣服、裤子看不出来，晚上睡觉便显出来了。春意挠人，半天都睡不着觉。时间一久，两个人身心多少受到些压抑，一上床睡觉心里就像搁着件事。

　　一天晚上，两个人坐在门外消闲。赵成熙说儿子大了，屋子又窄，一家人处着别扭，也是没有个法儿可想。王嫂嫂想了一下，看着丈夫说："你也别抱怨，我家才一个娃儿，别人家几个孩子的，那该如何，还不是照样过日子。就像街当头上的王辣椒面，有六个孩子，这阵儿老婆又大起了肚子。"赵成熙说："一个春辣椒面卖的，生了这么多娃儿，一个月不知要吃多少斤米，也不晓得日子怎么过来的。"王嫂嫂说："怎么过来的？你没看到大孩子背着小孩子跑，干的稀的都是一顿饭。"这时，隔壁何老儿吃过饭来凑热闹，听了话接口说："是啊，你看那朝街住的肖柴火家，生了七个孩子都是女的。老婆二十岁嫁过来，样子看上去都像五十岁的人了，说是想有个儿子，那天还来找我算命，说是要生了男孩才肯罢休。"王嫂嫂笑了一下，说："你这话说得有来由，前条巷子的李担水，有了五个儿子，老婆说丈夫想要个女儿，还准备生哪。"赵成熙说："你讲的那个李担水我知道，房子也是比我们大一些的屋子，两个大人加这么几个娃儿，怎么住哦？"何老儿接过话说："怎么住？隔堵墙壁搭铺住着，孩子大了再想办法。"说到这里，他放低了声音说："我告诉你们一件事儿，听过了就当没讲过。"王嫂嫂说："啥事？这般神秘，听了绝不外传。"何老儿小声说："那天倪家嫂子找着我，说她的一个儿子与三个女儿都大了，想让儿子在我那里搭间铺。"王嫂嫂听着，瞪大眼打断话问他怎么说，何老儿努努嘴说："她一家人平常不咋看顾我，这番说来也就没答应她。"自古道：说者无心，听者有意。王嫂嫂朝丈夫望望，没再说话。赵成熙心里有了意思，也没说出来。大家聊了些别的事，各自回了屋。进了门，赵成熙对老婆说："你我两个那么久了都没想着的事，不想对门倪家说了出来。"王嫂嫂说："依你的意思，我们去向老何说儿子去他屋里铺间床住？"赵成熙说："你望了我一阵儿，心里就没想这个？"王嫂嫂说："想是想过，只是倪家都没说成，不知老何是咋想的。"赵成熙说："他不是讲了吗？倪家平时对他不理不睬的，这才没答应。反过来说，我们倒时刻肯照顾他，可去与他说项一番。"王嫂嫂说："我明儿去打些酒，酥一碗豌豆，炒两样菜，你晚上回来与他喝两盅说说看。"赵成熙摇摇头，说："不可，请他吃酒说成了事，恐有做套儿的嫌疑，说不成便有些尴尬。这样，你明日去与他说，同意了，改天选个日子请他喝酒，若没同意，也就当没这回事。"第二天，王嫂嫂瞅着何老儿在屋檐下烧火做饭，从自家泡菜坛里捞了一小碗泡菜端过去。可能是习以为常，何老儿说声谢谢，还让妇人把泡菜放在他屋里的桌上。王嫂嫂依言去屋里的桌上放了泡菜，顺眼看了一下，屋子里空得很，再安间床都显宽敞，出来想说事，又想在屋檐下一时讲不清楚，担心被对门的倪家听到了不好，踅身回了自家屋里。心里料想，若是平常，何老儿吃过饭定是要还碗来的。

果然，隔了一会儿，何老儿就拿着空碗过来。王嫂嫂瞅着机会来了，请何老儿板凳上坐，接着说了想在他家里安间床让儿子睡觉的事。何老儿想了一下，说："你家提这事我倒愿意。怎么说呢？有时我在想，这把年纪了，风烛残年孤身一个，如是晚上有个病痛，也该有人知晓，好有个照应。这样好，你家经常对我有照顾，让我也放心。你家几时搬床过来，说一声就是。"王嫂嫂听了话心里暗喜，想着事情容易了，须得支吾一下，向何老儿说这事是自己想起说的，老赵还不知道，等他回家来告诉后再来叨扰。何老儿说声要得，起身回了自家屋里。赵成熙下班回来，听老婆说成了事情，高兴得打了几个哈哈。第二天，赵成熙去单位请了两个小时的假，叫上儿子把床搬进了何家。这个晚上，夫妻两个心情压抑了许久，一时放开来，仿佛心灵与欲望皆要喷泻。煤油灯映着，赵成熙见老婆发际蓬松、脸颊绯红，娇滴滴的样儿，恨不得含一口水吞了。

四十六

赵西平自从喝酒、抽烟后，心情上起了变化。当哑巴师傅发给他工钱回家交与娘亲时，脑子里就有了想法，觉得每月返给的五千元钱不够买烟抽，就想对娘亲说多给些零用钱的话。可是，几次话到了嘴边都没勇气说出来。起初，那些年的零用钱存着，就拿出来补贴着用了。过了几月，这么一点老本经不住抛洒，用得个干干净净，只好向娘亲开口说多要些钱零用。时间到了一九五五年初夏，市面上已用着第二套人民币。以往那大面额的人民币都按照一万元比一元的比例递次兑换。新的人民币分十元、五元、贰元、一元，五角、贰角、一角，五分、贰分、一分，用起来方便、好计算。也是，社会稳定，景象太平，老百姓安居乐业。王嫂嫂已把儿子存的钱以及家里攒下来的钱去银行里兑换过了，听儿子说要多些钱零用，就晓得是要钱买烟抽。想了一下，觉得儿子大了，挣了钱都是拿回家的，现在有了嗜好，多要些零用钱也得给他。以前老币给的是五千元，实行第二套人民币后，五千元也就是五角钱。王嫂嫂问儿子一月要多少钱合适。赵西平不敢多要，说一月给一元钱得了。王嫂嫂依言，又拿出五角钱递给他，顺便劝说了些少抽烟的话语。赵西平接过钱，自是肯听娘亲的话，转过身就去买纸烟抽。也不知咋的，自从抽烟后，他慢慢有了烟瘾，一时没烟抽心里还真有点发慌。有一回，哑巴师傅迟发了一天工钱给他。那天，他身上的烟抽完了，从口袋里搜出五分钱去烟铺买烟，选了一角钱一包的红花牌香烟，本以为老板会给他十支烟的，哪知却给了他九支。他问为什么。老板说："随便到哪家烟铺买烟都是这样的规矩，一包烟二十支，买零的，商家都得赚一二支的钱。"说过话，把烟盒里剩的烟抖出来，放在了玻璃匣子的横格上，把空烟盒撂给他装烟去。赵西平离开烟铺就揪心得难受，头脑里就来了想法，没钱买一包烟抽就活生生要少抽两支烟，看来以后得好好计划才行。当然，这是他自己的盘算。过了有半年，哑巴师傅给他涨了三元钱的工钱。这也不是哑巴师傅独自要给徒儿涨三元工钱，是行当里的规矩。想想也是，一家铁匠铺子的工人涨了工钱，谁没个传话，哪家铁匠铺子的工人会不知道？此外，那些铺子里老板不管饭的工人，这回就不只是涨三元钱的事了。至于涨了多少，便是各个铁匠铺的事，有生意好的，有生意不好的，老板涨钱得依据自家铺子的赚钱多少来定，有涨六七元的，也有涨四五元的，涉及各家铺子的私密，传闻出来说法不一。这些事情，哑巴师傅心里明白，赵西平心里清楚，虽没说出来，表情里都是有情绪的。

一天，赵西平去师哥那里送货，便把这涨工钱的事说出来。卢友明问师傅晓得这事不。赵西平说看样子是晓得的。卢友明是知道师傅脾气的，想着老人家的事不好说，劝师弟耐住些性儿，久等必有一禅。赵西平听了没话说，可心里烦躁，闷了一会儿，这才与师哥清点背篓里的货物。完毕，卢友明看出赵西平不高兴，便劝他想开些。正说着话，卢友全从学校放学回来。这孩子在家附近几条巷子的西马棚小学上一年级，放学回家遇着赵西平来家里与大哥谈打铁的事情，自己先去做功课，得空了两人便要说些话。卢友全晓得赵西平是读过书的，要问他些上小学时学的课本。赵西平说老实话，告诉卢友全自己是去一家私塾启蒙的，学的是《三字经》《弟子规》和《百家姓》，后来上了小学堂，学过白话文，也学过算术，也讲了从三年级读到一年级后去学打铁的经过。卢友全听了后说他学历复杂。赵西平一笑，拿起课本，看见第一页上画有五星红旗，对卢友全说："你现在好啰，长在红旗下，学新知识学新文化。"卢友全笑笑，说："老师也是这么讲的，现在是新社会了，穷苦人翻身做了主人，天下太平，人人平等。鼓励我们好好学习知识，长大了有本领建设我们的祖国。"赵西平听了话看着卢友全，心里有一个想法，自己去读书，不管是爹娘或是自己，也就是想自个儿认得些字，好在人与人的交往上不吃亏，不像眼前这个才上一年级的学生，说出来的话都这么有志向。当然，这是他的想法。卢友全见他不说话，问他想什么。赵西平摇摇头，说自己该回去了，哑巴师傅等着呢。其实，他来师哥家说业务上的事情，哑巴师傅并没有限他时间。只不过他是要回去向师傅汇报事情的，吃过了晚饭才回自己家。

这天，卢友全回屋里看着赵西平与大哥商量事情，打过招呼，径直回屋里做作业。赵西平以前是要与他说些话的，只是心里想着工钱的事，与师哥道别后也径直走了，路上就想着怎样去和师傅讲工钱的事，快到铺子时也没想出个法儿来，吃晚饭时一张脸都是木的。说来也是好笑，就在他闷闷不乐的当儿，哑巴师傅朝他比画了一个手势，立马让他乐了起来。这个手势告诉他涨两元工钱，弄得他嘿嘿呵呵地笑，想着师傅又给自己涨工钱，心里的烦怨霎时间灰飞烟灭。哑巴师傅是个老实人，接着比画了一通手势，告诉他这事是他师娘说起的。原来，师娘在两个月前就看出他在闹情绪，做事情垮着个脸，问他话不做声，有个声音也是犟眉犟眼的。她去问丈夫，哑巴师傅也不隐瞒，把师徒两个在内心里纠结的事比画了出来，意思是小徒弟觉得工钱涨少啰。妇人看着比画笑起来，说："难怪，这些天就看着他人无精打采，脸木得很，就像哪个借了他谷子还了糠似的。"哑巴师傅听了话没动作，就呱呱笑。妇人听着笑声晓得丈夫的意思，想了一会儿问丈夫："是不是该给他涨？"哑巴师傅点头，意思是该涨。师娘说："他是你的徒儿，倒是相处惯了的，心里不安逸也就是使点小性子，便也过去了。若是请的帮工，能有这般消停？我看与人做事得有个理，不要觉得是你的徒儿就可随便得不在乎，我不是帮他说话，你现在上了年纪，多少事要靠他做哪。"哑巴师傅听了话，觉得在理，倒也依说。于是，他先告诉了徒儿，到了发工钱的时候，就兑现多给了两元钱。赵西平拿了十元钱在手，转过身高兴得哼歌儿。他晓得是师娘帮自己说了话，心存感激，遇着师娘有什么吩咐，自是肯听使唤。可见，有时妇人的主张胜过男子。

赵西平揣着工钱回家，心里又起了念头，一路上就想着怎么对娘亲说师傅涨了两元钱工资的事。他之所以这么劳神地想来想去，是要娘亲从这两元钱里给自己一元钱。那么，他每月有了两元的零花钱，买烟抽也就宽裕些。确实，当时的物价便宜，有两元钱零花，真的是让许多人发自内心地羡慕。就拿家周遭的邻居来说，赵西平每月的工钱，都够自家三口人的家庭一个月里吃饭的钱。就如那李担水，一挑水从井里提上来，担去人家倒进水缸里才三分钱，要担多少挑水才够一家人吃喝。何况，有劳力的人家都是自己去井边汲水来吃用，谁肯花这三分钱去雇人挑水。又如那倪家嫂子一家六口人，全靠卖香蜡赚点钱过活。还有那杨家，有了两个儿子，后来又生了一个女儿，也是靠着卖桐油石灰赚点钱过活。日子怎么过来的，后辈们一天天长大，老辈们一天天渐老，眼观着，真的是一个谜。正所谓，生活不容易，才要努力去生活。邻居都说王嫂嫂有福气，在家闲着，丈夫与儿子做活儿有地方吃饭，还挣钞票拿回家，日子过得像小苗儿沾上了露水珠一般滋润。王嫂嫂听着话心里好受，嘴上谦虚，说："好看的葫芦也就装那么点水，也是我家道行浅，被你等瞧了清楚。其实，大家都在一处生活，谁家又不是一样地过来着。"倪家嫂子是个爱说闲话的料，听了这话会装着样儿大叫一声："天哪，要公道，打颠倒。可惜人生各是各的不能调换，要不你来试试？真的是坐着说话不腰疼。你家过得自在，就把别人家说得个悠闲。哪里知道，吃的东西不同，放出来的屁味都不相同。"王嫂嫂晓得她嘴巴厉害，嘿嘿笑一笑了事。当然，这是几户人家聚在一处谈笑调侃，过了还不是各自回家去忙自己的事情。不过，王嫂嫂心里清楚，邻居家的闲谈当不得真。首先，自己在家待着没工作，靠着丈夫与儿子拿钱回来，用一些存一些，比起几户人家来也好不到哪里去。就像倪家，几个孩子都长大了，过些年找到事做，也能挣钱回家，从人数上讲也比自家的多。还有，寻常人家都有个想法，生活里总要挤出些钱存着备不时之需。这王嫂嫂是个精明之人，晓得这个道理，平常用钱手头上自是捏得紧，用一分钱想了又想，有时钱币上都被捏出汗渍来。当儿子向她讲了哑巴师傅给自己每月又涨两元工钱的事后，还没来得及欢喜，就听儿子说要从这两元钱里分出一元钱当零用，王嫂嫂瞠目结舌地站在那里看了儿子一阵儿，一时半会儿没反应过来。赵西平见娘亲直勾勾地盯着自己不转眼，一下慌了神，先前脑子里想得好好的情景自个儿散了，心里就固执着要那一元钱。王嫂嫂回过神来，对儿子说："你要这一元钱我没话说，只是这事也得让你老子晓得才是。"赵西平听着话问声："为什么呢？"王嫂嫂看着儿子说："你这样问，我晓得话里的意思。你长大了，挣了钱拿回来给了家里，平日又在铺子里吃饭，多要点零用钱是应该的。可是，你知道不知道，你拿回来的钱都原封不动地存在了那儿。"赵西平说："前两次要钱没说要老爹知道就给了，这回怎的要老爹知道？"王嫂嫂说："你爹挣的钱舍不得用，全都拿回来交给我。你晓得不，平日里我省吃俭用，这钱存着都是以后给你用的。"赵西平说："既是钱存在那里都是要给我用的，为啥这次师傅涨了两元钱的工资，多要一元钱零花都不行？"王嫂嫂说："我的儿，一个家有收入与支出，你将来花钱的地方多着哪！这样吧，我们母子俩说多了要怄气，等你爹回来后问过他的意思，他说给就给，我没话说。"赵西平没作声，过了会儿说他不去问。他说完话闷闷不乐地走了，去街上溜了一圈，见天黑尽才回来，也不进屋，直接去了何老儿家里。这般，早上起来就去了师傅的铺子里，吃过晚饭后四处转悠，等天黑才又回到何老儿家睡觉，接连几天都没与家里人照面。

　　过了三天，他在师傅家吃过晚饭，出来走到路口，迎面看见老爹向他走过来，因不可回避，父子两人都沉默着回了家。进了屋就看见王嫂嫂坐在椅子上生闷气，赵成熙也没骂儿子，只说他不懂事，没要着钱就不回家，惹得他娘亲怄气，要他去认个错，说完抬了板凳去门外屋檐下坐了。赵西平见老爹出了门，站在了娘亲面前，却没说话。王嫂嫂先是坐在门外椅子上休息，看着父子两人回家，便抬着椅子进屋里坐了。这时她见儿子站在面前不出声气，问他不说话，站着这里做啥。赵西平想劝娘亲不要怄气，可就是说不出来，人就在那里呆着。王嫂嫂看了儿子一阵，说："你翅膀硬了，要不着钱就不回来了。"赵西平说："我没这意思，只是这两天铺子里事多，回来觉着累就去睡了。"王嫂嫂哼了一声，说："儿啊，我见过的事多，你不要说不是影儿的话。"赵西平听完话又不作声了。王嫂嫂见儿子吞吞吐吐的样子，不觉心里生气，说："看你这窝囊相，心里有话不说出来，事情都做了也不敢承担，长此下去，今后遇着事情咋办？"赵西平闷了一会儿，才小声小气说："娘哪，这一元钱我不要了，你也不要生气，以后我也不说这般话了。"王嫂嫂晓得儿子的德行，这毛细血管的差别，说出来的话做出来事都不同，怄气都无用，只得自己消化罢了，对儿子说："以后的话不当今朝，这事我与你老爹商量过了，你要用钱，每月就多给你一元钱零花。"说完话，王嫂嫂去衣服兜里掏出早已准备好了的一元钱递给儿子。赵西平迟疑了一下，悄无声息地伸手接着了。也就在此刻，王嫂嫂想起了儿子第一次拿着工钱给自己时的情形，觉得儿子大了，起了变化，不像从前那般听话。本来，王嫂嫂与丈夫说起儿子为了多要一元钱不成就赌气不回家的事，提出了自己的看法，说儿子的钱让他自己管去，省得自己来操心惹气恼。赵成熙不赞成，说："你不替他管理着钱，他拿起来三文不知二五地花个干净，到时候要用钱，你说咋办？他现在说多要一元钱，总还剩着钱由你管着。"王嫂嫂问丈夫："你同意给他了？"赵成熙说："什么事情都有个衡量，他现在要抽烟，手上的钱紧凑，说不定拐着弯儿问你要，你给与不给？还不如这回依了他去，把话说开了，让他也知道些好歹。"王嫂嫂看了丈夫一下，说："这是你同意给的，这一元钱就由你来给他。"赵成熙摇摇头，说："往常都是他把工钱交给你后，你再给他零用钱。我看，这钱还得你来给他。"王嫂嫂说："他现在与我赌气，人的影子都见不着，怎么给他？"赵成熙说："这不打紧，我去铺子里找他回来。"王嫂嫂说："你既然要去找他，为何不给他钱？"赵成熙说："处事情上得有层次，也得留一手。我俩为他要这一元钱都来出面，如是事情不顺他意思，弄得人尴尬下不来台，他大了，你要骂他我要骂他的，心里肯定不舒服。你先与他说教，他要是敢顶嘴，少不得我再站出来，也可有个回旋余地。"王嫂嫂听了话，这才依着丈夫说的去做了。

　　赵西平每月有了两元钱做零用，手上宽裕了，心情也就放开了，便又像往常一样在师傅家吃过晚饭，回家看看后再去何老儿屋里睡觉。这般，一家人又有说有笑地过日子。王嫂嫂看在眼里，觉得丈夫在教育孩子和处理事情的方法上有见识，看问题比自己看得透彻。赵西平有个喜好，爱看小人书，一个月除开买烟抽的钱还能剩点角角分分的，只要有空，他就往连环画铺子里拱。坐在那书铺老板用砖垫着的铺板上，一分钱看一本小人书，他真的看得个孜孜不倦。书铺老板也有方法，晓得哪些是出得起钱看书的常买主，自己兴了规矩，凡是肯出一角钱押金的，可享受在本金的基础上多看五本小人书，出两角钱押金的，可在本金基础上多看十二本，每当铺子里有买回来的新书还可提前看。赵西平差不多隔一到两个月要给书铺老板交上两三角钱的押金，为的是要提前看老板买回来的新书。一天，赵西平在书铺里看书，卢友全放学与几个同学玩耍，路过书铺子，看着了打个招呼，轰的一声跑进来，那几个孩子图热闹，一发地跟在了后面。书铺里的地上用砖搭着一条条铺板当凳坐，有不少读者，大人、孩子都拿着一本连环画书眼都一眨不眨地瞧着，都不出声，就是看得感觉上欢喜或是悲伤都是自己的事。老板起初以为几个小孩要出钱看书，也就没吱声，等一会儿瞧着几个人就在赵西平面前挤着，走过来干涉，问了赵西平，赵西平回说是只认得卢友全，那几个孩子被老板逐出门外。几个人不愿离开，在屋檐下盘桓了一阵儿才依依不舍地走了。书铺老板有个规定：谁出钱谁拿着书看，如是旁边有一个熟人陪着看，得老板允许了才行。此外，铺子里的看书客不得交换书看，被发现了两人都出看书的钱。可是，不论老板有多么精明，也有人趁他不注意悄悄换了书看。其实，书铺的老板或许是知道的，可能是他处事的方法，只要不过分，便装作不知道，容忍其发生，不容忍其发扬。从此，卢友全晓得赵西平一星期里有两天会抽空来书铺看连环画，放学后就会蹭着来书铺，坐在赵西平身旁，两人同看一本书。有时，赵西平也让卢友全去选自己想看的书。卢友全喜欢看红军长征的故事书和抓特务的故事书，从老板手上接过书来就由着他拿着看，赵西平便在一旁看着。总之，两人看完两本书后就会离开书铺各自走路，去哪里都是自己的事。

这年，赵西平有了二十岁。他与卢友全分开后，去师傅铺子里吃过晚饭回家，进屋就看着娘亲与一个老妪说话。这老妪从他一进门就借着煤油灯光亮把他从头到脚身前身后地瞧，之后看着王嫂嫂问："这是你的儿子？"王嫂嫂笑眯眯地答应"是的"，接着转身对儿子说这是余大娘。赵西平跟着母亲叫过余大娘，想两人在聊天，便出屋去了隔壁。过了一会儿，王嫂嫂来何老儿家门外叫儿子。赵西平问有什么事。王嫂嫂说："你回家一下，我对你说个事儿。"说过这话，妇人转身回了屋去。赵西平跟着过来，问娘亲什么事。王嫂嫂原先不打算告诉儿子这事的，想着儿子面浅，担心事情过来，儿子没个思想准备，因为不好意思推搪，把好事弄砸。于是，自个儿想一阵儿，觉得还是给儿子通个气。所以，当赵西平问过她什么事后，便要儿子坐下来，这才说起余大娘来家是看人相亲的。赵西平已是大小伙子了，身体上早就有了反应，只是自个儿性格内向，平时难得与女子说话，单纯得紧，听完娘亲的话，脸就通红，不好意思起来。心里想婆娘，又不好说出口，支支吾吾一阵儿，听得出来一句话："这事是不是说得早了些？人家才……"王嫂嫂打断儿子期期艾艾的话，说："早什么？你都是二十多岁的青年了，谈婚论嫁，正是当下。我给你说，这事情来了你不要推诿，见了面再来讲其他。"赵西平听了话不再作声，便是听了教诲。这下，母子俩说过了这事，心里也就盼望着了，谁知过了两个月，都没见余大娘来家。王嫂嫂坐不住了，晓得余大娘是在三洞桥那儿住的，具体地方却不清楚，便去三洞桥附近转了两天，好不容易碰着余大娘买菜回家，连忙上前含笑问讯。余大娘也不含糊，说窈窕淑女，君子好逑，那女子已相好了人家，所以不好来她家说话。王嫂嫂听了话心里咯噔一下，半天没提上气来，苦笑着，愣在当场。余大娘见她萎靡难堪的样子，劝着说："王嫂子，你莫要往心里去。有话讲得好，婚姻找人，没有缘分的，连声问候都不得。你儿子正当年，也不愁她这段情。"王嫂嫂叹息了一声，说余大娘："你当初说我儿子好，没去向女子家里讲出来？"余大娘说："怎么不讲，我把你家的情况还有我看到的情况都明明白白讲了出来，可是……"话说到这里，余大娘涩了口。王嫂嫂问："可是什么？"余大娘看了王嫂嫂一眼，眼神有些闪躲，隔了一会儿摇摇头说："今天的话都讲出来了，事情也就过去了，还说其他做啥。自古道，好说好散，事情得半。你儿子虽说这次没相成亲，可他还有将来。"王嫂嫂说："余大娘的话讲得好，这事也过去了。不过，你我都是熟面孔的人，说话蒙在鼓里，倒把人的心弄得像个癞蛤蟆吃豇豆——悬吊吊的。"余大娘问她是否真的要听。王嫂嫂说："无妨，事情不成，总要晓得根由才好。"余大娘说："那就好，我告诉你，话哪儿来哪儿丢。女家有位姑爷，在区里税务所上班，他说现在农村都从低级合作社发展到高级合作社了，城市里也在大力发展工业建工厂，劝舅老爷在女儿的亲事上斟酌些。"王嫂嫂着急，打断话说："这姑爷还讲社会形势呢？"余大娘说："是啊，这姑爷讲过这些，一句话说到你儿子身上。说你儿子在私人铺子里做工，要是哪天老板说声不开工，你儿子就会没工作。那舅老爷听了妹夫的话一思量，自是没了意思，你儿子上榜的名额，落了下来。"王嫂嫂听完话，心情烦躁了一阵儿，又平静下来，嘴里嘟哝着，说："前人的话讲得好：十个说客，当不了一个戳客。"余大娘劝她别埋怨，婚姻的事，有些板眼，倒要看开些。王嫂嫂说："这个我晓得的，就像你我这辈，相亲的事也不是一说就成。"余大娘说她这话实在，说过了打声哈哈。王嫂嫂懂得意思，也就不再言语。接下来，两人话别。王嫂嫂想不管事情成与不成，余大娘总是好心好意为自己儿子的事劳烦过。分开时，向着余大娘再三道谢。

四十七

　　王嫂嫂回到家，对儿子说了女家在相亲的事上另择了人家。当然，有许多话她没讲出来。赵成熙回家后，她倒是原原本本地说给了丈夫听。听过话后，两个人半天没出声。之后，还是赵成熙先说了话，他对妻子讲："自古道，人往高处走，水往低处流，女方家的选择有他的道理。现在，社会各处都在欣欣向荣地发展。在城市里，有了许多公有制的单位。像我上班的饭店，就属国营，还像那学校和医院，大型的工厂，都是属于国家管理。上班职工遵守规则即可享受劳动待遇。想想，工作上体面，收入又稳定，这在人心里是向往的。于我而言，别人对我的想法从眼神里流露出来，多少有些羡慕。这一点，我是有体会的。所以，女方家里的姑爷说到儿子的那一番话，大概是他内心的真实想法，也是社会的现实。"王嫂嫂看着丈夫说："你这么一讲，我儿他跟着师傅打铁，真的应了那姑爷的话？"赵成熙摇摇头，说："事与事之间有计较，人与人之间有区别。他有看法你有见解，都是人与事之间的认识，智者见智，仁者见仁。我觉得，儿子跟着他师傅打铁是当时没得选的事，对我们这样的家庭来讲可说是福泽一件。如是就这么下去，一家人管得住温饱。只是，时代在进步，社会的发展促使着世人跟上形势。同在一道起跑线上，你不进步，别人在进步，自然是你落后。所以，我儿在这事上被人挑选，优胜劣汰。确实，不去论这事的结果，这话也提醒了我们，要是哑巴师傅不开铺子了，我儿该怎么着落？"王嫂嫂说这话以前没想过，现在听着倒起了烦恼。赵成熙说声是啊，儿子做工的事真的该好生思量。王嫂嫂说："你有什么想法？说出来都听你的。"赵成熙想了一会儿，说："这事一时半会儿的哪能讲得清楚，依我看，儿子该去工厂上班，才是前途。"王嫂嫂说："我觉得你这个想法好，等儿子回来讲给他听，看他是啥意思。"赵成熙没出声，低头沉思了一阵儿，才看着妻子说这事真的有点难处。王嫂嫂见丈夫踌躇的样子，说拿衣提领，撒网举纲，想法都出来了，有难处也是要去做的。赵成熙摇摇头，说话可以这么讲，可事情不能这么去做。王嫂嫂问为什么，赵成熙说："你想一想，儿子跟着哑巴师傅学手艺，满师后没地方做工，留在了师傅铺子里打铁，这人情美美的事，街坊邻居朋友们都晓得。要是两手一拍地走人，他师傅怎么想？外人会怎么看？做人也得讲个信誉，不然会被人戳背脊骨，生活起来也不安逸。"王嫂嫂说这话讲着了事理，可儿子该怎么做才好，难不成看着他打光棍。赵成熙摇头，说自己也不知道，世上的事，只好走一步看一步。王嫂嫂看着丈夫问这事要不要儿子知道。赵成熙想了一下，说这事都过了，他不知道也好。不过，父母的一些想法他该晓得。王嫂嫂问丈夫，这话怎么对他说。赵成熙说："我晓得，我去对他讲。"

这般，过了几天，赵成熙周末休息。头天晚上，王嫂嫂对儿子说明天家里要去猪肉铺子里割肉，要他晚上回家来吃饭。这是家常的事，赵西平听了话应了声。第二天下午铺子里收了工，他向师娘说了家里有事，不吃晚饭走了。回到家，看屋檐下灶台边上，老爹烧火，娘亲炒菜，过去打了个招呼，说要帮着做些事。赵成熙便吩咐他去把屋里的桌子搬出来，要在露天坝里吃饭。赵西平想着有肉吃，一团高兴，心里哼着小曲去把桌子板凳摆好，猜测要请隔壁的何大爷，念头还没转过，老爹就发话来了，他便去了何家。等着他与何老儿过来，桌上已摆好了菜：一碗回锅肉，一碗酥豌豆，一碗豆腐干炒韭菜，一大碗肉汤煮萝卜，两个红油豆瓣蘸碟。赵成熙拿了碗筷摆上桌，接着拿了一瓶散酒、三个酒杯过来。何老儿最多喝二两酒，赵成熙能喝三两酒，赵西平自从放开喝酒后，有了四两多的酒量。酒杯是一两杯，各自端着喝。王嫂嫂去舀了饭过来坐一边，自个儿吃菜呷饭。三个人吃酒闲聊，话题就从时事说起。解放后，政府取缔了烟馆、妓院和赌坊，社会风气变好。这些年，人们开会学习，提高了思想觉悟，看问题有了新的认识。随着社会上禁止搞封建迷信活动，逐渐没有人去找何老儿算命了。他有了五十八岁的年纪，孤身一人，手不能提肩不能挑，街道办事处安排他去三洞桥一家刚成立不久的蜂窝煤厂守门。这煤厂有六个煤窝子，因是街道办的厂子，十来个上班的工人都是附近住的居民，白天轮班换着去窝子里把细煤炭刨进模具里，用铁锤敲紧成一个个蜂窝煤，在一间屋子里堆放一处。何老儿的工作就是去工厂守夜，一个月下来有二十七元六角四分钱的工资。白天他闲着在家，到了下午吃过晚饭，六点钟准时去厂里，等上班的人都走后，他便关上大门，进旁边的一间小屋子里坐一会儿，隔些时候出来巡看露天坝里的煤炭、厂房里的煤窝子和打好的蜂窝煤。晚上，门房的小屋子里用的是电灯，何老儿觉得比自家屋里亮，睡醒觉起来看东西都清楚。随着城市的发展和建设，人们的生活水平逐渐提高。街道上有了路灯，居民的家里也陆陆续续装上了电灯照亮。还有，厂矿与工作单位都安装了自来水管，居民住的街道上隔着距离安装了自来水桩，水厂联系了居委会，要派专人管理，一分钱两挑水，如是担一挑水，管理人员会发一个他自制的水牌子，留作下次挑水的凭证。当然，这是市面上的事情，改变着人们的生活，日子一天天好过。可是，何老儿只在蜂窝煤厂上了一个月的班。一天，他不小心摔了一跤，幸好只是崴了脚踝，去东门街骨科医院敷了药，将息了两个多月才痊愈。这么一来，街道办事处考虑到他已是孤寡老人，让他闲在家里，每月给他六元钱的生活费，隔了两年又涨了两元钱。何老儿自从每月有了八元钱的生活费，不愁油盐柴米酱醋茶，省吃俭用地还能剩几个，偶尔他会去割点猪肉，弄好菜会给赵家端来一小碗。王嫂嫂谢他，这老儿嘴里有一句话，这得感谢政府。在旧社会，谁会来管孤寡老人的吃穿。这般，吃着酒说着话，说过了何老儿的事后说到了赵西平。赵成熙心里装了意思的，对儿子的事说话上有些谨慎。等何老儿问起赵西平在师傅的铺子里打铁一个月挣多少钱，工作上累不累，事情上顺心不顺心的话，赵西平回答过后，他时不时说一两句话附和。王嫂嫂吃完饭就坐在一旁听他三人闲聊，听了一阵儿，也没听到丈夫把对自己说过的话向儿子讲出来，见着桌上的菜冷了，就一样一样地端到灶上去热。这真的是幸福的事，月中旬，天空上月色阑珊，举杯成双影，菜冷了，热了又吃，三个人喝酒随意闲话。

世人说，人不可貌相。何老儿潦倒了大半辈子，人老了享受着政府的照顾，有饭吃有衣穿，俭省着还落几个零用钱花，生活上一点都不操心，穿衣服都整齐了，人都像长了见识。他问赵西平铁匠铺的生意好不好，赵西平说维持得起。接着，何老儿看着赵西平，说："你哑巴师傅我见过的，到你家来过几回，我们还同桌子吃过酒，性格倒是直爽，还有点古怪。"赵西平不清楚何老儿说他师傅的意思，听着话不出声。不想，何老儿讲出一番话来，对赵西平说："你师傅的年龄大概比我小七八岁，他就没想过自己还能干几年，将来老了做不动怎么办？"赵西平听了话有些发傻，弄不明白何老儿说这些话的由头，觉得话里蹊跷，也没有不敬之处，木着脸坐在那里。何老儿笑一下，说："我的意思是，你师傅以后有没有什么打算，让你把铺子顶下来做，他当翘脚老板？"赵西平听完话，知道何老儿的意思，摇摇头说："这我不知道，大家没提起过。"何老儿看着赵西平，说："我讲句不该的话，你师傅已是到了五十多岁的年纪，你还年轻，若是你师傅哪天不开铺子了，你怎么办？"这时，王嫂嫂端了菜来，听着话吃了一惊，想着这一席话该丈夫说的，怎么何大爷讲了出来。她去看丈夫，赵成熙嘴角翘着一丝笑意，瞧着妻子的眼风，下颌轻轻朝儿子支了支，她晓得意味，把端的菜放桌上，自个儿也坐了下来。赵西平见大家要听他讲什么话，想了一会儿才说道，投在师傅门下学艺，受他恩情留在铺子里做工，心里不敢有二心，也就没去想过这些。何老儿听完话，说他做事老诚，是个儿郎。赵成熙接过话说："你这样做是对的，可有些事还是该有自己的想法，至于去不去做是另一回事。现在，社会朝气蓬勃地发展，都关系着个人。你看，城市的东郊在建设工厂，我就知道，这观音阁的人家有许多人向往着。还有，大多数的手艺人家也都在酝酿自家的将来。就像我工作的饭店，前不久新来了两个员工。大家说话，知道一个以前是卖卤鸭的，一个以前是卖小面的，两个人都说来饮食公司上班，国营单位，劳动和生活有保障。"何老儿听了后，说国家是人民的依靠，他现在体会到了。赵西平听两人说过话后，说："你们讲这些话的意思我都明白。只是，师傅是在我满师后没地方去的时候让我留在了他的铺子里。所以，师傅的铺子开一天，我就得要在他的铺子里打一天铁。"何老儿笑了笑，说："你这般想着，你师傅他就没其他的打算？"赵西平说："怎么没有？你们知道的他都晓得。上一个月，师哥来师傅铺子里，吃饭的时候对师傅说了自己打算去工厂上班的事。这话有些突然，师傅听了话默了一会儿，看了我一阵儿后比画手势问大徒弟要去哪家工厂。师哥说他有这样的想法，但要看一看再做选择。接着，他问师傅有什么看法。哑巴师傅摇摇头，意思是自己老了，还没想过这事。之后朝着大徒弟比手势，意思是年轻人识时务，跟着形势走才有前途。我听了话就在想，师哥的铁匠铺生意比师傅的铺子生意好，怎么要去工厂上班。可当着师傅的面，我也不好问。前些天，师哥又来师傅家，大家说起他去工厂的事。师哥说东门外在建设大型的工厂，他要等等看，如是那里的工厂招工，就打算去那里报名参加工作。吃酒的时候，师傅向我们两个徒弟比画了手势，意思是自己也打算去工厂上班。我与大师哥听着话对看了一眼，觉得师傅才隔了几个星期，怎的一下就有了这样的意思。师娘在一旁看着我们两个有点发愣的样子，朝着我们两人笑了一下，说：'你们两个是不是听了话觉得出乎意料？'师哥点点头，说：'真是没想到，我就那么讲了一下，竟惹得师傅动了心思。'师娘听了话看着师哥说：'你那天讲过后，你师傅还没上心。这事得从上个星期天说起。那天你师爷与东门住的两个师伯来了，大家说话，你那两个师伯一前一后对你师傅说他们住的东城区组建了一家铁厂，邀请他们两个去工厂上班。他们两个去工厂看过了，问过了，厂里有专人管生产，专人管销售。去厂里上班，评了二级工，一个人每月有三十四元五角七分钱的工资，还有其他福利。这么着，两个人立马去应了职，成了正式的工人。之后，他们两个把事情向你师爷说了。老人家听了激动得不得了，非要拉着一道来告诉你师傅。没想到，你师傅听了后一个晚上都没睡着觉。隔了两天，他向我比画了意思，他也想去工厂上班，做一个响当当硬邦邦的工人。'师哥听完话说：'难怪师傅的想法这么快性，原来是两个师伯影响了他。'说完话，他看着我。我想着师傅的事，有些话不好说，也就没出声。"何老儿笑一笑，说这就对了，你师傅看着了社会发展的趋势。赵成熙问儿子："你师傅都有了去工厂的打算，你自己又是怎样的想法？"赵西平说："很简单，他要是去了工厂，我就自己去选择工作做。"赵成熙听了儿子的话，肚子里酝酿了的许多话不好再说出来。不过，心里是快活的，就端杯喝酒。王嫂嫂觉得何老儿今天的话说得好，套出了儿子的底细，使得自己与丈夫晓得了儿子心里的想法，便劝何大爷喝酒吃菜。这般，三个人吃够酒了才吃饭。

毕竟是爹娘爱娃儿的心肠，赵家夫妇为儿子说出来的想法高兴了几天。只是，他们心里也知道，哑巴师傅没去工厂上班，儿子就得去他师傅的铺子里打铁。多说无益，等待里的希望、生活中的念想，都要落到实际才叫人心安理得。过了有三个月，哑巴师傅又给徒儿加了两元工钱。这次涨工钱，同样是其他铁匠铺涨过钱后，哑巴师傅才给涨的。此外，赵西平心里清楚，师傅给他涨的工钱在行当里相比算是少的了，与他同样铺子里管吃饭的工人，一个月的工钱都比自己多，有的多几元钱。这次他把得来的工钱交给娘亲，可能是心情郁闷，没有说多要零用钱的话。王嫂嫂拿着儿子交的十二元钱，问他怎么回事。赵西平把涨工钱的事说了。王嫂嫂说："这回没隔多久又涨了钱，看你怎么没欢喜的样子。"赵西平忍了一阵儿没忍住，把其他铺子涨工钱的事讲了出来。王嫂嫂听了话心里有了想法，说："你老实巴交地做工，你师傅怎么这样对你，难道他不晓得其他铺子涨多少钱？"赵西平把话说了出来，心里好受了些。这时听见娘亲话里搁着些意思，自己也想不透彻，一时间的又没话说，就杵在那儿发怔。王嫂嫂说："你就没去问过你师傅，问问他到底是怎么回事？"赵西平摇摇头，半天没吱出声来。王嫂嫂看着心里着急，说："你该去问问他，哪怕是拐弯抹角地问一下都好。"赵西平苦笑一下，叫声："娘哪，这事怎好去问他？如是好说话也罢了，要是不好说话，今后怎么相处？"王嫂嫂说："有什么不好相处的，别的铺子怎么给的工钱，你师傅不知道影儿？"赵西平说："私人作坊，晓得又怎样，如是他不要我做工，也是他说了算。"王嫂嫂说："这不是正好么，你不就可以去工厂找工作。"赵西平说："哪有这么容易的事，师哥到现在还没找到工厂的事做呢。再说，我与他是师徒关系，要是换作在其他铺子里做工，两手一拍地走人也没什么，大不了以后要见面都避开。可如果我与他为这事闹僵了，将来是要去看他的，那时的尴尬不算个啥，被他指手画脚骂几句也受得了，若是惹得旁人来说三道四的就有些让人难受了，想解释谁又肯听你说明白?"王嫂嫂看了看儿子，说："上山打老虎，你几头顾着，该你受累。"赵西平听了话不由得笑了，说："我才不去受这个累呢，人不憋屈自己，心头的话讲出来，也就想开了。退后一步看，在家附近的，像我这般大的，有几个在铺子里吃饭，还拿工钱。何况，师傅都讲出了自己的打算，就是再等他个一年两年又有何妨。"王嫂嫂不由得暗自叹息一声，想儿子性格如此，虽说窝囊了些，不过，遇事碰壁就回头，还在心里找些理由安慰自己，多少也是个活法。这般，她看着儿子说："你就不担心他话里是要去工厂做活儿，事情临了三心二意不去做?"赵西平摇摇头说："不会的，我那师傅看着他的师哥、师弟去了工厂上班，人都急得抓脸挠腮的心慌。有句话怎么说来着，竖起的榜样面前，人看着就有比较。他平常不爱与人打交道，现在倒肯与人社交，但凡铺子周围邻居有人说起工厂之类的事情，他没听着便罢，耳闻着了便会放下手里的活儿出去听，高兴了还对着人比手画脚的，激动得不得了。我知道，他找师哥帮他探听着消息。"王嫂嫂听了后不再作声，她内心里明白，这些话说得再多，也就是嘴上热乎。她拿着儿子给的工钱想了想，看着儿子说："你现在把烦恼的话讲了出来，人也好受了。我的意思是，你既然涨了工钱，我也多给些零用钱与你。"怎么说呢，妇人自从听过媒婆的话，晓得儿子要说的婚事输在工作的平台上，心里有了些沟坎。一朝有反应，万事从头看。不过，无论何种想法，一切都是溺爱儿子。这边，妇人想着是一回事，赵西平听着话笑了笑，说行藏都被瞧破，便随娘亲的意思。王嫂嫂拿了三元钱给儿子，自己留下了九元钱。赵西平想这次自己没说要钱的事，娘亲就多给了一元钱零用，心里欢喜，接过钱就出屋去，在门口遇着赵成熙回来，打过招呼后一溜烟儿跑得不见人影。

赵成熙见儿子乐呵的样子，问妻子怎么回事。王嫂嫂便把刚才的事说了一遍。赵成熙听后一笑，说声："难怪他高兴，原来是他还没开腔要钱，你就给了他。"王嫂嫂说："他挣的钱自己用，我不想像上次那样说起钱的事大家闹别扭。"赵成熙听了没吭声，过了一会儿对妻子说明天是冬至了。王嫂嫂笑了，哎嗨一声，说："在家闲着，过日子都忘了天数，前些天还与倪家嫂子说着做腊肉的事来着，不想这么快，明天就到了冬至。"说过抿嘴一笑，问道："你明天想吃点什么？"赵成熙说："你明天去割两斤猪肉，我想吃萝卜汤锅。"王嫂嫂说："这好，冬至天吃萝卜肉汤，身体健康。"赵成熙说："再打点酒，吃汤锅喝点酒、出些汗，浑身通泰。"第二天一早，王嫂嫂拎了菜篮子去了北巷子路口的菜市，花一元五角钱割了两斤多猪肉，五分钱买了三斤半萝卜，五分钱买了两斤莴笋。出了菜市，去了旁边的干杂店，在打散酒的地方站了一阵儿。这散酒有四角一斤五角一斤六角一斤的。妇人想丈夫平常非常节约，挣的钱都拿回来交给了自己，便打了六角钱一斤的散酒。她出来路过百货铺子，看见柜台上摆着深蓝色与灰色线泥的男式围巾，想着天气冷了，丈夫早出晚归的，进了铺子问售货员围巾多少钱一条。售货员操着成都口音说普通话回答她："两元五角钱一条。"王嫂嫂拿钱买了两条颜色不同的围巾。这天下午，差不多要日色平西的时候，隔壁何老儿闻着了赵家煮的肉汤香气，晓得隔会儿是要请他。这老儿有了个想法，出门顺着西马棚巷子走到巷口，在长顺街一家茶铺旁的一户人家的小摊子上拿出四角钱买了两包盐酥花生米。一包花生米有三两多重，用纸包成筲箕形状。这花生米是摊主经过筛选的，颗颗饱满粒粒均匀，用盐水浸泡后煮透心，再烘焙而成，嚼一颗在嘴里，酥脆的香气与淡淡的盐味共鸣，是下酒的好东西。何老儿回到家已是天黑，还没坐下歇气，赵西平就来喊他吃酒。何老儿听着连忙应声，随即出屋拉门关着，也不上锁，过来赵家。天气冷，桌子就摆在了屋里。王嫂嫂做了一碗油辣子胡豆下酒，炒了一碗莴笋肉片，把萝卜与煮好的猪肉切了片，煮了一大锅在灶上热着，先舀了一大碗端上桌，接着端了两个蘸碟来。何老儿坐下，把两个纸包放桌上。赵成熙正在斟酒，看何老儿拿东西来，觉得是第一遭儿，问是啥。何老儿笑笑，说自己去长顺街买的花生米。赵成熙说请他来吃饭，何须去花费。何老儿笑一下，说这东西下酒利索。赵成熙不再说话，拣了几颗花生在手上，送一颗进嘴里，牙齿轻轻一嗑，柔和的一声脆响，花生裂碎进出香味，喝一口酒，滋味绵绵悠长，让人舒服。

这般，大家吃酒，便从花生说起，一系列说下去，又说起黄豆做菜的谱儿。何老儿讲了一个故事。说自己小时候家穷，有一回随老爹去串门，本以为有肉吃，不想那家人也穷，喂的一头猪半槽子大，喂的四五只鸡鸭都还是崽。主人家想着亲戚从远方来，总得要招待，去戳了大半升黄豆，点了一大蛮耳子锅的豆花，炒了两样蔬菜。大人吃酒小娃呷饭，就看到锅里的豆花一碗碗地舀来端上桌，酱做的蘸碗换了两三趟，把一大锅豆花吃得个干干净净。回家路上，看见老爹微醺的样子，就听他说乡酒豆花，好吃。后来他长大了去吃豆花下酒，才晓得了豆花做得好吃，酒都要多喝一些。赵成熙呵呵一笑："我吃过的，豆花下酒，不怎么醉人。"这般，大家说过了黄豆和豆制品，又说到了冬至。何老儿老了，对岁月有了些眷念，由不得感慨，嗨了一声，说时间过得真快，过了冬至，便要说做腊肉的话了，这一年也就要过去了。赵成熙会劝人，说过一年，人人都长一岁。何老儿听着嘿嘿笑过，端起杯喝酒。王嫂嫂没在意这些话儿，看着丈夫："哪天做肉？我好与倪家嫂子约着一起去肉铺子割肉。今年，我打算做五六斤腊肉。"赵成熙说可以啊，这腊肉存放得久，有时想吃，拿一坨来煮，香味惹人嘴馋。王嫂嫂会做四样腊味。买回来的猪肉放炒盐花椒抹透，放缸钵里闷着，隔天翻一遍再闷着，到了第三天拿出来晾晒，待肉干了水气，颜色变黄。一味是就这么晾晒下去，肉焦干色深；一味是抹甜酱，晒干后再抹甜酱晒透；一味是拿枝丫熏烤过再晾晒得干透，呈酱红色；还有一味，是把买回来的猪肉放在缸钵里，放酱油、花椒浸泡，隔天翻一遍后，第三天拿出来晾晒至干透。当然，腊肉晒得好，煮出来的肥肉切片后亮晶晶的。想吃腊肉了，切一坨去炭火上烧过皮，起焦泡后再刨洗干净，煮好后切片吃，肉皮不弹牙。何老儿吃过王嫂嫂做的腊肉，有话称赞，说腊肉下起酒来爽筷子，嚼着牙巴都勤快。确实，这句话说出来，把大家都逗乐了。吃过了饭，何老儿回了自己屋里，过一会又踅过赵家来，手里还拿着三元钱。赵成熙不明就里，问他做啥。何老儿说你家要做腊肉，我也想做些，可做不好，想请王嫂子帮忙。赵成熙听了话，心里出了个印象，与何老儿隔壁住了这么多年，真的难得见他做过腊肉。王嫂嫂在一旁说这事不难，问何老儿要做几斤腊肉。何老儿说将就这三元钱做，说着话把钱放在了桌上。王嫂嫂问他做什么味道的。何老儿说她做的酱肉好吃，如是再做一坨熏的腊肉也好。王嫂嫂说他说过的话，自己记住了。何老儿道了谢回自家屋。过了几天，王嫂嫂与倪家嫂子去猪肉铺子买肉，便把帮何老儿做腊肉的事讲了出来，并要铺子上卖肉的伙计尽着三元钱割了两坨，还做了记号，回到家也不进屋地当着倪家嫂子的面让何老儿看了做过记号的猪肉。过些天，腊肉晾晒在了屋檐下的竹竿上。当然，不只是王嫂嫂家，对门的倪家，还有其他邻居家做的腊肉都晾了出来，多者不多少者不少，各家各味的。这景象出来，男女老少大人孩子都有了要过年的心思。

四十八

到了一九五八年，过了一个月，赵家领到了户口本，打开来看："户主，赵成熙；性别，男；民族，汉；籍贯，剑阁；出生：一九一三年七月十九日；成分，工人。""妻子，王淑芳；性别，女；民族，汉；籍贯，双流；出生：一九一四年四月十一日；成分，家庭妇女。""儿子，赵西平；性别，男；民族，汉；籍贯，成都；出生：一九三六年三月二十日；成分，工人。"这天，对门倪家也领了户口本，户主倪长贵，成分是小手工业者。倪家嫂子好奇，拿着自家的户口本来赵家，要王嫂嫂拿户口本瞧，看过后夸赵家成分好，工人最光荣。王嫂嫂心里顺受，对倪家嫂子说："你丈夫以后进了工厂，不也是工人成分了？"倪家嫂子说："想倒是这么想，可我丈夫都这把年纪了，也不知工厂要不要他。"王嫂嫂说："你不要气馁，我儿子的师傅比你丈夫年纪还大，都打算去工厂上班呢。"倪家嫂子说："你儿子的师傅是打铁的，工厂要他。我家老倪是做香蜡的，现在的人家都反对封建迷信了，生意都不好做，他能去哪里？"王嫂嫂说："怎么没去处？他可以去蜡烛厂或者去蚊香厂啊！"倪家嫂子听着话眼睛一亮，说："你的话提醒了我，真的是与人说话得些聪明。我这就回家说去，与其守着那不赚钱的生意，还不如去工厂上班。"她说过话，冲着王嫂嫂一笑出了门去。过一会儿，赵西平回来，瞧见桌上的户口本，就看了个爱不释手。待到赵成熙回家，便从儿子手里拿过来瞧，王嫂嫂在一旁把倪家嫂子的话说了一遍。赵西平听了乐得一笑，问娘亲倪家的成分是啥。王嫂嫂放低声音把看着的讲了出来，叮嘱儿子此话不可外传。这年，农村成立了人民公社，家庭成分好的，贫下中农最光荣。这么着，有了户口本，并且，户口本上盖着当地公安局派出所的印章。市县乡镇分了区、街道，农村分了公社、大队、小队。户口本上写着居住的地方，人们生活在了户口本上派出所的辖区内。

这样，人们安居乐业地生活着，日子便一天一天过去。到了夏天，哑巴师傅得到一个消息，西城区办了一家锻压厂，要招工人，急忙就去报了名。几天过后，工厂通知他去上班。鉴于哑巴师傅有技术，评了四级工，一个月四十三元五角七分钱的工资，享受厂里其他的福利待遇。这下，哑巴师傅高兴得不得了，遇人说话他就大拇指冲着自己拍胸膛，意思是自己是工厂里的工人了。哑巴师傅去工厂里上班了，也就关了自家的铺子。这么一来，赵西平便没了地方做工。本来，告诉师傅消息的是他的大师哥，当哑巴师傅决定要去工厂上班后，也说及了他的事，要么随师傅一道去工厂报名，要么就去师哥铺子里打铁。结果，他都没同意。当然，这有他心里的一些想法，觉得师哥来告诉师傅消息都不随着去厂里，自己为什么要跟着去。还有，师哥都是心里想着要去工厂上班的了，如是哪天去报了名，自己在他的铺子里又要弄得没处做工。于是，他去一家铁匠铺应了聘，不在铺子里吃饭，一个月工钱十九元五角。他拿着工钱回家，自己留下三元钱零用，其余的都交给了娘亲。清晨在家吃过早饭出门，几条街巷的路程，要不了多久就到了铺子里，听老板的吩咐做安排下来的活儿。中午这顿饭回家吃就有些急，私人开的铺子，时间上没个固定，都是老板说了算，他去了一个月，也就适应了，再者他做事情自觉，与铁匠铺的老板相处得好。一天，王嫂嫂见儿子急急忙忙吃过午饭就要出门，便叫住了问他："你以前不是说过你师傅进了工厂你也要进工厂的，怎的你在这家铁匠铺做得个孜孜不倦的？"赵西平说："不是我做得个孜孜不倦的，只是当时与铺子老板讲好的是半年。"王嫂嫂说："工钱又不多，你图个啥，早知还不如随着你师傅一道进了厂去。"赵西平笑一下，叫声："娘哪，当初人家同意我去做工，也是解了我一时没地方做活儿的困难，怎能说走就走？还有，跟着师傅去同一个厂，他随时随地吼你咋办，师哥给他递了消息都不与他一道去，还不是为着这个。"王嫂嫂听了话"咦"了一声，问儿子："你师哥不是说要去工厂的，他现在情况怎么样？"赵西平回话给娘亲："听说师哥前些天才去市级的一家工厂报了名，估计过些天才有回信。"王嫂嫂说："你师哥去报名，没说与你知道？"赵西平说："师哥向我透了消息的，我这个月做满才到半年，所以没去。"王嫂嫂说："机会不是天天有的，人活着也不要太呆板，可不要当面充好汉，背后流眼泪。"赵西平说："我晓得，娘呐，你不要操心，现在许多工厂都在招工，我打听着的。"他说完话后，想着要赶时间去铺子里，出了门去。王嫂嫂听了话，觉得儿子想着自己的事情，心里落了些安慰。

可是，说话容易做事难。等赵西平在铺子里做满半年，告别了铁匠铺老板，自个儿要去找工作，才知道事情不是自己想的那般简单。他去了以前自己听到过的几家招工的工厂，问门卫老哥，都说招工的时间过了。几天下来，他急急忙忙跑得累不说，心里还装着那些门卫老哥的安慰与祝福。有的门卫老哥说招工的事是厂里领导研究决定的事，以后招工的事得通知出来才知道。有的门卫老哥劝他去别的工厂问问，还说现在想到工厂上班的人多，要他别耽搁时间。这下，赵西平才知道了想得千般好，不及事一桩。城市这么大，去哪里寻自己想着的事情。回到家里，又不好对娘亲讲这些事，只好吃过早饭出门，去哪里呢，也就是在街上彷徨，过了些日子，一点消息都没打听出来。后来，他想着茶铺子人多话杂，说不定能听到些什么，便去了那里。他平时难得喝茶的，只是跟师傅跑滩和去师哥那里接洽业务，有人请才偶尔去茶铺里喝茶，晓得茶水分几等。这会儿进了茶铺就喊"倒碗茶来"，接着拿出五分钱放桌上。堂倌过来替他泡茶后收了桌上的钱离开，他便坐在那里听旁人说话，偶尔听着工厂的话，便竖起耳朵听，如有自己觉得紧要的，第二天会问着路去探究竟。可惜，人闲时嫌时间过得慢，有事情着急时间不知不觉就过得快了，差不多有两个月过去了，他依然四处徘徊。一天，卢友明找着他，告诉了他一件事情。原来，师哥的奶奶张志芬离开了人世。赵西平想着师哥的奶奶人慈祥，回家把事情向娘亲说了，商量一阵儿，念着师兄弟的情分，花了三块多钱扯了一截布料，送了祭幛。在当时，街坊邻居凑份子，一家也才出几角钱，亲戚家出一元钱的、一元五角的、两元钱的都有。这般，一个事情寄托哀思过后，赵西平才又来忙自己的事情。那天，赵西平与娘亲说起师哥家的事，王嫂嫂就问了儿子当前的情况，赵西平知道瞒不住，便把眼下的经过讲了出来。王嫂嫂见儿子一脸苦相，心里想的话不好说出来，反倒劝儿子放宽心，说什么事都有个定数，是他的跑不了，不是他的得不到。赵西平听了话，心头的烦躁少了些，第二天又去茶铺喝茶。差不多过了一个月，这已是一九五八年的秋天了，赵西平终于听到几个茶客闲谈说起东郊一家大厂招技术工的事，便凑过去听了个清楚，还问了工厂的名号，牢牢地记在心间。之后，他出了茶铺，看着天色已晚，只好回到家里，把事情向娘亲说了，母子俩都欢喜得不得了。这个晚上，赵西平一夜难眠，天见亮就起来，出了何老儿家的门，看见娘亲在自家屋檐下已煮好了饭，正在炒菜，自个儿连忙去洗漱，吃过饭就出了家门。这观音阁在城西，他要去城东，就走了个通城。工厂又在东郊，他又要问路途，等寻着工厂驻地已是过了十二点钟了，问门卫大哥才知道招工的工作人员已下班到食堂吃饭去了。赵西平问工作人员吃过饭还来招工吗。门卫大哥看他一脸着急相，告诉他工作人员下午两点钟上班，劝他去吃过午饭后再来。赵西平想着工厂四周都是田坝，来的路上看着一家小店，怕一来一去耽搁时间，便不肯离开，说自己一点都不饿。门卫大哥晓得他的心情，也不再劝他。赵西平静下心来四下一看，自己周围至少站着十多二十来个人，大家说话晓得都是来报名的。

到了上班的时候，陆陆续续又来了许多人。这时，一个工作人员来到厂门前，向门外的众人说了几句话，请报名的排好队。大家听着他的话，规矩地依先后、讲秩序站了队。门卫开了厂门，众人跟在那工作人员身后去到一间办公室，大家在门外的过道上站住了。办公室里放有四张办公桌，两张桌对放，两张桌单放，墙边立着三个文件柜。屋里的四个工作人员正在讨论着事情，见报名的队伍来了，各自去自己的办公桌前坐下来，带队的工作人员看见后放了四个人进屋。赵西平顺着秩序进了办公室，去到一个胖乎乎的工作人员面前，看着那人在一张表格上写了自己的名字，也就在这时，工作人员问他带户口本没有。赵西平说不知道要带户口本，也就没带来。工作人员和蔼地说："这张表放在我这里，你回家拿上户口本后再来我这里填写。"赵西平听了话着急起来，告诉工作人员自己住西门。工作人员劝他别急，明天带上户口本再来。还告诉他明天是星期五，星期六厂里休息不办公，过了星期天报名就截至，要他抓紧时间。赵西平听了话只好起身离开，脚底生风般地回了家。只因心里装着事，这个晚上他睡得迷迷糊糊，见天亮就起来吃过饭出门，识得了路途，走起来就快，到了工厂都还没到上班时间，厂门口已站了不少的人。赵西平站在了众人的后面，有人闲聊，从一些对话里，他听出来像自己这般情况的有好几个人，心里便稳了些。等他再去到工作人员面前，那人看着他的户口本，说他的成分好，出生在工人家庭，接着又问了他的情况。赵西平把自己跟师傅学艺后留在师傅的铺子里打铁的事说了。工作人员说他好经历，接着，拿出那张写了赵西平姓名的表格，一顺风地填写起来，完毕，告诉他下个礼拜三来工厂考试。这下，赵西平就处在兴奋中，回家告诉了消息，一家人听了高兴得不得了。只是，赵西平心里有点担心考试的事，几天的时间怎么过来的，他都有些晕乎。到了星期三，他早早去了工厂，走到厂门口，看着有好几十号人等着。差不多快到上午九点钟，大家随着招工的工作人员、厂领导与一些技术人士一道去了厂里的一号车间。进去一看，车间里腾出了大大的空间。中间的空地上摆了齐腰高的大砧墩，上面放了一个大拇指般大小的钢珠，砧墩的旁边立着一把大锤。一个管技术工作的领导讲了考核的题目，要求是参加考试的人抡大锤打钢珠，每人可打三锤，打着即可。这领导讲完话，一个工作人员拿着报名表，叫着名字上场，一顺风地过去，大多数都打得着钢珠，都是打着就飚飞了，还有少数人大概是紧张的缘故，铁锤砸在了砧墩上，连钢珠的边儿都没挨着。到了赵西平，不想他一锤下去不偏不倚，力道之稳，砸得之准，铁锤下的钢珠在砧墩上纹丝不动，一旁看着的人都叫起好来。到了下午，进行了文化测试，试卷上有螺钉、螺帽的图案，标有尺寸。但凡手艺人，都会遇着买主订货，物件的形状与大小，这些要求是要做得的。不过，跟师学艺，这物件的形状与大小怎样做到的，各师各教，相传的自有其法。赵西平读过书，看着考题做起来不难，酝酿了半天写出来答案。这般，考试过后，赵西平在家待了几天，接到了工厂通知，成了厂里的职工，技术级别评为四级，每月工资四十六元八角三分，享受厂里其他的福利待遇。这等事成，赵家夫妇割了几斤猪肉，打了两斤散酒。赵西平请了师傅还有师哥来，还请了师爷。赵成熙想庆祝儿子考上四级工，请了单位上几个同事，王嫂嫂请了几个要好的邻居，拼了桌子就设在门外的露天坝上。何老儿在邀请之列，想着赵家出了这么大的喜事，去买了几包盐酥花生米凑热闹。赵成熙在饭馆工作了这么多年，看厨师做菜也有了些心得体会，星期六晚上与王嫂嫂说好了第二天吃晌午饭，照着她说的方法先蒸了两碗米粉蒸肉，还设计了几道菜肴，今天就要亲自上灶掌勺。哪知，他请的同事中有位厨师，自然要他站一旁观看，做些指导。赵成熙依着他设计的菜肴，做了一碗水煮肉片，炒了一碗鱼香肉丝，一碗包肉片，煮了一大碗肉丝黄花白菜汤。王嫂嫂买了豆腐，这厨师有自己的做法，把豆腐切小块，锅里放油烧辣后，小火放豆瓣炒红，放豆腐，舀些汤下锅，放点盐，勾三道芡汁后放些细辣椒面，炒匀起锅装碗，豆腐沁出油来，碗里一堂的红。菜端上桌，赵西平的师爷看着后对王嫂嫂说："你儿子争气，丈夫又能干，炒出菜来色香味都有。好福气啊，俗话讲得好，嫁给厨子，人生好过一半。"王嫂嫂说："老人家，这菜不是我家老赵炒的。"师爷说："你家老赵在饭馆上班，怎么说都见得着。"王嫂嫂说："我家的是饭馆里的服务员。"师爷说："你丈夫是服务员，可是你家老赵会炒菜。"王嫂嫂晓得是老人家逗乐趣，说："我家老赵炒的菜不能上堂，只能回家炒菜给我吃。"师爷笑起来，说："你这不是福气是什么。"王嫂嫂一笑，把酒端上桌，众人斟杯吃喝起来，谁个不乐。哑巴师傅比画，意思是徒儿能干，跟自己同评了四级工，到底是大厂，每月比自己多拿几元钱。卢友明在厂里也是评的三级工，说师弟运气好，捡到宝。何老儿说王嫂子家有这一天，也是善去善来。倪家嫂子对着赵成熙说："你儿子平日里少言少语的，没想到从头到脚地应了一句话：大智若愚，是熬酽了的油汤不出气。"赵成熙听着话高兴，呵呵一笑说："倪家嫂子的话风趣。"众人听他说了后一阵儿乐呵，你一言我一语地拣好听的话讲，慢慢地对付着碗里的菜肴，一点都不懈怠。赵家老小听着话受用，脸上笑兮兮的，听着夸奖的话，说些谦虚的言语来应酬，听着恭维的言语，回敬些好听的话，你乐他笑的，好不热闹，直到酒酣耳热吃完饭，碗里的汤汁都没剩的。倪家嫂子的丈夫酒吃得上头，说馆子里的厨师炒菜就是好吃，还说何老儿买的花生米香脆。王嫂嫂收拾了桌上的碗筷，说去烧水泡茶，就到灶上忙活去了。众人坐着说了一阵儿话，倪家嫂子见丈夫吃得有些醺意，说话舌头打结，怕惹人笑，拉着回了自家屋里，几个邻居见着，也起身作别回了家去。赵成熙请的几个同事看见，也道别了走人，老赵自是去相送。哑巴师傅见一旁的人都走了，向徒儿比画手势，意思是去茶铺喝茶。刚要动身，恰好赵成熙送客回来，铁匠一伙人便向赵家夫妇告别，师爷说："今天酒喝好了，菜也吃了好味道。"赵成熙感谢师爷及哑巴师傅对儿子的悉心培养，也感谢那大师哥对儿子的帮衬。哑巴师傅听了话激动了起来，手势一阵比画，告诉赵成熙："这是你儿子勤学苦练，功夫不负有心人。"可见，人要恭维，好话的意思都在他人身上表现出来。

四十九

　　第二天，赵西平去工厂报到，被分在了三车间上班。就在穿上发给他的劳动布工作服时，车间主任发来了通知，要车间里的同志集中开会。车间钟书记讲了话，要同志们遵守工厂的作息时间，参加车间里举办的文化学习和政治学习，提高自己的思想觉悟，做一名优秀的工人。接着，车间刘主任讲了话，要求同志们努力工作，完成厂里分配下来的工作任务。再接着，工厂保卫处来人讲了话，要同志们遵守厂里的保密制度。之后几天，赵西平与车间里的其他技术工人在车间技术员的指导下进行了一个月的技术培训，差不多是认识和理解图纸上工件的图像与尺寸的计算，要求到毫厘上的准确。过了几天，车间刘主任领着三个青年来到赵西平面前，告诉他三人是新招来的学徒工，车间安排着来跟他学技术。三个青年小了他五六岁，听了主任的话叫了赵西平师傅。赵西平听着话心里激动了一阵儿。说实话，进厂后学习工作了一段时间，这让他在自我的认识上有了提高。现在，见领导重视自己，当即表了决心，一定要把自己的技术活传授给徒弟。大概是他性格木讷的缘故，心里这么想着，话在嘴里拉扯了好一阵儿才说出来。刘主任晓得他是个老实人，听着他说了话后去其他地方安排工作。三个青年逐一向赵西平报了自己的姓和名后，跟着他学技术。赵西平是个实诚的人，车间里安排下来的任务都是按着车间技术员的要求来完成，他教徒弟都是手把手教，不敢有丝毫差错。因此，他与几个徒弟报损的工件少之又少。车间开会，刘主任表扬他，说他成分好，又识字，技术活儿好，徒弟也教得好，要他发言，但他木讷得半天说不出话来。刘主任曾经私底下问过赵西平，他做啥事都好，为什么一说话就不行。他告诉主任，自己平常说话也自在，可一遇场合，就不晓得说啥。刘主任观察了他一段时间，晓得他性格如此，本想培养他做个车间里的小组长，现下看来，这事还得从长计议。

赵西平进厂工作后，王嫂嫂忙起了一件事，就是托人给儿子介绍女朋友。几经辗转，说中了一户人家。女孩姓胡名素芬，模样儿姣好，身材中等，在一所小学教书，比赵西平小了两岁。女孩悄悄告诉介绍人，要找一个家庭成分好的青年。王嫂嫂把女孩家的事说给丈夫听，赵成熙听后对妻子说家庭成分好不好，重在自己表现。就这样，王嫂嫂把介绍女朋友的事告诉了儿子。赵西平天见亮吃过早饭就急着走路去上班，中午在厂里吃饭，下班后走回家天都黑了。这年，他已是二十三岁有多的年龄了，听娘亲话约着女方见了一面。没想到，不看不知道，一看就忘不掉，他一双眼入迷地瞧着面前的女孩，仿若她就是自己心中的美人。女孩看见赵西平长得端正，想他家庭成分好，又是工人，便是极为喜欢了。两人去了人民公园散步，走了一阵儿路，女孩有些口渴，看见路边有卖凉水的，便走了过去。赵西平看到一片玻璃盖着碗里粉黄粉黄的凉水，去问卖水的老妪多少钱一碗。老妪答他两分钱一碗。赵西平拿了两分钱递给了老妪。女孩端起碗喝了两口，抬头看他站在一旁，问他怎么不喝凉水。赵西平说自己口不渴，说完脸红了起来。女孩笑了一笑，想他少言寡语的，十分诚恳，便说："我都喝了，你怎么可以不喝，被别人看着会笑话的。"说完拿出了两分钱递给了老妪。赵西平见女孩的钱都被老妪收了，只得去端起一碗水喝。他感觉凉水甜蜜蜜的，有橙子的味道。他去看女孩，女孩正微微笑着看他，美得让他有些恍惚。这是他第一次单独与女孩在一起，女孩又离他这么近，还笑吟吟地看着自己。这难道不是最浪漫的事？或许他当时并没想很多，但那印象已深深地留在了脑海里。出了公园分开时，赵西平依依不舍，就像那公园里阳光下翻飞的蝴蝶，在那花朵上眷恋。好在女孩是真心喜欢上了他，两人约了下次见面的时候，赵西平送了一程又一程，这才你看着我我看着你地离别。就这样，赵西平与女孩相约了几次，差不多有两月的光景，领着女孩来了家里。

王嫂嫂看着女孩在宽大的衣服里透出来的妩媚，就如池塘里的荷花亭亭玉立，心里的喜欢从脚到头一股脑儿涌出来，一张脸笑个没停。隔壁的何老儿看着女孩，说赵西平的桃花运开得好。倪家嫂子过来瞧，在她心里，觉得女孩长相一般，但少不得向王嫂嫂说些恭维话，当然，她话里有探询的意思。王嫂嫂是个聪明人，晓得话里的意思，自是该说的则说，不该说的一字不漏。等着赵成熙回来，女孩吃过晚饭走后，夫妻两人说起了儿子婚娶之事。王嫂嫂以前担心儿子年龄大了找女朋友困难，现在，儿子带着女孩来家了，想着是靠得住的事了，放下心来。不过，一件事了一件事又起，便想起了儿子结婚住房的事。赵成熙觉得儿子刚带了女孩来家，这事大可不必着急。王嫂嫂见丈夫说话慢慢悠悠，心里有些不耐烦，说："你不着急，要是隔两天你儿回来说要结婚，这屋里怎么住人？"赵成熙见妻子着急的样子，嘿嘿一笑，说："我讲的是不着急，也没说这事就不想法子。"王嫂嫂缓过情绪来，看着丈夫说："你这么讲还差不多。"赵成熙听了话没作声，想了一阵儿问妻子有什么打算。王嫂嫂想了一会儿，看着丈夫说："我想儿子结婚得有个住处，还得置办些家当。"赵成熙起身去关了门，过来小声问妻子这些年存了多少钱。王嫂嫂一点都不隐瞒，小声地告诉丈夫存了有二百二十元。赵成熙听着，心里上来了欢喜的劲儿，说她存了这许多的钱，事情倒好办了，说完就抱着老婆。王嫂嫂让丈夫摸索了一阵儿后挣脱开身子，看着丈夫说，也不看看时候，要是儿子送了女朋友回来撞见，成何体统。赵成熙说他上了门闩，回来总有敲门声响。王嫂嫂去把门开了缝儿，过来对丈夫说："我告诉了你钱的事，你可有主意？"赵成熙想了一下说："这事我们说了不算数，得等儿子回来问过他，看他是什么想法再来商量。"

　　等赵西平回了屋，一家人来商量这事。赵成熙问儿子："你带了女朋友回家，可有什么打算，说出来，让我们也好有个准备。"赵西平想了好一阵儿才冒出话来，说："她约我下个星期六厂休日去她家。"赵成熙听了没讲话。王嫂嫂接过话道："你是男子汉，去她家可要备份礼才是。"赵西平说："这事与她提起过了，她说到了星期六那天再说。"王嫂嫂看着儿子说："这样也好，等你去过了她家里后我们再来商量事情。"赵西平看着娘亲问："商量啥事情？"王嫂嫂看着儿子，说："自然是你的事情。"说过话瞧着丈夫。赵成熙沉默了一阵儿，看着妻子说："既然话都讲了出来，我觉得有些事该说到前头才是。"说过了这些话，看着儿子，说："你在工厂里上班了，每天来回要走穿城的路程，现在又有了女朋友，要是还在老何家搭铺，也不是个办法。你娘先前与我说了，要替你选一处路段合适、价钱合适的房子，我觉得你娘的想法实在。花些钱，买的是自己的东西。"赵西平心里老早就想自己有一间屋子住，听着话高兴起来，说："娘的意思好啊，这事我早就想着了，只是不好说出来。"王嫂嫂说："你那时还在铁匠铺打铁，又去老何家搭铺，这事我与你爹也想过，总觉得过一阵儿再看。这下好了，有了女朋友，接下来就得考虑结婚的事。我与你爹想过，你可选个地方买间屋，以后成了家，上班也近，想回来看我们也方便。"赵西平咧嘴一笑，问爹娘："什么时候造的计划？说出来是不是就可以去买房了。"赵成熙说："从明儿起就可去打听房子的事，只要价钱上过得去就行。"赵西平说："事情就这么商量好了？可又到哪里打听有卖房子的？"王嫂嫂在一旁说："是啊，这事不像百货店买东西，市场里买菜，得有个方向去。"赵成熙看着儿子，说："路迢迢都是脚下起步，你当初是怎么找工作来着？自古道，世上无难事，只怕有心人。我们既是商量过了，心里也就装着这事儿。大家都去做，还怕事不成？"

于是，一家人达成了共识，都顺着赵西平上班的路途街道打听有无卖房的消息。到了星期六下午六点多，赵西平在体育场东大门等到了素芬同志，两人沿着上西顺城街走到路口的一家糖果铺，买了两元钱的点心，去了在线香街住的素芬家。房子是向街当门二进三间屋带阁楼，进门一间屋摆了吃饭的方桌凳子，靠墙角摆了一个古色古香的大柜子。等两人走回家时，桌上刚好摆上饭菜，炒了一碗回锅肉，一碗素笋，一碗莲花白，一碗酥花生米，一大碗肉汤白菜，菜碗旁放了一瓶峡山二曲。赵西平进门时，素芬的爹娘和哥就把他从头到脚地看着，一点都不错眼。赵西平本来就木讷，此时显得更腼腆，好在素芬向他介绍了自己的父母，他晓得了素芬的父亲姓胡名树生，母亲姓杨名婉仪，他听后叫了声伯父伯母。接着素芬又介绍了自己的大哥，姓胡名素民，他跟着叫了大哥。大家坐下说了一会儿话，便围着方桌吃饭。素芬的大哥开了酒瓶的木塞，给父亲斟了一杯酒，接着给赵西平斟了一杯，才给自己斟了一杯。素芬与母亲舀了饭吃。素芬的父亲样子有些肃然，吃着酒问了赵西平许多话，脸上不露一点笑容。赵西平是个老实人，问到话自是诚恳地回答，把家里的情况及本人的经历讲得个一清二楚。可能是第一次来素芬家有些紧张，担心说错话惹未来的岳父不喜欢，五钱的杯子酒过三巡，他便推杯说喝不得了。这般，大家呷饭，把几样菜吃得干干净净。素芬收拾碗筷去了里间的灶房洗涮，其他人就坐着闲聊。说话间赵西平才知道素芬的哥比自己大三岁，还没女朋友。这让他有些奇怪，这么标致的小哥，怎么没女孩喜欢，后来才晓得是受了家庭成分的影响。岁月不饶人，弄得老大蹉跎。这样，赵西平认识了素芬的家里人。大家说了这么多的话，彼此之间还谈得来。差不多到了晚上八点多钟，赵西平才离开了素芬家。出门的时候，赵西平瞅准机会悄悄问了素芬约会的时间。素芬告诉赵西平，要他等候自己的书信。赵西平听了素芬的话，当时又不好问，只好心里七上八下地走了。他回到家里也不说话，觉得爱情怪折磨人的。

　　过了几天，赵西平收到素芬寄来的书信。信是寄到厂里来的，下班时车间小组长交给他的。不知咋的，赵西平接过信，心里怦怦地跳了一阵儿，直到出了工厂大门，走到农田边无人处才打开信看了。素芬告诉赵西平，爹娘对他的印象不错，同意了他们的交往，并且还约了下一次见面的时间和地点。赵西平看了心里欢喜，这不，见面的时间就是看到信的晚上。他兴奋呀，赶忙迈开脚步回家，吃过晚饭乘着夜色去了人民公园，看到胡素芬，径直走到她面前不好意思笑笑，说声"你来了多久了"，接着就把自己下班看信的事从前到后地讲了一遍。素芬轻轻一笑，"喔"了一声，大概想说什么又不说了。这般，两人沿着公园的小路散步，花前月下的，想说些话又不好意思，支支吾吾，走路都隔着距离，溜了一圈出了公园门，分开时说了好好学习，努力工作的话。等到再一次约会，两个人说话随便了些，赵西平告诉素芬要买房子的事。素芬问他买房子做啥。赵西平说以后与她有一个家。素芬听了脸上绯红，没有说话。她回到家里，把这事告诉了娘亲。杨婉仪告诉女儿："你与他谈了恋爱，以后是要结婚的，你也不要不好意思。"过了几天，素芬与赵西平约会，也不再害羞，问了买房子的事。赵西平告诉她，自己与爹娘都在四处打听卖房子的消息，至今没结果，要她也留意这事情。素芬想着买房子的事与自己相关，倒也记在了心头。过了一个多月，素芬从学校一个老师那里打听到东打铜街一家小院里有人要卖房子，约着赵西平一道去看。一间十五六平方大的屋子，房子的主人要价一百八十元钱。赵西平与素芬仔细看过了房子，又看了院子里的环境。屋子靠院子墙角处有一眼井，盖着木头井盖。小院里共有三户人家，院子大门边有一间公厕。可以这么说，小院居住条件不错。要知道，在观音阁住家地方，二十几家人才共用着一口水井，公共茅房有一间，还是在要上大街的路口边。于是，赵西平有了意向，回家把房子的事告诉了爹娘，赵成熙请了半天假，与王嫂嫂一道去了小院考察，觉得满意，与房子主人商谈了三天，最后以一百五十元的价格成交。接下来，王嫂嫂抽空去把屋子收拾了一番，接着花了二十几元钱请人捡了瓦，把墙壁烂的地方进行了修补。接着又花了五十多元钱买了一张大床、一组连二柜、一张圆桌、几条凳子，一间屋里倒也弄得齐齐整整。

赵西平见屋子里外都收拾好了，一天都等不得地去何老儿家里搬了铺盖帐子住了进去，上班省了一半的路程，就是与素芬约会也方便了许多。两个人在街上遛弯后回到屋里说些话，有时也看看小说，虽鬓发间常有厮磨，搂啊抱的没来过一回。过了三个月，两人觉得爱情经过了时间的考验，商量了结婚的日子，佳期定在十一月九日。之后，两个人一路去把结婚的事告诉了双方的父母。王嫂嫂听了喜上眉梢，对丈夫说自己终于盼到了这天。赵成熙笑眯眯的，问儿子素芬去告诉家里没有。赵西平告诉爹娘："素芬回家去就说了，家里人都同意。"王嫂嫂听了说："好啊，她家里人同意了，我们该来商量怎样办这场婚事。"赵成熙听了说："我们一家人来说这事，也就是我们一家人的意思。"说到这，他看着儿子，说，"怎么来办婚事，得去问素芬，她爹娘有什么安排。"赵西平对爹娘说："素芬已去问过了她爹娘，她父亲主张婚事办得简约些。"赵成熙听了点头，问妻子："存的钱有多少？"王嫂嫂想了一下，看着父子两人说："以前存的钱买了房子、家具下来一个没剩，还把生活里的钱用了些。这三个月你们交于我的钱，除了生活开支，剩下的搁在一边，这时凑一处差不多有一百二十元。这钱要置办床上用的铺盖帐子，还要缝新衣服，又得用掉几十元。"赵成熙想了一阵儿，看了看妻子后，对儿子说："我来谈谈我的想法，说出来你只做参考，具体的事情还是得你与素芬商量，你们商量后有什么要求，需要我们来做的，讲出来，我们能做的去做，做不了的大家一起再来想办法。"赵西平笑了笑，问老爹是什么想法。赵成熙看了看儿子，说："我的想法与素芬爹娘的意思差不多。怎么说呢，今年农村因天旱收成减少，市面上的供应紧缺起来。依我看，婚事办得简单、得体就行了，过日子嘛，生活上讲究个实在。"赵西平点点头说："我与素芬商量过的，本来是想请亲戚、朋友吃顿饭的，可算了一下，素芬手头上存有一百二十多元，她父母说给她一百。我说了我家买了房子、家具后可能有一百多元钱，总和一起也就三百多元钱。还有，素芬说她家平日节省下来有十二三斤粮票，我俩想请吃饭的事搞得定。哪知，素芬回家去告知她爹娘，她老爹不同意，说婚事昭告，亲戚、朋友邻居知道，吃点糖果就行了，何必铺张排场。素芬当时想不通，说与我听，我听了也觉得有些别扭，女儿结婚，做父亲的怎么会是这种想法？隔天去了素芬家里，她娘亲与我们说起这事，隐隐约约听出来，素芬的父亲之所以那么主张，是因他自己的处境，担心旁人闲话惹来非议。明白了其中的意思，我与素芬心里放开了，商量一阵儿后觉得照他老爹的意思做。不过，素芬的娘亲说我们结婚的事不是他家怎么说就怎么做，要我们来问问你们的意思。如是你们说出来的主张，就照你们说的去做。"赵成熙说："我刚才不是讲了么，意思与素芬她爹说的话差不多。"赵西平问娘亲："有什么说的没有？"王嫂嫂说："你老爹都说了，也就是我要说的，你与素芬商量着办就是了。"

这样，一家人达成共识，又说起婚事上要用的糖果、烟与瓜子、花生、胡豆。赵西平说素芬的哥哥在杂货店工作，买糖买烟的事他去操办。只是瓜子不好买，估计买得到四五斤的样子，所以要买些花生、胡豆搭配。只不过，这瓜子、花生、胡豆得在结婚的前一天炒好才行。赵成熙说："这事不难，饭馆的老王师傅就行。我看他用大锅炒过几回，不论瓜子、花生、胡豆，大家尝过了，都说有盐有味，香喷喷、脆爽爽的好吃。"这么一来，婚事的准备差不多妥当了，一家人又说起请客的事情。有了分工，王嫂嫂家是有亲戚的，街坊邻居都由她去请；赵成熙请他的同事；赵西平请他的师傅、师兄还有工厂里的同事。说完这事后，赵西平向娘亲要户口本，告诉爹娘自己过两天请了假与素芬去区上的民政局办理结婚手续。王嫂嫂听着话，起身从柜子里拿出户口本给儿子，心里想着一件事，看着父子两人说："我先前说要买铺盖帐子，还要缝新衣服，这事倒要抓紧。"说到这，她看着儿子，说，"给你做了新衣服，也要给素芬做。你老爹的衣服差不多都旧了色的，也要给他做。我呢，年前才缝了新衣，平时也舍不得穿，颜色还是新样，便不做了。"赵西平说："我们都做新衣，娘亲不做，这怎么行呢？"王嫂嫂说："我不是才说了么，我有衣服穿，这怎么不行？还有，我告诉你，我手里头就只有二丈三尺布票，你们三人的布料就得用去差不多二丈布票，还要买铺盖里子，剩下的三尺布票哪里够用，我还得想法儿去借些哪！"赵西平说："娘亲去借，何不多借些？"王嫂嫂看着儿子一笑，说："你话讲得轻巧，布票一年发一次，每人都有尺度的，借多了我家以后拿啥去还人家？"赵西平说："这样吧，我去问问素芬，看她家里有没有多的布票。"王嫂嫂说："你去问素芬布票的事，让我想起了心里搁着的一件事，多久了都不好问你。"赵西平说："你问好了，知道的我都说出来。"王嫂嫂看了一下丈夫才去看着儿子，说："现在年轻人的婚姻，有的是自由恋爱，有的是介绍人撮合，倒不像我与你老爹那时的婚姻，是通过媒人说成。媒人是要给钱的，现在的介绍人呢，事成后送个礼还是道声谢了事？"说到这儿，赵西平打断话，说："娘哪，你说这些有什么意思？"王嫂嫂打断话，说："你别打岔，我的话来了。那时媒人说亲后，男家要给女家下聘礼。现在新观念、新风气，婚姻也是新事新办，可男家去女家总要拿点东西。就如你老舅家乡下，他儿子第一次去女方家就买了一包糖饼、两把挂面、一把带弯把的雨伞。农村称谓'勾勾伞'，意思是有来回的。"赵西平听到这笑起来，说："娘啊，你绕了半天弯，还没说点意思出来。"王嫂嫂说："我的意思来了，我问你，你头一次去素芬家，给她爹娘买礼物没有？"赵西平迟疑了一会儿，说："我问过素芬，她老爹吃酒，我准备买两瓶酒，再到百货店给她娘亲买样礼物。可素芬挡住了我，说她爹娘打过招呼，不要买东西去。就这样，我与素芬买了两元钱的点心去了她家。"王嫂嫂听着话笑一下，说："儿哪，这就是你傻，讨不得人喜欢。自古道，礼多人不怪。话是他说，事得你做，哪有肉汤闪了舌头的。好在从你话里听出来她爹娘也不是讲排场之人，才有了你与素芬今天这般事。"话说到这儿，一家人觉得事情该说的都说了，接下来便是去做。

赵西平见天色晚了，明天还要上班，起身回了自己的屋去。隔了几天的晚上，赵西平拿了户口本回家。王嫂嫂问儿子结婚证是不是办好了。赵西平点头，接着拿出一丈九尺布票给娘亲，说："这是素芬家里的。"王嫂嫂笑了接过布票，对着一旁乐呵的丈夫说："二丈三尺布票我都攒了几年，这一丈九尺布票素芬家不知攒了多久？"赵成熙笑了一下，说："有了布票，你念叨什么。"王嫂嫂说："不是我念叨，我只是有了个想法。"赵成熙说："你讲出来听听，我们可帮着参详。"王嫂嫂看着儿子，说："现在有了布票，在你与素芬成亲前，我想我们家里给素芬的爹娘一人送一截布料，今后大家见着面好说话。"赵成熙接过话说："你这意思好啊，我看行。"赵西平想着好处落实在自己身上，笑着没说话。王嫂嫂看着两个人，说："既然你们都觉得可以，明儿我就去百货大楼置办，好赶着时候。"赵成熙想妻子在有了布票后顾及了亲家，由不得有些感慨，心头冒了一句话：挣钱是追求，花钱是觉悟。只是他觉着有那么点意思达不着境界，怕用词不当，便没说出来。

说实在的，儿子长大成人，就要结婚成家，王嫂嫂心里充满了欢喜。